Cherie Jones

Wie die einarmige Schwester das Haus fegt

Zu diesem Buch

Die Legende von der einarmigen Schwester sollte Lala eigentlich davor warnen, was mit Mädchen geschieht, die ihren Müttern nicht gehorchen. Doch für Lala ist es die verheißungsvolle Geschichte einer Abenteurerin, und als sie erwachsen ist, schöpft sie daraus Hoffnung auf ein besseres Leben, weit weg von ihrem undichten Haus, weit weg von Adan, ihrem brutalen Mann. Adan, ein charismatischer, aber gewissenloser Kleinkrimineller, löst mit seinem Einbruch in eine Strandvilla eine Kette von furchtbaren Ereignissen aus: ein Schuss, den niemand hören sollte, und ein Mord, der alles verändert, führen Lala an einen Wendepunkt. Cherie Jones erzählt in eindringlicher, lyrischer Sprache, wie Liebe und Verbrechen ein Leben auf dramatische Weise verändern.

»Ein klug komponiertes, komplexes, sprachgewandtes Debüt. Souverän erzählt, souverän übersetzt.« *Weltempfänger Bestenliste*

Die Autorin

Cherie Jones (*1974) ist Schriftstellerin und Rechtsanwältin. Sie studierte Rechtswissenschaften an der University of the West Indies in Jamaika und Kreatives Schreiben an der Sheffield Hallam University in England. Für ihr Schreiben wurde sie mehrfach ausgezeichnet, u. a. mit dem Commonwealth Short Story Prize, dem Archie Markham Award, dem Frank Collymore Endowment Award und dem A. M. Heath Prize. Ihr Debütroman *Wie die einarmige Schwester das Haus fegt* stand 2021 auf der Shortlist des Women's Prize for Fiction. Jones lebt auf Barbados.

Die Übersetzerin

Karen Gerwig studierte Angewandte Sprach- und Kulturwissenschaften und übersetzt aus dem Englischen, Französischen und Portugiesischen, wofür sie mehrfach Stipendien erhielt. Sie überträgt u. a. Werke von Paula McGrath, Melissa Broder, Clare Chambers und Hiromi Goto. Sie lebt in München.

Mehr über die Autorin und ihr Werk auf *www.unionsverlag.com*

Cherie Jones

Wie die einarmige Schwester das Haus fegt

Roman

Aus dem Englischen
von Karen Gerwig

Unionsverlag

Die Originalausgabe erschien 2021 bei Tinder Press (Headline Publishing Group), London.
Die deutsche Erstausgabe erschien 2022 im CulturBooks Verlag, Hamburg.

Im Internet
Aktuelle Informationen, Dokumente und Materialien
zu Cherie Jones und diesem Buch
www.unionsverlag.com

Unionsverlag Taschenbuch 997

Diese Ausgabe erscheint mit freundlicher Genehmigung
des CulturBooks Verlags
Originaltitel: How the One-armed Sister Sweeps Her House

Neptunstrasse 20, CH-8032 Zürich
Telefon +41 44 283 20 00
mail@unionsverlag.ch

Reihengestaltung: Heinz Unternährer
Umschlagfoto: Miscellaneoustock (Alamy Stock Photo)
Umschlaggestaltung: Sven Schrape
Druck und Bindung: CPI – Clausen & Bosse, Leck
ISBN 978-3-293-20997-8

Der Unionsverlag wird vom Bundesamt für Kultur mit einem
Verlagsförderungs-Strukturbeitrag für die Jahre 2021–2024 unterstützt.

Für Xaya und Yende

PROLOG

12. September 1979

Lala kommt nach Hause, und Wilma wartet schon; sie ist früher von ihrem Besuch bei Carson im Krankenhaus zurückgekommen. Wilma trägt immer noch ihre Ausgehsachen, eine der Kombinationen, in denen sie am liebsten von Fremden gesehen wird – eine helle, aquamarinfarbene Seidenbluse, die in einem violetten Plisseerock steckt, der ihr bis knapp unters Knie reicht, dazu einen breiten lila Gürtel und einen dunkelblauen Glockenhut, der einmal ihrer Mutter gehört hat. Als Lala zur Tür hereinkommt, steht Wilma auf dem Steinboden der Küche, die Arme in die Hüften gestemmt, die Augen vor Erleichterung weit aufgerissen.

»Wo warst du, Stella? Ist schon fast halb neun!«

Die Besuchszeit endet um sechs; das ist eine der unzähligen Erniedrigungen, wenn man im Baxter's General liegt – Besucher verabschieden und mit den Hühnern schlafen gehen müssen. Aber heute ist Carson schon lange vor der Schlafenszeit in eine Art Koma gefallen, einen tiefen Schlaf, aus dem die Ärzte ihn nicht wecken können. Wilma sitzt die erste Besuchsstunde aufrecht neben seinem Bett, und erst als sie einnickt und vom Stuhl fällt und mit noch immer rechtwinklig gebeugten Knien auf dem Boden landet, lässt sie sich überzeugen, nach Hause zu gehen und sich auszuruhen. Man kann sowieso nicht viel tun, sagen die Krankenschwestern, während Carson der Sabber aus dem Mundwinkel läuft und sich bis in die Laken schleimt; die Ärzte machen Untersuchungen.

Dieses Koma, diese Untersuchungen sind der Grund, warum Wilma den langen Fußweg vom Baxter's General zurück zur Bushaltestelle Bridge Street schlendern kann, statt rennen zu müssen, und es trotzdem noch schafft, sich einen Platz vorn in der langen Schlange der Pendler zu sichern. Deshalb ist ihr Plisseerock den verräterischen Knitterfalten durch das Schieben und Schubsen und Quetschen in der Schlange entkommen, wenn alle gemeinsam versuchen, den 12er nach Baxter's Beach zu kriegen, aus dem sie normalerweise gegen halb neun aussteigt. An diesem Abend hat Wilma den Bus um sieben erwischt, statt den um acht, und blieb deshalb von den üblichen Besuchermengen aus dem Baxter's General verschont. An diesem Abend ist Wilma fast eine Stunde früher nach Hause gekommen und hat festgestellt, dass Lala nicht in ihrem Zimmer ist und *Dolly* liest.

»Wo warst du, Stella? Antworte mir!«

»Mein Name ist Lala.«

Lala lässt sich zunächst nicht davon beirren, dass sie schon Ärger hat und wahrscheinlich Prügel kriegt, und ihre Bockigkeit bringt Wilmas rechtes Auge zum Zucken.

»Dein Name ist, was ich zu dir sage!«, brüllt Wilma.

»Ich war draußen, Wilma«, stammelt Lala. »Es war dunkel im Haus, und ich hab Angst gekriegt und bin spazieren gegangen.«

Wilma weiß nicht, ob sie ihr glauben soll. Lalas Frisur ist unbeschädigt, ihr Kleid ist nicht verknitterter als sonst, sie kann ihr direkt in die Augen sehen – es kann sein, dass sie die Wahrheit sagt.

»Ich hab mir gedacht, ich geh raus und warte am Bus, aber ich hab die Zeit vergessen ...«

Wilma nimmt ihren Glockenhut ab, den sie aufbehalten hat, bis Lala zur Tür hereinkam, nur falls ihr Kopf noch mal dem kalten Wind trotzen muss, wenn sie sie suchen geht. Sie streift ihre chinesischen Pantoffeln ab und setzt sich. Plötzlich ist sie zu müde, um Prügel auszuteilen. Sie ist zu müde, um zu Bett zu gehen. Sie denkt an die Aussicht, dass Carson letztlich stirbt und sie allein lässt, allein bis auf Lala. Sie sieht ihre Enkelin an – das einzige Kind ihrer einzigen, toten Tochter. Diese Enkelin hat ihr bis jetzt eigentlich keinen Ärger gemacht. Sie macht die Schulaufgaben so gut, dass die Lehrer sagen, sie kann alles werden, was sie möchte. Sie sagt »Ja, Ma'am« und »Nein, Ma'am« zu den Gelegenheiten, die Wilma ihr beigebracht hat. Sie lässt sich bei ihrem Großvater Carson nicht blicken und nicht hören. Was sonst, fragt sich Wilma, kann sie noch verlangen? Das Kind ist keine Schönheit, aber vielleicht, denkt Wilma, wird das zu ihrem Vorteil sein. Sie denkt daran, dass dies die Person ist, die ihr im Alter helfen muss, und deshalb spricht sie jetzt mit weicher Stimme, die fast flehend klingt.

»Hab ich dir nicht gesagt, dass junge Mädchen wie du drinnenbleiben müssen?«, tadelt sie milde. »Hab ich dir nicht erzählt, was in den Tunneln von Baxter wohnt? Willst du rumlaufen und es selbst rausfinden?« Als Lala nicht antwortet, sagt sie: »Ich erzähle dir jetzt von einem kleinen Mädchen, wie du eins bist, das nicht auf seine Mutter hören wollte.«

Wilma erzählt die Geschichte von der einarmigen Schwester.

Der Dorfvikar und seine Frau hatten zwei kleine Mädchen. Solche schönen Kinder hast du noch nie gesehen – die Haut gelb und hübsch, wie Erdnussmilch, die Haare lockig und seidig wie *peau de soie*, die Augen groß und hellbraun mit ganz, ganz langen Wimpern. Sie waren beide schön, aber nur eine hatte gesunden Menschenverstand – die andere war eigenwillig und fand's gut, ihrer Mutter zu widersprechen. Und dann war da noch zufällig ein Eingang zu den Baxter-Tunneln am Ende vom Garten hinterm Pfarrhaus. Keiner wusste so genau, was der da zu suchen hatte, da war er aber trotzdem. Die Frau vom Vikar hätte fast den Gärtnerburschen geholt, damit er ihn mit Steinen und Zement zumacht, aber nur fast, sie hat den Burschen dann doch nie in die Stadt geschickt, den Sack Zement und die Zementblöcke kaufen und die Sache erledigen. Die Frau vom Vikar erzählt ihren kleinen Mädchen von dem Tunnel, dass sie da nicht reindürfen, dass da unten drin Monster wohnen, dass alle kleinen Mädchen, die da reingehen, nie wieder rauskommen. Die Tunnel sind der Ort, wo böse Männer hingehen, wenn sie sterben, sagt die Mutter. Tag und Nacht laufen in diesen Tunneln Männer herum, die zu böse sind, um friedlich in ihren Gräbern zu ruhen, bereit für weitere böse Taten, und sammeln Seelen für den Teufel.

So erzählt es ihnen die Mutter, und das kleine Mädchen mit dem Verstand hört zu, aber das andere, das keinen hat, wird nur noch neugieriger. Diese Schwester hinterfragt ihre Mutter, fragt sich, was in dem Tunnel ist, das so großartig ist, dass ihre Mutter sie davor warnt, denn dieses nichtsnutzige Mädchen kriegt schon langsam Geschmack für Sachen, von denen ihre Mutter sagt, dass es sie nicht haben darf. Diese schon von Geburt an leichtsinnige, frühreife Schwester glaubt schon, dass manche bösen Dinge richtig großartig sind, und wenn was so großartig ist, dann kann es doch gar nicht böse sein. Diese Schwester denkt sich, so dunkel ist das gar nicht und auch nicht so gruslig, was soll so ein Tunnel, wenn man nicht sehen darf, wo er hinführt? Genau so ein Tunnel, beschließt diese Schwester, muss ausgekundschaftet werden, sagt Wilma, und eines Abends geht sie los, als ihre Mutter mit der Frau vom Doktor Tee trinkt. Sie haben da wichtige Themen besprochen, sagt Wilma, die Frau vom Vikar ist nämlich eine gute Mutter, eine, die ihre Kinder nicht allein lässt, nicht mal für ein paar Sekunden. Denn mehr als ein paar Sekunden braucht der Teufel nicht.

Ziemlich schnell hört die Frau vom Vikar Geschrei, das so jämmerlich und schrill ist, dass auf dem Tisch die Teekanne wackelt. Die Frau vom Vikar und die Frau vom Doktor laufen raus und sehen die gute Schwester, die sich an der anderen festklammert, und etwas, das sie nicht richtig erkennen können, zieht die dumme an ihrem anderen Arm in den Tunnel zurück. Also, die Frau vom Vikar und die Frau vom Doktor und der Gartenbursche, alle packen sie die gute Schwester und ziehen an ihr, und die gute zieht die böse Schwester weg von dem Ding in dem Tunnel. Und, sagt Wilma, vielleicht ist es nur, weil ihr Mann der Vikar ist und ein Mann des Gebets, dass sie die dumme Schwester rauskriegen, aber das Monster in dem Tunnel reißt ihr den Arm ab. Als sie die Schwester retten, ist da, so sicher wie das Amen in der Kirche, nur noch ein blutiger Stumpf, und jetzt endet ihr linker Arm in einem Wulst direkt darüber, wo vorher ihr Ellbogen war. Sie überlebt natürlich, sagt Wilma, das ist bei schlechten Menschen oft so, aber sie hat einen Stumpf, der sie dran erinnert, wo man mit Dummheit landet. Natürlich lässt die Mutter den Gartenburschen den Tunnel danach *schnell, schnell* zumachen, aber der Arm ist schon drin. Neugierige Katzen verbrennen sich die Tatzen, sagt Wilma, sei nicht so dumm wie die einarmige Schwester.

Etwas an dieser Geschichte ärgert Lala, vielleicht Wilmas Erwartung, dass sie mit ihren dreizehn Jahren daran glauben soll.

»Und keiner von denen ist noch mal reingegangen und hat den Arm gesucht?«, wundert sie sich. »Nicht mal der Gartenbursche?«

»Der Gartenbursche kennt seine Grenzen«, sagt Wilma. »Der Gartenbursche kommt nicht gegen ein Monster an.«

Als Lala schweigt, versteht Wilma das als einen Beweis, dass sie Angst gekriegt hat, gerade so viel, dass sie sich aus der Art von Problemen raushält, die man bei langen Spaziergängen durch die Nacht bekommen kann, deshalb nimmt sie ihren Hut und ihre Tasche und ihren Gürtel, um in ihr Nähzimmer zu gehen, wo noch mehr Arbeit wartet.

»Ich wette, wenn es andersrum wäre, wenn die gute Schwester die im Tunnel wäre, dann hätte die andere den Arm gesucht und ihn für sie gefunden«, sagt Lala. »Ich wette, das hätte sie gemacht.«

»Die gute Schwester war schon mal gar nicht so dumm, da überhaupt erst reinzugehen«, sagt Wilma, und ihre Augen blitzen, und sie denkt, vielleicht hätte sie doch die Energie aufbringen und Lala lieber eine ordentliche Tracht Prügel verpassen sollen.

»Ach, ich wette, so schlimm ist das gar nicht, wenn man nur einen Arm hat«, sagt Lala. »Sie kann immer noch Sachen machen wie alle anderen, sie kann immer noch einen Mann haben und Kinder und ein Haus.«

»Dummes Mädchen«, sagt Wilma. »Wie soll sie es denn fegen?«

KAPITEL EINS

Lala
20. Juli 1984

Ungefähr eine Stunde, nachdem Adan sie zu Haus allein gelassen hat, steht Lala barfuß im dunklen Eingang seines Hauses, in einem kratzigen weißen Nachthemd, das sie Wilma geklaut hat, und beteuert sich selbst, dass alles gut wird, obwohl es offensichtlich nicht so ist. Die salzige Luft war ruhig, als sie die Tür geöffnet hat, und trotzdem stehen ihr Schweißperlen im Gesicht, als sie die Füße in Adans alte Turnschuhe steckt und sich mit den Zehen an den Innensohlen festkrallt, während sie sich Sorgen über ihren Abstieg zu dem grausamtigen verschwommenen Streifen Strand viel zu weit da unten macht. Man hat sie gewarnt, die Stufen nicht allein rauf- oder runterzugehen, in ihrem Zustand, und Adan hatte den Auftrag, ein Geländer zu bauen, an dem sie sich festhalten kann, aber sie beide haben die vernünftigen Ratschläge der Fischer ignoriert, die ihr manchmal mit ihren Einkäufen hinaufhelfen. Die fünfundzwanzig Betonstufen bis zum Boden sind immer noch genauso trügerisch wie an dem Tag vor anderthalb Jahren, als sie sie zum ersten Mal hinaufgestiegen ist, mit einem Einkaufsnetz, das sich in die Form von allem gedehnt hat, was sie besaß. Mit einem Bauch von der Größe eines Wasserballs, der sie aus dem Gleichgewicht bringt, sind sie jetzt vielleicht noch trügerischer, denkt sie, also stützt sie sich zu ihrer Linken an das verwitterte Holz des Hauses und hält sich von der steilen Kante zu ihrer Rechten fern.

Sie fasst in die Löcher in der Holzwand des Hauses, krallt sich darin fest und lässt sich vorsichtig die ersten paar Stufen hinunter, bis das gesplitterte Holz zu ihrer Linken ins Nichts abfällt und zu ihrer Rechten immer noch Leere ist, aber trotzdem noch mehrere Stufen bis zum Sand bewältigt werden wollen. Sie bleibt stehen, streckt die Arme links und rechts von sich, um das Gleichgewicht zu halten, wagt nicht, sich das Gesicht abzuwischen, obwohl sie von der Anstrengung, dem Schmerz und der Hitze schwitzt. Als sich ihr der Magen umdreht, jammert sie nach Wilma, die sie auch jetzt noch nicht »Granny« nennen kann. Sie bezwingt den Impuls, die Arme um den Bauch zu legen, sie lässt sie ausgestreckt, um das Gleichgewicht zu halten, und beißt sich stattdessen auf die Unterlippe. Sie beißt drauf, bis es blutet.

Lala weiß nicht, wo sie Adan finden wird. Sie weiß nur, dass er irgendwo am Strand ist und einen Job erledigt. Adan erzählt ihr nicht viel, bevor er zu dieser Art von Arbeit aufbricht, am wenigsten, wo er arbeiten wird. Als seine Turnschuhe sie von der letzten Stufe auf den Sand getragen haben, stürzt sie trotzdem los, denn sie weiß, sie muss ihn finden, sie weiß, dass etwas nicht stimmt, dass sie mehr als einen Monat, bevor das Baby kommen soll, nicht verschwommene, blutige Weihnachtssternblüten hinterlassen sollte, wo immer sie sich hinsetzt.

Zehn Minuten später erreicht sie endlich den Fußweg hinter den großen Häusern am Baxter's Beach und humpelt gerade noch so weiter, obwohl sie so stark blutet, dass sie eigentlich rennen sollte. Die meisten großen Häuser stehen mit der Rückseite zur Straße, mit undurchdringlichen Holztoren, unüberwindbaren Mauern und Hecken, die höher sind, als sie die Arme strecken kann. Wenn sie tagsüber am Strand arbeitet und die seidigen Haare der Touristinnen zu Zöpfen mit Perlen flicht, schaut Lala auf die Fassaden dieser Häuser, deren Terrassengeländer so weit unten sind, dass sie vom Wasser geküsst werden. Heute Nacht, denkt sie, drehen die Häuser ihr entschieden den Rücken zu, und sie wagt es nicht, an einem Tor zu rütteln und um Hilfe zu bitten. Da könnten Hunde drin sein, überlegt sie, oder Sicherheitsleute mit Pistolen, und sie weiß nicht, ob der klebrige Schlick zwischen ihren Beinen Grund genug ist, eine Begegnung mit ihnen zu riskieren.

Als der Schmerz stechender wird und sie keine Luft mehr bekommt und die Turnschuhe rot gefleckt sind und die Blüten einen Teppich auf der Rückseite von Wilmas weißem Nachthemd bilden, wird Lala mutig und beschließt, die Klingel neben der verschnörkelten Pforte in der Schutzmauer des nächststehenden Hauses zu drücken. Und als sie sie einmal gedrückt hat, merkt sie, dass sie nicht damit aufhören kann, und sie drückt so verzweifelt, dass der Takt schneller ist als jeder keuchende Atemzug, den sie macht. Inzwischen ist sie sich nicht mehr sicher, ob die Hunde und Pistolen schlimmer wären als die Qualen, die sie leidet. Inzwischen sucht sie nicht mehr nur Adan, sie sucht Hilfe.

Während sie die Klingel drückt, hört Lala eine Pistole losgehen, und als sie noch überlegt, ob es wirklich eine Pistole war oder nur das Geräusch einer defekten Klingel – ein *Plopp, Plopp* statt einem schrillen Ton –, wird das Tor neben ihr aufgerissen, und vor ihr steht Adan, ruhig wie der helle Tag, bis auf seine pochende Narbe und seinen bedrohlichen Gesichtsausdruck.

Lala glaubt nicht an Zufälle und Adan anscheinend auch nicht. Sie zittert nicht vor Erleichterung, als sie sieht, wie ihr Mann die Dienstbotenpforte des großen Hauses hinter sich schließt. Er fragt nicht, was zum Teufel sie hier zu suchen hat. Er dreht sie nur um und schiebt sie vor sich her, und dann sieht er das Rot hinten auf ihrem Nachthemd, und Lala hört sein *Hmmm* und glaubt, er versteht, dass der Gott, zu dem sie betet, sie genau jetzt zu genau diesem Haus geführt hat, damit sie ihren Mann finden kann, gerade wenn sie ihn am meisten braucht.

Adan zerrt sein Fahrrad mit seinen großen Händen hinter einem Busch hervor, und Lala sieht eines ihrer Strumpfhosenbeine wie eine schlappe Zunge aus seiner Tasche hängen, mit Blut befleckt, das nicht ihres ist. Die Erkenntnis dämmert auf ihrem Gesicht in den Atemzügen zwischen den Wehen, und dann folgt Angst. In diesem Moment schafft Lala es nicht mehr, irgendetwas anderes zu tun, als dazustehen und ihn anzustarren. Es ist Adan, denkt sie, der sie auf die Stange des Fahrrads setzt und sie daran erinnert, ihre Beine anzuheben und nach vorn zu strecken, damit er die Pedale treten kann, ohne über ihre Füße zu stolpern. Es ist Adan, der ihr sagt, sie soll sich die Ohren zuhalten, als jemand in genau dem Haus anfängt zu schreien. Es ist Adan, der blafft, sie soll bloß die Fresse halten, als sie anfängt zu erklären, warum sie hergekommen ist, trotz allem, was er ihr gesagt hat. Egal, was sie tut, sagt Adan und tritt so fest in die Pedale, dass seine Schenkel *womp, womp* an ihren Rücken schlagen, als sie von der Dienstbotenpforte wegfahren, bloß nicht zurückschauen, bloß nicht zurückschauen. Wir müssen hier weg, sagt er. Schnell.

Als sie zwanzig Minuten später schlingernd auf den Parkplatz des Baxter's General einbiegen, zieht Adan die Strumpfhose aus seiner Tasche, die Pistole aus seinem Gürtel und das schwarze T-Shirt, das er trägt, über den Kopf, sodass sein weißes Unterhemd und seine dunkle Brust der Frühmorgenluft ausgesetzt sind. Lala erinnert ihn nicht, dass er damit schlimmere Krankheiten riskiert, als sie sich leisten können. Lala hält den Mund. Adan wirft die Strumpfhose, die Pistole und das T-Shirt in einen gelben Container mit abblätternder Farbe am Ostende des Parkplatzes, während sie blutend auf dem Gehweg wartet. Er tut es ruhig und beherrscht, damit er keinen Verdacht erregt, aber es ist kaum jemand unterwegs. Er räumt weggeworfenes Holz in dem Container um, damit es die Pistole und die Strumpfhose verdeckt, als wäre es für ihn das Normalste auf der Welt, was man um zwei Uhr früh an einem Freitagmorgen tun kann. Lala hat langsam das Gefühl, ohnmächtig zu werden. Sie ist sich nicht sicher, ob das, was sie spürt, ein Schwächeanfall ist. Aber sie ist sicher, dass der Schrei, den sie gehört hat und der in dem Moment begonnen hat, als Adans nackte Füße den Asphalt vor der Pforte mit der Klingel verlassen haben, der Schrei einer Person war, die um einen geliebten Menschen trauert, der gerade gestorben ist oder im Sterben liegt. Dieser Schrei füllt ihren Kopf vollkommen aus, sodass sie sich nichts mehr zu sagen traut, weil sie glaubt, wenn sie den Mund wieder aufmacht, wird er das Einzige sein, was herauskommt.

Drei Wahrheiten lassen sich über das Baxter's General Hospital sagen.

Erstens gibt es in den Toiletten in der Notaufnahme nie Klopapier. Stattdessen hängt da ein kleines Schild neben dem breiten, vom Rost pockennarbigen Spiegel, auf dem steht, dass Papier von der diensthabenden Schwester ausgeteilt wird. Du kannst das Schild leicht übersehen, wenn du nicht schaust. Wenn du verzweifelt bist. Wenn der Besuch auf der Toilette ein Nebenprodukt des Notfalls ist. Wenn du es eilig hast, merkst du erst, wenn du in der Kabine sitzt und ausstößt, wovon du dich befreien musst, dass es keine Möglichkeit gibt, dich sauber zu machen, ohne jemanden rufen zu müssen, der dir hilft. Weshalb die Kabinen voller Zeugnisse menschlicher Unfälle sind – Handabdrücke aus Exkrementen auf dem Spülkasten, Blutspritzer unter Erinnerungen wie *Fizzy wuz here* und *Rockie and Raina 4 eva* an den Wänden.

Zum Zweiten sagen dir die Schwestern im Baxter's General wirklich sehr deutlich, dass du die Klappe halten sollst, so laut hast du doch auch nicht geschrien, als dein Mann dich geschwängert hat, warum führst du dich also jetzt so auf, wo das, was er in dir hinterlassen hat, sich seinen Weg nach draußen bahnt?

Die Dritte ist, dass die Schwestern dir nicht in die Augen schauen, weil sie wissen, sie können dir nicht helfen, während du ein Frühchen herauspresst, von dem sie ahnen, dass es bald tot geboren werden wird. Wenn du mit zwei Schwestern allein bist und schreist, dass sie einen Arzt rufen sollen, gehen sie davon aus, dass du nicht weißt, dass Ärzte im Baxter's General selten sind und dass man keine Ärzte an ein Baby verschwenden kann, das schon halb im Reich der Geister ist.

Lala erfährt das Erste um vier Uhr morgens, nachdem sie und Adan schon zwei Stunden in der Notaufnahme gesessen haben und sie mal muss. Sie sitzen nebeneinander auf zwei blauen Plastikstühlen, seine rechte Hand umklammert ihre linke, seine linke Hand reibt über die Narbe an seiner Stirn, beide nach vorn gebeugt, als würden sie vor der großen grauen Doppeltür niederknien, hinter der jemand ist, der das Baby retten kann.

Jedes Mal, wenn sich die Eingangstüren des Krankenhauses öffnen, holt Adan scharf Luft und sondiert mit dem langsamen Seitenblick einer Schlange die Lage. Er atmet erst aus, wenn er sicher weiß, dass es wieder ein Kranker mit Schmerzen ist und nicht die Polizei, die nach ihm sucht. Er hat der Schwester, die hinter einer kugelsicheren Glasscheibe auf einen Computerbildschirm starrt, bereits Lalas Namen buchstabiert. Er ist schon einmal zu der Scheibe zurückgekehrt und hat sich zu den blütenförmig angeordneten Löchern vorgebeugt, bis seine Zunge fast flach dagegenstieß, und die Schwester daran erinnert, dass seine Frau blutet. Er hat die Grenzen seiner Geduld so sehr strapaziert, dass seine Wut sich nicht länger im Zaum halten lässt, durch seine Schuhe bebt und auf die grünen Linoleumfliesen auf dem Boden pocht. Als Lala zu zittern anfängt und immer wieder in eine Art ohnmächtigen Schlaf sinkt, strahlt die Wut nach außen, und Adan springt auf, sodass der Stuhl nach hinten rutscht, und fängt an, in die Stille des Raums Flüche zu donnern.

»Können Sie vielleicht mal kapieren, dass meine Scheißfrau hier blutet, bis sie ohnmächtig wird?«

Die Schwester hinter der Glasscheibe befestigt eine kleine Uhr in Form einer Brosche an ihrem gestärkten weißen Kittel. Sie lässt sich Zeit dabei, trotz des unheilvollen Grollens in Adans Verzweiflung. Die Schwester macht diese Art von Ausbruch nicht zum ersten Mal durch und ist inzwischen dagegen immun.

Adan rennt in einen Nebenraum, entreißt einer anderen Schwester eine Decke, kommt zurück und legt sie seiner Frau um die Schultern. Er schaut immer noch zur Tür, denkt immer noch an die Pistole im Container und daran, was in dem Haus passiert ist, und schließlich, als sie Sirenengeheul näher kommen hören, sagt er, dass er sie hierlassen muss, irgendwo hingehen, wo er untertauchen kann, nur für den Fall. Und Lala erinnert ihn nicht daran, dass es sein könnte, dass sie gerade sein Baby verliert.

Lala überlegt, ob sie ihn bitten soll, ihr vorher noch auf die Toilette zu helfen, aber sie ist sich sicher, er lässt sie an der Tür allein. Sie sucht jede einzelne Kabine ab, aber alle Klopapierspender sind leer, und sie hat das Schild nicht gesehen, und sie kommt wieder raus, und Adan ist weg, und ihr Kopf dreht sich, und sie stolpert in die Herrentoilette und sucht auch dort, denn da ist schon Blut überall an der Rückseite von Wilmas Nachthemd, und sie will verdammt sein, wenn es jetzt auch noch voller Scheiße sein soll. Und gerade, als sie wieder rauskommt, um eine Schwester zu fragen oder einen Wachmann oder einen der anderen wartenden Kranken, ob sie eine Packung Taschentücher oder Feuchttücher für Babys oder eine Serviette von einem vergessenen Sandwich übrig haben, ruft eine Stimme ihren Namen über die Lautsprecheranlage aus, und die grauen Türen gehen auf, und eine Schwester erscheint, eine untersetzte Frau mit schlecht sitzender Perücke und einer Uniform, die so weiß ist, dass es nicht auf einen guten Umgang mit den Kranken hindeutet, und die Schwester sagt, beeilen Sie sich, wir haben nicht die ganze Nacht Zeit, aber Lala rührt sich nicht, sie hat sich jetzt eingenässt, und es ist ihr peinlich und tut noch mehr weh als vorher, und die Schwester saugt an ihren Zähnen, weil das jetzt sauber gemacht werden muss, und hat sie denn nicht vorher gewusst, dass sie mal musste, und dann bemerkt sie, dass Lalas Bauch rund ist, aber nicht fett, und sie sieht die blutigen Fußabdrücke von Adans Turnschuhen auf dem graugrünen Boden, und sie fängt an zu rufen.

Eine Trage kommt, und Lala wird liegend durch die Türen in einen Flur getragen, wo vornübergebeugte Menschen stöhnen. Sie sieht Arme in komischen Winkeln abstehen und Schnitte und Wunden und Hemden und Handtücher, die auf Stirnen und Münder und blutende Stellen gedrückt werden, und sie schaut nach oben, um sich zu verschonen, und da ist ein Gittermuster aus Dachziegeln und viereckigen fluoreszierenden Lichtern, das in die Zukunft führt, und sie fragt sich, ob sie, nach allem, was sie schon durchgemacht hat, jetzt hier sterben wird. Und der Gedanke bekümmert sie nicht. Die Trage hält an, und eine andere Schwester erscheint, und als sie das nächste Mal zu sich kommt, sagen sie ihr, sie soll pressen, aber Lala will nicht pressen, sie hat Angst, was sie dann zu sehen bekommt.

Jetzt erfährt Lala die zweite Wahrheit, denn als sie den Mund öffnet, um nach Wasser zu fragen, kommt stattdessen der Schrei heraus, den sie versteckt gehalten hat. Sie will ihnen sagen, das ist nicht mein Schrei, das ist ein Schrei, den ich aus einem Haus am Baxter's Beach habe, und sie hofft, die Schwestern werden verstehen, dass dieser Schrei ebenfalls behandelt werden muss, aber sie tun es nicht. Die Schwester mit der schlechten Boney-M.-Perücke sagt, halt den Mund, und fragt, ob sie auch so geschrien hat, als sie den Mann genommen hat, der Schuld an diesem Schlamassel ist. Ihre Augen sagen Lala, dass sie weder zulassen kann noch will, dass Lalas Geschrei in ihren eigenen Kopf eindringt, denn es sieht nicht gut aus, und diese Teenagermädchen ohne auch nur ein Hemd überm Hintern kommen hier jeden Tag rein und werden von Mal zu Mal jünger.

Also macht Lala den Mund zu und schluckt den Schrei, den sie sich am Baxter's Beach eingefangen hat, wie sich manche Leute eine Erkältung einfangen, runter, und in ihrem Kopf fleht sie das Baby an, bitte, bitte nicht zu sterben, während sie presst und spürt, wie die Adern im Weiß ihrer Augen platzen und ihr Blickfeld geflutet wird.

Und dann erfährt Lala die dritte Wahrheit, denn als sie das Brennen und das Reißen und das Dehnen und das Glitschen hinter sich hat und plötzlich, atemlos, von dem Gewicht befreit ist, das sie in den letzten acht Monaten in sich getragen hat, da begreift sie, dass sie den Schrei nicht hört, der in allen Darstellungen im Fernsehen, die sie je gesehen hat, die Geburt des Babys anzeigt. Also sagt sie: »Schwester, Schwester?«, sie will die Versicherung, dass alles in Ordnung ist, dass es dem Baby gut geht, aber die Schwester schaut sie nicht an, die Schwester windet ihr Handgelenk aus Lalas Griff und sagt der anderen Schwester, sie soll den Doktor rufen, und ihre Hände halten etwas, das sich nicht bewegt. Sie bringt das Baby schnell in den Lichtfleck unter einer brennenden Lampe auf einem Tisch, steckt ihm einen knolligen Schlauch in die Nasenlöcher, reibt und drückt und horcht an der Brust des Babys. Und Lala versteht, dass das nicht gut ist, und will nicht hinsehen, aber sie tut es doch und fleht stumm das Baby an, es soll leben, weil sie sehen kann, dass die Schwestern schon aufgegeben haben, und weil sie plötzlich wütend ist, dass Adan nicht hier ist, und nach heute Abend ist sie sicher, dass sie Adan nicht mehr lieben kann, und vielleicht ist das Baby alles Gute in ihm, und sie will, dass es lebt, damit sie statt seiner das Baby lieben kann.

Eine andere Schwester platzt in den Raum, und eine sehr junge Medizinstudentin folgt ihr, und jetzt stehen die beiden über ihrem Baby an dem kleinen Beistelltisch und klapsen es und stupsen es und stechen es mit Röhren und Nadeln, bis Lala einen schwachen kleinen Schrei hört. Und erst als Lala vor Erleichterung zu wimmern anfängt, sagt die Studentin: »Ist sie zusammengenäht?«, und die Schwester, die damit beschäftigt war, Baby zu retten, sagt: »Nein«, und kommt zu ihr zurück und tätschelt ihren Arm und sagt, es ist okay, sie tun alles, was sie können.

Als sie fertig sind, ist Baby immer noch blau, aber sie atmet, und sie wird von dem kleinen weißen Tisch hochgenommen und kurz ihrer Mutter gezeigt und dann schnell weggebracht. Im Raum ist es still, während Lala zusammengenäht wird und immer mehr Nadeln auf sie einstechen und sie eine Transfusion mit dem Blut von jemand anderem bekommt. Ihr ist kalt, und sie zittert, und die Schwester mit der Perücke knüllt Wilmas blutgetränktes Nachthemd zusammen und steckt es in eine Tüte und bereitet den Raum für die nächste Geburt vor, und Lala fragt, ob sie Wilma anrufen können und ihr sagen, dass Stella das Baby bekommen hat, und sie bitten herzukommen, obwohl sie weiß, dass Wilma nicht herkommen wird. Und die Schwester, unbeeindruckt davon, dass Lala ihre Großmutter beim Vornamen nennt, aber milder wegen Lalas offenkundiger Fähigkeit, es entgegen aller Wahrscheinlichkeiten doch zu schaffen, sagt okay, aber das Baby wird wahrscheinlich eine Weile keine Besucher haben können. Und ihr Tonfall sagt, vielleicht wird das Baby niemals Besucher haben.

Sie lässt Lala in dem kalten, stillen Raum auf dem Rücken liegend zurück, die Beine immer noch gespreizt und völlig ohne Gefühl an der Schnittstelle ihrer Schenkel, und es ist überhaupt nicht wie die Glückseligkeit auf den Postern in der Klinik oder in der Fernsehwerbung oder auf den Gesichtern der reichen Touristenfrauen, die mit ihren Neugeborenen am Baxter's Beach spazieren gehen. Stattdessen wird ihr klar, dass sie jetzt einen neuen Menschen in die Dunkelheit geholt hat, dass die Geburt eine Verletzung ist und dass das Baby zu bekommen Narben bei ihr hinterlassen hat, und als die Schwester sie fragt, ob sie mitkommen und ihr Baby auf der Intensivstation sehen möchte, schüttelt sie den Kopf, nein, und die Schwester schnalzt *ts ts,* und Lala denkt an Adan, der nicht wiedergekommen ist, und sie fragt sich, ob er die Pistole wieder rausgeholt hat, aber sie lässt den Mund zu, denn ein Teil von dem Schrei ist noch dadrin.

KAPITEL ZWEI

Mrs. Whalen
26. Juli 1984

In den ersten fünf Tagen nach dem Mord ist Mira Whalen stumm. Sie kann nichts antworten, wenn das Hausmädchen Guten Morgen sagt, sie kann den überall herumlaufenden Polizisten nicht sagen, sie sollen mit ihren Stiefeln von dem weißen Teppich in ihrem Schlafzimmer runtergehen, sie kann überhaupt nichts sagen, als die Polizisten ihr unbedingt Fotos von allen Räubern zeigen wollen, die zum Zeitpunkt des Mordes an Peter Whalen aus dem Gefängnis raus waren. Sie kann nur Weigerungen stöhnen *(komm nicht her, sorg noch nicht dafür, dass sein Leichnam nach England zurückgebracht wird, weine nicht)*, als ihre Mutter anruft, um ihr Hilfe anzubieten.

Aber ihre Stimme ist nicht das Einzige, was sie verlässt. In jeder der fünf Nächte seit dem Mord hat Mira Whalen außerdem Zähne verloren.

Es ist zwar schmerzlos, aber es erfüllt sie jedes Mal mit einem unerklärlichen Grauen, wenn sie davon träumt, ein Grauen, das beim Aufwachen nicht nachlässt. Oft ist es ein ganz normaler Traum, wie Träume eben so sind (mit dem Hund spazieren gehen, das Geschirr spülen), nur dass ihr, ehe sie sichs versieht, die beiden Vorderzähne aus dem Mund in ihre Hände fallen. Jede Nacht.

Im Traum wird sie jedes Mal durch ein geistiges Wegreißen ohne körperliches Empfinden gewarnt, das dennoch ihre Hände nach oben bis zu ihren Lippen zwingt. Sie teilt sie langsam und spürt, wie der Beweis in ihre Hände plumpst. Es sind immer Milchzähne – unblutig und winzig –, solche, wie man sie der Zahnfee hinterlässt. Ihr Morpheus'sches Ich starrt diese Miniaturen an, weißer und mit mehr Facetten als in ihrer Erinnerung, und während sie draufstarrt, beginnt das geistige Zerfleischen wieder von vorn, die mittleren Schneidezähne in ihren Händen erheben sich in die Luft, die Lippen teilen sich langsam, und dann brechen lautlos weitere Zähne heraus, die sie nicht mehr hatte, seit sie ein kleines Mädchen war.

Was Mira Whalen an diesen Träumen am meisten verstört, ist nicht der drohende Verlust ihrer Fähigkeit zu kauen, sondern die Tatsache, dass sie oft einfach weiter auf die Zähne in ihren Händen starrt, obwohl sie doch weiß, dass sie noch mehr verlieren wird. Für Mira ist nicht wichtig, dass sie träumt. Eigentlich, denkt sie beim Aufstehen kurz vor Morgengrauen, eigentlich müsste ihre schlafende Version doch klug genug sein vorherzusehen, was als Nächstes passiert. Etwas tun, um zu verhindern, dass sie noch mehr Zähne verliert. Während Mira Whalen über die Dummheit ihres Schlaf-Ichs nachgrübelt, wiederholt ihre praktisch veranlagte Seite jeden Morgen beim Aufwachen dieselben Handlungen. Sie geht die zwanzig Schritte von dem behelfsmäßigen Bett auf dem Teppichboden hinter der geschlossenen Schlafzimmertür zu dem Spiegel über dem Badezimmerwaschbecken. Dort holt sie dreimal tief Luft, bevor sie sich zwingt, in den Spiegel zu schauen und zuzusehen, wie ihr Spiegelbild in ihren Handrücken beißt, fest genug, um Spuren zu hinterlassen, und dann in dem schmerzenden Abdruck jede Kurve untersucht.

Erst nachdem sie sich überzeugt hat, dass ihre echten Zähne alle erwachsen sind, zählt sie sie, jeden Morgen seit dem Mord. Sie zählt laut, denn das Zählen ihrer Zähne in Gedanken gibt ihr das Gefühl, immer noch zu schlafen, und davor, Schlafwandlerin zu sein, fürchtet sie sich am meisten, aber heute ist der erste Tag, an dem ihre Stimme auch wirklich ein Geräusch erzeugt. Ihre Stimme raspelt über ihre Zunge und Zähne und kommt als etwas Kratziges heraus, das flüstert, obwohl sie es gar nicht möchte. An jedem der ersten fünf Morgen nach dem Mord hat Mira Whalen es als Segen betrachtet, dass sie nicht sprechen und die Kinder aufwecken konnte, obwohl sie es so gern gewollt hätte. An diesem, dem sechsten Morgen, tadelt sie sich, weil sie so dumm ist, immer noch an Segen zu glauben.

Am sechsten Morgen nach dem Mord an ihrem Ehemann schaut Mira Whalen die einsame rosafarbene elektrische Zahnbürste im Spiegelschrank an, während sie mit einem Schluck heißem Wasser, das sie unter dem Wasserhahn mit den Händen auffängt, drei Schmerztabletten und ein Antidepressivum schluckt. Sie merkt nicht, dass sie das heiße Wasser aufgedreht hat, aber sie verbrennt sich nicht die Finger, denn sie braucht nie mehr Wasser, als sie in den zehn Sekunden auffangen kann, bevor es zu dampfen beginnt. Sie schluckt alle vier Tabletten auf einmal und hebt den Kopf genau in dem Moment, als das Wasser eine Temperatur erreicht, die ihr die Haut verbrennen könnte, wenn sie nicht schnell genug ist, und dann ist sie wieder mit dem Spiegel konfrontiert. Zum ersten Mal seit dem Mord erlaubt sich Mira einen Blick, einen langen Blick, auf eine Hexe mit wirren Haaren, unstetem Blick und einer nassen, schorfigen Wunde auf der Wange, die sich jetzt lila und blau verfärbt. Dann wendet sie sich ab, teils, weil sie die Person im Spiegel, abgesehen von den Zähnen, nicht wiedererkennt, und teils, weil sie Besseres zu tun hat, als zu versuchen, das Gesicht dieser Frau in Ordnung zu bringen. Zum Beispiel das Polizeirevier von Baxter's Beach anrufen, um sich zu erkundigen, ob sie den Kerl, der ihren Mann umgebracht hat, schon erwischt haben. Zum Beispiel die Leichenhalle des Baxter's General anrufen, um herauszufinden, ob der Rechtsmediziner aus Schweden eingeflogen ist, damit er ihnen sagen kann, was sie schon wissen, und sie die Kinder nehmen und verdammt noch mal von hier verschwinden kann. Zum Beispiel versuchen, Peters Ex-Frau und Mutter seiner zwei Kinder zu erreichen, um ihr zu erzählen, was passiert ist, denn die erste Mrs. Whalen ist Künstlerin und hat sich in ein Retreat auf einem Berg irgendwo in Indien zurückgezogen, wo sie nicht mal Zugang zu einem beschissenen Telefon hat. Zum Beispiel Dinge, zu denen sie sich in den ersten fünf Tagen, seit sie ihren Mann verloren hat, nicht überwinden konnte.

Am sechsten Morgen nach dem Mord zählt Mira Whalen, nachdem sie ihre Zähne und Tabletten gezählt hat, die Kinder. Sie geht die zwanzig Schritte vom Spiegel zu dem weichen Deckenstapel zurück, auf dem Beth und Sam immer noch leise schnarchen. Sie setzt sich auf den Teppichboden und schaut ihnen erst einmal zu, zählt das Heben und Senken von Brust und Rücken. Nachdem sie zweimal je zehn Atemzüge gezählt hat, zählt sie zweimal je zehn Finger, zweimal je zehn Zehen. Und dann zählt sie noch zweimal je zehn Atemzüge. Erst nach diesem zweiten Satz von je zehn Atemzügen kann sie die Vorhänge nachdrücklicher vor das Tageslicht ziehen, wieder ins Bett gehen und in die Zukunft gleiten. In dieser Zukunft bricht sie zu Peters Ruhestandsfeier auf, macht sich für Beths Hochzeit fertig, sitzt bei Sams Abschlusszeugnisvergabe im Publikum, bis sie unerklärlicherweise beschließt, mit einem großen weißen Hund spazieren zu gehen, den sie im echten Leben nie besessen hat, und sich die Augenblicke verlangsamen, wie es Augenblicke tun, wenn gerade etwas fürchterlich schiefgeht.

An diesem sechsten Morgen hört Mira Whalen Klickgeräusche und spuckt Zähne und erwacht keuchend zum

Schrei eines jungen Mädchens. Beths Schrecken ist eine vollere, tiefere Version ihres eigenen.

Am Tag vor Peters Tod hatten sie gestritten: eine dieser sinnlosen Schimpftiraden über nichts Wichtiges, die Mira jetzt nie wieder vergessen wird. Er hatte sie gebeten, auf dem Rückweg vom Strand Rosinen mitzubringen, weil er Brotpudding für sie machen wollte, ihr Lieblingsdessert auf der ganzen weiten Welt. Peter war kein guter Koch. Ihretwegen brauchte er das auch nicht zu sein, und er musste sicher nicht für sie kochen – er konnte es sich leisten, jeden Tag bis zum Ende seines Lebens überall essen zu gehen, wo er wollte, und sie damit auch. Sie hatte nicht verstanden, warum er bei diesem Besuch darauf bestand, ihr Brotpudding zu machen, warum er sich so aufregte, als sie ihm sagte, sie habe die Rosinen vergessen. Er hatte nicht verstanden, warum ihr nicht klar war, dass es bei dem Streit um mehr als Brotpudding und Rosinen ging.

Am Ende, als sich der Streit über Rosinen und Kochen hinaus hochschaukelte, hatte Peter beschlossen, wieder einmal im Gästezimmer zu schlafen, und diesmal machte er sich nicht einmal die Mühe zu warten, bis die Kinder schliefen, bevor er seine Sachen durch den langen, beleuchteten Flur in eines der anderen Schlafzimmer trug. Sie hatte Sams betroffenen Gesichtsausdruck gesehen und gesagt: »Daddy macht Platz, damit du bei mir schlafen kannst«, denn ein Siebenjähriger akzeptiert solche Erklärungen. Für Sam hatte das anscheinend genügt, aber seine Schwester hatte die Augen verdreht und war davongeschlichen, um ihre Stereoanlage viel lauter zu drehen, als sie hätte dürfen. Mira hatte ebenfalls die Augen verdreht. Falls sie und Peter das Baby nicht würden machen können, das sie sich so sehr wünschten, falls die Götter so unfreundlich sein wollten, dann würde sie, so hatte sie schon lange beschlossen, sich trotzdem glücklich schätzen, die Stiefmutter dieser beiden zu sein, auch wenn das Leben mit Beth langsam höllisch anstrengend wurde. Sam war nach wie vor so lieb wie immer.

Sie hatte Peter an diesem Abend bewundert, als er mit den Armen voller Bettzeug an ihr vorbeigegangen war. Sie hatte die schon etwas welke Haut an seinen Armen und der Brust angesehen, die Lachfalten, die sich in seine Wangen eingegraben hatten, die Zuckerwattebüschel salziger Haare unter seinen Achseln. Innerlich hatte sie zugegeben, dass er ein guter Mann war. »Aber er ist ein guter Mann«, war ihr in diesem Moment durch den Kopf gegangen, und manchmal vergaß sie jetzt, dass vor diesem Gedanken, falls er eine Einschränkung gewesen war, gekommen sein musste, dass er es aus irgendeinem Grund *nicht* war. An diesem Abend hatte sie ihn betrachtet, als er mit einem Kissen in einem blau gestreiften Bezug unter dem Arm vorbeigegangen war und sich die größte Mühe gegeben hatte, sie nicht anzusehen. Sie hatte ihn schön gefunden, es ihm aber nicht gesagt. Eine kleine, dumme Sache. Etwas, das du tust, wenn du sicher bist, dass du am nächsten Morgen aufwachst, und der Streit ist vorbei, dass du ihm auf dem Weg zum Frühstück über den Rücken streichen wirst, seinen Blick auffangen, wenn ihr beide über etwas lacht, das eines der Kinder sagt, während ihr Pfannkuchen esst. An diesem Abend war sie zu Bett gegangen und sich sicher gewesen, dass ihr noch eine Chance zustand. In diesem Moment, nach drei Wochen Sommerurlaub in ihrer luxuriösen Strandvilla, waren die Streite neu gewesen, und es ging nie um das, was sie *wirklich* meinten. Sie hatte gehofft, in diesem Urlaub endlich über den wahren Grund reden zu können. Es auszusprechen, damit sie beide es von der Seele hatten. Sie hatte das Gefühl gehabt, zumindest auf *dieses* Gespräch ein Recht zu haben.

Aber dieses Gespräch war ihr versagt geblieben.

An diesem Abend hatte sie sich dem Schlaf ergeben, trotz des Polterns und Kratzens von Peters Ruhelosigkeit, das sie durch die Wand hörte, und war unruhig weggedämmert. Später hatte sie der Lauf einer Waffe geweckt, der ihr ins Gesicht gestoßen wurde. Sie war benommen aufgestanden und hatte gedacht, es sei Peter, was sie immer noch schmerzte: dass ihre erste Schlussfolgerung gewesen war, es sei *ihr Ehemann*, der in ihr Schlafzimmer eingebrochen war, um ihr etwas anzutun. Vielleicht hätte Peter bei allem, was sie angestellt hatte, jedes Recht gehabt, sie umbringen zu wollen.

Aber er war es nicht gewesen.

Es war ein blauschwarzer Mann mit einer graublauen Pistole und flach ausgestreckter Hand gewesen, der neben ihrem Bett stand und Geld verlangte. Als er sie schreien hörte, war Peter angerannt gekommen. Er hatte die Arme ausgebreitet und dem Räuber seine Brieftasche angeboten, und als der Mann immer noch nicht zufrieden war, hatte er ihn angefleht, sie zu verschonen. *Bitte,* sagte er, *lassen Sie meine Frau gehen.* Und der Räuber sah ihn an, darauf konzentriert, dass er um ihr Leben bettelte und nicht um sein eigenes, und lachte. Ein tiefes Lachen, das einen Moment später verstummte, als er Peter mit dem Griff der Pistole auf die Nase schlug, bis sie blutete. Die Kinder hatten geschlafen, Sam hatte entschieden, dass er doch in Beths Zimmer übernachten würde, und Mira Whalen war Zeugin, welche Mühe sich Peter gab, seinen Schmerz zu unterdrücken, als seine Nase brach, damit die Kinder ihn nicht aufschreien hörten, nicht aufwachten und in den Raum mit dem Räuber und der Waffe gerannt kamen.

»Schau mich nich an, Paps! Schau. Mich. Nich. An. Verdammt!«

Und dann hatte es geklingelt, um zwei Uhr morgens. Um zwei Uhr am beschissenen Morgen. Sie hatte sich vor Schreck fast in die Hose gemacht und sich gefragt, was das wohl zu bedeuten hatte. In den *sechs Jahren* – sechs Jahren –, die sie hierher in den Urlaub fuhren, hatte es noch nie um diese Zeit geklingelt. Besucher, die nach einer Nacht in der verschnarchten Hoteldisco betrunken spazieren gingen, hatte sie gedacht, oder einheimische Teenager, die den Touristen Streiche spielten, oder *(bitte, Gott!)* die Polizei, die kam, weil jemand etwas gehört und sie gerufen hatte. Aber sie erfuhr nie, wer da geklingelt hatte.

Der Räuber zögerte. Es klingelte weiter. Sie glaubte, eine Chance zu sehen, und stürzte los, krallte mit einer Hand nach der Pistole und mit der anderen nach der gazeartigen zweiten Haut, die der Räuber übers Gesicht gezogen hatte. Eine kleine, eine dumme Sache. Der Räuber schlug sie hart ins Gesicht, und Peter rannte zu ihr, und sie hätte ihn am liebsten getreten, weil er so verdammt galant sein musste. Wie so oft. Er hätte nach draußen laufen sollen, die Polizei rufen, die Tür öffnen, den Kindern befehlen, aus dem Haus zu laufen. *Irgendwas.* Aber nicht direkt auf den Räuber zulaufen und versuchen, ihn davon abzuhalten, mit ihr zu ringen.

Stattdessen war Peter direkt auf die Waffe zugestürmt, hatte sie aus der Schusslinie geschubst, und sie hatte den Kindern zugerufen, sie sollten weglaufen, auch wenn sie wahrscheinlich noch nicht mal wach waren, und dann ging die Pistole los, und der Räuber brüllte etwas, das wahrscheinlich »Aufhören!« hieß, und riss ihr die Strumpfmaske aus der Hand und steckte sie in seine Tasche, und dann ging die Pistole noch mal los, und aus dem Augenwinkel sah sie Peter fallen, während der Räuber an ihm vorbeischaute, um auf sie zu schießen. Die Pistole hatte versagt, und dann war der Räuber davongerannt.

Alles, was nötig gewesen wäre, waren die kleinen Dinge: zum Beispiel nicht zu vergessen, eine Schachtel Rosinen zu kaufen, damit sie überhaupt erst einmal nicht gestritten hätten. Oder die paar Schritte ins Gästezimmer zu gehen, nachdem er das Licht ausgeschaltet hatte, mit einem Lächeln im Gesicht, und zu ihm ins Bett zu schlüpfen, dann wäre der Räuber ins Schlafzimmer gekommen und hätte niemanden vorgefunden. Oder es hätte genügt, in den Wochen, bevor sie auf der Insel gelandet waren, einen großen Hund zu kaufen oder eine Alarmanlage oder zu entscheiden, stattdessen nach Amerika zu fahren. Oder es hätte genügt, in den Monaten davor lieb gewesen zu sein, dann hätte Peter keinen Trip nach Paradise vorgeschlagen, um zu reparieren, was sie kaputtgemacht hatte. Irgendeines von diesen kleinen Dingen, und Peter wäre immer noch hier.

Aber stattdessen war er erschossen worden und war hingefallen, und das machte sie am meisten betroffen: dass sie ihn nicht einmal angesehen hatte, während er fiel, dass ihr Blick immer noch auf die blauschwarze Hand mit der Pistole gerichtet gewesen war. Wirklich betroffen machte sie, dass ihr Zugeständnis, ihre Entschuldigung, ihr Bedauern nicht das Letzte gewesen waren, was ihr Mann von ihr gesehen hatte, bevor er starb.

Dass sie jetzt nie die Chance bekommen würden, das *eigentliche* Gespräch zu führen.

Eine kleine, eine dumme Sache.

KAPITEL DREI

Lala
30. Juli 1984

Selbst jetzt, als Baby mit offenem Mund zwischen euch beiden schläft, wenn dir die Realität bestätigt wird durch das Zwitschern der Vögel, das Rascheln der Kokospalmenblätter und das Anbranden und den Rückzug der Wellen da unten, selbst jetzt kannst du ins Gesicht des Mannes schauen, der auf der anderen Seite dieses kleinen Babys schnarcht, und dich fragen, wer er ist. Du kannst diese dünnen, gehässigen Lippen sehen, durch den Schlaf zur Freundlichkeit erschlafft, und vergessen, wie sie sich anfühlen, wenn er dich küsst. Du kannst in seine breiten, flachen Gesichtszüge schauen, auf seine geschlossenen Augen mit den schweren Lidern, und Mühe haben, dich an seinen Namen zu erinnern.

Baby regt und streckt sich in Zeitlupe und schläft wieder ein.

Du nimmst es ihm nicht übel, dass du vor drei Tagen ganz allein ein Taxi vom Baxter's General nehmen musstest, das dich und Baby nach Hause brachte. Du verstehst, dass er unsichtbar bleiben musste, falls die Polizei ihn sucht, deshalb nimmst du es ihm nicht übel, dass er dich nur einmal besuchen gekommen ist in der ganzen Woche, die ihr beide im Baxter's General eingesperrt wart und beobachtet habt, wie die anderen Mamis und Babys Geschenke bekamen und Blumen und Besuch von Ehemännern und Freunden und Gemeindemitgliedern. Du beschwerst dich nicht, dass auch sonst keiner gekommen ist, um Baby zu sehen, nicht mal Wilma. Du nimmst ihm nicht übel, dass er das eine Mal, das er gekommen ist, nur ein paar Minuten blieb, Baby anstarrte, ihre kleinen Wangen streichelte und gurrte, bevor eine Sirene aufheulte und er sagte, er müsse gehen, weil alles immer noch heiß ist.

Aber du nimmst es ihm übel, dass er dich vom Haareflechten abhalten will, obwohl er doch weiß, dass es das Einzige ist, was dich vor dem Durchdrehen bewahrt. Du bist geboren, um zu flechten, wie er geboren ist, um zu atmen.

Wenn du Frau genug bist, um dir vom Krankenhaus aus ein Taxi zu rufen und dem Fahrer zu sagen, wohin er fahren soll, sagst du dir jetzt, wenn du dich mit deinen immer noch stechenden zusammengeflickten Körperteilen aus diesem Taxi quälen kannst, wenn du den Taximann bezahlen und mit zwei Taschen und fünf Pfund Baby und in einem rosa Kleid, mit Geld gekauft, das du genau mit diesem Haareflechten verdient hast, über den sandigen Boden gehen kannst, wenn du genau die gleichen fünfundzwanzig Treppenstufen wieder raufsteigst, die du dich in dieser Nacht runtergequält hast, als du ihn suchen gegangen bist, mit zwei Taschen und einem neuen Baby, bist du dann nicht Frau genug zu entscheiden, wann du dir dieses Baby schnappst und wieder Haare machen gehst?

Wie viele von den Frauen von der Geburtsstation kommen heim, und da ist keiner?, hast du dich gefragt, als du Adans Haustür mit dem blauen aufgemalten Pepsi-Logo drauf öffnest. Er hat dich nicht vermisst, und das Haus hat dich noch weniger vermisst – das gespülte Geschirr noch genauso gestapelt, wie du es in der Nacht gelassen hast, als du ihn suchen gegangen bist, das Bett immer noch mit demselben von Wilmas mit Rosen bedruckten Spannbettlaken bezogen, auf dem du an dem Morgen, bevor Baby geboren wurde, aufgewacht bist, schwitzend wie ein Schwein. Das Blut ist auf den Laken geblieben und getrocknet, es war da, als du das Haus verlassen hast, und es ist immer noch da, als du aus dem Krankenhaus kommst. Aber von *ihm* war ganze drei Tage keine Spur zu sehen. Wie kommt er drauf, dass er jetzt aufkreuzen und dir sagen kann, was du machen sollst?

An diesem Morgen, erst an diesem Morgen, hat er geklopft, und du hast aufgemacht, und er ist ins Bett gekrochen und mit offenem Mund eingeschlafen, genauso wie Baby jetzt schläft. Erst heute Morgen kannst du ihm sagen, dass du mit Baby spazieren gehen musst, die Krankenschwester hat gesagt, du sollst jeden Morgen mit Baby spazieren gehen. Aber du hast es ihm nicht gesagt. Er weiß nicht, dass du schon zweimal morgens mit Baby spazieren warst, weil er an diesen zwei Tagen nicht da war.

Du bist eine unabhängige Frau, sagst du dir, als er sich an diesem Morgen hinlegt, du kannst das Baby hochnehmen, ganz leise, und mit ihm die Treppe runtergehen, und du kannst den Kinderwagen unterm Haus rausholen und Baby reinlegen und unten deine Kämme verstauen, nur zur Sicherheit. Du kannst dir einen von Wilmas alten Hüten aufsetzen und den Strand runtergehen, auf dem Teil bleiben, wo der sandige Boden von den Wurzeln der Kokospalmen zusammengehalten wird, sodass die Räder des Kinderwagens nicht stecken bleiben. Du kannst den Frühmorgenschwimmern zusehen, wenn sie in die Lila- und Orangetöne des Sonnenaufgangs getaucht ihre zaghaften Schritte ins Wasser machen, und ihr Staunen sehen, weil sich das Wasser so warm anfühlt. Du kannst beobachten, wie sich vor allem die Frauen auf den Rücken legen und treiben lassen, sodass sich ihre seidigen Haarsträhnen um ihre Köpfe auffächern, und sie fast seufzen hören, wenn sich ihre Anspannungen in der Liebkosung des warmen, flachen Wassers auflösen.

Aber du kannst ihn nicht davon abhalten, über den Strand zu kommen und dich zu suchen, wenn er aufwacht, und Baby ist nicht da und du auch nicht.

Ein Name, denkst du, der beruhigt. So was wie: Es ist halb sieben am Morgen, und du schiebst einen Kinderwagen am Baxter's Beach entlang und suchst nach einem glatten Stein, auf dem du eine Tüte mit bunten Perlen und ein Plastik-Mayonnaiseglas mit Kämmen in allen Größen deponieren kannst. Wenn du nach einer Stelle suchst, die schattig genug ist, um einen kleinen Klappstuhl aufzustellen, auf dem eine Kundin sitzen kann, eine Stelle, die genug Platz im Schatten bietet, um ein winziges neugeborenes Baby in einem altmodischen Kinderwagen zu schützen, wenn die Sonne den Himmel hochklettert. Wenn du das also machst, und du kommst an Großer Rosa Mann vorbei, der mit seinem großen, unerzogenen weißen Hund mit den spitzen Ohren spazieren geht, und wenn der Hund dich anknurrt, dann kann es sein, dass du dich hilflos fühlst, denn jetzt, wo du ein neues Baby hast, kannst du nicht wegrennen, nicht so richtig. Falls der Hund hochspringt und knurrt und dich anbellt und so tut, als könne er dich bei lebendigem Leib auffressen, würde er nicht von den Warnungen seines Besitzers zurückgehalten, dann würdest du dich vielleicht nicht an diese Sache mit dem Namen erinnern. Aber wenn du dich erinnerst, wenn du seinen Namen rufst, wenn du stehen bleibst und »Betsy« sagst, wie es Großer Rosa Mann jeden Morgen macht, wenn er einen meersalzgebleichten Stock meterweit über den Sand wirft, damit der große, unerzogene Hund ihm nachrennt, wird er stehen bleiben wie erstarrt. Er wird den Kopf schief legen und überrascht das Maul aufmachen, und er wird fragen: »Kenn ich dich?« (Nicht mal ein Hund kann brutal zu jemandem sein, den er wirklich kennt.) Und wenn du lachst, wenn du sagst: »Ach, halt die Klappe, Betsy, natürlich kennst du mich, du und ich, wir sind Freunde«, wird er sich so halb hinsetzen hinter den schwitzigen Beinen von Großer Rosa Mann und den Kopf senken und verdutzte Geräusche machen, und Großer Rosa Mann wird sich wundern, was mit seinem Hund los ist, nachdem er sich gewundert hat, woher du verdammt noch mal dessen Namen kennst. Die Sache ist die, der Hund wird nicht mehr versuchen, dir Angst einzujagen, einfach weil du ihn beim Namen nennen kannst.

»Das ist mein Baby, Betsy«, könntest du sagen, und inzwischen wäre Betsy so still, so ruhig, dass man meinen würde, du könntest die beiden einander vorstellen, Baby und Betsy. Man würde meinen, du könntest mit Baby dichter an den Hund rangehen und sie ihm hinhalten und ihm zeigen, wie hübsch sie ist, wie warm und weich und schön.

Aber du tust es nicht. Denn im selben Moment kommt Adan den Strand entlanggetrabt und wirft dem Hund einen Blick zu, nur einen, und der Hund will dir plötzlich überhaupt nichts mehr tun. *Cha*, sagt Adan, er hat dir doch gesagt, du sollst nicht mal dran *denken*, mit seinem Baby in der heißen Sonne zu arbeiten, und doch bist du hier – nicht mal zwei Wochen, und du hast schon wieder die Kämme in der Hand.

Er hält nicht so viel von der Sache mit dem Spazierengehen, sagt Adan, als er zu dir getrottet kommt und deine Hand nimmt und die Kämme und den Griff vom Kinderwagen, er will nicht zu viel Aufmerksamkeit erregen, ist alles noch heiß, er findet, es wäre vielleicht am besten, wenn du und Baby drinnenbleibt. Du könntest das Baby ein paar Minuten auf die oberste Stufe rausbringen, wenn du musst. Komm zurück und leg dich hin und ruh dich aus, sagt Adan, er ist ein Mann, und er wird sich um dich kümmern, ist nicht so, als müsstest du hingehen und Haare fürs Geld flechten. So ein Mann ist er nicht.

Sein Gesicht trägt die Marke Lächeln, die dir Sorgen macht. Es ist ein dünnes Lächeln – seine Mundwinkel ziehen sich kaum nach oben –, und es beunruhigt dich, weil die

Augen über dem Lächeln todernst sind. Und weil du dieses Lächeln schon mal gesehen hast.

Geh einfach mit dem Baby spazieren und komm wieder nach Hause, wiederholt Adan, ist noch massig Zeit, Haare zu flechten, wenn Baby ein bisschen größer ist.

Und obwohl du merkst, dass er sich umschaut, ob ihm auch niemand folgt, dass ihn nicht genau in diesem Moment hier am Strand mit gezogenen Pistolen die Polizei umzingelt, bemerkst du auch den Stolz, der ihn aufplustert, wenn er »Baby« sagt. Er wärmt dich, dieser Stolz, er lässt dich fast vergessen, dass dieses Lächeln ein Signal ist oder dass du dieses Baby mit einem Mörder gemacht hast.

»Adan«, könntest du dann vielleicht sagen, »Adan, mir bringt das wirklich Frieden, den Leuten die Haare zu flechten, verstehst du? Und es kann nicht schaden, mal schnell eine Frisur zu machen, wenn Baby schläft. Sie schläft sowieso die ganze Zeit. Und wir brauchen das Geld.«

Aber du sagst es nicht; du öffnest den Mund, um seinen Namen zu rufen, um zu sagen, dass du eine erwachsene Frau bist und dass du mit dem Baby Haare flechten kannst, wenn du willst, aber nichts kommt raus. Und er versteht das so, dass es dir recht ist, dass er dir den Griff des alten Kinderwagens abnimmt und ihn auf glatteren Boden steuert, in Richtung des kleinen Hauses, aus dem du gerade gekommen bist.

»Komm«, sagt dieser riesige Mann mit der Narbe auf der Stirn, »komm, wir gehen und legen uns mit ihr hin. Ich bin müde. Und du weißt, ich will nich, dass mich jemand so am Strand rumlaufen sieht.«

Langsam verdüstert sich sein Gesicht, wie aufziehende Regenwolken, also gehst du mit ihm, denn Baby ist gerade geboren und klein für ihr Alter, und du willst nicht, dass er ihr Angst macht mit dem, was er tun wird, wenn du nicht gehst.

Als du wieder im Haus bist und auf dem Bett liegst und ihnen beim Schlafen zusiehst, diesem Riesen und seinem Baby, könntest du darüber staunen, dass dir selbst nach zwei Jahren, die du ihn kennst, und nach einem Jahr als seine Frau, der Name von diesem flachgesichtigen Mann auf dem Bett, dem Mann, der mit dem Schenkel über deinen Hüften schläft, wenn du auf der Seite liegst, um ihn loszuwerden, dem Mann mit dem Arm über deinen Schultern, während du die Faust anblinzelst, die er sogar im Schlaf ballt, dass dir der Name von diesem Mann immer noch manchmal entwischt, zum Beispiel wenn du in seinem Schatten auf dem Boden liegst, genau in dem Moment, wo es ihn stoppen könnte, seinen Namen ordentlich zu brüllen.

Vielleicht ist es also jetzt, nachdem du schon zugelassen hast, dass du zum Haus zurück und ins Bett geführt wirst, und nachdem du gezwungen wurdest, Baby zwischen euch beide zu legen und dich selbst dazuzulegen, voll angezogen, und nachdem du daran erinnert wurdest, die Augen offen und die Tür im Auge zu behalten, nur für den Fall, dass die Polizei kommt, dass dir klar wird, was du Baby zugemutet hast. Vielleicht verstehst du in diesem Moment, mit diesem Mann auf Babys anderer Seite, dass du womöglich einen sehr großen Fehler gemacht hast. Vielleicht wird es Zeit zu akzeptieren, dass dieser Mann nicht der lachende Riese ist, der dir vor zwei Sommern auf einem Einrad entgegengekommen ist. Vielleicht wird es Zeit, dass dir klar wird, dass dieser Mann sich seinen Lebensunterhalt nicht damit verdient, unter einem Bogen aus bunten Jonglierbällen hierhin und dorthin zu rollen, damit Leute Münzen in ein Glas werfen. Vielleicht gibt es einen Grund, dass dir der Name dieses Mannes manchmal nicht mehr einfällt, und es ist nicht nur, weil da auf dem Heimweg Plakate hingen, von denen du den Blick abgewendet hast, auf denen um Hinweise zu einem Mord gebeten wurde, mit der Beschreibung eines Verdächtigen, den du kennst. Es ist nicht nur die Zeitung, die unterwegs zu kaufen du dich nicht überwinden kannst, weil auf dem Titel eine Story von dem Raub ist und das Foto eines Mannes, der gestorben ist, und du dich nicht mit den Einzelheiten dieses Todes befassen kannst. Es sind all diese Dinge, und es ist das kleine braune Baby, das zwischen euch schläft, das nicht gezwungen werden sollte, dieselbe Angst zu spüren wie du.

Wenn er sich regt und im Schlaf redet, vergisst du vielleicht, dass du erwachsen bist, und du bist einfach still.

»Lala?«, singt er. »Lala?«

Du kannst die Hand ausstrecken und den lockeren Bogen seiner Finger berühren, du kannst sie aufspreizen, um seine Handfläche zu betrachten, du kannst die Linien nachzeichnen, die seine Zukunft erzählen, um zu sehen, ob du und Baby noch da seid. Du kannst seine Hand umdrehen und die Narben auf den Knöcheln seiner Finger ansehen, die langen Kratzer, die sich seinen Arm hinaufziehen. Aber du kannst nicht seinen Namen sagen, denn du hast ihn vergessen. Du kannst ihn nicht beim Namen rufen und sagen: *Bitte, jetzt nicht.*

»Nein«, sagst du, weil es dir immer noch wehtut. »Nein.«

Er versucht deinen Namen mit einer anderen Melodie.

»Nein.«

Aber Nein nützt nichts.

Du kannst dir auf die Unterlippe beißen und dabei das Baby anschauen, du kannst dir selbst sagen, dass das, was er tut, nicht so schlimm sein kann, denn es weckt Baby nicht auf, es bringt sie nicht zum Weinen, obwohl sie kräftig in den Laken durchgerüttelt wird, alles nicht so schlimm. Wenn es ein Baby nicht zum Weinen bringt, aber dich bringt es zum Weinen, was für eine Frau bist du dann?

Du kannst zusehen, wie die Tür auffliegt und dann wieder zu, auf und zu, auf und zu. Du kannst den Blick auf den Pepsi-

Schriftzug mit den leuchtenden Blautönen heften und dich fragen, woher die Tür kam, welches Geschäft er seiner Ladentür beraubt hat. Du kannst dir vorstellen, dass die Tür aus Protest an die Hauswand schlägt, dass sie nicht nur auffliegt, um ein wackliges Fenster zum Meer zu schaffen. Du kannst dir vorstellen, dass dieses weite blaue Meer zu dir hereinkommen wird, wenn sich eine sehr große Welle bildet. Du kannst Angst haben, dass ihr, obwohl logischerweise Sand dazwischen ist und das Haus auf Stelzen steht, alle nur ein paar Sekunden vor dem Ertrinken stehen könntet. Aber du kannst nicht seinen Namen rufen, kannst ihn nicht stoppen, denn wie die Welle, die sich auftürmt und bricht und irgendwo unter den Holzbodendielen verschwindet, ist auch er unerreichbar. Irgendwie jenseits von dir, Frau oder nicht.

KAPITEL VIER

Mrs. Whalen
31. Juli 1984

Die Leute wollen immer nett sein, aber darauf kommt es nicht an.

Mira Whalen reißt dem Zeitungsjungen die Zeitungen aus der Hand, schnauzt Rosa an, wenn der Toast auch nur ein bisschen zu dunkel ist, bombardiert den Gärtner mit Kraftausdrücken, weil er den Rasen mäht, während sie versucht, ein Schläfchen zu machen, und legt einfach auf bei unerträglichen Kondolenz-Fernanrufen von Peters Geschäftspartnern, Freunden und seiner Familie in London, die alle nicht wissen, was sie zu ihr sagen sollen, nachdem sie gesagt haben: *Es tut mir so leid.*

»Was tut dir leid?«, fragt sie eine von Peters Schwestern, als diese mit tränenersticktem Mitgefühl anruft. »Dass es nicht stattdessen mich erwischt hat?«

Sie stellt fest, dass sie nichts sagen kann als die kalte, harte Wahrheit oder absolut gar nichts.

»Mira«, beschwert sich ihre Mutter, als sie anruft und Mira am anderen Ende der Leitung nach mehreren Fragen immer noch schweigt: »Bist du noch da?«

Mira Whalen sagt Ja, sie seien alle noch da. Badeten täglich im warmen, blauen Wasser. Räkelten sich nächtelang in Schaukelstühlen aus Rohrgeflecht mit polierten Kufen, die auf Mahagoni-Verandaböden schaukelten, die nicht knarrten. Kümmerten sich um exotische, tropische Blumen und ernteten leuchtend bunte Früchte, die ein Diener in schaumige Drinks mit unaussprechlichen Namen verwandelte und mit winzigen rosa Papierschirmchen servierte. Sie seien *da*, sagt Mira Whalen, und lebten den extremen Müßiggang. Was sie natürlich *nicht* tun.

»Und wann geht ihr nach Wimbledon zurück?«, fragt ihre Mutter verärgert.

»Wir gehen nicht zurück«, sagt Mira. »Das würde mir im Traum nicht einfallen.«

Martha versteht den Sarkasmus ihrer Tochter nicht; Mira versteht nicht, warum sie ihrer Mutter gegenüber sarkastisch ist.

»Ihr könnt nicht dableiben, das ist nicht gesund.«

»Wir warten auf den Pathologen, Mutter«, faucht Mira Whalen. »Sie lassen für die Autopsie einen einfliegen. Ich kann nicht hierbleiben, aber ich kann Peter auch nicht allein zurücklassen, ich ...« Sie macht ein leises, ersticktes Geräusch.

»Was ist mit einem Hotel?«

»Ich will kein Hotel.«

»Ich kann rüberkommen und dir helfen, Mira. Als ich das letzte Mal mit ihm geredet habe, hat mir Peter einen Scheck versprochen. Wenn ich ihn bekomme, kann ich mich in den nächsten Flieger setzen und dich und die Kinder in einen Flieger zurück nach London setzen. Ich könnte die Leiche ... Peter ... hinterherschicken, sobald sie ihn freigeben. Ich kann dir mit allem helfen. Du kannst dir eine andere Wohnung suchen, Mira, eine kleinere, groß genug für dich zum Leben, während du dich erholst, du brauchst diese Villa nicht, du könntest ...«

Extreme sind immer schlecht, und die beiden Extreme des Besitzes – Mangel und Überfluss – sind besonders lähmend für die Seele. Aus diesem Grund empfiehlt Mira Whalens Mutter schon immer, gerade genug zu haben. Genug, um glücklich zu sein. Genug zu essen. Genug zu trinken. Nicht mehr oder weniger. Es ist vielleicht genug Beschäftigung für ein ganzes Leben, wenn man herausfinden will, was genug ist.

Mira Whalen kann sich nichts Schlimmeres vorstellen als die aufdringliche Hilfe ihrer Mutter, sie kann nicht anders, sie muss sie ablehnen, obwohl sie weiß, dass sie keine Wertung sein soll. Mira Whalen will ohne ihren Mann nicht nach London zurück, sie will keine kleine Wohnung oder »gerade genug«. Mira Whalen will Peter. Sie will das Leben mit ihm, das sie vorher hatte – Sommer in Paradise, wo die filigranen Schaumkronen auf den Wellen ihre Zehen umspülen, wenn sie Hand in Hand über Strände aus pudrigem rosa Sand spazieren. Sie will Sonntagspicknicks mit klebrigen Fingern auf dem Streifen Sand vor der Veranda, mit fleischstrotzenden Hummerscheren, die Rosa mit Butter und Zitrone übergossen hat, während Beth und Sam sie mit sonnengebräunten Gesichtern anlächeln, als gehörte sie hierher, zu ihnen. Mira Whalen will das gesunde Leben im restlichen Jahr in Wimbledon – das Fitnessstudio und den Salon und das Shoppen und Partys und Dinner in ihrem Haus, wo sie Peters Arbeitskollegen und Kunden empfangen, gefolgt von Nächten, bis drei Uhr morgens in seinem Bett zusammengerollt, in denen sie reden und lachen und die Leute imitieren, die da waren. Mira Whalen will, was sie nicht haben kann.

»Komm nicht, uns geht's gut, aber ich muss jetzt los.«

»Warte, Mira, ich finde, wir sollten beten ...«

Sie betet wahrscheinlich immer noch, als Mira auflegt.

Es ist kein Verbrechen, denkt Mira Whalen, das Beste im Leben zu wollen, und eine Fülle davon. Es ist kein Verbrechen, wenn du dafür das nutzt, was du hast, egal, was deine Mutter sagt. Das denkt Mira Whalen, als sie mitten in der Nacht hochschreckt, mit klopfendem Herzen und schweißgetränktem Nachthemd, obwohl die Klimaanlage voll aufgedreht ist. Daran erinnert sie sich, wenn sie liest und das Telefon klingelt und sie immer noch vollauf damit rechnet, dass es Peter ist, der anruft, um ihr zu sagen, dass sein Meeting länger dauert, und in Wirklichkeit ist es ihre Mutter, die sie noch einmal anfleht, ihre Sachen zu packen und zu ihr zu kommen. Das alles spielt sie noch einmal in Gedanken ab, während sie im Polizeirevier von Baxter Bilder gezeigt bekommt und Sergeant Beckles, nachdem er erkannt hat, dass Mira Whalen trotz ihres kultivierten Englisch und der teuren Kleidung in Wahrheit nur eine Einheimische ist, die einen wohlhabenden weißen Touristen geheiratet hat, ein ausdrucksloses Gesicht aufsetzt und aufhört, sie »Madam« zu nennen, und nicht merkt, dass ein Foto in seinem Ordner fehlt.

»Nein«, sagt sie, »das ist er nicht. Nein, der ist es auch nicht.«

Es ist kein Verbrechen, das Beste vom Leben zu wollen, zu nutzen, was du hast, um zu bekommen, was du willst, mahnt sich Mira Whalen noch einmal, also warum verdammt noch mal wird sie trotzdem dafür bestraft?

KAPITEL FÜNF

Lala
3. August 1984

Der Name ist ein Spiel, das sie an guten Tagen spielen, wenn sie im Bett liegen, versunken in ihrem gemeinsamen Gelächter, und er jemand ganz anderes ist. An guten Tagen sind sie eingesponnen in Baumwollbettzeug, das verschränkte Beine und Oberkörper bedeckt, und er ist entweder der Mann, wie sie ihn sich erhofft hat, oder der Mann, der sein Potenzial zum Guten noch nicht verwirklich hat, oder der Mann, der von ihrer Unfähigkeit gepeinigt ist, ihn ganz zu lieben. An schlechten Tagen ist der Name kein Spiel. Lala kann dieses Spiel nicht spielen, wenn er ein Dieb ist oder ein Lügner oder ein Mann, der sich in einen Dämon verwandelt, wenn er die Faust ballt oder sein Gesicht mit einer Strumpfmaske verbirgt.

Wenn sie dieses Spiel spielen, versucht Adan, sie zu singen. Er versucht jede Art von »la-la«, die ihm einfällt: leise perkussive Noten, die seine Kehle dehnen, und tief widerhallende Bassnoten, die vibrieren, wenn sie ihn berührt, und kaum hörbare scharfe Töne, die ihr in den Ohren wehtun. Er hat zu ihr gesagt, dass sie es wissen wird, wenn sie sie hört – die wahren Töne, den wahren Namen. Etwas in ihr wird klick machen, sagt er, und sie wird einfach wissen, dass er auf ihren Namen gestoßen ist. Er ist der einzige Mann, der ihn finden kann, sagt er, nur er ist fähig, nur er ist der Aufgabe gewachsen. Sie spielen das Spiel nicht mehr so oft, jetzt, wo das Baby da ist, aber dass er es immer noch versucht, wärmt sie innerlich.

Heute ist ein guter Tag.

»La-la«, singt Adan. »Ich glaub, das ist es.«

Aber Lala schüttelt den Kopf. *Nein.*

Es bringt nichts zu lügen, denn er wird es sowieso merken.

»Laaa-la!«

Nein.

Als er müde ist und sie fürchtet, er könnte schlechte Laune bekommen, legt sie beim nächsten Ton, der ihm von der Zunge rollt, den Kopf schief, reißt die Augen auf, setzt den verwirrten Blick des großen weißen Hundes am Strand auf, als würde sie gleich Sitz machen und ins Hier und Jetzt gesprungen kommen, wenn er ihn noch mal sagt. Und als Adan dieses seltene triumphierende Lächeln bekommt und versucht, es genauso zu wiederholen, als er Bestätigung sucht, nimmt sie stattdessen sein Gesicht zwischen die Hände. Sie küsst ihn auf die Stirn, zeichnet den Umriss der Narbe über seiner linken Augenbraue mit der Zungenspitze nach, zupft mit den Lippen an der dünnen Haut seiner Augenlider, sodass er aufhören muss, sie anzuschauen, um zu sehen, ob er endlich den Namen richtig hinbekommen hat. Sie liebt ihn. Und als sie damit fertig ist, ihn zu lieben, hat er vergessen, dass er es nicht geschafft hat, ihn zu knacken – dass ihr Name immer noch ein Rätsel ist.

Adan fängt an, von dem Raub zu reden. Dieser Raub ist nicht nach Plan gelaufen. Es ist die Schuld der Leute, sagt er. Jeder weiß, dass man jemand, der so in dein Haus kommt, nicht provoziert. Er sagt, dass die weiße Frau ihn gesehen hat, als sie ihm bei der Rangelei die Strumpfhose vom Gesicht gezogen hat. Er glaubt, dass sie ihm in die Augen gesehen hat, dass das schlimmer ist, als wenn sie seinen Namen wüsste oder wo er wohnt, denn wenn jemand nur seine Adresse wüsste, könnte er umziehen, aber wenn die Leute sein Gesicht kennen, können sie ihn überall identifizieren.

Er kann diese Frau nicht am Leben lassen, sagt er, diese weiße Frau. Hätte er die Wahl zwischen ihrem Leben und seiner Freiheit, sagt Adan und schaut Baby an, dann kann es nur eine Wahl geben.

Sie hatte bestimmt zu viel Angst, um dich richtig zu sehen, sagt Lala, denkt an die Strumpfmaske, an den Schrei. Sie war bestimmt zu schockiert, um sich an dein Gesicht zu erinnern.

Aber Adan ist nicht überzeugt.

»Eine kleine mickrige Frau«, sagt er, »eine kleine Schlampe, die dachte, sie könnte mir was tun. Diese kleine Schlampe hat mir direkt ins Gesicht geguckt, als sie den Strumpf runtergezogen hat. Ich hab ihr gesagt, sie soll nich gucken, und sie hat nich nur geguckt, sie hat den Strumpf runtergezogen, um *besser* gucken zu können. Eine kleine mickrige weiße Frau und ihr klappriger alter Mann. Ich hätt sie auch erwischt«, sagt er, »wenn's nich geklingelt hätte.« Und dann schweigt er und schaut Lala an.

Lala schaut weg.

Als er weiterredet, hört sie ihm zu. Die Worte hört sie nicht mehr. Lala hat schon lange gelernt, in solchen Momenten nicht auf Adans Worte zu hören. Stattdessen horcht sie auf das Auf und Ab seiner Stimme in der schmalen Lücke zwischen ihnen beiden. Es könnte sein, da ist sie sicher, dass er die genaue Intonation der zwei Silben ihres Namens finden kann, während er eigentlich etwas ganz anderes sagt, und darauf horcht sie. Das und nichts anderes ist der Grund, warum sie ihm nicht sagt, er soll verfickt noch mal von ihr runtergehen, dass er ein böser Mann ist, ein Lügner und ein Lumpenhund, und falls er je noch mal versucht, sie zu schlagen oder sie sich mit Gewalt zu nehmen oder herumzukommandieren, wird sie ihn mit der anderen Pistole umbringen, die er in einem leeren Ölfass bei einer der Betonsäulen vergraben hat, die ihr Haus davor bewahren, vom Meer verschlungen zu werden, sie wird einen Topf Wasser mit Öl drin kochen und ihn verbrühen, wenn er schläft, sie wird warten, bis er neben ihr schnarcht, und ein Hackbeil aus der Küche nehmen und ihm ordentlich in den Kopf hacken. In ihren Träumen würde ein ordentlicher Hieb ausreichen, so einer, der Knochen wie Butter durchtrennt.

Sie horcht auf die Laute, aber sie kann den Worten nicht entkommen.

Lala folgert aus dem, was Adan sagt, dass in der Nacht, in der sie ihn gesucht hat, ein alter weißer Mann gestorben ist und dass Adan weiß, dass er es ist, der ihn umgebracht hat.

Sie hält den Atem an.

An guten Tagen, bevor Baby geboren wurde, wenn Adan sie angelächelt und für sie gesungen hat, ihr die Beine massiert und ihr Erdbeeren gebracht hat, die so teuer waren, dass ihr schwindlig wurde, da wurde Lala manchmal daran erinnert, dass ihr Gedächtnis unzuverlässig ist, dass die Dinge, die sie gehört hat, die Dinge, die sie gesehen hat, die Dinge, die sie gefühlt hat, möglicherweise nicht echt waren. An solchen Tagen war sie nicht sicher, ob die furchtbaren Sachen, an die sie sich von Adan erinnert, wirklich so furchtbar waren wie in ihrer Erinnerung. Das eine Mal zum Beispiel, als er ihren Kopf küsste und dabei diesen kahlen Fleck in ihren Haaren fand und sie ganz ehrlich fragte, was passiert sei, dass ihr da die Haare ausgefallen sind. In solchen Momenten war sie nicht sicher, ob der Mann, der ihre Füße massierte, zu so etwas fähig war, ob die Verletzungen, die er ihr zugefügt hatte, wirklich von ihm stammten.

Wenn sie jetzt darüber nachdenkt, ist sie sich deshalb unsicher, ob Adan ihr wirklich erzählt, wie ein alter weißer Mann um seine Frau gebettelt hat und nicht um sein eigenes Leben, wie er gezittert hat, als er ihn erschossen hat, wie die Frau erschrocken die Augen aufgerissen hat, als der Mann umfiel, bis es aussah, als hätte sie gar keine Stirn mehr. Es kann sein, dass Adan Bedauern äußert, nicht mehr eingesammelt zu haben, gründlicher gesucht, sie nicht gezwungen zu haben, ihn zu dem Teil des Hauses mit dem Safe zu bringen, den reiche weiße Menschen immer haben. Es kann sein, dass Adans Stimme vor Wut zittert, dass sie lauter wird, als er sagt, er wünscht sich, er hätte ein bisschen länger warten können, sie zwingen, ihm alles zu geben, was sie haben. Es kann sein, denkt Lala, aber es ist unwahrscheinlich, denn schließlich ist das der Mann, der ihr gemeinsames Baby in seiner Armbeuge hält und Baby so sanft wiegt, dass sie vertrauensvoll hingegeben mit offenem Mund in den Schlaf sinkt. Das ist der Mann, der sich das einfache Geschenk vorbehalten hat, Baby einen Namen zu geben, der sie, weil er keinen Namen finden kann, der diesem Wunder seines ersten Kindes gerecht wird, über zwei Wochen nach ihrer Geburt immer noch Baby nennt, ein Name, der bedeutet, dass sie keinen hat. Das ist kein Mann, der zu nicht wiedergutzumachendem Schaden fähig ist, zu Mord.

»Sie kommt nich davon«, sagt Adan. »Wenn ich sie erwisch, wird sie sich wünschen, sie wär schon beim ersten Mal tot gewesen.«

Sein Blick ist wild, in seiner Narbe pulsiert heiß das Blut.

»Sie hat dich bestimmt nicht gesehen«, fleht Lala und schaut Baby an, die auf dem Bett liegt und kräht.

»Sie hat mich gesehen«, sagt Adan. »Sie hat den Strumpf runtergezogen, und sie hat mich direkt angeschaut. Sie hat nich weggeguckt. Sie hat mich gesehen, und sie muss tot sein.«

Raub ist eine Sache, aber Mord? Mord ist noch mal etwas ganz anderes. Mord ist eines von diesen Dingen, die man sich anhören kann, denkt Lala, falls man je das Unglück hat, auf der schuldfreien Seite eines Geständnisses zu stehen, oder wenn jemand seine Mordlust ausspricht, aber es ist nichts, was man wiederholt. Mord ist etwas, das man am besten vergisst, das am besten ein Geheimnis bleibt.

KAPITEL SECHS

Lala

16. August 1984

In der Nacht, in der alles anders wird, bewundern sie Baby. Leise sagen sie zum Soundtrack von Adans Gurren Dinge über sie – aus Hochachtung vor dem rätselhaften Namen ihrer Mutter. Lala redet über Babys Nase, darüber, wie sich die kleinen Beinchen an den Knien leicht nach innen drehen und sich dann gegenseitig abstoßen, über die eleganten Zehen mit den drei Gelenken. Adan redet über ihren langen Oberkörper, die flachen, breiten Knochen unter ihrem Gesicht, wie sich ihre Unterlippe nach innen zieht, wenn sie lächelt.

»Genau wie Penny«, sagt Adan. »Ganz Pennys Tochter.«

Das ist eins von den Dingen, die sie gemeinsam haben, beteuert sie sich selbst in gedanklichen Bestandsaufnahmen, liturgisiert bei Nacht: diese Angewohnheit, eine Mutter beim Vornamen zu nennen. Es ist einer der Gründe, warum sie ihn nicht verlassen kann. Ihnen beiden ist die Mutter weggestorben, bevor sie fünf waren. Unter diesen Umständen ist es nicht seltsam, über eine tote Mutter zu reden, wie man es in liebevoller Erinnerung an eine Freundin tun würde.

Adan ist sie wieder einmal besuchen gekommen, zu einem seiner heimlichen nächtlichen Gastspiele, seit Baby zu Hause ist. Sie sitzen an zwei Enden des Betts, und Baby liegt in der Mitte, in einem Bereich, der freigeräumt ist von zerknüllten Laken, und lächelt ihren Vater an. Lala lächelt sie nicht so an. Das hat sie noch nie, und es macht Lala erst jetzt langsam Sorgen.

Adan muss nicht viel tun, um Baby zum Lächeln zu bringen – ein Zucken mit dem Kopf, sodass sich das Licht auf seinem kahlen Schädel fängt, und ein Glucksgeräusch, und Baby lacht sich schon kaputt. Lala ist damit zufrieden, im Schatten ihrer Freude zu bleiben. Die Wärme, die von diesem Giggeln abstrahlt, ist wie ein Sonnenfleck, in dem sich ein Hund zusammenrollt.

Keiner von ihnen hat mit dem Klopfen an der Tür gerechnet. Sie sind so verzückt von der Schönheit dieses neuen Babys, dass sie vergessen haben, dass ihr Vater auf der Flucht ist. Adan überhört das erste Klopfen, es fällt genau mit seinem Glucksen zusammen. Lala dagegen hört das Klopfen gleich beim ersten Mal und versucht, es zu ignorieren, versucht, ihren Sonnenfleck festzuhalten. Doch als es zum zweiten Mal klopft und Adan zusammenfährt und den Finger an die Lippen legt, die Hand unter das eiserne Bettgestell schiebt, wo ein Buschmesser wartet, wuchtet sie sich hoch, drückt das Baby an sich, hört sich selbst flöten: »Wer ist da?«

Aber es ist nur Tone. Und eine Frau. Auf der Suche nach Schutz vor einem plötzlichen Wolkenbruch.

Sie sagt nicht: »Kommt rein.« Tone ist nicht die Art Freund, der eine Einladung braucht oder dem man einen Platz zum Sitzen anbietet oder ein Glas von dem Alkohol, der für Gäste reserviert ist. Tone ist kein Gast, Tone ist einer von Adans Freuden aus Jugendtagen, einer von denen, die ihm folgen wie ein Schatten, wenn er sich bei Nacht hinauswagt, die ihm den Rücken frei halten, um dafür zu sorgen, dass ihm keiner reinfällt, der Freund, der geräuschlos die Beute von Adans Jobs einsammelt und mit dem Geld von den Verkäufen zu ihm zurückkehrt. Tone ist einer aus Adans engstem Kreis, aber er hat bisher noch nie versucht, dieses Privileg auf Leute auszudehnen, die Lala nicht kennt.

In letzter Zeit scheint Tone seinen Status nicht mehr für selbstverständlich zu halten und hat angefangen zu klopfen, wenn er oben an der Treppe ankommt, etwas, das Adan fälschlicherweise der Erwartung und dann der Anwesenheit von Baby zugeschrieben hat. Etwas, von dem Adan ausgeht, dass es bald aufhören wird, wenn Tone erst einmal verstanden hat, dass ein Baby nichts ändert, dass *wir immer noch wir sind.*

Tone drängelt sich an Lala vorbei, sobald sie die Tür aufmacht. Er ist außer Atem, weil er vergeblich versucht hat, vor dem Regen die Stufen rauf zu sein, und sein Gesicht ist mürrisch verzogen, weil seine nagelneuen Sneakers durchweicht sind. Es ist ein schönes Gesicht: mandelförmige Augen, tief liegend in karamellbrauner, straffer Haut über Knochen so filigran und spitz, dass man meinen könnte, ein finsterer Blick könnte sie brechen. Tut er aber nicht.

»Es ist nur Tone«, sagt Lala, und Adan taucht hinter dem Vorhang aus Kleidern und Hosen und Jacken auf, die Lala über einen Besenstiel geworfen hat, der diagonal in der Ecke über dem Bett hängt. Er legt vorsichtig das Buschmesser ab und strahlt.

Tone und Adan begrüßen sich mit einem Fistbump, wie immer.

»Hey, Mann, ich dachte, du bist untergetaucht«, tadelt Tone milde. »Wir sind in die Tunnel, und du warst nicht da. Ich hab gedacht, wir wären uns einig, dass du in den Tunneln bleibst ...« Er sieht Lala an und verstummt.

»Bin hergekommen, weil ich das Baby sehen wollte«, erklärt Adan. »Ich hab kommen *müssen.*«

Tone trottet zur Küchenspüle, die wacklig unter einem Fenster steht, vor dem der Himmel grau und unheilvoll droht, und jetzt prasselt der Regen herunter, trommelt auf das Blechdach über ihnen, sodass sie ein bisschen lauter reden müssen, um sich verständlich zu machen. Tone lehnt sich über das kleine Spülbecken, das es gerade noch so in seinem wegfaulenden Holzgerüst hält, und fängt an, sich den Regen aus den Dreadlocks zu drücken.

Lala schaut zu, wie das Wasser aus Tones verfilzten Haaren tropft und auf Babys frisch sterilisierte Fläschchen spritzt. Vielleicht ist dies das Erste, was sie ärgert, was ein Samenkorn des Zorns pflanzt, diese kleine Übergriffigkeit. Sie und das Baby haben inzwischen ihren Frieden damit geschlossen, dass das mit dem Stillen nicht funktioniert, auch wenn Adan immer noch darauf besteht, dass sie es mit Baby vor jedem Füttern erst mit ihren Nippeln versucht. Es sind zum Teil ihre Schuldgefühle, weil sie nicht stillen kann, die dieses Ritual des Sterilisierens für sie so heilig machen, die sie jetzt so wütend machen, weil Tone so unbedacht seine Haare ausdrückt. Sie weiß nicht, warum das Stillen bei ihr nicht ganz natürlich klappt, aber Adan scheint die Fläschchen so langsam zu akzeptieren. Vielleicht sind es Lalas Qualen, jedes Mal wenn das Baby Milch saugt, die die Kleine dazu bringen, sich verunsichert von selbst von der Brust ihrer Mutter wegzudrehen. Vielleicht ist es Lalas Verzweiflung, die Adan davon abhält, die Stirn zu runzeln, wenn sie anfängt, Baby das gekaufte Milchpulver zu geben, für das sie sich Münzen zusammenbetteln muss.

Der Regen trommelt auf das Dach, und die Fensterscheiben über dem Spülbecken zittern im Wind und lassen den Regen herein, aber Tone schließt sie nicht. Die Frau steht immer noch vor der Tür und lächelt sie an, während der Regen auf ihre Haare klatscht. Es sind solche Haare, für die Lala beim Flechten einen Aufpreis verlangt, weiche, schlaffe Locken, die man fest greifen und zwingen muss, sich zu benehmen.

»Mann, ich sag's dir«, sagt Tone, »der Regen hat so angefangen zu pladdern, dass ich dem Mädchen gesagt hab, komm, wir gehen bei dir vorbei, bis es weitergezogen ist.«

Seine Stimme hat die Affektiertheit verloren, die in ihr mitschwingt, wenn er mit Touristen redet. Wenn er am Strand mit Amerikanern oder Europäern seine Geschäftchen macht, spiegelt er ihre ausländischen Akzente, die für sie so wichtig sind *(Hey, Baby, hast du Lust auf ein bisschen Spaß, Mann?)*. Er bietet ihnen mit einem Akzent, der ihnen vertraut ist, eng gerolltes Gras an oder Fahrten auf einem Jetski oder das Versprechen auf den harten, rauen Sex eines Sklaven-Hengstes, und sein Lächeln bringt sein fein geschnittenes Gesicht zum Leuchten, sodass alte Touristinnen ihm nicht widerstehen können. Wenn er aber mit Freunden spricht, mit Einheimischen, ist seine Stimme unverstellt, schnörkellos, und trampelt gedankenlos über den einheimischen Dialekt weg.

Adan hat Baby aus Lalas Armen genommen, nachdem sie verkündet hat, dass es nur Tone ist, und turtelt wieder mit ihr, aber er schaut von Baby hoch, als Tone sagt: *dem Mädchen.* Sein Blick bohrt sich in Lalas Rücken und steigt dann über ihre Schulter, als er aufsteht.

»Jacinthe!«, ruft er. »Komm rein, Jacinthe, bleib nich da draußen stehen, du wirst ja ganz nass.«

Als er ihren Namen sagt, schaut Lala sie noch einmal richtig an, dieses Mädchen auf der Türschwelle. Bis jetzt hat sie sie einfach für eine von Tones Mädchen gehalten, eine von denen, die ihn bezahlen, aber solche Mädchen sind niemals jung, werden niemals in Adans Haus mitgebracht und bekommen niemals Namen. Nicht von Tone und ganz sicher nicht von Adan. Ein Name, das weiß sie, gibt oft verborgene Dinge preis. Erst als Adan ihren Namen sagt, sieht Lala, wie die Frau sich weigert, ihren Füßen zu erlauben, über die Türschwelle zu treten, auch wenn der Regen ihr auf Haare und Rücken peitscht. Erst da versteht sie, dass das nicht eine von Tones zahlenden älteren Frauen ist. Dieses Mädchen ist etwas ganz anderes.

»Ich hab gesagt, komm rein, Jacinthe.«

Jacinthe zögert noch einen Moment, dann streift sie ihre Sandalen ab und setzt den Fuß auf den Fußabtreter. Sie versucht, die Pepsitür hinter sich zuzuziehen, aber bei dem Wind fliegt sie sofort wieder auf. Sie lässt ihre Bemühungen sein, kommt herein, setzt sich auf den schmiedeeisernen Stuhl neben dem Bett und zieht den Rock ihres neonfarbenen Hunza-Kleids an ihren Oberschenkeln herunter, als müsste sie sich damit zusammenhalten. Adan schaut auf die glatten, beigen Schenkel der Frau, Jacinthe lächelt, und etwas in Lalas Brust überschlägt sich.

Jacinthe hat die Farbe von Bausand, eine zierliche Figur und eine wachsame, rastlose Art, die Lala an die Tauben erinnert, die einem auf der kleinen Brücke im Garten des Baxter's General ruckend näher kommen. Als sie sich überreden lässt, ganz nach vorn auf die Stuhlkante zu rutschen, näher an die Bettkante heran, gibt Adan mit seinem Baby an: hebt es hoch und zieht einen Latz zur Seite, um ein Muttermal zu zeigen, legt seinen verheilten Nabel frei, zählt die Merkmale auf, die, wie er behauptet, von seiner Seite der Familie stammen, sucht Jacinthes Bestätigung. Jacinthe nickt. Sagt, dass Babys Lächeln genauso ist wie das von Penny, wie aus dem Gesicht geschnitten, und Adan lächelt auf eine Art, die Lala nicht oft sieht – mit einer Art fröhlicher Idiotie, die nicht eingesteht, dass diese Penny nur auf einem Foto lebt, dass sie schon immer nur auf einem Foto gelebt hat.

Lala durchsucht ihre Erinnerung noch einmal nach einer Erwähnung von Jacinthe, bringt aber nichts zutage.

Vielleicht wächst ihre Saat der Wut.

Als Jacinthe sich ausstreckt, um Baby aus Adans Armen zu nehmen, um sie genau wie er zu halten und zu knuddeln und zu gurren, wie schön sie ist, da marschiert Lala hin und sagt, sie muss Baby erst füttern, es ist schon nach ihrer Essenszeit. Sie hebt Baby aus Adans Händen, bevor er reagieren kann, glättet Babys hellgelbes, gesmoktes Kleid und bedeckt ihren Nabel wieder. Das Baby, erschrocken, weil ihm so plötzlich die Bewunderung seines Vaters entzogen wird, sieht aus, als würde es gleich zu weinen anfangen, aber Lala achtet nicht darauf. Vielleicht ist es die Zärtlichkeit, mit der Adan ihr Baby aus den Armen nimmt, bevor sie das Fläschchen holen kann, und sie wieder Jacinthe anbietet, vielleicht ist es der mütterliche Wahnsinn im Nachklang einer Geburt. Vielleicht liegt es daran, dass sie beide ein bisschen Lagerkoller haben, weil sie drinnen eingesperrt sind, Adan in den Tunneln und Lala mit Baby im Haus, denn sie müssen vorsichtig sein, sie können es sich nicht leisten, dass Adan gesehen wird. Vielleicht ist es alles, was davor war, oder nichts Besonderes, aber was auch immer der Grund ist, weshalb Lala nicht klar ist, was sie da tut, es kommt sie teuer zu stehen.

Als Lala Adan Baby aus den Händen reißt, bevor Jacinthes Griff sie erreichen kann, spitzt sich die Lage zu. Adan nimmt den Blick von Jacinthe, sieht Lala aber nicht an. Er schaut auf den Boden, und alle Geräusche werden aus dem Raum gesogen.

»Gib mir Baby wieder«, sagt er zu Lala.

»Ich muss sie füttern«, protestiert Lala.

Tone hört auf, seine Dreads auszudrücken, schließt das Fenster vor dem Regen.

»Sieht schon wieder heller aus«, sagt er. »Wir gehn wieder, ja, Adan? Muss das Mädchen nach Hause bringen, bevor es richtig losgeht.«

»Gib mir Baby wieder«, beharrt Adan.

Jacinthe springt auf, erleichtert, dass sie von Tone das Signal zum Gehen bekommen hat. Sie sagt zu Adan, dass es okay ist, sie wird ein andermal wiederkommen, dann wird sie Baby wiedersehen, lass sie ihr Essen bekommen, sie sieht wirklich hungrig aus, ist okay, Adan. Lala hält Baby fester, spürt, wie diese sich versteift und anfängt zu krallen, sich dagegen wehrt, sich an den Busen ihrer Mutter drücken zu lassen.

Adan zieht hartnäckig weiter an Baby und saugt gereizt Luft durch die Zähne. Ein senffarbener Babyschuh fällt auf die Holzdielen ohne abzuprallen. Adan hält einen kleinen nackten Fuß fest. Baby jammert noch mal.

Adan dreht jetzt die Beine des Babys von Lala weg. Jacinthe ist auf dem Weg zur Tür, Tone nähert sich Lala und Adan, während die sich mit dem Baby zwischen sich in Bewegung setzen. Lala hält beide Beine fest, Adan legt seine großen, großen Hände um Babys Oberkörper und versucht, sie aus Lalas Armen zu heben. Jacinthe ist jetzt an der Tür angekommen, zieht ihre Schuhe an. Tone steht hinter ihr, nimmt viel von dem Platz in der Tür ein, hält das Licht draußen, verstellt den Anblick von Adan und Lala, die um Baby kämpfen.

Donner grollt und bellt. Baby erschrickt, und beiden Eltern wird plötzlich klar, dass dieses Ritual der Besitznahme ihr Angst macht. Keiner von beiden möchte ihr Angst machen. Vielleicht lässt Lala deshalb die kleinen Beine genau in dem Moment los, als Adan den Oberkörper loslässt, und Baby stürzt als zappelndes Gefieder aus Hellgelb und Schokobraun zu Boden und landet mit einem leisen dumpfen Aufprall und ist still. Der Regen prasselt. Tone reißt die Augen auf, aber seine Stimme bleibt ruhig: für Jacinthe, die hinter ihm ihre Schuhe anzieht und das Baby nicht hat fallen sehen.

»Wir gehen jetzt«, sagt Tone und schaut zu, wie Adan sich bückt, um das Baby aufzuheben. »Komm, Jacinthe.«

Er sieht Lala an, seine Augen sind weit aufgerissen und voller Angst, aber er geht hinaus, schließt die Tür so scharf, dass sie scheppert, scheucht Jacinthe vor sich die Treppe hinunter, damit sie keine Möglichkeit hat, noch mal reinzuschauen, zu sehen, wie das Baby vom Boden hochgerissen wird. Der Donner brüllt, und Adan brüllt mit ihm. Lala weint. Sie tragen Baby zusammen, Adans große Hände halten ihren Kopf, Lalas Finger sind unter ihrem Rücken verschränkt. Sie legen sie aufs Bett, fangen an, sie mit den Augen und Händen abzusuchen, ob etwas gebrochen ist. Baby ist in einem Zustand reinster Entgeisterung, kurz vor dem Luftholen in Vorbereitung ihres Schreckensgeschreis.

»Siehst du?«, brüllt Adan. »Warum hast du das auch unbedingt machen müssen, verdammt?« Und die ganze Zeit streichen seine Hände über die Miniaturversionen seines eigenen Kopfes, seines eigenen Rückens, seiner eigenen Hände.

»O Gott«, weint Lala. »O Gott!«

Als Baby endlich schreit, ist es so tief und laut und lang, dass es sogar Lalas Schluchzer übertönt, die Donnerschläge draußen erscheinen nur noch wie das Summen von Insekten. Adan saugt verzweifelt Luft ein, sieht sich mit irrem Blick um, tastet noch einmal die Knochen ab, die seine Hände schon untersucht haben. Nichts scheint gebrochen zu sein, und er reicht Baby an Lala weiter, die Baby an ihre Brust drückt. Ein paar Minuten später, als ihr Heulen zu einem rotznasigen Jammern geworden ist, wird sie an Adans Schulter getätschelt. Lalas Brust plumpst aus ihrem Shirt, als sie sich weiter um Baby sorgt.

»Glaubst du, wir sollten ins Baxter's General mit ihr?«, fragt sie.

Adan zieht scharf Luft ein. Er antwortet nicht. Er versichert sich wieder mit seinen Fingern, dass Baby keine großen Beulen an Kopf oder Rücken hat, keine in falschen Winkeln abstehenden Arme oder Beine, die darauf hindeuten würden, dass etwas ernsthaft nicht stimmt. Er legt Baby behutsam wieder aufs Bett, setzt sich vorsichtig neben sie, sieht zu, wie sie sich einkuschelt und einschläft.

Lala steht neben ihm, beobachtet Baby, beobachtet ihn.

»Baby«, gurrt er, »mein Mädchen, mein süßes, süßes Mädchen.«

Lala steht über ihm, die Brust immer noch nackt, als er sich plötzlich von Baby abwendet und zu ihr umdreht. Er beißt ihr so schnell in die Brust, so brutal, dass sie im ersten Moment nicht versteht, was passiert ist, aber sie sieht seinen Kopf an ihrem Oberkörper, kurz vor dem Brennen in ihrer Brust wie bei einem saugenden Baby.

Einen Atemzug lang ist sie still, und dann schreit Lala: »Hilfe! Er will mich töten!«, wie es die Frauen in Wilmas Geschichten tun, als könnte allein die Ankündigung ihres bevorstehenden Mordes sie retten. Adans große rechte Hand findet ihre Kehle; sie taumelt auf den Stuhl, auf dem Jacinthe gesessen hat, schlägt sich die Hand vor den Mund, damit sie das Baby mit ihrer Überraschung nicht aufweckt.

Adan will sie gerade vom Stuhl hochzerren, als Tone wieder die Treppe herauf und durch die Tür gelaufen kommt. Tone ist gut darin, Frauen zu beruhigen, das weiß Lala, aber sie weiß auch, dass er zurückgekommen ist, um sich selbst zu beruhigen. Als er durch die Tür kommt, dreht sie sich von ihm weg, reibt sich das Wasser aus den Augen, verstaut die misshandelte Brust und knöpft ihr Kleid darüber zu.

Tone spürt ein Knistern in der Luft, das er mit den Augen nicht beweisen kann. *Siehst du das Baby auf den Laken schlafen? Siehst du, wie Lala anfängt, um sie herum das Bett für sie beide zu machen?* Einen Moment lang denkt er darüber nach, wie seltsam es ist, dass sie daran denkt, die Laken glatt zu streichen, wenn das Baby verletzt sein könnte, aber der Gedanke entgleitet ihm, als Adan anfängt, die Geschichte des Sturzes zu erzählen, eine Geschichte, in der Lala die Böse ist, die sich geweigert hat, das Baby abzugeben, genau bis zu dem Moment, als Adan entschieden hat, es gut sein zu lassen, und dass sie so den Sturz verursacht hat.

Tone kommentiert diese Geschichte nicht, er kontert nicht mit dem, was er gesehen hat oder vermutet. Er fordert Adan nicht heraus, auch wenn er weiß, dass Adans Version die ist, die hängen bleiben wird. Stattdessen fangen er und Adan an, darüber zu tuscheln, wie knapp Baby der Katastrophe entgangen ist.

Tone erzählt Adan von Kindern, die er kannte, die Glück hatten, die Stürze aus großen Höhen überlebt haben, ernste Krankheiten und schlimme Unfälle, alles unverletzt. Alles wird gut, sagt Tone mit seinen Geschichten, Baby wird überleben wie diese Kinder. Lala hört zu, aber sie glaubt es nicht, sie schaut keinen der Männer an. Sie will Adan noch einmal fragen, ob sie Baby ins Krankenhaus bringen sollen, aber sie will ihn nicht noch wütender machen, will nicht ihren Kehlkopf auf die Probe stellen und in Tones Gegenwart sprechen müssen; ihr Hals brennt so sehr, dass sie glaubt, sie könnte gar nicht sprechen, selbst wenn sie es versuchte. Stattdessen nimmt sie eines der sterilisierten Fläschchen aus dem Spülbecken, wäscht es zur Sicherheit noch mal kurz ab, stellt einen kleinen Topf heißes Wasser auf, damit es kocht, und schaut hypnotisiert zu, bis es gerade so anfängt zu blubbern. Sie nimmt die Packung mit dem gekauften Milchpulver, die offen neben der Spüle steht, und misst einen Löffel mit Vitaminen angereichertes weißes Pulver ab, der in ihrer Hand bebt, gießt das heiße Wasser in die Flasche, dann das Pulver.

Tone bleibt nicht lang. Er sagt, er will nicht, dass wegen seiner Anwesenheit das Baby aufwacht, weil er aus Versehen Lärm macht, also verabschiedet er sich noch einmal und sagt, er will zurück zum Strand, wo er mit einer Freundin verabredet ist. Als er »Freundin« sagt, hören Lalas Hände auf zu zittern und ballen sich stattdessen zu Fäusten. »Freundin« ist ein Wort, das Tone benutzt, wenn er eine Frau mittleren Alters meint, die sich amüsieren möchte. Eine »Freundin« ist eine Frau, die ihn bezahlen wird.

Adan versucht, ihn zu überzeugen, dass es okay ist, wenn er bleibt. Mit Baby ist jetzt alles gut, sagt Adan, sie schläft. Bleib doch noch zum Reden, er hat in der Nacht keine Jobs zu erledigen. Er hält immer noch die Füße still, erklärt er, und ein Typ von St. Christopher will vorbeikommen wegen einem kleinen Job, bei dem ihm Tone vielleicht helfen kann.

Tone schüttelt den Kopf, nein. Er schaut Adan nicht an, er sieht auf das dunkler werdende lilafarbene Mal knapp unter Lalas Hals, auf einen leuchtend roten Fleck vorn an ihrem geblümten Kleid. Lala dreht sich weg, schraubt die Flasche zu, schüttelt sie schnell, zu schnell. Als sie den Sauger loslässt, schäumt frisch gemachte Milch über ihre Hand, und sie schreit auf, weil sie heiß ist, weil es wehtut.

Adan schreit etwas, das Lala nicht hören kann, etwas, das Tone dazu bringt, nach dem Haifischzahn zu tasten, der direkt unter seinen Schlüsselbeinen hängt, und ihn fest zu umklammern.

Tone fragt Lala etwas, will wissen, ob alles okay ist, also nickt sie, ohne ihn anzusehen, und antwortet nicht, sieht auch Adan nicht an, der ihn anschaut, während er sie fragt. Stattdessen stellt sie das Fläschchen in einen Behälter mit kühlem Wasser, dann macht sie sich daran, die Flecken vergossener Milch vom Boden aufzuwischen.

»Da ist so ein Typ, der will 'n bisschen Gras reinbringen«, erklärt Adan Tone. »Großes Ding. Der Weg durch die Tunnel, von dem du mir erzählt hast, Tone, das ist richtig cool.

Der Mann ist seriös, vielleicht können wir was machen. Der kommt demnächst. Ich plan das schon ewig mit dem Mann, dass wir uns heut Abend treffen und reden.«

Adan versteht nicht, warum Tone immer noch gehen will, warum er nicht sieht, dass dieses Angebot, miteinbezogen zu werden, eine Art Beförderung ist, eine Stufe höher, als ein halbes Pfund Gras anvertraut zu bekommen, um es mit einem Aufpreis seinen Kunden am Strand zu verkaufen und Adan die Kosten der Lieferung zurückgeben zu müssen, wenn er fertig ist. Lala versteht nicht, warum Tone nicht schneller geht. Sie mag es nicht, wenn die beiden gleichzeitig in dem kleinen Haus sind, aber sie schätzt, dass Tone weiß, dass er sie schützt, indem er bleibt, dass ihm schon klar ist, was sie braucht.

»Ich geh dann, Mann, wir sehen uns morgen«, sagt Tone und stößt eine lose geballte Faust gegen die von Adan. »Kümmert euch gut um Baby. Wir reden morgen drüber, ja?«

»Ihr geht's gut«, versichert ihm Adan wegwerfend. »Der Mann ist was Seriöses, Tone. Vielleicht kommt richtig was dabei rum.«

»Klar, klar«, sagt Tone. »Ich frag dich dann morgen noch mal danach.«

»Tone ...«

Aber Tone ist schon weg, und Adan starrt zu lang mit finsterem Blick auf die Tür, durch die sein bester Mann hinausgegangen ist.

Baby schläft so tief, dass sie sich nicht zum abendlichen Füttern überreden lässt, also beschließt Lala, das Fläschchen aufzuheben, bis Baby am nächsten Morgen wie immer gegen zwei aufwacht.

Aber am nächsten Morgen wacht Baby nicht auf.

KAPITEL SIEBEN

Martha
12. November 1948

Martha Mason ist kein besonders schlaues Mädchen, aber ein paar Dinge weiß sie.

Vor allen Dingen weiß Martha Mason, wo ihr Platz ist. Sie weiß, dass sie von den allgemein verachteten Redlegs von St. John abstammt, den armen Weißen, auf die sowohl die schwarzen Nachfahren der Sklaven als auch die weißen Nachfahren der Sklavenhalter herabschauen, und dass sie als solches weder mit den einen noch mit den anderen auf Augenhöhe ist. Zweitens weiß Martha Mason, dass sie mittellos ist. Ihr Vater Gilbert ist gerade bei der Gießerei gefeuert worden, weil er ein brennendes Streichholz weggeworfen hat, mit dem er sich eine Zigarette angezündet hatte, die er bei der Arbeit nicht hätte rauchen dürfen. Gilbert ist ein guter Facharbeiter, aber diese eine Schwäche hat zu einem Feuer geführt, das ein Loch ins Stadtzentrum gebrannt hat, und er wurde entlassen. Er hat Glück, dass er nur seinen Job verloren hat, aber für seine Familie fühlt es sich nicht nach Glück an, denn sein Lohn ist die einzige Quelle für ihren Lebensunterhalt. Zwei Wochen lang beschränkt sich die siebenköpfige Familie nun schon auf eine Mahlzeit am Tag, und gestern hat Martha die Volljährigkeit erreicht, ohne das sprichwörtliche Hemd überm Hintern.

Martha Mason macht sich nichts vor – ihr ist auch klar, dass sie keinen Kopf für Zahlen hat, kein Herz für die Pflege und keine Hände für Hausarbeit, deshalb weiß sie, dass sie jede Anstellung finden und festhalten muss, die die Götter womöglich auf sie regnen lassen.

Aus diesem Grund ist Martha blind vor Tränen, als sie um sieben Uhr morgens in die falsche Richtung die sanft geschwungene Auffahrt der Baxter's Plantation hinuntergeht, eine Auffahrt, gesäumt von Palmen, an denen der Legende nach immer noch schwer die Seelen der Sklaven baumeln, die in Zuckerrohrsaft getaucht und hier angebunden wurden, um sie von den Bissen der roten Ameisen quälen zu lassen. Martha weint, weil sie es bei allem, was sie weiß, trotzdem geschafft hat, das Geschenk einer Arbeitsstelle schon nach drei Tagen wieder zu verlieren.

Martha ist barfuß, und Staub klebt an ihren Zehen, während sie überlegt, was sie ihrer Auntie sagen wird, die betteln hat müssen, um ihr die Arbeit als Hausmädchen im Haushalt der Martineaus auf der Baxter-Plantage zu besorgen, mit der Beteuerung, dass Martha wirklich sehr gut in Haushaltsarbeiten sei.

Wegen dieses Weinens überhört Martha fast einen funkelnagelneuen Morris Minor, der neben ihr ausrollt, und James Martineau, der sie bittet, *auf der Stelle* mit dem Weinen aufzuhören. Sie ist so hübsch, wie man nur sein kann, sagt James Martineau, aber wenn ihr noch niemand gesagt hat, dass sie besonders hässlich weint, dann will er es sie gern wissen lassen. Martha nimmt das feine angebotene Taschentuch mit dem Monogramm aus einer Hand von der Farbe frisch geschnittenen Mahagonis und schnäuzt sich ohne jede Anmut die Nase, bevor sie die beiden freundlichen braunen Augen wahrnimmt, die sie unter üppigen schwarzen Wimpern hervor ansehen.

Martha Mason mag nicht die Hellste sein, aber sie ist sich auch nicht zu gut zum Betteln. Am folgenden Morgen arbeitet sie als Sekretärin in James Martineaus Büro an der Bay Street, tippt seine Briefe, macht seinen Kaffee, organisiert seine Termine, nicht ohne zu merken, wie gut es ihm gefällt, unerwarteten Besuchern mitzuteilen, sie sollten bei ihr einen Termin vereinbaren.

»Sehen Sie diese weiße Lady da?«, pflegt er zu sagen und lässt seine Hosenträger an das gestärkte Weiß seines langärmligen Hemdes schnalzen, ein leichter Schweißfilm bringt seine Stirn zum Glänzen. »Sie arbeitet für mich. Sie müssen zuerst mit *ihr* sprechen, bevor Sie mit *mir* sprechen können, verstehen Sie?«

Es dauerte nicht lange, bis eines zum anderen führte, wird Martha das folgende Liebeswerben viele Jahre später ihrer Tochter Mira beschreiben. Es dauerte nicht lange, bis Mira sich ankündigte. Martha wird nüchtern erklären, dass Mira nach einer verheirateten Portugiesin benannt ist, mit der ihr Vater in Brasilien einmal eine kurze Affäre hatte.

James Martineau steckt seine Geliebte und seine Mira in ein winziges Steinhaus in Brittons Hill und besucht sie dort kaum einmal. Das ist kein Problem für Martha, die versteht, dass sie keine Frau ist, die sich für einen Martineau ziemt. In dem Jahr, in dem der erste schwarze Mann ins Parlament der Insel gewählt wird, geht ein etablierter schwarzer Geschäftsmann wie James Martineau nicht hin und macht sich mit jemandem unterhalb seiner eigenen unsicheren Position gemein.

Martha versteht das, aber sie hat Schwierigkeiten, es Mira zu erklären.

James Martineau lässt seine Tochter tagsüber von einer alten schwarzen Frau betreuen, die seine Mutter ausgewählt hat, und die kleine Mira wird jeden Nachmittag um drei in sein Büro gebracht, wo sie lernt, ruhig neben Marthas Schreibtisch zu sitzen und mit ihren Buntstiften zu spielen, während Martha tippt und ablegt und verwaltet. Allerdings schlecht. Martha Mason wird nie befördert, aber sie strebt auch keine Beförderung an; sie strebt ein Dach über ihrem

Kopf an, saubere Kleidung für ihre Tochter, genügend Mehl und Öl von ihrem Gehaltsscheck, um einen Monat lang *Fry Bakes* zum Frühstück zu machen. Sie strebt nach *genug*. Jeden Monat schiebt ihr James Martineau einen weißen Umschlag mit Miras Namen darauf zu, und aus diesem Umschlag nimmt Martha Geld für Miras gesmokte Kleider und Rüschensöckchen.

James Martineau, einer der wenigen wohlhabenden schwarzen Männer in Paradise, ist groß und dünn, mit einer Denkerstirn und der Fähigkeit, nach Belieben einzustellen und zu kündigen. Während er auf und ab geht und Martha dieses oder jenes diktiert, bleibt er manchmal stehen und ertappt seine Tochter dabei, wie sie mit offenem Mund zu ihm aufsieht, und bei diesen Gelegenheiten streckt er die Hand aus und reibt Kreise auf die Mitte ihrer Stirn, stupst ihr mit dem Daumen auf die Nase und geht dann weiter auf und ab.

Als Mira vier ist, heiratet James Martineau eine gewisse Ms. Musson, die blonde Tochter eines wohlhabenden weißen Kaufmanns. Noch einmal vier Jahre später hat Ms. Musson ihm drei Café-au-lait-Töchter geboren, und diese drei Mädchen erscheinen ebenfalls im Büro in der Bay Street, alle gekleidet in Samt und Spitze, die mehr kosten als alles Geld in Miras Umschlag. Nichts davon ist für Martha ein Problem, aber wie es Mira erklären, deren Stirn vor Sehnsucht schmerzt, wenn James Martineau diese drei kleinen Mädchen streichelt und küsst und Aufhebens um sie macht? Wie Mira das Fauchen ihrer Mutter verstehen helfen, wenn sie James Martineau bei diesen Gelegenheiten zu nahe kommt, weil sie auf die Vergewisserung seines Daumens auf ihrer Stirn hofft? Als Mira und eines der Martineau-Mädchen um den Platz direkt neben ihrem Vater in Streit geraten, befiehlt James Martineau, dass Mira nach der Schule nicht länger ins Büro gebracht wird. Um ihre Tochter zu trösten, bietet Martha ihr einen Ausflug in die Stadt an und ein Eis, das sie mit dem Geld in Miras Umschlag bezahlt.

Martha Mason ist nicht besonders schlau; sie erkennt nicht, welchen Einfluss dieser Umschlag in Zukunft auf ihre Tochter haben wird.

KAPITEL ACHT

Mrs. Whalen
16. August 1984

Meistens bleibt Mira Whalen mit zugezogenen Vorhängen in ihrem Zimmer, das Licht wird nachdrücklich ausgesperrt. Wenn sie sich aus ihrem Zimmer wagt, wenn Rosa oder Sam sie überreden können, etwas zu essen, sieht sie die antiken Planter's Chairs aus Mahagoni mit den gebogenen Armlehnen, den Perserteppich, die Tische aus gemeißeltem Kalkstein mit ihren schweren Glasplatten mit dem grünen Rand, und sie erinnert sich, dass sie genau das wollte, solange sie sich erinnern kann – diesen Ehemann, dieses Haus, dieses *Leben.*

Es gibt zwei Versionen, wie Mira Martineau Peter Whalen kennengelernt hat. In der ersten trifft britischer Hedgefonds-Manager Inselmädchen, und sie verlieben sich Hals über Kopf, eine Liebe, die zur Hochzeit und einem gemeinsamen Leben in London führt, wo Peter lebt. Das ist die Geschichte, die Mira ihren Kindern und Enkelkindern erzählen wollte; es ist die sorgfältig einstudierte Version, die sie bei Essen mit Peters Freunden in Wimbledon über Earl Grey und Petits Fours zum Besten gibt. In dieser Version ist Paradise diese Insel. Sie ist heiß, schön und voller Strände, so blau, dass man schwören könnte, Blau sei die echte Farbe von Wasser.

Aber es gibt noch eine andere Version, die Mira nie erzählt, und sie hat den Verdacht, dass diese ihrer Mutter lieber ist. In der geheimen Version ist Mira Whalen eine Hure, die Art, die sich entscheidet, eine Hure zu sein, die Art, von der die Leute nicht zu sagen wagen, sie sei hurenhaft, deren krönender Erfolg es ist, die Frau eines reichen Mannes zu werden. Diese Huren hält man allgemein für besser als ihre Gegenstücke, die hinter dem Holborn Hotel arbeiten, einfach, weil sie dargestellt werden, als hätten sie andere Möglichkeiten, und so wird der Hurerei der Deckmantel von etwas anderem verliehen. Normalerweise ist dieses andere Liebe.

Früher hat Martha Mira diese Version immer wieder ins Gesicht geschrien, als sie entdeckte, dass ihre Tochter sich jeden Abend der Woche und am Wochenende an die Bar im Sam Lord's Castle setzte und sich an einem einzigen Martini festhielt, bis irgendeiner der vielen Geschäftsmänner, die dort abgestiegen waren, sich überreden ließ, ihr noch einen weiteren zu bezahlen. Zu dieser Zeit verkaufte Mira Parfum im einzigen Kaufhaus der Stadt, malte sich das Gesicht mit den Proben von den Make-up-Tresen an, warf die Haare zurück und träumte davon, eine der Frauen in den Zeitschriften zu sein, die sie von dem Stapel mit den ausgemusterten Exemplaren in der Buchabteilung klaute. Und später setzte sie sich mit ein paar anderen gleichgesinnten Mädchen an die Hotelbar und jagte.

Eines Mittwochabends, nachdem Mira Martineau drei Stunden mit Peter Whalen an der Bar im Sam Lord's Castle verbracht hat, mit ihren leuchtend rosa Lippen schlanke Zigaretten kettenrauchend, in einem engen weißen Kleid mit Schulterpolstern, die fast die Enden ihrer langen Chandelier-Ohrringe berühren, lauter lachend, als es seine Witze verdienen, nimmt er sie mit auf sein Zimmer. Man kann es nicht *direkt* ein Date nennen, aber Mira glaubt nicht daran, dass man warten muss, um mit jemandem ins Bett zu gehen, von dem sie will, dass er sie liebt.

In der ersten Version ihrer Geschichte ist das die Nacht, in der Peter Mira im Sturm erobert. In der zweiten Version ist es die Nacht, in der er zum ersten Mal bekommt, was sie als

Gegenleistung geben kann für zwei Diamantarmbänder, einen Rubinring und genug Taschengeld, um in dem Monat, in dem sie ihn kennengelernt hat, jeden Tag ein Taxi zur Arbeit im Kaufhaus nehmen zu können und nicht einmal darüber nachdenken zu müssen. Genau genommen ist es das wartende Taxi vor dem kleinen Steinhaus in Brittons Hill, das Marthas Schelte auslöst.

Mira ist es egal.

Danach ergibt sich Mira mehrere Monate Peters Küssen, erwidert seine kleinen gemurmelten Zärtlichkeiten, ignoriert die Alkoholwolke, in die sie üblicherweise gehüllt sind, und erlaubt ihm zu denken, dass *sie* diejenige sei, die eingefangen wurde. Und bald darauf findet in seinem Hotelzimmer ein leises Gespräch statt, in dem Peter der schreienden Stimme am anderen Ende der Leitung schonend beizubringen versucht, dass es ihm leidtue, so schrecklich, schrecklich leid, aber dass er die Liebe seines Lebens gefunden habe und die Scheidung einreichen werde.

Du kannst einfach nicht wissen, dass das, was du hast, nicht die Liebe deines Lebens ist, erklärt Peter der ersten Mrs. Whalen, bis du die eine findest, für die du gemacht bist, und dir klar wird, dass alles davor nur der Prolog war.

Es passt zu dem Gefühl, unter dem Mira Whalen leidet, wenn sie ihr leeres Haus ansieht – dass alles jetzt Epilog ist.

Dieses letzte Mal, dass die Whalens Baxter's Beach besuchten, war wegen der Affäre, um an der Liebe zu arbeiten, von der sie dachten, sie hätten sie verloren. Peter hatte die Villa, zehn Jahre bevor er Mira kennenlernte, gekauft und beschlossen, sich hier zur Ruhe zu setzen. Seine erste Frau hatte sie gesehen und sich verliebt, und sie waren auf die Insel gereist, sooft sie konnten; die neun Monate im Jahr, die sie nicht hier waren, hatten sie die Villa vermietet. Es war auf einer ungeplanten Geschäftsreise, auf der Peter in einem örtlichen Hotel übernachtete, dass er Mira kennengelernt hatte. Mira hat die Villa erst besucht, nachdem sie geheiratet hatten. Seit damals waren sie jeden Sommer für fast drei Monate hierher zurückgekehrt, noch öfter, wenn es ihre Zeitpläne erlaubten.

Vielleicht hatte Peter gedacht, er könne alles verändern, indem er Mira an den Ort zurückbrachte, an dem sie sich kennengelernt hatten, zu den Annehmlichkeiten, zu denen ihr ein Leben mit ihm verholfen hatte, wie etwa das Beste des Insellebens in ihrem Geburtsland leben zu können. Vielleicht hatte er gedacht, ein Besuch an dem Ort, an dem sie sich kennengelernt hatten, mit all seinen Erinnerungen daran, wie sie sich verliebt hatten, würde ihr bewusstmachen, warum es so falsch von ihr gewesen war, eine Affäre anzufangen, warum es so dumm war, das alles aufs Spiel zu setzen.

Wer kann das jetzt noch wissen? Peter ist tot.

Diesen Sommer waren sie am Flughafen gelandet, und Peter war gestolpert, als er ihre Koffer von dem knarzenden Gepäckförderband im Ankunftsbereich zerrte. Sie erinnerte sich, wie das hoffnungsvolle Lächeln der Gepäckträger zu kalter Gleichgültigkeit zusammengefallen war, als ihnen klar wurde, dass dieser reiche weiße Tourist die vielen Koffer seiner Familie lieber selbst schleppte, als ihnen ein paar Dollar zu zahlen, obwohl er es sich wahrscheinlich leisten könnte, sich den Arsch damit abzuwischen, wenn er wollte. Sie hatte damals den Verdacht gehabt, dass ihre Koffer zu wuchten eines der Dinge war, die Peter getan hatte, damit sie alle besser glauben konnten, sie seien einfach eine durchschnittliche Familie in einem ganz normalen Urlaub. Sie hatte zugesehen, wie er auf dem Parkplatz mit diesen Koffern anfing zu schwitzen. Sie hatte zugesehen, wie sich seine Haut rötete, als wäre sie verletzt, wie seine Kleidung in dem grellen Sonnenlicht des Landes, in dem sie geboren wurde, an seinem Körper zu kleben begannen, wie seine Haut rot wurde, als wäre sie wütend, und wie ihre eigene anfing, ihren Ton zu vertiefen, als erwachte sie aus einem Schlaf oder einer Krankheit, als kolorierte sie irgendwie die Natur.

Beth und Sam waren an diesem Tag glücklich gewesen. Sie hatten aufgeregt über den Strand gesprochen, ob die Schaukel, die der Gärtner letzten Sommer über einen Ast des Tamarindenbaums geschlungen hatte, wohl noch da sein würde, ob ihre Sommerfreunde dieses Jahr ebenfalls da sein würden, ob Rosa ihnen *Mauby* gemacht hatte, um sie willkommen zu heißen, oder Fischküchlein oder in Bananenblätter gewickelte *Conkies*. Im Auto konnten sie kaum stillhalten, und sie ertappte sich bei dem Gedanken, was der Fahrer wohl von ihnen dachte, ob er sie quirlig oder unhöflich fand. Er hatte dagesessen und sich auf die Straße konzentriert, und sie hatte ihn im Rückspiegel beobachtet und überlegt, warum er seine breiten Schultern in einen Anzug zwängte, der wirklich gar nicht für heißes Wetter geeignet war.

»Wenigstens sorgt der Sonnenschein für ein Lächeln«, hatte Peter gesagt, und sie hatte genickt, um anzuerkennen, dass er es versuchte, und um ihm wenigstens zu zeigen, dass sie es zu schätzen wusste.

Doch den Rest der Fahrt war nichts als das Geplapper der Kinder zu hören, und einmal, als sie aufblickte, sah der Fahrer sie im Rückspiegel an, als fragte er sich, ob sie immer so still war, und sie hatte sich zurückgehalten, um kein Gespräch mit ihm anzufangen.

Das sind die Erinnerungen, die Mira Whalen im Lauf des Tages abwechselnd verzweifelt festhält und wegschiebt, wenn sie sich nicht gerade zu erinnern versucht, ob sie sich an diesem Morgen die Zähne geputzt hat und ob beim Aufwachen all ihre Backenzähne noch da waren und die richtige Größe hatten.

KAPITEL NEUN

Mrs. Whalen

17. August 1984

Um 2:20 Uhr morgens sucht Sam sie heim wie ein Geist.

Sein Gesicht ist hell, und seine Augen sind riesig im bläulichen Schein der glimmenden Nachttischlampe, die seit dem Mord jede Nacht durchgehend brennt. Früher einmal hat sie geglaubt, sie könnte bei Licht niemals schlafen.

Diesmal ist es sein Arm.

»Es blutet schon die ganze Nacht«, sagt er.

Sie verbindet seine blasse, weiche Haut. Da ist kein Blut. Mit einer stumpfen Schere schneidet sie Gazestücke von der Rolle neben dem Bett. Legt sie in Schichten über die Stelle, auf die er zeigt. Klebt sie fest. Ihre Augen brennen. Es ist eine Gemeinheit des Schicksals, dass er sie zu einem der wenigen Zeitpunkte aufgeweckt hat, als sie wirklich schlief.

»Du hast die Medizin vergessen«, jammert Sam.

»Tut mir leid, Schatz.«

Sie nimmt alles wieder ab und macht alles noch einmal neu, nachdem sie die Stelle mit dem Inhalt einer leeren Tube Neosporin eingerieben hat. Mit seinen großen, leuchtenden Augen starrt er den frischen Verband an.

Seit dem Mord hat er fast überall eingebildete Wunden. Und jedes Mal, wenn Rosa es schafft, ihn zu überzeugen, dass eine davon verheilt ist, findet er mitten in der Nacht eine neue klaffende Wunde und weckt Mira, damit sie sie ihm verbindet. Der Verbandsmull ist fast leer.

Während sie arbeitet, plappert er.

Er geht davon aus, dass es Dad gut geht, sagt er mit Blick auf den neuen Verband; er hatte keine Angst zu sterben. Er hatte eigentlich vor gar nichts Angst.

»Natürlich, Schatz«, versucht es Mira Whalen. »Dad war sehr mutig und sehr klug, und er ist irgendwo und passt auf uns auf.«

»Du meinst, so wie im Himmel?«

Mira nickt.

»Dad glaubt nicht an den Himmel«, sagt Sam. »Er sagt, es gibt nichts, wo die Leute hingehen und auf uns aufpassen, wenn sie gestorben sind.«

»Dad könnte sich irren«, sagt Mira sanft.

»Mom sagt auch, dass es keinen Himmel gibt.«

Mira denkt an die erste Mrs. Whalen, die irgendwo in einem Ashram meditiert, und beschließt, nichts zu sagen. Irgendwie kommt es ihr immer noch wie eine Kränkung vor, wenn sie Dinge erfährt, die Peter und die erste Mrs. Whalen gemeinsam haben – Erinnerungen, an denen sie keinen Anteil hat, Ideale, die sie nicht teilt, die wortgewandte Ablehnung eines Himmels, an den sie fest glaubt.

»Dad kommt schon zurecht«, sagt Sam.

Er setzt sich zu Mira auf den Sessel, aber er ist unruhig, findet keine bequeme Sitzposition und kehrt irgendwann wieder auf den Boden zurück, von wo er sie ansieht.

»Kommst du auch zurecht?«

Mira Whalen nickt, denn sie bringt es nicht über sich, durch Zähne zu lügen, die sie noch nicht gezählt hat.

Auf dem Durcheinander aus Bettzeug auf dem Boden, ausgestreckt neben seiner Schwester, schläft Sam wieder ein. Mira ordnet ihre Gliedmaßen auf dem Sessel neben dem Bett neu. Sie hält einen Cricketschläger in den Armen, von dem sie sich geschworen hat, dass sie ihn einsetzen wird, falls der Räuber zurückkommt, schaut zu dem leeren

Bett mit den drei Blutflecken ihres Ehemannes hinüber, die in einer Ecke der weißen ägyptischen Baumwolle rosten. Sie streicht mit den Händen über diese Flecken, die Rosas Augen offensichtlich übersehen haben. Sie riecht an ihrem Finger, fängt an, mit ihm zu sprechen, bewegt die Lippen, wenn sie Entschuldigungen flüstert. Sie sagt ihm, sie und die Kinder hätten geübt, wie sie fliehen werden, falls der Räuber noch mal zurückkommt, dass sie jetzt Codewörter haben, um einander zu signalisieren, dass etwas nicht stimmt. Peter antwortet nicht. Während sie die Flecken reibt, werden sie vor ihren Augen größer, bis es so wirkt, als wäre das Blut an ihren Händen, und das Bett aussieht, wie es in der Nacht aussah, als Peter gestorben ist, als sie ihn vom Boden dort heraufzerrte, weil sie nicht wusste, was sie sonst tun sollte. Bevor Rosa kam, bevor die Polizei kam. Plötzlich würgt sie, ihre Brust ist eng, und sie glaubt, den Räuber das neue Vorhängeschloss aufbrechen zu hören, das Rosa an der Pforte hat anbringen lassen. Im Geiste hört sie ihn den Riegel anheben und auf großen, tappenden Füßen die Auffahrt heraufkommen.

Die Kinder kennen es schon. Sobald sie Beth schüttelt, springt sie auf und angelt nach ihren Schuhen, Sam schnappt sich sein Shirt und eine Taschenlampe und Mira ihre Handtasche und den Schläger. Sie rennen, wie sie es geübt haben, die Vordertreppe hinunter (denn Räuber kommen selten durch die Vordertür) zum Strand, dann auf die Promenade. Sie halten sich beim Laufen an den Händen, schweigend, und ab und zu müssen sie und Beth Sam ziehen, wenn er nicht Schritt halten kann. Beim Laufen berechnet sie die Wahrscheinlichkeit, dass der Räuber merkt, dass sie entkommen sind, und sie verfolgt, sie zu packen versucht, bevor sie Hilfe finden.

Sie bleibt nicht stehen, um die Polizei zu rufen. In den vier Wochen seit dem Mord an Peter ist Mira Whalen zu dem

Schluss gekommen, dass die Untersuchung dieses Mordes die Fähigkeiten der hiesigen Polizei übersteigt, ganz einfach, weil sie seinen Mörder noch nicht gefunden haben. Aus diesem Grund ist sie in ihrem Fluchtplan, den sie jetzt ausführt, nicht vorgesehen. Beim ersten Anzeichen eines Eindringlings die Kinder schnappen und weglaufen bietet ihnen die beste Chance, einem Schicksal wie Peters zu entgehen, hat Mira beschlossen, denn weglaufen ist besser, als auf die Polizei von Baxter zu warten.

Als sie in den rund um die Uhr geöffneten Minimarkt platzen, stoppt die ruhige Ordnung der Regale voller bunter Schachteln und durchsichtiger Tüten sie. Ein schläfriger Wachmann starrt sie an – eine weiße Frau mit wirren Haaren im Pyjama und zwei blasse, abgemagerte Kinder mit großen, ängstlichen Augen – und entscheidet, dass das hier außergewöhnlich genug ist, um zu fragen, was los ist. Er zieht sie herein, schließt die Türen ab, spricht in ein Funkgerät, bis ein Manager aus dem hinteren Bereich gerannt kommt, ein Mann mittleren Alters, dem das nicht zum ersten Mal passiert. Mira Whalen tritt von einem Fuß auf den anderen, während sie wartet, späht alle paar Worte durch die Glastüren des Minimarkts, um sicherzugehen, dass sie nicht verfolgt wurden. Der Manager mustert sie – eine große, dünne Frau, deren Schultern und Hüftknochen ungünstig unter ihrer Kleidung hervorstehen. Ihr strähniger, ungewaschener Bob fällt ihr in fettigen Büscheln über die Ohren. Ihre riesigen, haselnussbraunen Augen sind eingefallen und von Augenringen umschattet. Sie zittert.

»Ist schon gut, Markley«, sagt der Manager. »Schließ die Tür wieder auf.«

»Aber, Sir ...«

Markley starrt Mira Whalen an und sieht dann das fast unmerkliche Nicken seines Managers. Er entriegelt die Tür, und der Manager führt Mira Whalen und die Kinder in ein winziges Büro direkt hinter dem Regal mit den Alkoholika. Im Büro riecht es nach Kaffee, und eine halb aufgegessene Schüssel *Pudding and Souse* steht auf einem schubladenlosen Holzschreibtisch. Er schiebt die Schale zur Seite, bedeutet ihnen, sich zu setzen, und wählt die Nummer der Sicherheitsfirma auf der Karte, die Mira Whalen in ihrer Pyjamatasche hatte. Dann ruft er Rosa an, die Mira das Versprechen abgenommen hat, jemanden, dem sie vertrauen kann, zu bitten, sie anzurufen, falls etwas schiefgeht, egal, zu welcher Tages- oder Nachtzeit.

Etwas später kauert Mira sich mit den Kindern im Büro des Managers zusammen, während die Sicherheitsfirma dem Manager bestätigt, dass an ihrem Haus alles in Ordnung ist – das Schloss am Tor ist noch da, das Haus ist frei von Eindringlingen, die Schaden anrichten wollen, es gibt keine Anzeichen eines Einbruchs; die einzige offene Tür ist die, durch die Mira Whalen auf den Strand hinausgelaufen ist.

Markley ist neu und besonders ungeeignet für die Arbeit als Sicherheitsmann, deshalb ist er immer noch ritterlich – er streckt den Kopf ins Büro, bietet an, Mira und die Kinder selbst nach Hause zu begleiten, und wirkt überrascht von dem kaum unterdrückten »Pssst! Pssst!« des Managers, der die Idee verwirft, noch bevor sie ganz ausgesprochen ist. Der Manager ist nicht neu und hat die warmherzige Höflichkeit verloren, die er die letzten drei Male an sich hatte, als Mira und die Kinder mitten in der Nacht in den Laden gestürmt sind.

»In Ihrem Haus ist keiner, Ma'am«, sagt er, als er das Telefonat beendet. »Okay? Kein Kerl in Ihrem Haus.«

»Aber ich ... Da war ein ... Ich habe ihn gehört, ich ...« Mira sieht sich flehend um, als wären noch andere in Hörweite, die sie überzeugen könnte, ihr zu glauben.

»Da ist niemand«, schließt der Manager fest. »Ich verstehe, wie es Ihnen geht, Ma'am, aber da ist niemand.«

Als Mira Whalen den Manager nur weiter wie betäubt anstarrt, selbst nachdem er erklärt hat, dass es überhaupt keinen Grund zur Sorge gibt, ruft der Manager noch einmal Rosa an, und sie warten, bis Rosa durch die Glastür kommt und sachte mit ihrer Chefin spricht, als spräche sie aus einer sehr großen Höhe. Als sie fertig sind, fragt Rosa Mira Whalen, ob sie vor dem Schlafengehen ihre Medikamente genommen hat, und Mira Whalen sagt, sie kann sich nicht erinnern, und Rosa bietet an, die Kinder zu sich nach Hause mitzunehmen, damit sie ein bisschen Schlaf bekommen, und bevor Mira widersprechen kann, sagt Beth: Ja, bitte, sie möchte mit Rosa gehen, und sie schmiegt sich in Rosas unbeholfene Umarmung und fängt an zu weinen. Mira Whalen ringt mit der Entscheidung, aber sie beschließt, dass Beth es bei Rosa wahrscheinlich besser haben wird. Sie hat ihr kleines Holzhaus gesehen, kein Räuber wird dieses Haus ausrauben wollen, die Kinder sind dort sicher. Sie stellt sich Rosa schlafend mit ihnen auf dem großen Eisenbett vor, aus dem ihr Mann verbannt werden wird. Sie stellt sich Rosa vor, wie sie sie in Umarmungen betten wird, polstern in weiches, wackelndes Fett. Sie sagt Ja, die Kinder können dort schlafen.

Rosas Mann wartet draußen in dem hellblauen Datsun mit einem Stück durchsichtiger Plastiktüte statt einer Heckscheibe, an allen Kanten ordentlich mit Klebeband gesichert, was darauf hindeutet, dass dies ein Zustand relativer Dauer ist. Er hört sich ein australisches Cricketspiel an, aber er schenkt seiner Frau seine ganze Aufmerksamkeit, als sie erklärt, dass die Whalen-Kinder bei ihnen übernachten werden. Als sie fertig ist, wartet Rosa nicht auf ein Zeichen der Zustimmung ihres Mannes, und er scheint keines für nötig zu halten. Rosa scheucht Beth und Sam mit ihren weichen, den Elementen ausgesetzten Armen über einem Rock, den sie als eine Art Kleid über die Brüste hochgezogen hat, auf den Rücksitz des hellblauen Datsun. Der Ehemann lächelt das breite Lächeln der Einheimischen in den Touristenprospekten, bei dem man alle Zähne sieht, nickt Mira auf deren zögerlichen Gesichtsausdruck hin zu und versichert ihr, dass es vollkommen in Ordnung ist, wenn die Kinder den Rest der Nacht bei seiner Familie verbringen, kein Problem. Mrs. Whalen kann auch kommen, wenn sie möchte, sagt er. Mira schüttelt den Kopf und sagt Nein, und ihre Stimme verklingt, weil sie keinen Grund findet, warum nicht, und irgendwie das Gefühl hat, ein Grund sei notwendig, und er lächelt wieder, als wolle er sagen, das sei auch okay. Und etwas an seiner Offenheit gegenüber allem ist so nervenaufreibend, dass sie sich wegdreht, und sie spürt kaum Rosas sanftes Tätscheln auf ihrem Rücken, hört kaum, wie diese dem Sicherheitsmann versichert, ihre Madam ist nur ein bisschen müde, und nein, sie braucht kein Taxi, sie wird allein nach Hause kommen. Mira bestätigt, das wird sie, sobald sie ihre Einkäufe gemacht hat. Die Kinder werden weggefahren, und Beth schaut nicht durch das Plastikfenster des blauen Datsuns zu ihr herüber.

Mira Whalen geht wieder hinein und ist plötzlich allein in der Stille des Ladens, denn Markley ist nach einem betrunkenen Touristenpärchen schauen gegangen, das auf noch mehr einheimischen Rum zustolpert. Sie geht zwischen den Regalen herum.

Der rund um die Uhr geöffnete Minimarkt ist neu an der Strandpromenade. Vor einigen Jahren haben Mira und zwei andere Make-up-Verkäuferinnen aus dem Kaufhaus regelmäßig den Club im ersten Stock besucht, denn er war immer voller Touristen und den jüngeren Bewohnern der Luxusvillen mit Blick auf das bessere Ende von Baxter's Beach. In jenen Zeiten war der Minimarkt ein chinesisches Restaurant mit roten Papierlaternen und den goldfarbenen Lettern des Schriftzugs *Guang Dong* über dem Mauerbild einer dunkelhaarigen Dame in einem eckigen Kleid. Nicht allzu lange danach hat sie Peter geheiratet und ist selbst zu einer Bewohnerin einer dieser Luxusvillen geworden. Das Restaurant schloss, und nicht allzu lange danach öffnete an seiner Stelle der Minimarkt. Das *Guang-Dong*-Schild war weg, doch die Geisha ist geblieben, ohne sich von dem neuen *Fast-Mart-Convenience*-Schild stören zu lassen, aus dessen Schatten sie die Minimarkt-Kunden mit derselben scheuen Anmut ansieht, mit der sie die Gäste des Restaurants willkommen geheißen hat.

Als Peter noch lebte, in der Zeit, als sie zum ersten Mal für drei Monate nach Baxter's Beach kamen, gab es noch keinen rund um die Uhr geöffneten Minimarkt. Damals hatten sie immer gelacht, wenn sie vergessen hatten, Rosa zu bitten, Citronella-Kerzen auf die Liste der Einkäufe zu setzen, die sie täglich im Supermarkt machte, denn sie wussten, sie würden von Stechmücken malträtiert werden, wenn sie ins Bett gingen. Sie seufzten und sagten, so ist das eben auf einer kleinen Insel. Und auch wenn es unpraktisch war, nicht spät nachts einkaufen gehen zu können, erinnerte es sie doch daran, warum sie fanden, dies sei ein guter Ort, um ihn in Gesprächen mit Freunden als Zufluchtsort zu bezeichnen. Es sei ein guter Ort, um vom stressigen Leben in London abzuschalten. Es sei ein guter Ort, um es mit einem Baby zu versuchen.

Jetzt werben vulgäre Neonlampen für den Vierundzwanzigstundenstatus des Ladens, und nachts ist die Strandpromenade permanent von grellen bunten Lichtern erleuchtet, in dem die Huren wie in einem Glorienschein stehen. Und man kann um drei Uhr morgens Citronella-Kerzen kaufen, Zigaretten und den *Economist*. Das, wovor sie geflohen waren, hatte sie eingeholt.

Als sie ihre dritte Runde in Gang fünf dreht, erscheint Jack. Er wurde wahrscheinlich vom Manager geschickt, und zunächst spricht er nicht mit ihr. Jedenfalls nicht so direkt. Ein Aufblitzen des Erkennens als Teil seines Seitenblicks und eine Art Seufzen als Begrüßung. Er ist krumm: Eine Hälfte seines Rückens sitzt tiefer auf seinem Rückgrat als die andere Hälfte, und die Hälfte, die tiefer sitzt, schleift nach, als wäre ein Teil von ihm ein schlafender Freund, den er herumtragen muss. Er trägt die gelbe T-Shirt-Uniform, die sie alle tragen, aber unter seiner trägt er ein sorgfältig gebügeltes langärmliges weißes Polyesterhemd mit einer schreiend bunten Krawatte, die direkt unter seiner Kehle gebunden ist, und an seinen Füßen große schwarze Schuhe mit runder Kappe, die er nie putzt. Und er trägt einen albernen lächelnden Anstecker, der in einer Comic-Sprechblase seinen Namen ruft.

»Hi, Jack«, sagt sie mit der Überschwänglichkeit, mit der sie Fünfjährige begrüßt; sie weiß schon, wenn sie es nicht tut, wird er sich Sorgen machen und fragen, was los ist.

»Hi«, sagt er und leckt sich die angesammelte Spucke aus dem hängenden Winkel seines Lächelns. Er rückt Gegenstände auf den Regalen herum. Wahllos. Als wollte er eigentlich nicht. Als hätte er nicht viel zu tun. Als hätte ihn jemand gebeten, nach der verrückten weißen Lady zu sehen, die in Gang fünf Runden dreht.

»Auf dem Weg zur Arbeit?«, fragt er. Es klingt nicht wie eine Frage.

»Nein«, sagt sie. Es klingt nicht wie eine Antwort.

»Arbeit ist nicht schön, wenn man nicht vorher schläft.« Er lächelt. »Also, wie verdienen Sie Geld?«

»Ich bin schon reich«, sagt sie und geht weg.

»Was suchen Sie?«, fragt er, folgt ihr, weil er es schon weiß. Er hat sie nicht einmal direkt angesehen, als hätte er Angst davor. Als hätte ihm jemand, dem er vertraut, die Regel vorgegeben, nicht mit Fremden zu sprechen. Dieselbe Person, die ihm vielleicht auch gesagt hat, er solle in beide Richtungen sehen, bevor er die Straße überquert. Nicht direkt in die Sonne schauen, damit sie ihn nicht blendet. Sie fragt sich, ob diese Person ihm gesagt hat, er solle nachts seine Türen verriegeln. Ob er weiß, dass man diese Regel in Paradise braucht.

»Rosinen«, sagt sie, und ihre Stimme stockt nur ganz leicht.

»Gang acht.« Er freut sich, dass er es weiß. »Soll ich sie für Sie holen gehen?«

»Ja, eine Packung.«

Er kommt wieder, Speichel leckend und außer Atem. Er ist den ganzen Weg gerannt. Die angebotene Packung ist rot mit einem Milchmädchen-Logo. Sie kostet mehr, als sie sollte, und sie will keine Rosinen essen, aber sie wird sie trotzdem kaufen. Denn dies ist das Letzte, worum Peter sie gebeten hat, diese winzige beschissene Packung Rosinen. Diese winzige Packung wird sich zu den anderen im Küchenschrank gesellen, genauso verpackt in die kleinste der kotzfarbenen Plastiktüten des Ladens. Es macht sie verrückt, dass Jack ihr die Tüte erst aushändigt, nachdem er sie oft genug gefaltet hat, damit die Packung nicht herausfallen kann, falls sie stolpert und hinfällt. Die verpackten Rosinen bedeuten, dass sie ihre Aufgabe hier erledigt hat, dass sie keine Ausrede mehr hat, noch zu bleiben.

Die Türglocke schellt, als sie geht.

Draußen lässt die Dunkelheit die Ränder ihres Sichtfelds verschwimmen, und sie bleibt eine Weile unter dem Blick der blau gekleideten Geisha an der Außenwand des Ladens stehen, will sich nicht wieder in diese Dunkelheit wagen, der Möglichkeit trotzen, dass der Räuber dort auf sie wartet.

Die relative Stille sagt ihr, dass etwas nicht stimmt. Der Strand wirkt gedämpft, als sich die Türen des Minimarkts hinter ihr schließen – es sind ungefähr zwei Dutzend mehr Leute da, als es für diese Uhrzeit am frühen Morgen normal wäre, aber ohne den üblichen Lärmschock, der einen Gang an den Strand begleitet, wenn so viel los ist. Es passiert nicht oft, dass etwa zwanzig Leute wortlos den Sand bevölkern, ganz zu schweigen von zwanzig mit untergehakten Armen, die Schultern gegen den Wind des frühen Morgens hochgezogen, die eine Reihe senkrecht zur Uferlinie bilden. Die Reihe besteht aus dem normalen Strandpublikum um drei Uhr morgens – ein paar freundlichen Prostituierten, einem sonderbaren Schlaflosen, einer Gruppe leicht betrunkener junger Touristen auf dem Heimweg von der Disco ins Hotel, ein paar Fischern. Die Reihe streckt sich von der Stelle, wo die Strandpromenade im weichen, feinen Sand verschwindet, an den sich auflösenden Sandburgen am Rand des Strandes entlang bis ins silbrige Wasser. Ein paar Leute in der eingehakten Reihe halten Taschenlampen, sagen nichts, durchkämmen den Strand, lassen Fünfzentimeterkreise Licht an Stellen schnellen, wo der Sand unerwartet abfällt oder die Füße der Fischer und der Huren in der Reihe hängen bleiben.

Ein kleiner, rosthaariger Rasta läuft etwas voraus, immer an der Reihe auf und ab, je nachdem, wo nach Luft geschnappt oder mit unterdrückter Stimme etwas gefragt wird.

»Was ist passiert?«, fragt sie ihn. Sie glaubt, vielleicht hat sich die Sicherheitsfirma geirrt, dass es doch einen Räuber gab, dass er hinter ihr den Strand heruntergekommen ist, dass er versucht hat, jemand anderen auszurauben, und weggelaufen ist, dass diese Leute ihn jetzt suchen oder das, was er gestohlen hat. Sie schluckt ihre Panik herunter und klammert sich an den Unterarm des Rastas, fühlt den feinen Salzschleier auf seiner ledrigen Haut, bemerkt, dass er um drei Uhr morgens Strandshorts trägt.

»Da hat wer das Baby von den Leuten entführt«, sagt er. Er betrachtet ihre schöne glatte Haut, ihren schmutzigen Seidenmorgenmantel, der halb den Pyjama verdeckt, der ihr jetzt zu groß ist. Er schaut sie genauer an.

»Ein Baby?« Sie ist verblüfft. »Wer würde ein Baby entführen?«

Die Reihe fegt ein paar schlurfende Zentimeter weiter nach vorn. Als ein leiser Ausruf zu hören ist, entwindet ihr der Rasta seinen Arm und läuft los. Wieder falscher Alarm. Sie muss aus dem Weg gehen, brummelt jemand, oder mit der Reihe mitlaufen. Sie wählt die Reihe. Sie rücken zum raueren Teil des Strands vor, wo Gruppen von Felsbrocken groß und schattenlos aufragen und den Beginn der Luxusvillen am Baxter's Beach markieren, zu denen man von dieser Seite aus keinen gefahrlosen Zugang hat, nicht um diese Zeit am Morgen.

»Ziehen Sie Ihre Zehen so durch den Sand«, der Rasta zeigt es ihr, »falls da ein Hinweis ist.«

»Aber wenn Sie die Hinweise zerstören, sind sie weniger hilfreich für die Polizei«, schaltet sich eine Hälfte eines englischen Paares mittleren Alters ein. Der Mann ist kahl und klein, mit dem geröteten Gesicht und dem runden Oberkörper eines schweren Trinkers. Seine Frau ist größer als er und klammert sich fest an seinen Arm. Sie tragen beide die leuchtend blaue, tropisch bedruckte Kleidung, die man bei den Verkäufern am Strand bekommt – der Mann ein kurzärmliges, mit Rum-Cocktails bedrucktes Hemd, die Frau ein knallbuntes, mit Palmen und tanzenden Steeldrums übersätes Kleid.

»Wir bringen besser nichts durcheinander«, stimmt sie zu. »Sie finden mehr, wenn Sie alles so lassen, wie es ist.«

»Wir wolln keine Bullen«, knurrt eine Frau. »Touristen wollen immer die Bullen rufen.«

Eine Hure, die sich gerade zu der Reihe gesellt, holt scharf Luft und streicht sich die Haare zu einem Pferdeschwanz nach hinten, als dürften sie für die anstehende Aufgabe nicht im Weg sein; ihre Arme mühen sich unter dem Gewicht mehrerer goldener Armreifen.

»Wer hat die hier rausgebracht?«, fragt die Hure mit einem Blick auf die Ehefrau. Die Hure trägt einen goldenen Spandex-Catsuit, eng anliegend wie eine zweite Haut, die langen Lederbänder, die ihre Stilettos nach Gladiatorenart an ihren Füßen gehalten haben, hat sie zusammengebunden und sich die Schuhe wie einen Schal um den Hals gehängt.

»Jemand hat das Baby von meinen Freunden entführt«, erklärt der Rasta Mira. »Jemand hat gesagt, heut Nacht wär ein Mann mit einem schreienden Baby hier draußen am Strand gewesen.«

»Sind Sie sicher? Es könnte ein Mann gewesen sein, der versucht hat, sein Baby zum Einschlafen zu bringen«, sagt die Frau. »Mein Mann hat das ständig gemacht, als Penelope ein Baby war.«

Die Hure leiht sich eine Taschenlampe, richtet sie auf die Frau und mustert sie.

»Sag ihr, sie soll die Klappe halten, Tone«, sagt sie.

»Hören Sie«, sagt der Rasta zu der Frau, »wir konzentrieren uns einfach drauf, das Baby zu finden, okay? Wir haben nicht so viel für die Polizei übrig. Wenn Sie helfen, dann helfen Sie, aber reden Sie nicht die ganze Zeit von der Polizei, okay?«

Das englische Pärchen ist perplex. Die Frau macht Anstalten, ihren Mann wegzuziehen – sie will mit so einer gesetzlosen Herangehensweise an eine Rettungsaktion nichts zu tun haben, auch wenn sie ein Baby suchen –, aber niemand sonst in der Reihe scheint sich besonders darum zu scheren, ob Spuren für die Polizei verwischt werden. Also nickt sie, hält den Mund und schlurft weiter, lässt den Arm ihres Mannes gerade lange genug los, um sich bei Mira unterzuhaken.

Das Baby wird ein bisschen weiter den Strand runter gefunden, kurz bevor die Luxusvillen anfangen, bäuchlings ausgestreckt im Sand neben einem leeren, ruderlosen Kanu. Ein Flüstern knistert die Reihe entlang, und der Rasta läuft hin, dann rennt er in die Richtung zurück, aus der die Menschenkette gekommen ist, mit einem kleinen Körper in einem pastellfarbenen Baumwollflaum in den Armen. Er dreht das kleine Mädchen in den Händen, schüttelt es sanft, schaut, ob es noch lebt. Als er es einer dicken Frau mit dunkler Haut übergibt, zerreißen die Schreie der Frau die Stille des Morgens. Die Glieder der menschlichen Kette zerfallen, die Huren rennen hinter dem Rasta her, andere wirken geschockt und bleiben an der Stelle stehen, wo sie standen, als das Baby gefunden wurde, bewegen ihre Füße auf dieselbe Art, wie sie es getan haben, als sie noch auf der Suche waren.

Mira Whalen schaudert, der Wind peitscht. Sie denkt an Beth und Sam und ob sie bei Rosa wirklich sicher sind. Sie beschließt, Rosa anzurufen, um ihr zu sagen, sie soll sie wieder nach Hause bringen. Sie lässt die Arme der Leute links und rechts los und eilt davon.

KAPITEL ZEHN

Lala

17. August 1984

Baby sieht friedlich aus, als sie sie ihrer Mutter übergeben.

Sie sieht aus, als würde sie nur schlafen, als würde sie beim richtigen Flüstern ihres Namens aufwachen, beim richtigen Reiben ihrer Wange, dem richtigen Kuss auf die Stirn – aber ihre Wangen sind geschwollen, kalt und klamm, ihre Brust hebt und senkt sich nicht, und sie reagiert nicht auf Lalas inbrünstige Küsse auf ihre Stirn.

Lala nimmt ihr Baby aus Tones ausgestreckten Armen und ist schockiert, dass sie sich schlaff anfühlt, wie die beste Art von Puppe, eine von denen, deren Gliedmaßen sich Umarmungen nicht widersetzen, deren Arme man dazu bringen kann, dass sie Umarmungen erwidern. Baby ist weder steif noch starr, nicht so, wie sie es sich vorgestellt hat. Sie ist genauso weich wie zwei Stunden zuvor, als Lala aufgewacht ist, um sie zu füttern, und bemerkt hat, dass sie sich nicht rührt. Lala wickelt Baby fester in die Decke, drückt sie an sich und drängt sich durch den schweigenden Pulk, steigt mit Baby in das kleine Holzboot, das schwarz ist von den Misshandlungen durch Salz, Wasser und Wind. Sie setzt sich auf das vom Regen durchweichte Holz und wiegt ihr totes Baby und tätschelt es sacht und sieht es an und schaut aufs Meer.

Wilma ist nicht gekommen, als Baby geboren wurde, als die Krankenschwester sie angerufen hat, um ihr zu sagen, dass Lala gerade ihre Urenkelin zur Welt gebracht hat. Sie hatte keine Stunde oder zwei übrig, als Baby die ersten paar Tage immerzu brüllte und Lala erschöpft war, sie war keine Orientierungshilfe, wie man Baby besser an Lalas Brust anlegen könnte, als Baby nur immer den Kopf von der Milch ihrer Mutter wegdrehte. Wilma hat Lala nicht die Weisheit der Frauen weitergegeben, die sie selbst empfangen hatte – welchen Busch man verbrannte, um Geister von der neuen Seele fernzuhalten, welchen Psalm man über Babys Kopf in ihrer Wiege aufschlug, um dafür zu sorgen, dass der Teufel sie nicht holte, welche Pflanze man zerstampfte und in Wasser einweichte, in das Lala sich setzen konnte, um die Schmerzen ihrer zusammengeflickten Stellen zu lindern.

Wilma ist damals nicht gekommen, aber Wilma kommt jetzt, als sie hört, dass ihre Urenkelin tot ist. Nachrichten verbreiten sich schnell in einem kleinen Dorf, und sie schlüpft mit ihren kleinen Füßen in ein Paar chinesische Pantoffeln, keine halbe Stunde nachdem sie gehört hat, dass Baby gefunden wurde. Sie kommt, und die Menge draußen teilt sich und gibt den Blick auf Lala frei, die still in diesem kleinen schwarzen Boot sitzt, in den Sonnenaufgang starrt, ihr totes Baby im Arm hält, während im Hintergrund das Meer in Trauer brandet und schäumt. Wilma setzt sich neben Lala, sie legt die Arme um sie, sie schluchzt, sie legt die Hand auf Babys Stirn, um zu sehen, ob dort vielleicht doch noch Wärme ist, ob das alles vielleicht ein großes Missverständnis ist.

»Tut mir leid, Stella«, sagt sie zu Lala. »Tut mir ehrlich leid.«

Dieses tote Baby ist schließlich immer noch ihre Urenkelin, erklärt sie später zwei Polizisten, auch wenn sie und Lala nicht mehr richtig miteinander gesprochen haben, seit Lala Adan geheiratet hat, auch wenn das Mädchen all diesen Ärger hätte vermeiden können, wenn sie sich gar nicht erst mit diesem Lumpenhund von einem Mann eingelassen hätte. Der Tod des Babys hat etwas mit ihm zu tun, da ist sie sich sicher. Es ist immer noch ihre eigensinnige Enkelin, die da in diesem Boot sitzt, steif wie das winzige Baby, das sie im Arm hält. Sie hat auch ihr eigenes Kind verloren, sagt Wilma, sie hat Lalas Mutter verloren und Lala selbst großgezogen, seit sie klein war, also weiß sie auch, wie schrecklich es ist, den eigenen Nachwuchs zu verlieren. So etwas würde sie ihrem schlimmsten Feind nicht wünschen.

Als Lalas Oberkörper Wilmas Umarmung nicht nachgibt, setzt sich Wilma stattdessen neben sie, Schulter an Schulter, und spendet ihrer Enkelin auf diese Weise Trost. Doch Lala nimmt diese Schulter nicht an, sie weint nicht daran, sie sagt Wilma nichts von dem, was sie glaubt, vielleicht sagen zu müssen, sie sagt Wilma gar nichts.

Und als die Morgensonne heiß am Himmel steht und die Bluse von Wilmas Kleid durchnässt ist vom Schweiß und die Polizisten ihre letzten Bilder und Vermessungen gemacht haben und der Kleinbus vom Beerdigungsinstitut vom Strand aus hupt, übergibt Lala Baby den beiden Männern mit den Handschuhen, steigt aus dem Boot und lässt Wilma dort allein sitzen.

KAPITEL ELF

Wilma

17. August 1984

Als Wilma Wilkinson direkt dort am Baxter's Beach von der Polizei gebeten wird, ihnen zu sagen, was sie über ihre Enkelin Lala weiß, beschließt sie, die Geschichte der Eroberer zu erzählen. Sie erzählt nicht die Geschichte, wie ihre Enkelin mit einem Riesen durchgebrannt ist, der sie schlägt. Stattdessen erzählt sie der Polizei, dass Lala aus einer Familie von Land besitzenden Frauen abstammt, die keinen Mann zum Überleben brauchen. Alles, was sie hat, sagt Wilma, wird Lala gehören, wenn sie stirbt. Es ist wichtig, sagt sie ihnen, dass sie wissen, dass jegliche Tragödie, die Lala widerfährt, selbst verschuldet ist. Lala ist keine Frau ohne Erbe.

Die Sonne ist inzwischen auf ihren Zenit geklettert, und der Strand ist voll von Quieken und Lachen, von Handtüchern, Sandeimern und Schaufeln, von Büchern und juwelenbunten Badeanzügen der Badenden, die keine Ahnung haben von Babys Tod. Ein paar Polizisten halten sich noch bei den Felsen auf, wo Baby gefunden wurde, aber abgesehen davon weist nichts darauf hin, dass sich eine Tragödie ereignet hat. Der Wind trägt das Sirren eines Jetskis weit draußen näher an die blaue Picknickbank heran, wo die Polizei mit Wilma spricht. Sie sind versucht, Wilmas Worte als das bedeutungslose Geplapper einer verstörten Frau zu werten, deshalb schreiben sie nicht alles, was sie sagt, in ihre Notizbücher, die dennoch aufgeschlagen bereitgehalten werden. Sie halten Wilma für eine Frau, der die Hitze zusetzt, die vom Himmel auf sie herunterbrennt, das unbarmherzig stechende Sonnenlicht, die Trauer über den

Verlust eines unschuldigen kleinen Babys; es wäre ungehörig, so eine Frau um Verständnis zu bitten, dass jedes Wort, das sie in diesem Moment der Trauer sagt, aufgezeichnet wird. Es wäre noch unhöflicher, sie wirklich aufzuzeichnen.

Sergeant Beckles sieht zu, wie seine Männer das Kanu weiter aufs Land ziehen, damit sie es nach Hinweisen absuchen können. Er wurde vor Sonnenaufgang aus dem Bett geholt, um den Fund eines toten Babys am Strand zu untersuchen, und trägt deshalb die leicht knittrige Stoffhose und das Shirt von gestern. Er hatte keine Zeit, seinen Schmuck anzulegen, bevor er ins Auto sprang und herfuhr, und als er sich mit den Fingerknöcheln den Schlaf aus den Augen reibt, sieht man die hellere Haut an seinen Fingern, wo normalerweise seine Ringe sind. Er schaut den Rasta an, der auf seine Befragung wartet. Er erinnert sich jetzt, wie dieser Rasta die Mutter des toten Babys umarmt hat, nachdem sie den kleinen Leichnam schließlich den Angestellten des Beerdigungsinstituts übergeben hatte. Etwas an der Art, wie er sie hielt, ließ ihn an Saba denken, die, wie er mit Schrecken feststellt, nicht am Strand ist.

Irgendetwas kommt ihm komisch vor. Da ist ein Unbehagen in den unteren Regionen seines Bauchs, das ihm sagt, dass hier irgendetwas nicht stimmt, dass hinter diesem Rätsel mehr steckt, als man vielleicht auf den ersten Blick sieht. Es ist dasselbe Bauchgefühl, auf das er bei der Untersuchung des Mordes an Peter Whalen zu hören gedachte, dessen leicht verblühtes gutes Aussehen ihn immer noch von der Titelseite der Tageszeitung anstarrt, aber die Chance dazu war ihm genommen worden. Die Untersuchung im Mordfall Whalen war kurzerhand seiner Verantwortung entzogen und der neuen Strafverfolgungsabteilung zugewiesen worden, damit diese den Fall mithilfe von Scotland Yard aufklärte. Das habe nichts mit seinen Fähigkeiten zu tun, hatte ihm der stellvertretende Inspector versichert, als er ihm die Neuigkeit überbrachte, aber er habe seine Befehle. Peter Whalen war ein reicher, gut vernetzter britischer Bürger. Die Zeitungen schrieben fast täglich über den Mord, und alle, vom britischen High Commissioner bis zu den restlichen wohlhabenden Expats am Baxter's Beach und anderswo, verlangten eine Aufklärung, und zwar schnell. Nach drei Wochen ohne große Fortschritte war Beckles von der Untersuchung abgezogen worden.

Es schmerzt immer noch.

»Napoleon!«, befiehlt er jetzt. »Ich will Aussagen von allen – der Mutter, dem Rasta und der Oma, von allen, die was gesehen haben.«

Sergeant Beckles hatte vorgehabt, selbst mit der Mutter des toten Kindes zu sprechen, doch nachdem die Leute vom Beerdigungsinstitut den Leichnam weggebracht hatten, nachdem sie von diesem Rasta im Arm gehalten worden war, war die Mutter des Babys ohnmächtig geworden. Er hat angeordnet, sie zum Arzt zu bringen, damit sie untersucht wird. Jetzt schaut er wieder die Großmutter des Babys an.

»Ja, Sir, Sergeant«, gehorcht Napoleon und läuft zu Wilma zurück, die immer noch auf der blauen Bank sitzt und Fragen beantwortet. Er sagt ihr, sie werden eine Aussage benötigen, und lässt ihr die Wahl, ihre Aussage jetzt zu machen oder auf dem Polizeirevier.

Wilma wählt das Revier, und dort angekommen bittet Sergeant Beckles sie, noch mal von vorn anzufangen, macht nichts, wenn sie am Strand schon etwas gesagt hat, sagen Sie es noch mal, die Polizei interessiert alles, was sie zu sagen hat, nicht nur, was sie gesehen hat, als sie an den Strand kam. Sie interessiert zum Beispiel, warum ihre Enkelin, ein Mädchen von gerade mal achtzehn, denn nicht bei ihr in diesem Haus wohnt, das sie erben wird, sondern am Strand in einem Haus wie diesem, mit einem Mann wie Adan, den sie einen Lumpenkerl nennt. Sergeant Beckles stellt in diesem Moment noch nicht die Verbindung her, dass dieser Adan derselbe ist, den er vor einigen Jahren wegen des Verdachts auf einen gewaltsamen Einbruch verhaftet hat. Ihm ist nicht bewusst, dass der Adan in Wilmas Geschichte der Mann ist, den er freilassen musste, als eine Jury zu dem Schluss kam, dass das Geständnis aus ihm herausgeprügelt worden war. Er weiß nicht, dass dieser Adan seine Energien danach auf weniger konfrontative Diebstähle und auf den Schmuggel und Verkauf von Marihuana umgelenkt hat. Nein, im Moment konzentriert sich Sergeant Beckles auf Wilmas Geschichte über ihre Enkelin, die Mutter des toten Babys. Aus diesem Grund lockt er alles und jedes aus ihr heraus, was ihnen helfen könnte, besser zu verstehen, was dem Baby passiert ist und wie es kam, dass seine Mutter das Haus ihrer Großmutter verließ, um bei einem Mann am Strand zu leben.

Es ist dieses Locken, das Wilma dazu verführt, die Geschichte von damals zu erzählen, als ihr Ehemann Carson ihre Tochter Esme belästigt hat. Inzwischen ist Carson tot, und es ist egal, was Wilma über ihn sagt, denn das ist nicht der Schwerpunkt ihrer Geschichte. Um zu erklären, wie es kam, dass Lala sie verlassen hat, denkt Wilma, muss sie erst erklären, wie es dazu kam, dass sie bei ihr lebte.

In einem Nest aus staubigen Papieren, bewegt von den rostigen Flügeln eines quietschenden Deckenventilators, sitzt Wilma auf einem hohen Stuhl (diese Geschichte erzählt sie allgemein nicht besonders gern, schon gar nicht, wenn sie niedriger sitzt als die Person, der sie ihre Schwächen anvertraut). Und nachdem ein Polizist einen zweiten Stuhl gebracht hat, auf den sie ihre Tasche stellen kann, und ein Fenster geöffnet hat, damit sie von dem Muff hier nicht niesen muss, beginnt sie ihre Geschichte.

Sie erklärt, wie ihre eigene Mutter sie mit dem Versprechen auf Landbesitz dazu gebracht hat, Carson zu heiraten. Nicht irgendwelches Land, erklärt Wilma den Polizisten, sondern ein Stück Land von fast einem Morgen an einem Hügelhang voller Bananenbäume. Wilma war damals vierzehn, sagt sie, und sie hatte den Tauschhandel noch nicht verstanden. Für sie klang es, als würde sie doppelt gewinnen. Ein Ehemann wird dich beschützen wie ein Vater, hatte Wilmas Mutter erklärt, und sie bekäme ein großes Stück Land, das sie wirklich sehr reich machen würde, da war es nicht wichtig, dass Carson damals ein Mann von vierunddreißig war. Wilma würde nie verraten, dass ihre Mutter ihr bis zu deren Todestag nicht sagte, was *sie* bei dem Geschäft zu gewinnen hatte.

Wilma erklärt, dass sie eine aus einer Brut von neun Geschwistern war, von denen drei vor dem Alter von achtzehn starben. Sie erinnert sich, vor ihrer Ehe mit den verbliebenen fünf eine von einem Marktstand gestohlene Limonade aus einer Kugelverschlussflasche geteilt zu haben, und wenn sie die Oberfläche der Kugel leckte, die den Flaschenhals verschloss, schmeckte sie ein bisschen von der Spucke der anderen und schwor sich, etwas aus sich zu machen, damit sie sich jeden Tag so ein Getränk kaufen konnte, wenn sie wollte. Wilma sagt, dass sie Carson, den sie vorher nur einmal gesehen hatte, an einem Donnerstagmorgen in der Pfarrkirche geheiratet hat und dass sie ihr Kleid selbst genäht hatte. Sie sagt, die Frage, ob sie Carson liebte oder nicht, sei ihr nie in den Sinn gekommen, als ihre Mutter die Ehe vorschlug. Es ist dieser Unsinn von der Liebe, der den ganzen Schlamassel verursacht, sagt Wilma. Sie hatte nie Zeit für solche Sachen, weder damals noch heute. Und dann muss sie freundlich daran erinnert werden, die Geschichte zu erzählen, wie es passierte, dass sie Lala bekam.

1. Oktober 1965

Wilma Wilkinson war eine ordentliche Frau. Deshalb war es nichts Außergewöhnliches, dass sie in Ruhe ihren Arbeitsbereich aufräumte, während ihre Tochter stoisch auf dem dreibeinigen Hocker wartete, mit Flecken von Blut und Erbrochenem am Kragen ihres Kleids. Esme sog regelmäßig scharf und zitternd Luft ein, das war über dem Scharren und Rumpeln von Wilmas Verräumen zu hören, ein Signal, das Wilma angesichts der Gegebenheiten zu schätzen wusste. Es bedeutete, dass Esme am Leben blieb.

Ein sauberes Haus ist ein Zeichen für einen klaren Kopf, sagte Wilma immer, und als sie Esmes Zustand sah, bestand für sie keinerlei Zweifel, dass diese Lage einen klaren Kopf erforderte, also hatte sie in dem Moment, da ihre Tochter in Wilmas Nähzimmer geplatzt kam und es schaffte hervorzustammeln, was mit ihr los war, angefangen, sorgfältig die Unordnung zu beseitigen, und sie fuhr damit fort, während Esme dasaß und sich Sorgen machte, dass jeden Moment Carson hinter ihr im Raum erscheinen könnte.

Ein Sonntagsschullehrer hatte Wilma einmal gesagt, dass man mit jeder schlimmen Situation, selbst mit einer *wirklich* schlimmen, am besten umging, indem man in Gedanken eine Liste der Dinge machte, für die man Gott dankbar war. Während sie also sauber machte, tat sie das: Sie dankte Gott, dass ihr einziges Kind noch lebte, sie dankte ihm dafür, dass er es für richtig gehalten hatte, sie mit Nachkommen zu segnen, ungeachtet der Umstände von Esmes Empfängnis, sie dankte ihm dafür, dass eben dieses Kind es zurück in den Schutzbereich seiner Mutter geschafft hatte, wenn auch erst, nachdem die Tat bereits begangen war.

Wilma packte das frisch ausgeschnittene Muster für ein Kleid mit Empire-Taille weg, rollte sorgfältig die braunen Papiermuster für Glockenärmel und einen Faltenrock zusammen. Bei manchen Schnitten war das braune Papier noch mit Stecknadeln am Stoff befestigt, und sie wollte keine verlieren. Stecknadeln gingen leicht verloren und waren fast unmöglich wiederzufinden. Sie stapelte ein Regenbogenmuster aus gefalteten Stoffen mehrmals neu, dicke kleine Rechtecke, die darauf warteten, dass sie sie zu Kleidung für künftige Abschlussfeiern, Hochzeiten und Gottesdienste umgestaltete. Sie hatte jedes Stück nach Farbe verstaut und nicht danach, wem es gehörte oder wann das Kleidungsstück fertig sein musste oder auch nur nach dem Stil der Magie, die sie aus dem Inhalt schaffen sollte. Sie fand die Stoffstapel irritierend, wenn sie sie nicht faltete und nach Farben sortiert lagerte, angeordnet in den Schattierungen aller Farben des Regenbogens.

Bevor Esme hereingestürmt war, hatte Wilma an Hühner gedacht.

Speziell an die beiden, denen sie genau an diesem Tag die Hälse umdrehen, deren Knochen sie am Abend genüsslich abnagen würde. Sie hatte zugesehen, wie sie vor dem Fenster gackerten, bevor Esme sich gegen die Tür ihres Nähzimmers warf und das Holz um die Klinke splitterte. Wilma hatte darüber sinniert, dass die Hühner wie jeden Tag Mais fraßen und nach Würmern scharrten, ohne zu ahnen, dass es ihr letzter sein würde. Sie war so in diese Gedanken über die Hühner versunken, dass sie nicht hörte, wie sich die Hintertür schloss, nicht das fieberhafte Donnern des Sprints ihrer Tochter über den Holzboden vor dem Nähzimmer wahrnahm, bevor sie hereinplatzte, rein gar nichts geahnt hatte, bis die Tür an die Trennwand knallte, sodass fast ihre Schneiderpuppe umfiel. Sie musste wohl mit außergewöhnlicher Sorgfalt damit beschäftigt gewesen sein, Molly Marshalls Kleid für Weihnachten zuzuschneiden, dachte sie, das musste der Grund sein, warum sie in ihrem Geist keinerlei Regung gespürt hatte, während Esme vergewaltigt wurde. Esme war schließlich ihre Tochter, dachte Wilma, sie müsste einen sechsten Sinn haben, der sie warnte, wenn jemand ihr ein Leid antat. Sechste Sinne sollten nicht davon abhängig sein, ob man diese Tochter gewollt hatte oder nicht. Sechste Sinne waren eine Frage der Verwandtschaft, nicht der Zuneigung.

Molly Marshalls Kleid war ein ungewohntes Muster für sie, etwas, bei dem Wilma konzentriert nachdenken musste, um sicherzugehen, dass sie den Schnitt genau richtig hinbekam. Wilma hatte Molly Marshall nie besonders gemocht; sie war eine dieser Frauen, die leicht in Ohnmacht fielen, die behaupteten, ihnen sei alles zu viel, vom Geruch von Schafscheiße bis zu den Nachrichten vom Zusammenbruch der Westindischen Föderation. Wilma traute solchen Frauen nicht; sie hatten eine Tendenz, Katastrophen anzuziehen, die sich auf alle um sie herum ausweiteten. Der Morgen der Vergewaltigung, sagt Wilma, war der Morgen, an dem sie beschloss, dass sie nie wieder ein Kleid für Molly Marshall nähen würde.

Wilma Wilkinson schwört bis heute, dass Esme weder schrie noch auch nur ein Wort sagte, als Carson sie angriff. Sie hatte damals Ohren wie ein Hund, beteuert Wilma, sie hatte ihr Gehör auf fallende Stecknadeln eingestellt – sie hätte das Mädchen gehört, wenn es irgendeinen Laut von sich gegeben hätte. Wilma sagt, das Erste, was sie an diesem Morgen von der Katastrophe erfuhr, war, als sie hörte, wie die Nähzimmertür aufgerissen wurde, kurz bevor ihre

Tochter neben ihrem Zuschneidetisch auftauchte wie eine Erscheinung, die Kleider vom Leib gerissen, Gesicht und Arme zerkratzt, eine riesige Beule auf der Stirn, eine zweite, die sie später finden würde, am Hinterkopf, wie ein Ei in einem Nest aus fliegenden krausen Haaren.

Carson war kein Bodybuilder, aber er war ein massiger Mann, ein Riese, der sein Gewicht um die Taille trug, ganze fünfundvierzig Zoll laut den Bleistiftnotizen auf einer der kleinen Karteikarten in Wilmas Nähkiste. Seine Taille, wusste Wilma, war das Barometer der Kraft ihres Mannes, der Schlüssel zu seiner Macht, und unter den gegebenen Umständen war das mehr als genug, um einen schmächtigen Teenager unter sich festzuhalten. Täuschen Sie sich nicht, sagt Wilma, sie zweifelte nicht an Esmes Aussage, keine Minute lang. Es war ihr nicht gelungen, Carson zurückzuhalten, das wusste sie. Das Kind jede Nacht in dem kleinen Klohäuschen einzusperren hatte nicht genügt.

Erst als die Arbeitsfläche frei von Näh-Überbleibseln war, drehte sich Wilma um und kümmerte sich um Esme. Im Hintergrund, neben dem Gackern der Hühner, hörte sie, wie Carson badete, sich die Zähne putzte, die Haare kämmte, eine Dose Wundsalbe öffnete, die sie in dem kleinen Schrank über dem Badezimmerwaschbecken aufbewahrte, und sie auf die Kratzer in seinem Gesicht auftrug.

Sie konnte nicht in ihr gemeinsames Schlafzimmer gehen und ihm die kleine Tube pflasterrosa Salbe entreißen, um Esmes Verletzungen zu behandeln, nicht, nachdem er sie mit seinen beschmutzt hatte. Also nahm sie stattdessen eine kleine Flasche Franzbranntwein von einem Regal in ihrem Nähzimmer, mit dem sie einen Wattebausch tränkte und diesen an ihren Daumen hielt, wenn sie sich bei der Arbeit an einer Nadel stach. »Das brennt jetzt«, sagte Wilma, und das tat es auch. Sie trug ihn ein paar Sekunden lang auf

Esmes Wunden auf, nachdem sie ihrer Tochter die weiche Wolle ihrer Haare aus den Augen gestrichen und sie wieder einigermaßen in Ordnung gebracht hatte, nachdem sie ihr den zerfetzten Rock abgestreift hatte. Sie sah, wie Esme zusammenzuckte, wenn sie den Alkohol auftrug, und sie hasste Carson dafür, die Creme benutzt zu haben.

Sie stellte den Alkohol wieder aufs Regal, dann verrieb sie Rizinusöl auf ihren Händen, hob sie zu Esmes Haaren und begann, ihr den Kopf zu massieren, achtete genau darauf, nicht ihre Stirn zu berühren, suchte sanft nach der schmerzenden Beule an ihrem Hinterkopf. Sie fand sie, etwas, worum sie in Zukunft herumarbeiten musste, wenn sie versuchte, sich in der Nacht auf ihrem Kissen zurechtzulegen, etwas, dem man sich mit einem warmen Lappen von der Seite nähern musste, wenn sie badete, etwas, das man in Gesprächen überging.

»Das macht nichts«, sagte Wilma, als die Massage der druckempfindlichen Stellen ihre Tochter zum Weinen brachte. »Dass es wehtut heißt, dass es heilt.«

Wilma hatte damals geglaubt, ihre Esme sei zu müde, um zu reagieren, zu gebremst davon, was ihr zugestoßen war, um zu bestätigen, dass der Schmerz ein Zeichen der Hoffnung, der Heilung war und deshalb eine Gnade, für die man dankbar sein musste. Es war eine Müdigkeit, für die Wilma ebenfalls dankte, denn das hieß, dass ihr einziges Kind nicht fragen würde, warum sie es nachts in einem kleinen hölzernen Klohäuschen im Hinterhof unterbrachte, das immer noch nach der Scheiße von Generationen aus Carsons Familie stank. Es war eine Müdigkeit, die bedeutete, dass Esme nicht in allen Einzelheiten beschreiben konnte, wie ihr eigener Vater sie am helllichten Tag im Hof hingeworfen hatte, wie er sie beschädigt hatte. Es war eine Müdigkeit, die Esmes Neigung zum Reden bezwang, ihre Neigung zu widersprechen, Fragen zu stellen, die Wilma nicht beantworten wollte.

Im Nähzimmer war es ruhig. Die Hühner gackerten fröhlich, als wüssten sie plötzlich, dass ihr Leben verschont bliebe. Einige Sicherheitsnadeln, Ende an Ende miteinander verbunden, baumelten am Kragen von Wilmas einfachem Baumwollkleid und tanzten, als sie Öl in Esmes Haare rieb, auf ihre Glieder, das Gesicht und den Rücken. Über ihrem Werktisch hing ein Hochzeitsfoto: Wilma im Türbogen der St. Saviour's Anglican Church, wie sie in einem gemusterten Kleid mit passendem Hut winzig neben Carson stand, der komplexe Schnitt des Kleides verschluckt vom Schatten ihres frisch angetrauten Ehemannes. Sie hatte sich oft gefragt, ob Esme damals fand, dass ihre Mutter wie ein kleines Mädchen aussah, ob der Winkel ihres rechten Armes, in dem sie einen selbst gepflückten Blumenstrauß hielt, Esme an das Schlüsselbein eines Hühnchens erinnert hatte, ob Esme wie Wilma auch fand, dass sie auf dem Hochzeitsfoto glücklich aussah, als glaubte sie, sie hätte etwas gewonnen.

Wilma sah, wie Esme das Foto betrachtete, während sie knetete, wollte ihr erklären, dass sie im gleichen Alter wie Esme gewesen war, als das körnige Foto aufgenommen wurde, hoffte, Esme würde verstehen, dass dies genau das war, wovor sie sie hatte schützen wollen, als sie anfing, ihr ein Bett im Klohäuschen einzurichten, verspürte und schluckte das Bedürfnis hinunter, Esme zu erklären, warum sie selbst so lang gebraucht hatte, um das mit Carson zu verstehen. Aber Wilma hatte die Geschichte damals nicht erzählt – Wilma war zu sehr damit beschäftigt gewesen, ihr Rückgrat zu stählen.

»Mami«, hatte Esme zu wimmern angefangen und die Hand ihrer Mutter festgehalten, als sie die blutige Beule an ihrem Hinterkopf fand. »Mami ... Mami ...«

In diesem Moment, erklärt Wilma, fiel ihr das offenkundige Bedürfnis ihrer Tochter wieder ein, in die tiefen Wasser der Gefühle zu waten, wofür sie keine Zeit hatte. In diesem Moment, sagt Wilma, wurde sie zu dem Zeitpunkt zurückversetzt, als die Hebamme ein brüllendes Baby in ihre knochigen Arme gelegt und sie gebeten hatte, ihrem kleinen Mädchen einen Namen zu geben. Vielleicht war es das Delirium des Gebärens, das ihr vierzehnjähriges Ich dazu gebracht hatte zu lächeln, denkt Wilma, und zu flüstern: »*It's me,* das bin ich!«, weil sie in diesem neuen Baby ihr eigenes Gesicht gesehen hatte, eine vielversprechendere, bessere Version ihrer selbst, und die Hoffnung, dass alles wahr werden könnte, wovon sie nicht einmal gewusst hatte, dass sie es wollte.

Vielleicht war es die Arbeit, die Spuren einer Geburt wegzuputzen, die dafür gesorgt hatte, dass die Hebamme »Esme« statt »It's me« gehört hatte, als sie Wilma bat, ihrem Kind einen Namen zu geben. Die Hebamme hielt inne, um zu sagen, was für ein schöner Name das sei, wie passend für dieses wunderschöne neue Baby. Vielleicht war es Wilmas Bedürfnis zu glauben, dass das Kind wirklich schön war, das sie dazu brachte, den Namen zu behalten, sich mit dem Buchstabieren abzumühen, als sie ihn ein paar Wochen später dem Priester in der Kirche aufsagte, während er das Baby mit Weihwasser segnete.

Doch jetzt, mit einer wimmernden Esme vor sich, verstand Wilma plötzlich, wie dumm sie gewesen war, das Leben ihrer Tochter mit einer so wankelmütigen Eigenschaft wie Schönheit zu belegen.

»Alles Jammern bringt nichts«, warnte sie sie. »Was passiert ist, ist passiert.«

»Mami, Mami, Mami ...«

Wilma wurde zu Holz, als Esme sich an sie klammerte. Die Stimme, die sich geweigert hatte, sie zu warnen, als Esme vergewaltigt wurde, blieb still, als sie wieder durch das Fenster nach draußen sah, über die Hühner hinweg dorthin, wo die Bananenbäume auf die Straße trafen, und zur Bushaltestelle, wo der Bus nach Rocklyn mit seiner Last aus Arbeitern und Straßenhändlern und *Mauby*-Verkäufern vorbeirollte, die schläfrig waren von der Brise, die durch die offenen Seiten wehte. Sie dachte schon darüber nach, welche Geschichte sie erzählen würde, was Esme passiert war, falls es je herauskam.

»Hör mir zu, Esme«, sagte Wilma, »hör gut zu. Erzähl niemandem davon, hast du verstanden?«

Das Haus hielt den Atem an – die Hühner hörten auf zu gackern, das Wasserrauschen im Bad stoppte, und die Brise wehte schwach durch das offene Fenster. Wilma und die Welt warteten auf Esmes Antwort.

»Hast du verstanden?«

Esme konnte nicht sprechen, also nickte sie, denn das schien es zu sein, was Wilma wollte.

»Ich habe einen neuen Rock«, sagte Wilma, »gerade heute Morgen fertig gemacht. Für dich.«

Wilma hätte ahnen können, dass Esme nicht wollte, dass sie wegging, um den Rock zu holen. Sie hätte wissen müssen, dass, wenn sie ging, das Gefühl von Händen in ihren Haaren aufhören würde, und Esme wollte nicht, dass es aufhörte. Sie hätte verstehen müssen, dass sie, wenn sie ihre Tochter dort allein ließ, um einen Rock zu holen, der ihr kaum passte, nicht mehr zu sehen sein und Esme sich mehr denn je des schrecklichen Gesangs bewusst werden würde, der inzwischen im Bad aufgenommen worden war. Sie hätte sich denken können, dass Esme lieber hier sitzen und sich von ihrer Mutter die Kopfhaut kneten lassen wollte, die Haare überreden, sich zu benehmen, damit ein wilder Wind, der auf ihrer Kopfhaut landete, es unwillig vorfinden würde. Aber sie duldete es nicht, als ihre Tochter sich an ihren Händen festhielt, weil sie wollte, dass sie blieb.

»Hör jetzt auf«, sagte sie und schüttelte Esmes Griff ab. »Ich bring dich bei deiner Auntie Earlie vorbei.«

Wilma konnte damals nicht verstehen, dass ihre Weigerung zu bleiben in diesem Moment den kleinen Riss des Schmerzes in Esmes Geist weit aufbrach. Sie ahnte nicht, dass es das sein würde, was ihre Tochter ihr in Zukunft vorhalten würde, und nicht die Nächte im Klohäuschen.

»Und sogar als er mich vergewaltigt hat«, würde Esme ihr in späteren Jahren vorwerfen, »da bist du nicht geblieben und hast mich getröstet, du bist nicht geblieben!«

Wilma ging den Rock holen und kam mit etwas zurück, das Esme an der Taille nicht zubekam. Das muss reichen, sagte sie und knüllte einen Ersatzrock und zwei Blusen in eine Tasche. Carson begann, in der Dusche ein Kirchenlied zu singen. Wilma rückte die Ecke ihres Nähtisches gerade, damit er auf der richtigen Stelle auf der Fliese stand, zog ihre Nähschürze aus und schlüpfte in ihre Schuhe für draußen.

In diesem Moment, mit Carsons Gesang als Soundtrack, wurde Esme klar, dass *er* derjenige war, der bleiben würde.

Knappe zehn Monate später schickte Auntie Earlie Esme mit Lala nach Hause zurück.

17. August 1984

Wilmas Augen werden feucht in der Stille des Polizeireviers, wo die Polizisten in ihre Berichte vertieft sind und Sergeant Beckles höchstselbst herbeigeschlendert ist und sich auf die Ecke eines rostigen Metallschreibtisches gesetzt hat, die Hände an den Handgelenken verschränkt auf den Knien ruhend, um der Geschichte einer kleinen, mehr vom Leben als von den Jahren gealterten Frau zuzuhören.

Sie nimmt an, es ist ein Fluch, sagt Wilma, das Händchen, das die Wilkinson-Frauen für Männer haben, diese Fähigkeit, einen Mann so zu verhexen, dass er ganz liebestrunken ist. Ein erwachsener Mann, erklärt sie, kann nicht anders in der Gegenwart eines jungen Wilkinson-Mädchens. So ist es schon seit Generationen. Es ist nicht die Schuld des Mannes, sagt Wilma, er kann nichts dagegen tun. So war es bei ihrer Mutter vor ihr, bei ihrer Tochter und bei ihrer Enkelin nach ihr. Es war auch bei ihr selbst so. Wenn sie ihre Abstammungslinie zurückverfolgen müsste, über die Vorfahren hinaus, die die Black-Power-Leute auftun, stellt sie sich vor, sie würde auf Delila stoßen, die Frau, die Samsons Untergang war. An manchen Sonntagen, sagt Wilma, hat sie ein kleines bisschen Mitleid mit Delila. Es kann nicht einfach gewesen sein, von einem Mann wie Samson verfolgt zu werden. Ihn für Silber zu verkaufen, war vermutlich der einzige Weg für Delila, ihn loszuwerden, als er erst einmal ein Auge auf sie geworfen hatte. Genauso kann es nicht einfach für Samson gewesen sein, sich auf einer hilflosen Jagd wiederzufinden. An den meisten Sonntagen, sagt Wilma, betet sie für die Samsons dieser Welt.

Wilma bemerkt die Blicke nicht, die die Polizisten wechseln; sie sieht nichts durch die Tränen, die ihren Blick verschleiern, und sie hört auch nichts außer der Geschichte, die sie ihnen erzählt. Esme hatte diesen Fluch, sagt Wilma, und Gott weiß, sie hat es versucht, aber Lala hat ihn auch abbekommen. An dem Mädchen gibt es nichts, weshalb man sie einen Hingucker nennen könnte, sagt Wilma, aber die Männer auf der Straße haben sie schon immer angesehen, als wäre sie der letzte Tropfen Wasser im Land der Durstigen. Ein Mann hat Lalas Mutter umgebracht, und Esme ist gestorben und hat das Mädchen alleingelassen, und Wilma hat sie aufgenommen und aufgezogen wie ihre eigene, sie gelehrt, den Blick gesenkt zu halten und das Kleid lang und die Brüste bedeckt, und die Männer haben *trotzdem* geschaut. Lala fing an, sich rauszuschleichen, um diesen Adan zu treffen, da war sie gerade mal fünfzehn Jahre alt, erzählt Wilma den Polizisten. Was soll eine gute Großmutter da tun? Als sie diesen Adan zum ersten Mal sah, wusste sie, er bedeutete nichts Gutes, aber Lala hatte die Art der Wilkinsons, und der Mann konnte sie nicht in Ruhe lassen. Sie wusste, der Tag würde kommen, an dem Adan sich wünschte, er hätte Lala nie kennengelernt. Sie hat nur nicht damit gerechnet, sagt Wilma, dass dieser Tag so schnell kommen würde.

Die Polizisten kritzeln in ihre Notizbücher. Sie wollen mehr über Lala wissen und über das letzte Mal, als Wilma Baby lebend gesehen hat.

Sie hat Baby noch nie gesehen, sagt Wilma, sie hat sie nie zu Gesicht bekommen, als sie noch lebte.

»Was meinen Sie mit ›nie‹?«, fragt Beckles ungläubig. »Nicht ein einziges Mal?«

»Nicht ein einziges Mal«, bestätigt Wilma, und Tränen laufen über ihre Wangen. »Ich hab Stella gesagt, ich will nichts mehr mit ihr zu tun haben, wenn sie zu diesem Mann zieht. Ich hab ihr gesagt, sie braucht nicht zurückkommen, wenn sie zur Tür rausgeht.« Sie nickt. »Sie ist trotzdem gegangen.«

Sergeant Beckles ist berührt von Wilmas Darstellung ihrer Tochter als einer dieser Frauen, die einen Mann verhexen können. Er selbst ist ebenfalls so einer Frau zum Opfer gefallen, einer Frau, die in seinen Träumen wohnt, während seine Frau neben ihm schnarcht. Eine Frau namens Saba, die zu lieben sein gesunder Menschenverstand ihm nicht erlauben dürfte. Er versteht das.

Er nimmt Napoleon beiseite. Er wird den Mann dieser Frau aufsuchen, weist er ihn an. Er wird herausfinden, was diesen Mann von seiner Frau und seinem kleinen Kind weggetrieben hat, sodass er nirgendwo zu finden war, als sein Kind entführt wurde, sodass er nicht bei der Suchmannschaft war, als Baby gefunden wurde. Er wird herausfinden, warum Wilma diesen Mann einen Lumpenkerl nennt. Kurzum, was konnte diesen Mann dazu bringen, die beiden in dieser winzigen Hütte allein zu lassen, wenn Baby noch so klein war? Sergeant Beckles sagt dem Constable, er soll anfangen, nach diesem Adan zu suchen, und ihm dann berichten. Er sagt, ihn interessiere Adans Seite der Geschichte.

KAPITEL ZWÖLF

Lala

17. August 1984

Später an diesem Morgen trauert Lala mit verschwollenen Augen zu Hause, als sie Besuch von einem kleinen gelben Polizisten bekommt. Adan hatte diesen Besuch vorhergesehen, und bevor er wieder den Strand entlang zu den Tunneln gerannt ist, um sich zu verstecken, hat er ihren Kopf zwischen die Hände genommen und auf sie eingeschrien, was sie antworten soll, er hat ihr Gesicht nicht einmal lang genug losgelassen, um sich die Nässe aus dem eigenen Gesicht zu wischen. Mach das Zimmer nicht sauber, hat er ihr gesagt, eine trauernde Frau kann kein Haus sauber halten. Warte nicht zu lang mit deiner Antwort auf ihre Fragen, aber die Antworten müssen kurz sein, damit man sie sich leichter merken kann. Schau ihnen so viel wie möglich in die Augen, hat er sie ermahnt, damit sie nicht denken, dass du lügst, aber starr nicht, vor allem, wenn der Polizist, der kommt, ein Mann ist.

Als der gelbliche Polizist dann wirklich klopft, ist Adan, nimmt sie an, wieder sicher in den Tunneln versteckt, an einem Ort, den weder er noch Tone ihr bis jetzt verraten haben. Vielleicht derselbe Ort, an dem er sich versteckt hat, seit Baby geboren wurde. Sie sieht sich noch einmal im Zimmer um, schüttelt den Kopf, als ihre Augen an einem kleinen Babykörbchen aus Schilf hängen bleiben wollen, das sie von der Heilsarmee geholt und dann für Babys Stoffwindeln und Kleider benutzt hat. Ihre Hände zittern, als sie nach der Türklinke greift, ihre Finger sind ungeschickt, als sie versucht, den Riegel zu öffnen.

Nachdem der Polizist sie auf ihre Rechte hingewiesen hat, fast entschuldigend, weil er ausgebildet wurde, es zu tun, und nicht, weil er glaubt, dass sie irgendwas mit dem Tod ihrer Tochter zu tun hat, sagt ihm Lala, was ihrer Meinung nach vielleicht passiert sein könnte. Er versteht, sagt er ihr, dass sie sich nicht sicher ist und dass der Tod ihrer Tochter für sie genauso ein Rätsel ist wie für die Polizei; sie soll ihm einfach so viel sagen, wie sie noch weiß.

Das tut sie. Und als sie fertig ist, fragt er sie die Sachen, von denen er denkt, sie sollte sich daran erinnern, die Sachen, die sie ihm hätte erzählen sollen. Zum Beispiel wie viel Uhr es war, als sie gemerkt hat, dass Baby verschwunden war, ob sie in der Nacht davor irgendetwas Seltsames gehört oder gesehen hat. Der Polizist hat eine Frau dabei, die sagt, sie ist von der Kinderfürsorgestelle. Sie muss einen Bericht schreiben, sagt die Frau, jedes Mal, wenn ein Kind unter verdächtigen Umständen ums Leben kommt. Lala braucht eine Weile, bis sie versteht, dass das Kind, das unter verdächtigen Umständen ums Leben gekommen ist, Baby ist, dass ein Bericht über den Tod ihrer Tochter geschrieben wird. Das ist kein Grund zur Sorge, sagt die Frau, aber sie hat auch ein paar Fragen. Diese Frau ist groß, so groß, dass es fast aussieht, als müsste sie sich bücken, um ins Haus zu kommen. Ihr Lächeln erinnert Lala eher an ein notwendiges Teilen der Lippen als an Freundlichkeit.

Die Frau vertieft ihre Beileidsbekundungen nicht weiter oder fragt, ob Lala gut geschlafen hat; sie stellt andere Fragen. Sie fragt, ob Lala Baby gestillt hat, und wirkt nicht besorgt, als sie sagt, sie glaubt schon, sie hat es oft versucht. Sie fragt, wie lang das Baby jede Nacht geschlafen hat und wer sie gefüttert hat, wenn sie in der Nacht aufgewacht ist, Lala oder Adan. Sie fragt, wie oft am Tag Lala sie gebadet hat, wie oft in der Nacht ihre Windel gewechselt. Sie fragt, ob

Baby Lala je wütend gemacht hat, ob sie dieser Wut je nachgegeben hat, indem sie sie geschlagen hat. Und sei es nur einmal. Lala versucht, sich so gut sie kann zu erinnern – Details wie diese sind eigentlich nicht sonderlich verschwommen, in ihrer Vorstellung haben sie nämlich nichts mit Babys Tod zu tun, damit, dass ihre Tochter tot ist –, aber weil sie nicht weiß, warum sie solche Sachen gefragt wird, macht sie sich Sorgen über die Beweggründe des Polizisten und den Tonfall der Frau. Sie macht sich Sorgen, dass sie, wenn sie das Erste antwortet, was ihr in den Sinn kommt, ihnen Anhaltspunkte für andere Fragen gibt, die sie ihr stellen könnten, Fragen, deren Antworten sie nicht geübt hat, Fragen, die sie zu Antworten führen, die geheim bleiben müssen.

Aus diesem Grund, und nur aus diesem Grund, denkt sie vor der Antwort auf alle ihre Fragen lang und scharf nach. Nur aus diesem Grund schaut sie genauso ausdruckslos wie der Polizist, während die beiden auf ihre Antworten warten, ihr zusehen, wie sie mit zitternden Fingern den schwarzen Samtkragen von ihrem einen guten Kleid nach außen und nach innen und wieder nach außen dreht. Die Frau ist anscheinend nicht mitfühlend genug, sie zu fragen, ob sie alles richtig versteht, ob sie möchte, dass die Fragen noch einmal wiederholt werden.

Als sie fertig sind, geht die Frau allein wieder weg, und der Polizist stellt noch mehr Fragen. Kennt sie jemanden, der ihrem Baby etwas antun wollen würde? Jemanden, der ihr etwas antun wollen würde? Wann genau hat sie gemerkt, dass Baby nicht neben ihr auf dem Bett lag? Und wo, fragt er, war ihr Mann?

Die Geschichte fließt ohne Stocken über Lalas Lippen. Ihr Mann war nicht da, sagt sie, er war fischen mit Freunden. Ihr Mann war schon weg, bevor Baby geboren wurde. Der Polizist schreibt es auf. Und falls er ihre Stimme zu fest für eine Frau hält, die ihr einziges Kind verloren hat, ihre Hände zu nervös, um auf Unschuld hinzudeuten, oder der Meinung ist, dass sie es nicht schafft, ihm offen in die Augen zu schauen, dann sagt er es nicht. Er notiert ihre Aussage in sorgfältig gemalter Handschrift, er nennt sie Ma'am, er fragt sie, ob sie eine Pause machen und etwas Wasser trinken möchte, und sagt Ja, als sie ihm auch welches anbietet.

Als er schließlich sein kleines Notizbuch mit dem Plastikumschlag zuklappt und wieder in die Tasche steckt, begleitet ihn Lala zur Tür und schaut zu, wie er die Treppe hinuntergeht. Sie lächelt, als er sich noch einmal zu ihr umdreht, lächelt noch mal, als seine Füße endlich den schlüpfrigen, sandigen Boden finden, und er winkt ihr noch ein letztes Mal zu, tippt sich höflich an die Mütze, bevor er ganz hinten zwischen den beiden o-beinig kauernden Kokospalmen verschwindet.

Lala wartet eine ganze Minute, um zu sehen, ob er wiederkommt, bevor auch sie die Treppe nimmt, drei Stufen auf einmal, und bei den letzten fast umknickt und sich das Bein bricht. Erst als sie den Sand erreicht hat, merkt sie, dass sie weint, dass sie sich mit wildem Blick umschaut, als würde jemand sie beobachten. Sie findet ihre Fassung wieder und schaut sich langsamer um, aber das einzige Geräusch ist das Schaben und Schleifen eines Bootes, das die Fischer ins Wasser schieben. Sie sind zu weit weg, als dass die Männer sie sehen oder von ihr gesehen werden könnten, und Lala eilt zu dem linken hinteren Pfeiler, auf dem das Haus zum Meer hin absackt. Dort gibt es eine Anordnung von Steinen, aber sie ist zu müde, um sich zu erinnern, ob sie noch so angeordnet sind, wie sie sie zuletzt hingelegt hat. Sie fängt an, mit den Händen zu graben, so schnell, dass der Sand ihr ins Gesicht spritzt, ihre Lippen sprenkelt, ihre Haare salzt.

Sie werden nicht lange brauchen, bis sie herausgefunden haben, was wirklich passiert ist, denkt Lala, sie werden nicht lange brauchen, bis sie wiederkommen und sie verhaften. Bis dahin muss sie weg sein.

Als sie diese Dose damals vergraben hat, tat sie das, weil sie von einem Urlaub im Ausland träumte, davon, genug zu sparen, um ein Visum und ein Ticket bezahlen zu können und einen Ort zum Übernachten und ein gutes Kleid zum Anziehen, und davon, einfach zum Flughafen zu gehen und in ein Flugzeug der British West Indian Airways zu steigen und nach Amerika zu fliegen. In der Dose waren jetzt keine Weihnachtskekse mehr; sie hatte angefangen, sie mit Fünfern, Zehnern und Zwanzigern von den US-Dollars zu füllen, die sie von den Touristen bekam, das Trinkgeld, das sie für ihre ordentlichen Zöpfe und sauberen Scheitel bekam, damit die Haare ihrer Kundinnen aussahen wie die von Bo Derek in *Zehn – Die Traumfrau.* Zu dieser Dose wanderten ihre Gedanken immer dann, wenn sie etwas haben wollte, was ihr unerreichbar schien – einen schwarzen Samtoverall mit Schulterpolstern und Goldpailletten für den Silvesterball zum Beispiel; oder ein kleines Auto, damit sie und Adan an den Sonntagabenden um die Insel fahren konnten und Eis kaufen und *tut-tuten,* wenn sie Wilma an der Bushaltestelle sahen. Später, als sie schwanger war, hatte diese Dose den Traum von einer schönen Wiege für Baby enthalten, die Mittel, um einen Zimmermann anzurufen und ihm zu sagen, er solle kommen und das undichte Haus reparieren, damit ihr neues Baby nie nass wurde, wenn es regnete, wie es ihr und Adan manchmal erging. Sie hatte zwar kaum jemals wirklich gekauft, was sie sich wünschte, aber diese Dose bedeutete, dass immer Geld da war, für Notfälle oder für ein Ziel, das die Ausgaben wirklich wert war.

Doch als sie die Dose schließlich aus dem Boden hebt, ist sie leichter, als sie sein sollte.

Als sie sie öffnet, ist die Dose leer.

Lala steigt die Treppe mit blinden Augen wieder hinauf, hält die Dose in der linken Hand, tastet mit der rechten zur Orientierung nach dem Holz, bleibt bei dem gefährlichen Aufstieg alle paar Schritte stehen, um den knallroten Deckel abzunehmen und zu sehen, ob da wirklich nichts drin ist, ob sich hinter den Bildern von einem prächtigen englischen Garten und einem Pferd mit Kutsche und einem livrierten Diener auf dem Deckel der Keksdose wirklich überhaupt nichts versteckt. Einen Moment später sagt sie sich, sie müsse blind sein, dass es diese Blindheit ist, die sie glauben lässt, die Dose sei leer. Es muss diese Blindheit sein, die sich außerdem weigert, das bisschen Geld im Saum ihres Hochzeitskleides preiszugeben, die wenigen Dollar, die sie in eine Tüte eingerollt und in der dritten Feder verstaut hat, die sie mit der Hand von dem Loch an der linken Seite der Matratze aus erreicht, die Münzen in der kleinen Papiertüte im Loch im Boden hinter der Toilette. Es muss eine plötzliche Blindheit sein, denn es kann nicht sein, dass das Geld nicht da ist. Oder da. Oder *da.*

Lala wartet, dass Adan zurückkommt, in den Händen die leere Dose, in einem von Wilma gestohlenen Kleid, mit einer von Babys rosa Rüschenunterhöschen in der Tasche. Sie hat geschworen, jeden Tag für den Rest ihres Lebens etwas von Baby bei sich zu tragen, aber das mäßigt nicht ihre Entscheidung, Adan umzubringen, sobald er durch die Tür kommt. Es ist seine Schuld, dass ihr Baby tot ist, es ist seine Schuld, dass sie Schmerzen hat, und jetzt ist es seine Schuld, dass sie nicht fortgehen kann, dass das Geld, das sie gespart hat, alles weg zu sein scheint. Das Wie kommt ihr nie in den Sinn – wie *genau* will sie ihrem Riesen von einem Mann das Leben nehmen? Sie ist keine kleine Frau, sie weiß, dass sie robust ist, aber sie hat seiner Statur nichts entgegenzusetzen, die das harte Leben auf der Straße geschliffen hat, stundenlanges Üben auf einem winzigen Einrad, zahllose Sprints, um dem langen Arm des Gesetzes zu entkommen.

Sie steht auf, geht zum Fenster über dem Spülbecken, nimmt ein paar feine Härchen vorn an ihrer Kopfhaut und fängt an, sich die Haare zu flechten, drüber und drunter, drüber und drunter, bis sie zwei dicke Cornrows an beiden Seiten des Kopfes hat, die ihre kahlen Stellen verbergen, die nackten Flecken Kopfhaut, wo die Haare, die ihr Adan mal ausgerissen hat, nicht wieder nachwachsen. Sie hat die Stelle mit zerstoßenem Aloe-Fruchtfleisch eingerieben, mit warmem Kokosöl, mit einem Wickel aus geriebenem Ingwer und Glyzerin. Die Haare wachsen trotzdem nicht nach. Heute faltet sie Klopapier zu einem dicken Viereck, nachdem sie es in einem Aufguss aus Knoblauch und Aloe getränkt hat, und sie beißt die Zähne zusammen und öffnet ihre Bluse und legt es auf ihre Brustwarze. Es gab eine Zeit, als sie einen Bluterguss oder eine Schwellung oder einen Lappen verletzte Haut sah, bei denen sie sich nicht erinnerte, woher sie sie hatte, und es tat wieder ganz neu weh. Aber jetzt fühlt sich das nicht so an. Jetzt fühlt sie Erleichterung. Heute ist der Tag, an dem sie akzeptiert, dass sie Adan entweder umbringen oder bei dem Versuch sterben wird. Und mit dieser Akzeptanz geht eine Ruhe einher, eine Ruhe, die sie befreit: Sie geht nicht hin und macht ihm Frühstück, damit er etwas essen kann, falls er aus seinem Versteck zurück nach Hause kommt, sie macht nicht das Bett oder putzt das Schlafzimmer, sie versteckt nicht das Messer neben dem Spülbecken, falls er schlechte Laune hat.

Als sie seine Schritte unten an der Treppe hört, die Lautstärke seines Pfeifens verstärkt durch Lungen, die vollgepumpt sind mit klarer salziger Luft, nähert sie sich langsam der Tür, denkt an Baby. Sie greift nach der Klinke. Es ist besser, denkt sie, ihm oben an der Treppe entgegenzugehen, bevor er die Gelegenheit hat hereinzukommen und sie in diesem kleinen Zimmer in der Falle sitzt. Oben an der Treppe kann er aus einer großen Höhe stürzen, falls sie kämpfen.

Sie denkt solche Gedanken, denkt daran, diesen Mann umzubringen, den sie geheiratet hat, als die Tür klappert und jemand anderes eintritt, nicht Adan, und ihr eine Marke vor die Nase hält.

Dieser Polizist ist ein kleiner schwarzer Mann, breit und weich geformt von einer wohlmeinenden Ehefrau. Sein kahler Kopf glänzt nach der Art, die nicht mehr rasiert werden muss. Er sieht aus, als hätte er einmal ein fröhliches Gemüt gehabt, aber zu viel von den Schattenseiten des Lebens gesehen, sodass er angesichts von Tragödien nur noch leicht irritiert ist und sachlich reagiert. Sein einziges Zugeständnis an Stil scheint sein Schmuck zu sein – eine schwere Goldkette um den Hals, verschiedene Stücke an den Handgelenken und Fingern, eine winzige glitzernde Kugel oben an seinem rechten Ohr. Auf diese Kugel hält Lala den Blick gerichtet, während er spricht, was er mit dem nasalen Quäken von Kindern macht, die Helium aus Ballons eingeatmet haben, ein Quäken, hinter dem sich ein Lachen versteckt, eines von der Art, die nichts mit Humor zu tun hat.

»Sergeant Beckles, Ma'am«, sagt er ohne Begrüßung, als sie vor seinem Anblick in der Tür erschrickt. »Jetzt erzählen Sie mir noch mal, wo Sie waren, als Sie gemerkt haben, dass das Baby verschwunden ist.«

KAPITEL DREIZEHN

Lala
17. August 1984

Das sind die Gründe, warum dein Baby tot ist:

1. Das erste Baby, das du weggeworfen hast, als du noch bei Wilma warst, weil es keine gute Idee zu sein schien, es zu bekommen, und es wirkte nicht echt, bis du dann die Pillen geschluckt hast und etwas Klumpiges aus dir herausgefallen ist und du es weggespült hast, und Adan, der die Pillen von einem Apotheker hatte, der den Leuten auch ohne Rezept alle möglichen Medikamente verkauft, Adan sagte, du sollst dir keine Sorgen machen, weil es wahrscheinlich erst ein paar Wochen gewachsen ist und überhaupt noch kein echtes Baby war, aber das hat nicht geholfen, und ein Baby loszuwerden, das du nicht willst, muss ganz bestimmt dadurch bestraft werden, dass du ein Baby verlierst, das du willst, weil Gott sagt, du darfst nicht Gott spielen.

2. Weil du gemein zu Wilma warst, als du noch dort warst, denn sie ist schließlich immer noch deine Großmutter, und sie hat dich aufgenommen und hat dich großgezogen, nachdem deine Mutter gestorben ist, auch wenn sie dich geschlagen hat, wenn Carson zu genau hingesehen hat, auch wenn du keine Freundinnen zu Besuch haben oder zu Partys oder auf Jahrmärkte gehen oder einen Walkman haben oder Soca hören durftest, denn Wilma ist kein schlechter Mensch, sie hat dich immerhin aufgenommen, obwohl du in dem kleinen alten Klohäuschen im Garten schlafen musstest, genau wie deine Mutter es getan hat, während sie und

Carson im Steinhaus schliefen, auch wenn du manchmal nachts aus dem Fenster geguckt hast und sie da gesehen hast, wie sie mit einer Taschenlampe zum Schuppen rübergeleuchtet hat, um sicherzugehen, dass du nicht mit Carson dadrin warst oder rausgeschlichen bist, um nach einem anderen Mann zu schauen.

3. Stehlen. Obst von den Auslagen der Verkäufer auf dem Markt, Geld aus Wilmas Börse, wenn sie dich ins Haus gelassen hat, Wilmas Make-up und Cremes, Adans Rolle als Ernährer des Haushalts und die verschiedenen Herzen mehrerer Männer.

4. Weil du, auch wenn du dir noch so große Mühe gibst, genauso bist wie deine Mutter.

KAPITEL VIERZEHN

Lala
17. August 1984

Unten an der Treppe zu Adans Haus wächst eine Gruppe Kokospalmen, hohe Bäume mit rachitischen Stämmen, die sich voneinander wegbiegen und an ihren Röcken aus trockenen Palmwedeln zu sich selbst zurückfinden. Das sind keine Palmen wie auf den Postkarten, keine, an die man eine Hängematte binden oder unter die man sich mit einem guten Buch und einem Rum Punch legen würde. Diese Palmen werfen Schatten mit Krallen auf die Treppenstufen, und manchmal, wenn der Wind stark ist, werfen sie Kokosnüsse, denen man ausweicht, weil man Angst haben muss, dass sie einen umbringen. In den Wedeln dieser Palmen wohnen Tausendfüßler, die beim Träumen herausfallen und zappelnd auf den Stufen zu Adans Haus landen. Wenn sie landen, klettern diese Tausendfüßler nicht die restlichen Stufen zum Haus hoch; sie sind zu weise, als dass sie sich auf den Weg in die Behausung machen würden. Stattdessen flitzen sie zum Palmengestrüpp zurück und hoffen, dass Adan sie nicht vorher sieht. Die Kadaver derer, die er erwischt hat, übersäen die Stufen, und er hat Lala angewiesen, die Skelette nicht wegzukehren, damit sie als Warnung für alle anderen ihrer Art dienen können, die kühn genug sind, sich seinem Haus zu nähern, wo sein Buschmesser neben dem Bett wartet. Es ist dasselbe Buschmesser, das er benutzt hat, um Kokosnüsse für sie zu teilen, als sie schwanger war, das er ihr an schlechten Tagen an den Hals hält, sodass sie sich durch einfaches Ausatmen selbst köpfen könnte. Lala erinnert sich jetzt, wie sie, als sie schwanger war, bewundert hat, dass Adan sich mit diesem Buschmesser nie geschnitten hat, wenn er auf diese Kokospalmen geklettert ist, dass seine samtige Haut, wenn er von dem Baum wieder auf den Boden sprang und eine Nuss skalpierte, um ihr das kühle, leicht milchige, süße Wasser zu überreichen, nie zerkratzt oder geschwollen war. Er wurde auch nie gestochen, wenn er im Baum war. Nicht ein einziges Mal. Man könnte annehmen, dass ein Mann eigentlich kein schlechter Mann ist, denkt Lala, wenn noch nicht einmal die Natur es für richtig hält, ihn zu bestrafen.

In der Nähe genau dieser Palmengruppe sieht Lala, wie Sergeant Beckles sich bückt, nachdem er mit ihrer Befragung fertig ist. Als er sich wieder aufrichtet, hält er einen kleinen gelben Babyschuh in der Hand. Dieser Babyschuh ist voller dreckigem Sand, aber es ist eindeutig ein gelber Babyschuh, und er passt eindeutig zu dem Kleid, das Baby getragen hat, als sie gefunden wurde. Lala zieht schnell den Kopf vom Fenster zurück, stellt sich flach mit dem Rücken an die Innenwand des Hauses, wagt es nicht zu atmen. Sie kann den Sergeant nicht sehen, aber sie weiß, dass er zum Haus heraufsieht, genau zu dem Fenster, durch das sie ihm nachgeschaut hat. Sie weiß, dass er überlegt, ob er die Treppe noch einmal in Angriff nehmen soll, ihr noch ein paar Fragen stellen, sie daran erinnern, dass sie vielleicht aufs Revier kommen muss, um eine Aussage zu machen. Aber als sie nichts mehr vor der Tür hört, als es nicht klopft, um zu signalisieren, dass er zurückgekommen ist, um sie weiter zu befragen, spürt sie keine Erleichterung. Mehr als je zuvor hat sie das Gefühl, dass diese Untersuchung nicht gut für sie enden wird, dass alles zerfällt, dass ihr nichts anderes bleibt, als wegzulaufen.

Aber wohin kann sie gehen? Und *wie?*

Den ganzen Tag wagt sich Lala nicht hinaus, um Haare zu flechten. Sie wartet auf Adan. Sie wartet bis Einbruch der

Dunkelheit, wenn der Strand eine dunkle Samtdecke trägt und der Himmel mit Strasssteinen gesprenkelt ist, die sie durch das Fenster anfunkeln. Sie wartet, und sie wartet, und sie wartet, und Adan kommt nicht nach Hause, und Lala sinkt schließlich in einen Schlaf voller Träume, in denen sie ihn unerklärlicherweise liebt, statt ihn umbringen zu wollen, in denen er sie zu der Kutsche auf dem Deckel der Gelddose begleitet und wo in dieser Kutsche Baby lebendig und gurrend in ihrer Korbwiege liegt. Sie träumt Träume, in denen Babys Hunger von ihren schweren, schmerzenden Brüsten gestillt wird.

Aber dann wacht sie auf, und ihr wird klar, dass Adan immer noch nicht nach Hause gekommen ist und sie nicht mehr schwanger ist oder stillt und dass Baby immer noch tot ist. Ihr wird klar, dass heute der Tag sein könnte, an dem Sergeant Beckles zurückkommt, um sie zu verhaften, dass es sein könnte, dass sie sie in diesem Moment aus dem Schutz der Kokospalmen heraus beobachten, und Adan ist immer noch unauffindbar.

Plötzlich kann Lala den Anblick der Kokospalmen nicht mehr ertragen. Es ist ein grauer und windiger Tag, und Geschosse von dem Baum schlagen heftig ein, während sie am Fenster steht, krachen mit donnerndem Knacken an die Hauswand, sagen ihr, dass die Palme angewidert von ihrer eigenen Frucht ist. Adan hat Kokosnüsse immer gehasst und vor Babys Geburt immer das, was Lala nicht verschlungen hat, an Coyote verkauft, der sie an Touristen vertickt, Touristen, die entzückt sind von den tropischen Neonfarben der kleinen Strohhalme, die er in das weiche Gelee oben an der Nuss steckt.

Als sie die Bäume an diesem Morgen sieht, schließt sie das Fenster, öffnet die Tür und späht hinaus. Sie stellt sich vor, dass ihre Tochter nicht gestorben ist, dass das alles vielleicht nur ein böser Traum war, das *Obeah*-Werk einer der vielen Frauen, die Adan für sich haben wollen. Sie stellt sich vor, wenn sie die Augen schließt und sie wieder öffnet, wird sie aufwachen, und Baby wird in ihrem Körbchen liegen, über ihre eigenen Finger staunen und darauf warten, ihre Mutter an den Strand zu begleiten, um Zöpfe zu flechten.

Aber obwohl Lala die Augen schließt und bis zehn zählt, obwohl sie ein Gebet für einen friedlichen Geist und den Schutz der Engel spricht und für ein Wunder, groß genug, dass das alles nur ein Albtraum ist, aus dem sie erwachen kann, ist Baby immer noch tot, als das letzte der Gebete ihren Mund verlassen hat und sie die Augen öffnet. Baby ist immer noch tot, aber die Bäume sind es nicht und schleudern weiter ihre Früchte.

Wütend beschließt sie, sie selbst zu fällen. Sofort. Noch während sie auf das Haus zielen, noch während der Wind ihre Blätter herumpeitscht. Sofort.

Sie ist gerade nach drinnen zurückgekehrt, um nach dem Buschmesser zu suchen, als die Tür aufgeht und Adan hereinkommt, und mit seinem Anblick, seinen geschwollenen Augen und dem Schmerz, der immer noch seine Lippen verzerrt, kommt das Wissen, dass die Bäume zu fällen ihr Baby nicht zurückbringen wird. Adan zu töten wird sie nicht zurückbringen. Nichts wird sie zurückbringen.

Sie möchte ihn nach ihrem Geld fragen, danach, wo er sich versteckt hat, sie möchte ihm von dem Polizisten erzählen und den Fragen, die er gestellt hat, sie möchte ihm sagen, dass sie weglaufen müssen, aber was stattdessen herauskommt ist ihre Erleichterung über seine Rückkehr, ihre Sehnsucht nach seinem Trost, ihr großer Wunsch, in die Zeit zurückzukehren, bevor Baby gestorben ist, und dort für immer zu bleiben.

»Bringst du Coyote immer noch die Kokosnüsse, Adan?«

Adan hat kein Wort gesagt, aber er hat sich auf dem schmiedeeisernen Lehnstuhl ausgestreckt, wo er jetzt im Sitzen eindöst. Das macht er üblicherweise, wenn er wütend ist – nicht ins Bett kommen, die Kleider an der Haustür abwerfen und sich auf den schmiedeeisernen Stuhl setzen und einschlafen, während sie in ihrem gemeinsamen Bett zusammengerollt ist.

»Ich hab den Karren in letzter Zeit nich gesehen«, murmelt er. »Ich glaub nich, dass er grad in Betrieb ist.«

»Du könntest für die draußen trotzdem ein paar Dollar kriegen. Hast du im Haus geschaut?«

Adans Stimme verliert das leise Kratzen vom Weinen und schmerzt in ihren Ohren.

»Glaubst du, Coyote will Kokosnüsse, wenn der scheiß Karren nich in Betrieb ist?«

Coyotes Karren ist rot, golden und grün gestrichen. In einem Fach direkt unter dem Griff hat er eine kleine Lautsprecherbox und einen Stapel Kassetten von Culture, Peter Tosh und Jackie Opel verstaut. Coyote spielt diese Kassetten, wenn er darauf wartet, dass die Leute Kokosnüsse bestellen. Seine Musik beruhigt ihn, sagt er. Er hat mehrere diagonale Narben am linken inneren Unterarm, die ihn daran erinnern, was passiert, wenn er Kokosnüsse schneidet, wenn er fahrig ist. Wenn jemand etwas kaufen kommt, drückt er auf Pause, und der kleine Kassettenrecorder hält surrend an.

Lala hat einmal einen weißen Touristen, krebsrot und selig, etwas von Bob Marley zu seinen Kokosnüssen bestellen sehen.

»Ich spiel deinen bescheuerten Bob Marley nicht, aber ich verkauf sowieso keine Musik«, hatte Coyote damals gesagt und die Kokosnuss so grob geschnitten, dass der Tourist erschrak und Lala überzeugt war, dass er sich am Ende noch die Hand abhacken würde.

Coyote kann Bob Marley nicht ausstehen. Das ist eines der Dinge, über die er sich im Rum Shop über einem E. S. A. Field White Rum auslässt – diese Faszination für Bob Marley. Coyote erzählt den Männern im Rum Shop oft die Geschichte des Touristen, der nach Musik von Bob Marley gefragt hat. Je nachdem, beim wievielten Glas er ist, stammen eine oder alle Narben an seinem linken Arm von dem Tag, an dem ihm dieser Tourist diese Frage gestellt hat. Bob Marley war kein echter Reggae-Star, schnaubt er verächtlich, Peter Tosh war der wahre Reggae. Es ist der Lauf der Dinge, dass Tosh nie dieselbe Chance bekommen hat wie Marley. Meistens ist niemand im Rum Shop gegenteiliger Meinung, und Coyote säuft sich die Hucke voll und weigert sich, mit irgendwem über irgendein anderes Thema zu reden. Nach ähnlichen Vorfällen lässt er dann wochenlang Peter Tosh aus seinem kleinen Transistor plärren, wenn er seinen Karren vor sich her rollt. Bei solchen Gelegenheiten weigert er sich, es auszuschalten, wenn Touristen bestellen, sodass sie ihm über *Equal Rights* hinweg »Zwei Kokosnüsse!« zubrüllen müssen. Seine Intoleranz gegenüber Wünschen nach Bob Marley ist inzwischen eine der Legenden, die sogar Kinder kennen.

Adan saugt im Stuhl an seinen Zähnen. Am Tag bevor Baby geboren wurde, hatte er den Baum um ein paar Kokosnüsse erleichtert. Damals hatten sie vorgehabt, mit dem Geld, das sie von Coyote bekamen, Babys Erstausstattung im Krankenhaus zu bezahlen. Jetzt ist ihm klar, dass Lala überlegt, wie sie ihre Beerdigung bezahlen können. Wenn er die Kokosnüsse nicht bald zu Coyote bringt, trocknen sie aus und sind nicht mehr dafür geeignet, als kühle Getränke an Touristen verkauft zu werden, dann sind sie nur noch gut zum Schälen und Reiben und für Kokosbrot oder *Conkies* – eine Arbeit, die für die Einheimischen reserviert ist, die eigene Bäume haben. Trotzdem nimmt er es ihr übel, dass sie ihn daran erinnert.

»Mit Kokosnüssen kann man keine Beerdigung bezahlen«, erklärt er, »also hör auf, mich mit scheiß Kokosnüssen zu nerven.«

»Wenn ich noch das Geld in meiner Dose hätte ...«, fängt sie an.

Adan seufzt. »Da war kein Geld in der Dose, kein *echtes* scheiß Geld!«

»Was hast du mit meinem Geld gemacht, Adan?«

»Oooh! *Dein* Geld, *dein* Geld, Lala? Wir sind verheiratet, du wohnst in meinem Haus, aber es ist *dein* Geld?«

»Wir brauchen dieses Geld, Adan«, sagt Lala leise, den Blick immer noch auf die Kokosnüsse gerichtet. »Ich brauch mein Geld.«

Sie erzählt ihm von dem dunklen Polizisten, den Fragen, die er ihr gestellt hat, dem Lachen in seiner Stimme, das es nie als Lächeln bis zu seinen Lippen geschafft hat. Sie erzählt Adan, dass dieser Polizist sie gefragt hat, wo er war, gesagt hat, dass er mit ihm reden will. Sie erzählt Adan, dass sie Angst hat. Und er hört mit geschlossenen Augen zu, als würde er einfach nur wieder einschlafen wollen.

»Der kriegt nich raus, dass du Baby totgemacht hast«, sagt Adan. »So schlau sind Bullen nich.«

»*Ich* war das? Ich allein?«

Seine Augen gehen auf und blitzen Warnungen von Schicksalen, so grässlich, dass sie nicht weiterredet, stattdessen den Kloß in ihrem Hals runterschluckt und einen Moment später merkt, dass er sich in ihrer Magengrube in einen Knoten verwandelt hat.

»Hast du dran gedacht, was du sagen sollst, wenn sie nach mir fragen?«

»Ich hab ihnen gesagt, du wärst mit ein paar Freunden fischen. Ich hab ihnen gesagt, wir haben's noch nicht geschafft, dich zu erreichen.«

Er nickt, weil sie daran gedacht hat, weil sie genau das gesagt hat, was sie sagen sollte.

»Hier ist es nicht sicher, Adan, wir müssen gehen. Wir müssen weg. Wir ...«

»Wir gehen überhaupt nirgendshin, Lala. Wir müssen einfach ruhig sein, bis sich alles gelegt hat. Du bist zu ängstlich. Zu feige.«

Adan steht auf, streckt sich, reibt sich mit den Fäusten übers Gesicht, als würde sie ihn vom Schlafen abhalten, als müsste er jetzt wach bleiben, nur weil sie ihn stört, weil sie einem müden Mann seine Ruhe nicht gönnt. Er runzelt die Stirn, als hätte sie ihm nichts als Ärger gemacht. Ist sie nicht diejenige, die vor dem großen Haus am Baxter's Beach aufgetaucht ist und am Tor geklingelt hat? Ist sie nicht der Grund, dass sich diese weiße Lady an ihn erinnert? Ist sie es nicht, die die Schuld daran trägt, dass Baby gefallen ist? Er hebt seine Jacke vom Boden neben der Tür auf und fängt an, sich an dem kleinen Spülbecken unterm Fenster vorn im Zimmer die Zähne zu putzen, wo eine rote Helikonie, die Lala in eine Emailletasse aufs Fensterbrett gestellt hat, jetzt genauso verwelkt und hinfällig ist wie das Haus selbst.

»Abgesehen davon«, sagt Adan, und der Frust über erinnerten Groll durchzuckt sein Gesicht, »hab ich erst noch was zu erledigen.«

»Adan, bitte ...«

»Halt den Mund, Frau!«

Aber sie kann den Mund nicht halten.

»Ich könnte doch gehen, wenn du hierbleiben willst. Ich ... ich könnte gehen, und du könntest später nachkommen.«

»Du gehst nirgendwohin, Lala, hast du Geld, um irgendwo hinzugehen?«

»Ich hatte Geld, Adan. Du weißt, dass ich Geld hatte. Ich will mein Geld zurück, Adan. Was hast du mit meinem Geld gemacht?«

Adans Lachen bricht ohne Vorwarnung aus ihm heraus, mit weit offenem Mund stößt er Lava mit Minzgeschmack hervor. Er tritt an ihre rechte Seite, putzt sich beim Lachen weiter die sehr, sehr weißen Zähne mit der nackten linken Hand.

»Du willst dein Geld zurück?«, säuselt er und nimmt ihre rechte Hand. »Du willst dein Geld zurück?«

Lala weigert sich, ihn anzuschauen. Ihr linker Arm hat angefangen zu zittern, und sie krallt die Hand unauffällig seitlich in ihren Rock. Sie sieht durchs Fenster auf ein Flugzeug, das sich gerade über den Kokospalmen in den Himmel erhebt, unterwegs in eine ganz andere Welt. In dieser anderen Welt, stellt sich Lala vor, gibt es keine Kokospalmen, auch keine Tausendfüßler und keine Männer, die deine rechte Hand so stark festhalten, dass du dich nass machen könntest.

»Gib mir mein Geld zurück, Adan«, beharrt sie mit einer mickrigen Stimme, die sie selbst nicht wiedererkennt. Ihre Stimme ist nicht das Brüllen, als das sie in ihrem Kopf angefangen hat. »Bitte, Adan, gib's mir wieder, Adan!«

Da ist ein körperlicher Zustand jenseits der Angst, eine Art Taubheit, die es Lala erlaubt, stehen zu bleiben, während Haut und Knochen ihrer rechten Hand nach oben gezwungen werden, bis ihr Handgelenk aussieht, als wäre es in Armbänder aus warmem Rot gewickelt. In ihren Gedanken brechen ihre Knochen mit dem explosiven *Plopp, Plopp* eines Feuerwerks. Vielleicht tun sie das, vielleicht auch nicht, aber zuerst schreit sie, und dann sind die Schmerzen so stark, dass sie nicht mehr schreit.

»Schlampe«, sagt Adan und dreht ihr die Hand um, sodass sie auf dem Absatz herumwirbelt und neben dem Spülbecken in die Knie geht. »Sag mir, was willst du machen, wenn ich's nich tu?«

KAPITEL FÜNFZEHN

Adan

7. November 1970

Um die Geschichte von Adan Primus zu erzählen, muss man die Geschichte einer Burger-Bee-Snackbox an einem Freitagabend erzählen. Adan ist zum Zeitpunkt dieser Geschichte zehn, und er wächst schon jetzt zu jemandem heran, vor dem Freunde genauso Angst haben sollten wie Fremde. Er wird nicht nur groß, sondern auch breit, und die kurze Khakihose seiner Schuluniform sieht albern an ihm aus, als hätte jemand einen erwachsenen Mann in eine Schuljungenuniform gesteckt. Es ist allerdings nicht Adans beeindruckender Körperbau, der Vorsicht gebietet, es ist die finstere Grundstimmung seiner Taten, die jedem Sorgen machen würde, der sich die Zeit nimmt, ihn zu beobachten.

Adan ist ein Kind, für den das Leid eines Gegners, den er in einem Kampf schlägt, die reine Faszination ist. Er muss nicht provoziert werden, um sein Talent einzusetzen, Schaden zuzufügen, dieser Adan, er setzt es oft einfach nur ein, um zu sehen, was passiert. Wenn er mit Steinen nach den Nachbarskatzen wirft, bis sie kreischen und weglaufen, wenn er sich danach wochenlang bemüht, genau diese Katzen zu beruhigen, die ihn nun meiden, wenn er sie mit Stückchen von schimmligem Käse und Tropfen gestohlener Milch lockt, damit sie näher herankommen, nur damit er sie dann festhalten und ihre Hälse quetschen kann, bis sie würgen, wenn er lacht und hüpft und sich windet, um der Wut ihrer ausgefahrenen Krallen auszuweichen, fällt es jedem Betrachter schwer, seine Taten noch als die natürliche Neugier eines Kindes zu betrachten.

»Hör sofort mit diesem Mist auf, Adan Primus!«, kreischt Ms. Nancy hinter ihrem sicheren Küchenfenster hervor, wenn sie angerannt kommt, weil sie das Jaulen der Katzen hört.

Ms. Nancy schüttelt den Kopf und nimmt sich vor, darauf zu achten, dass ihre Kinder sich nicht mit diesem Adan verbrüdern, egal wie oft er sich vor ihrem Vorgarten herumtreibt, geräuschvoll einen Ball hüpfen lässt oder jubelt, wenn er auf dem glatten Betonboden Murmeln schnippt und ihre Kinder genauso lockt wie die verfluchten Katzen. Ms. Nancy hat versucht, die Leute vor diesem Adan zu warnen, vor allem ihre Nachbarin Preta, unter deren vernarrter Zuwendung Adans Charakterschwächen Wurzeln schlagen und gedeihen. Es war Ms. Nancy, die die Türen ihres kleinen blauen Hauses aufriss, damit alle aus der Straße kommen und Pretas neues Baby feiern konnten, das sie nicht selbst geboren hat. Ms. Nancy war die Erste in der Reihe, mit einer blauen Schachtel mit einer Schleife drum, um ihn willkommen zu heißen. Aber jetzt liegt Ms. Nancy nachts mit ihren Kindern um sich herum im einzigen Schlafzimmer ihres Hauses, dieser Schuhschachtel in dem engen Straßengewirr, das die Regierung für arme Leute wie sie gebaut hat, und macht sich Sorgen, dass einer oder mehrere von ihnen eines Tages so werden könnten wie Adan, dass jemand anderes so wie sie jetzt zu Gott beten könnte, dass ihr Kleiner nicht so wird wie einer von ihren. Das hat zur Folge, dass Ms. Nancy ihre Kinder für jeden kleinen Regelbruch schlägt, aus dem einfachen Grund, dass sie beobachtet hat, dass Preta das nicht tut, und dieses Schonen der Rute, beschließt sie, ist der Grund für Adans Unzulänglichkeiten.

Jeden Freitagabend geht Adan Primus zu Fuß zur Klinik des stattlichen Dr. Thompson. Er geht los, sobald es in der Baxter's Comprehensive Primary School zum letzten Mal klingelt. Es ist das Signal zum Ende des Schultages, und Massen an Kindern schwärmen auf die Straße und teilen sich vor Adan wie das Rote Meer, während er mit großen Schritten seine Auntie Preta besuchen geht. In Dr. Thompsons kleiner Klinik an der Ecke einer belebten Straße in Tatler's Farm wartet Adan dann, bis seine Auntie Preta mit ihrer Arbeit fertig ist, damit sie nach Hause gehen können. Dr. Thompsons Klinik befindet sich direkt neben seinem Haus, einem großen Steingebäude mit einem großen, aber ertragsarmen Garten drumherum, dem Auntie Preta mit gutem Zureden Okra, Karotten, Kürbisse und Süßkartoffeln abtrotzt. Auntie Preta arbeitet für Dr. Thompson, putzt und wäscht und macht Puddings und goldenen Apfelsaft.

Jeden Freitagabend, wenn der letzte Patient Dr. Thompsons Klinik verlassen hat, schaltet er das Licht aus und geht zu seinem Auto, und Auntie Preta und Adan öffnen die hintere Tür seines silbernen Subaru und werden nach Hause gefahren, denn Dr. Thompson ist ein guter Mann mit einem weichen Herzen, und an den Freitagen schließt er die Klinik früher und bezahlt Auntie Preta und fährt sie und ihren Neffen nach Hause. An den meisten Freitagabenden kommt Dr. Thompsons Tochter Janey mit. Es gibt keine Mrs. Thompson, die zu Hause auf sie aufpassen könnte, und sie ist erst acht Jahre alt. Mrs. Thompson hat beschlossen, dass sie keinen Mann bewundern kann, der seinen schönen Abschluss in Medizin auf Patienten in einem Armenviertel verschwendet. Sie verspürte kein Bedürfnis, die missliche Lage von Patienten zu verstehen, die das bescheidene Honorar ihres Mannes nicht zahlen können und stattdessen riesige Bündel Bananen und Säcke voller Süßkartoffeln und Zuckerrohr vor der Hintertür abstellen. Tatsächlich nimmt Dr. Thompson diese Kartoffeln, diese Bananen, dieses Zuckerrohr mit derselben freundlichen Güte an, mit der er darauf reagierte, dass seine Frau sich deswegen von ihm scheiden ließ.

Jeden Freitagabend fährt Dr. Thompson mit Janey auf dem Vordersitz und Auntie Preta und Adan auf dem Rücksitz auf den Parkplatz von Burger Bee, um das Abendessen für seine Janey zu kaufen. Die arme Janey hat einen seltsamen Magen und muss rechtzeitig essen, und das ist der Grund, warum Dr. Thompson mit dem Subaru jeden Freitag um fünf Minuten vor sechs auf dem Parkplatz des Burger Bee hält und die kleine Janey anfängt zu hüpfen. Sie möchte Pommes haben, sagt sie Dr. Thompson, und einen Burger. Nein, sie möchte ein *Roti*, ein *Roti* mit Rind und Kartoffeln und ein Bananensplit. Nein, sie möchte eine Snackbox und einen Milchshake. Ihre Wahl mäandert am Ende immer zu einer Snackbox und einem Milchshake zurück.

An unserem speziellen Freitag sitzt der junge Mann Adan mit Auntie Preta hinten in Dr. Thompsons Auto und beobachtet Janey, wie sie herumzappelt. Adan findet, Janey sieht aus wie eine Spinne. Er würde so gern in diese langen, langen Arme und Beine kneifen, an diesen dünnen schwarzen Haaren ziehen, aber er traut sich nicht, wenn Auntie Preta es sieht. Janey besteht nur aus Armen und Beinen, aus einem dünnen Oberkörper und glatten braunen Haarsträhnen, die links und rechts von einem kleinen herzförmigen Gesicht mit klaren haselnussbraunen Augen herunterhängen. Dr. Thompson hebt sie aus dem Auto, wenn er aussteigt. Er kommt zu ihrer Seite herum, und Janeys lange, lange Arme wickeln sich auf eine Art um den Hals ihres Vaters, die Adan an die Schlangen im Naturkundebuch in der Schule denken lässt. Janey wird zu den weiß beleuchteten Fenstern des Burger Bee getragen.

Dr. Thompson hat inzwischen aufgehört, Auntie Preta zu fragen, ob sie auch etwas möchte, oder vielleicht eine Snackbox für Adan oder ein *Roti.* Auntie Preta sagt immer Nein. An den Freitagen kocht Auntie Preta nicht für die Thompson-Familie. An den Freitagen konzentriert sich Auntie Preta in Absprache mit ihrem Boss auf das Waschen und Bügeln von Janeys Schuluniformen und Dr. Thompsons Hemdjacken und das Waschen der Haushaltstextilien, deshalb kauft Dr. Thompson an den Freitagen, wenn er Auntie Preta zu Hause absetzt, unterwegs Janey ihr Lieblingsfastfood.

Adan dreht sich auf dem Rücksitz des eckigen Subaru herum, kraxelt auf die Knie und drückt sein großes Gesicht an die Heckscheibe, damit er Dr. Thompson und Janey an den großen breiten Schaufenstern vorbeigehen und die angeschrägte Glastür unter einer blinkenden Riesenbiene sich öffnen und wieder schließen sehen kann. Adan schaut zu, wie Dr. Thompson eintritt, Janey vorsichtig von seinem Hals löst und sie zu dem strahlenden Lächeln der Kassiererin umdreht, damit sie ihr sagen kann, was sie haben möchte. In diesen Momenten hat Adan das Gefühl, als müsste er auf dem Rücksitz von Dr. Thompsons Auto ersticken, als bekäme er keine Luft mehr, wenn er nicht nach dem Chromgriff in der grauen, samtigen Verkleidung greift, die Tür öffnet und davonläuft.

Adan ist nicht so dumm, Auntie Preta anzubetteln, ihm auch eine Snackbox zu kaufen. Er weiß, dass Auntie Preta nicht unfreundlich ist, sie hält es nur für das Beste, ihren Jungen so zu erziehen, dass er seinen Platz kennt, dass er versteht, dass wöchentliche Ausflüge zu Burger Bee ihm und seinesgleichen nicht zustehen und dass das auch so bleiben sollte, bis sie sich jeden Freitagabend eine eigene Snackbox kaufen können, sollte es je dazu kommen. Auntie Preta glaubt, es ist eine gute Übung, die Adan verstehen hilft, dass das Hühnchen, das sie am Sonntag kocht, aufgezogen, gefüttert, geschlachtet, gesund zubereitet und vor ihn hingestellt wurde, ohne auch nur annähernd so viel zu kosten wie eine einzige Snackbox. Aber Adan versteht das nicht, und er lächelt gespielt, er lächelt, er seufzt. Als Dr. Thompson mit Janey zum Auto zurückkommt, setzt sie sich wieder auf den Beifahrersitz und fängt an, ihre Snackbox zu verschlingen, legt den einäugigen Mr. Teddy zur Seite, um sich die Finger zu lecken, zappelt vor Vergnügen und tritt mit den Schuhen ans Armaturenbrett.

Was dann passiert, geschieht oben auf dem Hügel, von wo aus die Straße langsam in den groben Baustil von Baxter's Village abfällt. Janey knabbert gerade die knusprige Haut eines der zwei Hähnchenteile, die in ihrer Snackbox ruhten, als Adan seinen langen linken Arm durch den Spalt zwischen dem Beifahrersitz und der Tür schiebt und sich geschickt das andere Stück greift. Es ist eine so ruhige und unerwartete Bewegung, dass Janey im ersten Moment gar nicht glauben kann, was passiert ist. Dann beschwert sie sich lautstark, dass Adan ihr Hähnchen gestohlen hat, während Adan fröhlich an dem goldbraunen Schenkel nagt, als würde er Janeys Proteste gar nicht bemerken.

Dr. Thompson kichert vor sich hin. Sagt, es sei okay, eine Freundlichkeit, die Adan später der Tatsache zuschreibt, dass Dr. Thompson Arzt ist, als wäre sein Wohlwollen ein Nebenprodukt seines Berufs. Auntie Preta entschuldigt sich hektisch bei Dr. Thompson, bei Janey, reißt Adan das Fleisch aus den Händen und hält es Janey hin, die es natürlich nicht mehr haben möchte, und schaut auf den angebissenen Schenkel in ihrer Hand, als wäre sie diejenige, die beim Stehlen erwischt wurde. Janey sieht aus, als wäre sie den Tränen nahe.

Als der Subaru an diesem besonderen Freitagabend seufzend vor ihrem Haus zum Stehen kommt, steigt Auntie Preta aus dem Auto, das angebissene Hähnchenbein noch immer in der Hand, und bedankt sich bei Dr. Thompson. Sie sagt, sie werde am Montag wiederkommen, es sei denn, er brauche übers Wochenende Hilfe mit Janey, in dem Fall solle er sie sofort anrufen. Ihr mache es nichts aus, Janey am Wochenende zu betreuen, sagt Auntie Preta, sie ist so ein liebes Kind, macht überhaupt keine Probleme, nicht wie ihr Adan.

Dr. Thompson wiederholt, es sei in Ordnung, Kinder tun solche Dinge, Janey wird drüber wegkommen, nächstes Mal wird er Adan auch etwas kaufen, er hätte das sowieso tun sollen, denn sein Verstand hatte es ihm gesagt, auch wenn sie Nein sagte. Und dann hupt Dr. Thompson zum Abschied, und Janey schluchzt auf dem Beifahrersitz und weigert sich zu winken.

Im Haus geht Auntie Preta in die Küche, um Abendessen zu machen. Als sie die Kasserolle aus dem Schrank nimmt, kommt etwas über sie. Vielleicht ist es der Gedanke an Ms. Nancy, die ihre Kinder entschieden zurück ins Haus scheucht, sobald sie Adan aus dem Auto steigen sieht, und die ihrem Jungen in Adans Alter die Ohren langzieht, wenn er unbedingt wieder umdrehen will. Etwas geschieht, denn Auntie Preta ist keine Freundin des Schlagens, nicht ihren geliebten Adan, der zu ihr kam, als ihre Schwester starb, und aussah wie ein Engel vom Himmel, als hätte Gott selbst ihn einer fruchtlosen Frau zur Freude geschickt. Doch Auntie Preta schlägt Adan, bis der Topf zerbeult ist und nicht mehr gerade auf dem Herd stehen kann, bis ihr Kopftuch sich löst und ihre Haare herumfliegen und sich kleine Schweißperlen über ihren Augenbrauen bilden, bis Adan zusammengerollt auf dem Boden liegt und sie anfleht aufzuhören, obwohl er sicherlich weiß, dass er groß und stark genug ist, um aufzustehen und dafür zu sorgen, dass Auntie Preta es bereut, die Kasserolle je in die Hand genommen zu haben. Und dass er das nicht tut, macht Adan wütender als die Schläge selbst.

»Nein. Heißt. Nein!« Auntie Preta schlägt Adan, als bestünde die Lektion aus dem Rhythmus eines Songs, den sie ihm beibringt. »Hab. Ich. Dich. Als. Dieb. Erzogen?«, immer wieder und wieder, bis ihr Liebhaber durch die Tür kommt und dazwischengeht. John entreißt ihr die Kasserolle und wirft sie durch die Hintertür.

Und da erwacht Auntie Preta aus ihrer Raserei und fängt an, Abendessen zu machen. Sie möchte nicht mit John darüber reden, was passiert ist, denn die Erzählung wird damit enden müssen, warum sie Adan geschlagen hat, und sie weiß nicht genau, warum; es ist das erste Mal in ihrem Leben, dass sie ihren Adan oder überhaupt irgendjemandes Kind geschlagen hat.

Aber sie muss es John auch nicht sagen, der sie an diesem Abend nicht ansieht, als er einen braunen Umschlag mit ein paar großen Scheinen drin auf den Tisch legt, die jemand anderem gehören, das ist Auntie Preta klar. John weiß, dass es bei den Schlägen weniger um Adans Diebstahl geht als um Auntie Pretas Schuldgefühle, weil sie den Jungen der Gegenwart eines professionellen Diebes wie John aussetzt. John legt das Geld hin, und Auntie Preta nimmt es und steckt es in die Tasche, weil sie es haben will, aber sie will es nicht ansehen müssen. Nicht an diesem Abend, nicht, während Adan auf dem Boden heult und die auf der Seite im Dreck liegende Kasserolle durch die geöffnete Tür immer noch zu sehen ist.

An diesem speziellen Freitag kocht Auntie Preta Adans Lieblingsessen – lange, weiche Makkaroniröhren mit Butter und mehligen Knödeln mit genau der richtigen Menge Soße. Aber Adan bekommt es nicht runter, und als Ms. Nancy rüberkommt, um sich mit eigenen Augen zu überzeugen, dass Preta ihrem Dämon von einem Neffen endlich mal eine Tracht Prügel verpasst hat, erzählt Auntie Preta, dass Adan keine Makkaroni mehr mag, dass sie ein paar Hühnerhälse kaufen und *Pelau* machen wird, dass sie etwas anderes finden muss, was sie ihrem lieben Jungen zu essen geben kann. Ms. Nancy schnaubt, denn etwas extra für ein zehnjähriges Kind zu kochen ist genau die Art von Unsinn, die zeigt, dass Preta doch keine richtige Zuchtmeisterin geworden ist, und sie kehrt in ihr Haus zurück, wo sie ihren fünf einen riesigen Topf weißen Reis mit Corned-Beef-Soße vorsetzen wird, ob es ihnen passt oder nicht. Kein Wunder, bestätigt sich Ms. Nancy, dass Adan so ist, wie er ist.

An die Geschichte mit der Snackbox denkt Auntie Preta, wenn die Leute sie in ihren späteren Jahren fragen, wann sie gemerkt hat, dass mit Adan etwas nicht stimmt. Mittlerweile ist auch Auntie Preta langsam der Verdacht gekommen, dass Adan ihr wohl doch nicht als Krönung von den Engeln geschickt wurde, sondern vom Teufel, um ihr Schande zu machen. Sosehr sie es versucht, sie kann keine gute Antwort geben, wenn sie gefragt wird, sie kann nicht ausdrücken, warum ihr Adan so geworden ist, wie er ist. Trotz ihrer Scham fällt ihr nichts ein, was sie in seiner Erziehung hätte besser machen können. Aber bis heute denkt Auntie Preta bei diesen Gelegenheiten an die Snackbox, auch wenn sie nicht genau weiß, was an dem Vorfall ein Omen war. Sie kann nicht in Worte fassen, wo in dieser Geschichte die Erklärung für alles liegt.

Nach den Schlägen, als Adan verletzt ist, als einige Stellen an seinem Bauch seltsame Schattierungen von Blau aufweisen und er das Abendessen nicht isst, das Auntie Preta für ihn gemacht hat, bietet John an, mit ihm spazieren zu gehen, ihm etwas zu essen zu kaufen. Sie gehen durch Baxter's Village nach Hawks Hall, und während sie auf den Burger Bee zugehen, erzählt Adan John, was passiert ist. Adan bemerkt, wie die Leute John anstarren, wenn er vorbeigeht, wie sie seine bunte Windjacke über dem Anzughemd mustern, das er nicht zugeknöpft hat, seine sandfarbene Karottenhose, die gerade so endet, dass die Welt seine rahmengenähten Schuhe sehen kann. John trägt Schuhe, die klappern, als würde das alle, die ihn kennen, davon überzeugen, dass er kein richtiger Räuber ist, denn er liebt Schuhe, die seine Ankunft ankündigen, und das würde ein Räuber nie tun. John ist ein kleiner Mann, aber nicht, wenn er diese Schuhe trägt. Wenn er diese Schuhe trägt, ist John über eins achtzig groß, ein dünner, drahtiger Mann, der nicht schwitzt oder flucht, dessen Jheri-Locken es nicht wagen, über seinen Kragen zu fallen, der nur aus England importierte Socken trägt, dessen Kleidung immer aussieht, als wäre sie gerade im Kaufhaus in der Stadt gekauft worden – nigelnagelneu, in leuchtenden Farben und professionell gebügelt.

Als Adan mit der Geschichte der Snackbox fertig ist, nickt John nur, und auch wenn Adan nicht ausspricht, wie sehnlich er sich eine solche Box gewünscht hat, als Janey Thompson zum Auto kam und herzhaft in die Hähnchenkeule biss, versteht John es. John geht mit Adan in den Burger Bee und bestellt ihm einen Milchshake und eine Snackbox, genau wie die von Janey, und dann setzt er sich ruhig in eine der kleinen Nischen und schaut ihm beim Essen zu.

»Is gut, oder?«, sagt er. »Genau, was du jetzt brauchst, was, Großer?«

Adan isst einfach.

»Hat sich so nach ner Snackbox gesehnt, der arme Kerl.« John leckt sich die Lippen, rückt den kleinen Grashalm zurecht, den er täglich pflückt und sich zwischen die Vorderzähne steckt. Sein Goldarmband rasselt mit so viel Bass, dass jeder bei Burger Bee weiß, dass es echt ist. »Armer Kerl«, sagt er noch mal, »ein Mann sollte nie wegen einer

Snackbox auf einen anderen Mann angewiesen sein, oder was meinst du?«

Adan isst seine Snackbox, wendet das gebratene Hähnchenfleisch immer wieder auf der Zunge, um es richtig genießen zu können, bevor er es schließlich schluckt.

»Was willst du mal werden, wenn du mit der Schule fertig bist?«, fragt John.

Das ist genau die Art von Frage, auf die Adan keine Antwort weiß. Mit der Schule fertig sein ist zu weit weg, um groß Gedanken zu verdienen. Er zuckt mit den Achseln, bricht den Hähnchenknochen durch, zerkaut eine Seite zu feinem graubraunem Mehl.

»Ein Mann muss in der Lage sein, für sich selbst zu sorgen«, sagt John. »Essen, Kleidung, ein eigenes Haus zum Schlafen.«

Adan schaut zu, wie John die Aufschläge seines Hemds mit den Fingerspitzen drückt, als wollte er die Art Mann demonstrieren, von der er spricht. Das Hemd ist bis zur Mitte von Johns Brust aufgeknöpft, und dunkle Brusthaare lugen heraus, einige davon werden grau.

John trifft sich jetzt schon mehrere Monate mit Auntie Preta. An manchen Tagen wacht Adan morgens davon auf, wie seine Auntie Preta auf eine Art kichert, die Adan noch nie zuvor gehört hat, und später kommt John aus ihrem Schlafzimmer und geht nach hinten in den Garten, um im Freien zu pinkeln und den Grashalm des Tages zu pflücken. Er steckt sich diesen Halm zwischen die Zähne und sagt: »Alles klar, kleiner Mann?«, wenn er an Adan vorbeikommt, der aus dem Fenster neben der Hintertür schaut, und Adan sieht ihn finster an und antwortet nicht. John ist nicht jede Nacht da, dafür ist Adan dankbar, denn er genießt die Nächte, in denen er in Auntie Pretas Bett kriechen und in ihren Geruch gehüllt einschlafen kann. Adan kann nur in Auntie

Pretas Bett schlafen, wenn John nicht rüberkommt; wenn John kommt, muss er allein schlafen, was heißt, er schläft kaum und wacht am Morgen früh auf und starrt durchs hintere Fenster hinaus. Anfangs hat er das an Johns Besuchen gehasst – diese Trennung von seiner Auntie Preta –, aber jetzt, wo er auf den Knochen eines fantastischen Brathühnchens aus einer Snackbox kaut, die John ihm gekauft hat, fängt er an, seine Gefühle John gegenüber zu überdenken.

»Halt dich an mich«, sagt John zu ihm. »Ich zeig dir, wie du dir deine eigenen Snackboxen kaufen kannst, Großer.«

Und das tut Adan. Im Alter von zehn Jahren bekommt Adan beigebracht, wie man aus einem in der Autowerkstatt geklauten und zerbrochenen Scheibenwischer einen Dietrich macht, wie man einen Spanner ansetzt, wie man den Dietrich hin und her bewegt, bis ein Schloss klick macht und sich wie durch Magie öffnet. Er bekommt beigebracht, Plastikhandschuhe zu benutzen und einen vorher in Essig getauchten Lappen dabeizuhaben, um seine Fingerabdrücke von Griffen und Türrahmen abzuwischen und von Beutegut, das man manchmal zurücklassen muss. Er bekommt die Schwächen von Alarmanlagen gezeigt, die man in Geschäften und großen Häusern findet, und ihm wird beigebracht, wie man eine Sicherheitskamera verhüllt, ohne dass zu sehen ist, wer es tut. Acht Jahre lang arbeitet Adan mit John. Selbst als Auntie Preta und John kein Paar mehr sind, arbeitet Adan weiter mit John, bis zu dem Tag, an dem John bei einem Job erwischt und eingesperrt wird und Adan anfängt, allein zu arbeiten.

Sein erster Solojob, mit achtzehn Jahren, ist Dr. Thompson, natürlich. Es ist nichts Persönliches, diese Entscheidung, Dr. Thompson auszurauben, es ist einfach so, dass der stattliche Doktor inzwischen so an die Gunst und das Wohlwollen der Gemeinschaft, der er dient, gewöhnt ist, dass er seine Türen unverschlossen und die Fenster unverriegelt lässt, und das passt natürlich hervorragend zu Adans Absichten. Inzwischen arbeitet Auntie Preta nicht mehr für den Doktor; Auntie Preta näht jetzt gesmokte Kleider für einen der Betriebe in der Nähe des Hafens und hat Adan aus Verzweiflung über sein Verhalten und auf Anraten von Ms. Nancy gezwungen, ihr Haus zu verlassen. Sie schenkt ihm das kleine Haus in Strandnähe, das sie von einem Onkel geerbt hat, und möchte nicht mehr für ihn verantwortlich sein, auch wenn sie es mit einer Schwere im Herzen tut, die sie mit ins Grab nehmen wird.

Dr. Thompson scheint das barsche Knurren hinter der Präsident-Carter-Maske nicht zu erkennen, als er am frühen Morgen in seinem Bett geweckt wird. Er erinnert sich nicht an die zehnjährige Version der Hand, die die Pistole hält. Die Bereitwilligkeit, mit der er den Inhalt seiner Brieftasche und seines Tresors herausgibt, ärgert Adan immens. Es ist nicht, wie Dr. Thompson denkt, die Tatsache, dass wenig Geld in der Brieftasche ist und noch weniger im Tresor, die den Räuber erbost. Adan nimmt alles und schiebt sich die Scheine mit einer behandschuhten Hand in die Tasche, und er ist immer noch nicht zufrieden. Doch dann fällt ihm Janey ein, die oben schläft. Sie ist sogar noch schöner geworden, die gute Janey, sie ist größer, ihre Haare sind seidiger, ihre Augen sogar noch blauer.

Adan glaubt, er sollte Vergnügen daran finden, der verschlafenen Janey seinen Schwanz in den Mund zu schieben, während er ihr eine Pistole an die Schläfe hält, damit sie ihn nicht beißt. Er sollte, aber er tut es nicht. Es verschafft ihm keine Befriedigung, dass er sie zwingt, ihn zu lutschen, wie sie es vor so vielen Jahren mit diesem Hähnchenschenkel getan hat. Und er findet es bedenklich, dass er keinerlei Lust dabei verspürt. Oder wenigstens Schmerz. Und als er schließlich die Pistole nimmt und sie damit schlägt, bis ihre seidigen Haare blutverklebt sind, ihre blauen Augen winzige Punkte des Entsetzens und er mehrere ihrer Zähne in der Hand hält, stellt Adan mit einiger Verdrossenheit fest, dass er immer noch nichts fühlt.

KAPITEL SECHZEHN

Beckles
17. August 1984

Der schwarze Polizist lebt von seinem Bauchgefühl. Und so weiß er auch, dass etwas nicht stimmt, als er weggeht von dem Haus auf Stelzen, nachdem er Lala befragt hat: Sein Bauch grummelt. Es ist nicht die Art Grummeln, die vor Hunger warnt oder leichtere Proteste seines Magens gegen eine karge Mahlzeit ahnen lässt. Nein, dieses Grummeln deutet auf die Art von Aufruhr in seinen Gedärmen hin, die ihn zur nächsten Toilette eilen lässt. Natürlich gibt es am Baxter's Beach keine. So kommt es, dass der schwarze Polizist sein üppiges Hinterteil mitten in einem dichten Kreis von Meertraubenbäumen eine Handbreit über dem Sand spreizt und betet, dass seine mit Spucke polierten Schuhe verschont bleiben. Die Rebellion wirft den größten Teil der Arbeit seiner Frau der letzten Woche aus – flach und hell frittierte *Bakes* mit genau der richtigen Menge Zimt, frittierte Kochbananen, serviert mit kleinen scharfen Fischküchlein, gekochter Maniok, geschnitten und noch dampfend mit Fett übergossen, und säuerlich eingelegter Salzfisch, den er mit Crackern gegessen hat.

Nachdem er ihm klargemacht hat, dass hinter diesem Rätsel mehr steckt, als es den Anschein hat, schließt sein Bauch mit einer gurgelnden Erinnerung, die wie seine eigenen Grübeleien über die Anhaltspunkte des Falls nichts Wesentliches hervorbringt.

Ein Baby ist also tot. Es wurde im Sand gefunden, von einem Gigolo, der ein Freund des Vaters ist. Dieser Vater ist weg zum Fischen. Das Baby wird gefunden, bevor die Mutter es bei der Polizei als vermisst gemeldet hat. Das Baby war neugeboren, die Eltern sind arm, es gibt keine Verletzungen oder Zeichen für Misshandlung. Babys sterben, sagt er sich. Das weiß er gut. Sie sterben, weil sie es sich anders überlegen und sich doch nicht dieser Welt stellen wollen, weil Unfälle passieren, weil Gott seine eigene Logik hat, die der Mensch nicht verstehen muss. Manchmal, das weiß er, werden Babys getötet, noch bevor sie geboren werden, weil ihre Mütter sie nicht wollen. Hin und wieder werden sie aus demselben Grund nach der Geburt getötet.

Ein totes Baby und sonst nichts ist noch kein Verbrechen. Aber Babys werden nicht oft entführt. Nicht in Baxter's Beach. Nicht bettelarmen Leuten wie Adan Primus und seiner Frau, die kein Lösegeld bezahlen können. Wenn Babys von solchen Leuten entführt werden, dann weil es andere gibt, die ein Baby haben wollen, und Gründe, warum sie sich besser um eines kümmern können. Aber Babys, die aus diesem Grund entführt werden, tauchen nicht tot wieder auf. Und ein Baby, das umgebracht wird, lässt man nicht offen an einem Strand liegen, wo es gefunden werden kann, es sei denn, dieses Baby wurde von einem Amateur umgebracht. Aber warum?

Beckles kann es sich zwar nicht eingestehen, aber er nimmt diesen Mord inzwischen persönlich, sehr persönlich sogar. Ihn schmerzt immer noch, dass der Whalen-Mord, bei dem er sicher war, dass er ihn fast im Alleingang würde aufklären können, an Scotland Yard übergeben und dass der Tod eines kleinen Babys, dessen Gesicht nicht täglich auf den Titelseiten ist, ihm überlassen wurde. Deshalb ist er so sorgfältig bei seinen Ermittlungen, ist entschlossen, die Sache selbst zu lösen, und zwar so schnell wie möglich.

Sein Bauch verstummt, aber es ist eine scheinheilige Ruhe, eine, die sich weigert, genauere Ausführungen zu machen, nachdem sie einmal gesprochen hat. Er säubert sich mit ein paar Meertraubenblättern und denkt noch einmal neu über das nach, was sie haben, denkt sich selbst in immer tiefer werdende Ratlosigkeiten, während er zu seinem Auto zurückgeht. Doch als er sitzt und der Wagen sich *tuck-tuckernd* zur Abfahrt bereit erklärt, merkt er, dass er sich nicht überwinden kann, auf das Gaspedal zu drücken und zum Polizeirevier zurückzufahren. Stattdessen bleibt er sitzen und starrt über die weite Fläche aus pulvrigem rosa Sand, starrt auf das Dach des Primus-Hauses, das über einem Büschel Kokospalmen gerade so sichtbar ist. Er denkt an die Mutter dieses Babys, wie sie jedes Mal, wenn er eine abrupte Bewegung gemacht hat, zusammengezuckt ist, als hätte sie etwas zu verbergen, wie vorsichtig sie bei ihren Antworten wirkte, als wollte sie sichergehen, dass die Wörter, die sie sagte, mit denen übereinstimmten, die sie einstudiert hat. Der schwarze Polizist denkt, er kennt solche Frauen, Frauen, auf deren Wort man nicht vertrauen kann. Er glaubt, er ist in eine von ihnen verliebt. Man nennt sie die Königin von Saba.

Beckles hat die Königin von Saba im Dienst kennengelernt. Es war 1980 und er noch ein Constable, der Plackerei der Paradise Patrol zugeteilt. Er ging am Baxter's Beach und seiner Umgebung auf und ab, begleitete betrunkene Touristen zu ihren Hotels, nahm Aussagen zu verlorenen Kreditkarten und Kameras auf, half bei gelegentlichen Ermittlungen aus, wenn Besucher nach zu vielen Rum Punches beim Schwimmen ertrunken waren.

Es war eines Freitagabends gegen zehn Uhr in der Touristensaison, und er ging mit Constable Napoleon am Strand Streife, als Napoleon fast umgerannt wurde, dem Akzent nach von einem schwarzen Amerikaner, der wie der Wind den Strand entlangfegte, ihm dicht auf den Fersen eine Frau in einem rosa Hunza-Jumpsuit, ihr hüftlanger Pferdeschwanz und ihre riesigen gelben Creolen schaukelten genauso wild um sie herum, wie sie mit ihren glänzend orangefarbenen Lippen Flüche spie. Napoleon lief dem Mann nur hinterher und hielt ihn fest, weil der ihn beinahe umgerannt hatte, ohne anzuhalten, um sich zu entschuldigen, aber wie sich herausstellte, hatte die Königin von Saba sowieso gewollt, dass sie ihn verhafteten – weil er sie für ihre Dienste nicht bezahlt hatte.

Selbst jetzt noch lacht Beckles in sich hinein, wenn er sich daran erinnert – ihr Beharren darauf, bezahlt zu werden, gegenüber den Protesten des Amerikaners, er habe nicht gedacht, für etwas bezahlen zu sollen. Er habe gedacht, er hätte eine attraktive Frau am Strand kennengelernt, sagte der Amerikaner, eine Frau, die bereit war, hier und jetzt mit ihm zu schlafen, weil sie sich zu ihm hingezogen fühlte.

»Oh, dann hast du mich also ›kennengelernt‹?«, forderte die Königin von Saba ihn heraus. »Tja, wenn du mich kennengelernt hast, dann sag ihnen meinen Namen.«

Und das konnte der Amerikaner nicht.

Beckles hatte ihr Feuer viel mehr bewundert als ihre vorstehenden Brüste und ihr Hinterteil, die ihre Kunden zu blenden schienen. Napoleon, immer noch verärgert von der Unhöflichkeit des Touristen, aber nicht besonders darauf erpicht, einen Bericht zu schreiben, hatte beschlossen, sich einen Spaß zu machen, und gesagt, er werde auf die Anzeige wegen Tätlichkeit gegen einen Police Constable verzichten, aber nur, wenn der Amerikaner die Frau bezahlte. So bekam die Königin von Saba ihr Geld, auch wenn Beckles mit der Drohung, sie sonst wegen Aufforderung zur Unzucht zu belangen, trotzdem darauf bestand, dass sie den Strand verließ. Er sagte ihr, sie würden sie nach Hause bringen, und wollte nichts von ihren vielen Einwänden hören. Sie würden sie hinbringen, sagte er, nur um sicherzugehen, dass sie wohlbehalten ihr Ziel erreichte. Und so brachten Beckles und Napoleon die Königin von Saba im Streifenwagen nach Hause, schauten ihr nach, als sie ein kleines, zweistöckiges rosa Apartment in einem Block mit heruntergekommenen Sozialwohnungen betrat und die Tür hinter sich schloss.

Die Beziehung war anfangs rein funktional: Beckles sorgte dafür, dass die Königin von Saba sicher war, wenn sie ihre Dienste am Strand verkaufte, vertrieb Kunden, die zu ausgelassen wirkten, zu düster, zu gefährlich für ihr Wohlbefinden oder für seins. Im Gegenzug war sie eine Quelle für Hinweise, wenn am Strand oder im Meer Verbrechen passierten. Sie schien irgendwie immer die wahre Geschichte hinter den Fällen zu kennen, die die Polizei zu knacken versuchte; sie schien immer über das Was und Wie der Verbrechen Bescheid zu wissen, die in und um Baxter's Beach verübt wurden.

Beckles wurde schließlich für seine gute Polizeiarbeit befördert, und die Königin von Saba fand Schutz und landete nicht im Gefängnis. Und keiner von beiden sagte auch nur ein Wort zum anderen, das darauf hindeutete, dass ihre Bekanntschaft mehr als flüchtig war, keiner von beiden sagte ein Wort über den anderen zu irgendwem sonst. Alles lief gut, denkt Sergeant Beckles, bis er anfing, ihre Dienste auch für sich selbst in Anspruch zu nehmen, bis sie anfing, ihre üblichen Arbeitsstellen zu verlegen, ohne es ihm zu sagen, und, als er es rausfand, beteuerte, sie versuche nicht, ihm aus dem Weg zu gehen, sie gehe einfach nur dorthin, wohin die Arbeit sie führe. Manchmal sah er sie tagelang nicht, und wenn er wissen wollte, wo sie gewesen war, zeigte die Königin von Saba dasselbe Feuer wie damals bei dem Amerikaner.

»Ich muss dir gar nichts sagen!«, hatte sie erst eine Woche zuvor gerufen, als sie ihm zum ersten Mal nach vierzehn Tagen wieder über den Weg lief und er wissen wollte, wo sie gewesen war, an wen sie sich verkauft hatte. Als er versuchte, sie festzuhalten, hatte sie sich aus seinem Griff befreit und gedroht, ihn der Polizei zu melden, wenn er sie nicht in Ruhe ließ. Er hatte ihr gesagt, er *sei* die Polizei. Dann hatte er ihre Hand losgelassen, aber seitdem brannte ihretwegen etwas in seinen Eingeweiden.

Es stimmt, dass er eine Frau hat, denkt Sergeant Beckles jetzt, es stimmt, dass er sie wahrscheinlich nicht verlassen wird, aber Saba ist so eine Frau, für die er ein Haus bauen würde. Er würde dafür sorgen, dass sie es immer angenehm hätte, dass sie nie wieder am Baxter's Beach auf und ab gehen müsste, dass sie ihren Körper nie wieder jemand anderem überlassen müsste als ihm. Er weiß, das ist eine Aussicht, für die die meisten Frauen töten würden. Sabas Desinteresse kann nur bedeuten, dass sie diese Aussichten woanders gefunden hat.

Als Mann kannst du die besten Absichten haben, denkt Sergeant Beckles und seufzt, einigen dieser Frauen ist das egal. Manche Frauen wollen einfach nicht sesshaft werden.

Vielleicht ist auch Lala eine dieser Frauen, denkt er, und deshalb zu allem fähig, die Tötung ihres eigenen Kindes eingeschlossen.

Der Sergeant bleibt bis zum Abend in seinem Auto sitzen, schläft, denkt, beobachtet, wartet, bis die Sonne schlafen geht und ihn weiche Dunkelheit umhüllt und er nach Hause muss.

Am folgenden Morgen, als ihm sein Bauch sagt, er soll noch mal zu dem Kreis aus Meertraubenbäumen gehen, wo immer noch sein Gestank dampft, um zu beobachten und zu warten, da gehorcht er ihm. Und als er sieht, wie sich ein sonnengebleichter Gigolo im Schutz von Bäumen und Büschen langsam Adans kleinem Haus nähert, ist er nicht überrascht, dass sein Bauch zu schreien beginnt.

KAPITEL SIEBZEHN

Tone

18. August 1984

Der Strand stinkt nach gärendem Moos, Braunalgen und den sich blähenden Innereien gestrandeter Fische, die in der wärmer werdenden Luft vor sich hin faulen. Es ist einer dieser Tage, wo das Wasser morgens verkatert ist nach einer Nacht hemmungsloser Ausschweifungen und auf den Sand gekotzt hat, bevor es sich zurückzog, um seinen Rausch auszuschlafen. Die Touristen stellen fest, dass ein Spaziergang am Strand weniger ein Bummeln auf dem Streifen rosa Puder ist, wie man es in Zeitschriften sieht, sondern eher ein ruckeliger Slalom, der nötig ist, um den versteckten Quallen in den Algen auszuweichen, den Stacheln angeschwemmter und im Sand verschütteter Seeigel und den Glasscherben, die noch nicht lang genug im Meer waren, um von Sonne und Salz geglättet und mattiert und in etwas verwandelt worden zu sein, das die Schatzsuche der Kinder belohnt.

Tone geht am Baxter's Beach entlang, und seine Füße verlassen sich auf sich selbst, um allem auszuweichen, was in dem Müll sticht, klebt und schneidet. Tone beobachtet Adans Haus, während er den Strand heraufkommt, tut aber so, als würde er es nicht beobachten, als ginge er zu dieser frühen Morgenstunde nur einfach so am Strand spazieren. Tatsächlich würde niemand etwas auffällig daran finden, wenn er ihn dort sähe. Alle wissen, dass Männer wie Tone zum festen Inventar des Strands gehören, ein gebilligter Teil des Ökosystems, das dort gedeiht. Aber Tone ist an diesem Morgen kein Gigolo, Tone ist ein besorgter Liebender, und deshalb glaubt er, vielleicht Verdacht zu erregen.

Adans Haus steht ganz am Ende des Sandstreifens. Hier gibt es keine ruhige, klare Bucht zum Baden, keine Touristinnen, denen Tone selbst gemachten Schmuck oder eine Nacht im Bett, einen Joint oder eine Fahrt auf einem Jetski anbieten kann, aber die Aussicht ist schön, und es gibt immer noch Luxusvillen, die zu diesem Strandabschnitt hin ausgerichtet sind. Einige seiner Kundinnen pflegen diese Häuser zu mieten, oder sie gehören ihnen. Es ist nicht ungewöhnlich, dass man ihn zu jeder Tages- und Nachtzeit über diesen Strand gehen sieht. Aber es sind nicht die Touristinnen, nach denen Tone Ausschau hält; Tone hält Ausschau nach Adan, und Adan ist der Grund, warum er sich zwischen Kokospalmen und anderen Pflanzen durchschlängelt, sobald er ein auffälliges Geräusch hört, statt weiter offen über den Strand zu gehen.

Schließlich setzt er sich in die Ruinen eines kleinen Fischmarktes, wo früher die Fischer ihre Boote an Land zogen und in ein Schneckenhorn bliesen, um einem Dorf aus längst vergangenen Zeiten anzukündigen, dass es am Strand frischen Fisch gab. Dieses Dorf ist mit der Geburt der großen Häuser gestorben, denn reiche Touristen, die ein paar Monate im Jahr zu Besuch kommen, möchten nicht den Gestank eines Marktes ertragen müssen, um ihr tägliches Essen zu kaufen. Nur Adans altes kleines Haus, das sich wacklig hinter den Kokospalmen erhebt, und die Ruinen des Marktes sind übrig. Ein paar gekachelte Steinbauten stehen wie hohe Tische auf einem gepflasterten Platz mit einer abgesperrten Wasserleitung in der einen Ecke. Tone kauert sich unter einen der hohen Tische, von wo aus er den Fuß der Betontreppe zu Adans Haus sehen kann, und hält Ausschau nach Lala. Sie wird sicher bald runterkommen, überlegt er. Auf der Leine hängen Kleider, die abgenommen werden müssen, und sie wird rauskommen, und er wird mit ihr reden, ihr sagen, dass es ihm leidtut wegen Baby, ihr einen Ausweg anbieten.

In der Nähe sind die Ruinen einer öffentlichen Badestelle schon lange von einer Kolonie von Meertraubenbäumen überwuchert, die blühen und gedeihen und riesig sind im Verhältnis, mit breiten, flachen Blättern, die Tone an die aufgehaltenen Hände der Bettler in der Stadt erinnern. Tone überlegt, zu den Meertrauben zu rennen und dort ein paar Minuten zu warten, um sicherzugehen, dass Adan nicht wiederkommt, entscheidet sich am Ende aber dagegen. Was sollte Adan seltsam daran finden, dass er das Haus besucht, um nach Lala zu sehen, vor allem, wenn ihr Mann untergetaucht ist, vor allem nach dem, was mit Baby passiert ist? Seine Argumentation macht ihn kühn, und er will gerade aus den Ruinen hervortreten, als er sieht, wie Adan sich der Treppe nähert. Tone zieht sich wieder zurück, weg von dem kleinen Holzhaus. Er setzt sich ein Stück weiter weg, in die Nähe von zwei Fischerboten, die zu Reparaturen an Land gezogen wurden. Hier wird er eine Weile warten, beschließt Tone, hier wird er warten, bis Adan geht, und dann, wenn es sicher ist, wird er sie besuchen.

KAPITEL ACHTZEHN

Lala

18. August 1984

Lala tut so, als wäre sie eingeschlafen. Nachdem er fast ihre Hand zerquetscht hat, ist Adan nach draußen gestapft, um die Kokosnüsse einzusammeln, die vom Baum abgeworfen wurden, und andere, die er für Coyote beiseitegelegt hat. Er ist es leid, sich zu verstecken, hat er beschlossen, besser die weiße Frau loswerden, um da einen Schlussstrich zu ziehen und als ein Mann in sein Haus zurückzukehren, sein Leben zu leben, ohne sich verstecken zu müssen. Er hat das Buschmesser mit nach draußen genommen, und von ihrem gemeinsamen Bett aus hört Lala es durch die Palmwedel und Fasern pfeifen.

In solchen Momenten weiß Lala nicht, was sie tun soll. Sie ist sich unsicher, ob sie nach draußen gehen soll, zu Adan und diesem pfeifenden Buschmesser, um die Kokosfasern im Sand zu wenden und die schmutzigen Töpfe in der salzigen Brandung zu schrubben. Sie ist unsicher, ob sie im Bett bleiben soll, zusammengerollt, wie sie ist, mit einer pochenden Hand und einer brennenden Brust, und versuchen, sich auszuruhen, bis Adan mit einer Ladung für Coyote gegangen ist. Sie beschließt, dass es vielleicht schneller geht, wenn er glaubt, dass sie schläft, dass sie dann nichts tut, was ihn noch weiter verärgern kann, und so versucht sie, so gut es geht, ins Land der Träume zurückzukehren, wo Baby noch lebt.

Aber Lala kann nicht schlafen. Und als das Buschmesser zu pfeifen aufhört und sie seine dumpfen Schritte auf den Treppenstufen hört, dreht sie sich zur Wand und schließt die Augen.

In der trüben Dunkelheit ihres Zimmers spürt sie mehr, als dass sie sieht, wie Adan sie anschaut, fühlt eher, als sie hört, dass er immer noch wütend ist. Es ist eine Wut, die nach einem Ventil sucht, deshalb ist Lala verunsichert über ihre Entscheidung, so zu tun, als schliefe sie. Während sie darüber nachdenkt, erwägt sie die möglichen Regelverstöße: im Bett zu liegen und zu schlafen, statt auf zu sein und sich um das Essen zu kümmern wie die guten Frauen auf der Welt, ihr zugewandter Rücken statt eines willigen Lächelns, die unterschiedlichsten unerledigten Hausarbeiten, ein totes Baby, das sie nicht zurückbringen kann.

Sie liegt mit dem Gesicht zur Wand, die Hand vorsichtig auf das Kissen neben ihr gelegt, um sie zu kühlen, die Augen fest geschlossen, und sie atmet ruhig, wie sie sich vorstellt, dass sie es tut, wenn sie schläft. Das Problem ist, dass der einzige Mensch, der weiß, wie sie wirklich atmet, wenn sie schläft, Adan ist, und die Neugier, ob ihr Atmen eine überzeugende Annäherung ist, verspannt ihre Schultern.

»Scheiße, ich weiß, dass du nich schläfst, Lala.«

Sie kann sich nicht umdrehen. In diesem Augenblick überwältigt sie das Gewicht all ihrer Verletzungen, der bestehenden und der erinnerten, und deren schiere Masse macht sie bewegungsunfähig. Da ist die linke Brustwarze, die trotz eines Umschlags aus Aloegel und Brotfruchtbaumblättern immer noch durch das Toilettenpapier nässt, das sie jeden Morgen faltet und in das Körbchen ihres BHs legt. Da ist das Knie, das ihr nun schon seit mehreren Monaten wehtut, das sie jede Nacht vor dem Schlafengehen verbindet und jedes Mal auswickelt, wenn sie das Haus verlassen oder etwas für Adan tun muss, das so viel Nähe erfordert, dass ihn der Hinweis auf ihre Verletzung ärgern könnte. Da ist das bleischwere Gewicht am unteren Ende ihrer Wirbelsäule unter einer sich schälenden Verbrennung in Form eines Bügeleisens.

Aber in diesem Moment erleidet Lala auch die erinnerten Gräuel – das Mal, als er sie, mit Baby immer noch in ihrem Bauch, am Gesicht packte, über die Kante der Betontreppe hielt und dazu zwang zu schreien, warum er sie nicht loslassen, sie nicht runterfallen lassen sollte, damit sie aufplatzte wie eine Wassermelone; das Mal, als er ihr ein geschärftes Buschmesser so dicht an die Kehle hielt, dass sich, als er sie endlich losließ, eine dünne Linie Blutströpfchen quer über die Luftröhre zog; das Mal, als er sie diese fünfundzwanzig Stufen an den Haaren hinaufzerrte, sodass die Haarbüschel, die ihren Kampf bezeugten, am folgenden Tag die Treppe übersäten.

Selbst wenn sie sich bewegen wollte, sie kann es nicht, so fest haben sie diese Erinnerungen im Griff, sodass Lala, als ein brennender Hieb auf ihren Rücken niedergeht und sie Augen und Mund aufreißt vor Überraschung über einen Schmerz ohne Ursprung, darüber nachdenkt, dass die wahre Quelle ihres Schmerzes nicht die Grausamkeit dieses Augenblicks ist, sondern die Tatsache, dass sie nichts tun kann, um ihm zu entgehen, selbst wenn sie wollte.

»Steh auf, Lala! Steh verdammt noch mal auf! Was glaubst du, wem du was vormachen kannst?«

»Wieso machst du das mit mir?«

»Steh. Scheiße. Noch. Mal. Auf!«

Die Leute sagen nicht die Wahrheit über den ersten Schlag. Lala weiß, man kann keiner Frau trauen, die einem sagen kann, aus welcher Richtung die Faust das erste Mal kam, denn wenn du ehrlich erschrocken bist bei diesem ersten Mal, wenn du geschlagen wirst, dann erinnerst du dich nur an den brennenden Schmerz. Du kannst dich nicht an die Richtung erinnern, denn du hast es nicht erwartet. Es ist wie die Geschichten, die Männer wie Adan davon erzählen, wie sie angeschossen wurden und es nicht mal gemerkt haben, dass sich deine Sinne erst mal einen Reim auf die Folgen von etwas machen müssen, was dein Gehirn noch nicht erfassen kann. Deine Augen sehen Blut, deine Ohren erinnern sich an den Knall der Pistole, deine Nase riecht Schießpulver, du schmeckst Galle, du spürst eine nasse Stelle. Das heißt, du wurdest angeschossen. Bei diesem ersten Schlag weißt du nie, dass du geschlagen wurdest, bis deine Sinne sich genug erholt haben, um es dir zu sagen. Jede Frau, die etwas anderes behauptet, ist eine Hexe, die den Schlag schon erwartet und wahrscheinlich provoziert hat. So eine Frau ist viel zu besessen von Sinn und Verstand, um ehrliche Liebe zu empfinden.

Lala kann sich jetzt nicht mehr erinnern, woher der erste Schlag kam, sie kann sich nicht an die Einzelheiten erinnern, um die es ging, aber sie weiß noch, dass sie im trüben Licht des Morgens nach diesem ersten Schlag zu Wilma wurde, ohne überhaupt darüber nachzudenken. Wilmas Reaktion auf Chaos war es immer, Ordnung in die Dinge in ihrer Umgebung zu bringen.

Lala hatte an diesem ersten Morgen, an dem sie geschlagen wurde, mit dem Bett angefangen – sie zog die Laken und die beiden Kissenbezüge ab und wusch sie, nahm die Vorhänge vom Fenster hinterm Bett ab und weichte sie ein. Sie kehrte den Holzboden, wischte ihn, klopfte den Teppich aus, holte Adans rostiges gelbes Einrad aus der Ecke des Raums und scheuerte und polierte es, bis es glänzte, stellte es zurück und war beunruhigt, dass es nicht aufrecht stehen bleiben wollte, stabilisierte es mit einem Stein und versuchte, sich keine Sorgen zu machen, dass es von selbst wegrollen könnte, als würde es von einem Geist gefahren, schrubbte die faulenden Schränke, ohne sich Gedanken um Splitter zu machen, kratzte den Schimmel und die angetrockneten Essensreste aus dem Mülleimer unter der Spüle, wusch das Geschirr und die Vorhänge, bis ihre Hände grau waren, weil sie sie so lange blauer Seife ausgesetzt hatte.

Sie war erschrocken, als sie in der pockennarbigen Spiegelscherbe, die Adan an der Holztrennwand in der Küche befestigt hatte, damit er sich besser rasieren konnte, flüchtig eine Frau mit einem blauen Auge erblickte. Sie starrte diese Frau an, die lilafarbene rechte Wange und das blutunterlaufene Auge, und versuchte, sich daran zu erinnern, ob diese Frau jemand war, den sie kannte, jemand, an deren Namen sie sich erinnern sollte.

(»Warum bist du so scheiß eigensinnig, Lala?«)

In den frühen Nächten ihrer Ehe, nach diesen ersten Prügeln damals, hatte Lala zum Geräusch des Schnarchens ihres frisch angetrauten Ehemanns einen Handel mit Gott abgeschlossen. Wenn er dies nur zur Ehe ihrer Träume machen würde, hatte sie ihm angeboten, wenn er ihnen nur ein glückliches Leben schenken wollte, mit vielen Kindern und Gelächter am Abendbrottisch und Partnerlook für alle bei den Pferderennen oder Jahrmärkten, wenn Gott das nur für sie tun wollte, würde sie ihm vergeben, dass er ihr die Mutter genommen hatte, bevor sie die Chance bekam, sie richtig kennenzulernen, sie würde ihm vergeben, dass er ihr zugemutet hatte, bei Carson und Wilma aufwachsen zu müssen, sie würde zur Kirche gehen, sie würde Tone vergessen, sie würde Adan diese Prügel nicht nachtragen.

(»Scheiß. Drecks. Eigensinn!«)

Natürlich hatte sie ihn nicht verlassen. Welche Frau verlässt einen Mann für etwas, das sie wahrscheinlich auch von jedem anderen zu erleiden hätte? War Wilmas Nachbarin nicht jeden Freitagabend, wenn ihr Mann nach Hause kam, zu Wilma rübergerannt? Hatte sie nicht die Beweise für noch viel schlimmere Prügel an der einen oder anderen Frau gesehen, die sie kannte? Hatte nicht ihre eigene Mutter solche Prügel erduldet?

Stattdessen hatte Lala sich auf die guten Tage konzentriert – Busfahrten in die Stadt mit der untergehenden Sonne im Rücken, Schaufensterbummel bei Harrison's und die Kleider der Schaufensterpuppen bewundern, die große Kawasaki, die an ihnen vorbeibrauste und von der Adan sagte, er werde sich eines Tages eine kaufen, mit einem zweiten Helm, damit sie hinten auf dem Bike mitfahren kann, und der Wind würde ihre langen, langen Zöpfe an ihren Hintern peitschen. Jedes Outfit, das sie wollte, sagte Adan, wenn er erst einmal das Geld hatte, egal, welches Outfit.

Als sie die Fähigkeit wiederfindet, sich umzudrehen, tut sie es mit solcher Wucht, solcher Entschiedenheit, dass sie schon aus dem Bett raus und hinter dem Stuhl ist, bevor ihre Gedanken ihre Füße gebeten haben, sich hinzustellen. Doch Bewegung allein bringt keine Erinnerung mit sich, und wie es in solchen Momenten oft passiert, kann sie sich nicht an seinen Namen erinnern, um ihn zu rufen, damit er aufhört.

»Was ist? Was ist?«

»Warum konntest du Baby nich einfach in Ruhe lassen? Was für ne Frau bist du, Lala, dass du Baby einfach fallen lässt?«

»Ich hab sie nicht absichtlich fallen lassen! Es tut mir leid, ich wollt Baby doch nicht fallen lassen!«

Sie bettelt aus den Ecken ihres Zimmers heraus um Vergebung, sie sagt ihm, es tue ihr leid.

»Bitte«, sagt sie, »ich wollte nicht, dass unser Baby stirbt, bitte.« Aber sie kann seinen Namen nicht sagen, das Letzte, was seine Mutter ihm geschenkt hat, bevor sie starb, der eine Appell, der ihn vielleicht stoppt. Und als sie vor seinen Füßen auf dem Boden weint und sich mit dem Schlag abgefunden hat, der sie schließlich umbringen wird, als sie schon den Frieden willkommen geheißen hat, den ihr der Tod bringen wird, die Möglichkeit, an dem einen oder anderen der Orte, wo tote Menschen hingehen, Baby vielleicht wiederzusehen, macht er ein abschätziges Geräusch, als hätte sie nicht einmal seine Prügel verdient, und zieht sich auf seinen Lehnstuhl und zu seiner Bibel zurück, und sie sieht einen Weg direkt zur Tür, und sie entkommt, rennt die Betontreppe hinunter, ohne einen Gedanken an das Risiko, sich den Hals zu brechen, so frei fühlt sie sich, dass sie fliegt.

Weiter hinten am Strand ist der rosa Mann mit dem großen, unerzogenen Hund und weint. Er ist über dem grünen schmiedeeisernen Geländer zusammengesunken, das sein Stück von Paradise abgrenzt, und stößt tiefe Schluchzer aus, die irgendwie trotzdem klingen, als wären sie nicht echt. Was kann so ein Mann für einen Grund haben zu weinen? Lala wird langsamer, wischt sich die eigenen Tränen ab. Betsy liegt zitternd und mit Schaum vorm Maul zu seinen Füßen auf der Terrasse. Der rosa Mann trägt die schwarzen Shorts, die er jeden Tag trägt, wenn er mit Betsy spazieren geht, und seine Zehen sind mit dem Sand bedeckt, der seine Terrasse bestäubt wie Mehl einen Küchentresen, wenn man einen Kuchen backt. Lala hat sich früher schon gefragt, ob es diesen Touristen nichts ausmacht, dass dieser pulvrige Sand doch bestimmt an allem kleben bleibt, sodass man unmöglich das Haus putzen kann, dass er doch sicher alles rutschig macht, dass er einen Ort, der trocken, sauber und schön sein soll, mit der Erinnerung an Nässe, salzige Haut und Schwimmen verseucht.

Er scheint Lala nicht heranlaufen zu sehen und erschrickt auch nicht, als sie stehen bleibt. Er merkt überhaupt nichts, aber Betsy leidet neben ihm, versucht alle paar Minuten, sich aufzurichten, hat Mühe, den Kopf zu heben, um seinen Schenkel zu stupsen, krallt nach dem Geländer und jault, fragt sich, warum er sie nicht rettet.

Eine Frau, die Lala noch nie zuvor gesehen hat, kommt in einen Sarong gehüllt und mit einem großen Strohhut, vielleicht der Grund für die Schatten unter ihren Augen, vom Strand. Sie tätschelt dem rosa Mann fast ohne ihn zu berühren den Rücken. Mit der anderen Hand hält sie den Hut auf ihrem Kopf fest und ruft mit einem angewiderten Blick auf den schleimig grünen Schaum, der ihren Füßen in den Sandalen gefährlich nahe kommt, vage in die Gegend, jemand solle um Himmels willen einen Tierarzt rufen.

Als Lala bei ihnen ankommt, bemerkt sie, dass die Sandalen der Frau juwelenbesetzte Riemen haben, die sogar in dem frühen graurosa Licht vor dem richtigen Sonnenaufgang schimmern. Sie bemerkt, wie die Frau sie ansieht, und wird sich plötzlich bewusst, dass ihr warm das Blut über die Wange läuft, dass ihre Hände und Haare von Seetang verklebt sind, dass das Pochen in ihren Zähnen ihren Herzschlag nachahmt.

Die Frau sagt: »Mein Gott«, aber sie schaut jetzt nicht mehr Betsy an, sie schaut Lala an, und Betsy tut ihren letzten Atemzug, und die Frau nimmt ihre Sonnenbrille ab, um besser sehen zu können, und der rosa Mann weint noch heftiger. Die Frau nimmt ihre Hand von seinem Rücken, und da erst hebt er den Kopf, wischt sich über die Augen und schaut Lala an.

»Mein Gott«, sagt die Frau noch einmal, »was ist mit Ihnen passiert?«, und sie kommt auf Lala zu. »Wurden Sie ausgeraubt?«

Sie kommt immer dichter ran, obwohl Lala den Kopf schüttelt, den Strand hinter sich entlangschaut, sie warnt, nicht näher zu kommen. Der rosa Mann wischt sich über die Augen, auch er kommt rüber. Lala schaut sich um, versucht zu entscheiden, was zu tun ist, wohin sie gehen soll. Da bemerkt sie, dass die Terrasse, auf der Betsy gestorben ist, zu der großen, hellblauen Villa gehört, und dass diese Villa sich eine Schutzmauer mit einer angrenzenden teilt. Diese andere Villa ist nicht blau, sie ist weiß, und die Holzbarriere auf der Schutzmauer kennt sie. Sie hat sie erst vor Kurzem gesehen.

»Ich kann Ihnen helfen«, sagt die Frau. »Ich kann reingehen und Rosa holen, sie wird wissen, was zu tun ist.«

»Nein«, sagt Lala, »nein. Mir geht's gut, es ist okay.«

»Hey!«, sagt die Frau, als Lala losrennt. »Kommen Sie her! Lassen Sie uns helfen!«

Lala rennt schnell, aber nicht so schnell, dass der rosa Mann sie nicht einfangen kann, und am Ende findet sie sich auf seiner Terrasse wieder, neben dem reglosen Schatten seines toten Hundes. Aus der Nähe ist der rosa Mann ganz anders, als sie erwartet hat, auch wenn es schwer zu sagen ist, warum. Aus der Nähe ist seine Hand braun gebrannt, mit kleinen blonden Haaren wie Bürstenborsten, die senkrecht aus seiner Haut heraus abstehen. Als die Borsten in die Nähe von Lalas Gesicht kommen und sie Anstalten macht wegzurennen, sagt er:

»Ganz ruhig, ich tue Ihnen nicht weh.«

Er streicht mit den Fingen an ihrem Hals entlang und macht leise *Hmmm*.

»Sie haben da böse Verletzungen«, sagt er, »aber ich glaube nicht, dass etwas gebrochen ist. Wer hat Ihnen das angetan?«

Lala antwortet nicht.

Die Frau mit dem Schlapphut und den Edelsteinen an den Sandalen sieht ihn an und er sie, und dann sehen sie beide Lala an.

»Möchten Sie ins Krankenhaus oder zur Polizei?«, fragt die Frau leise, und Lala schüttelt den Kopf, nein, und nimmt etwas Wasser in einem Weinglas aus der braunen, borstigen Hand. Vielleicht gibt es keine anderen Trinkgläser in dieser Villa. Lalas Gedanken rasen.

Der Mann sagt: »Trinken Sie langsam, Ihr Hals ist sicher wund.« Und sie weiß nicht, ob er von der Schwellung meint oder vom Schreien. Als sie ihm das Weinglas wiedergibt und aufsteht, um die Terrasse zu verlassen, bemerkt sie, dass eine erste Fliege bereits Betsys Leiche gefunden hat, dass es bald mehr sein werden.

Lala denkt an die Polizei. Wenn diese Leute die Polizei anrufen, erregt das nur noch mehr Aufmerksamkeit, denkt sie, es gibt ihnen einen Grund, ihr noch mehr Fragen über Baby zu stellen, und sie kann es nicht gebrauchen, dass Polizisten ihr noch mehr Fragen über Baby stellen. Sie muss weg von der Polizei, von Adan, von diesen Leuten, von diesem Strand. Und dafür muss es aussehen, als würde sie *nicht* weglaufen, vor keinem von ihnen. Wenn sie dann am Ende wegläuft, beschließt Lala, dann muss es ein Lauf sein, der sie an einen ganz anderen Ort führt, einen Ort, von dem sie nie mehr wiederkommt. Wohin kann sie jetzt laufen? Sie kann nicht zu Wilma laufen, ihr Haus wird sich nicht wie eine Zuflucht anfühlen. Sie kann nicht zu Tone laufen, der kein eigenes Haus hat, um sie aufzunehmen, kein Totem, das stark genug ist, um sie vor Unheil zu schützen.

Sie schaut über den Strand vor der Terrasse und sieht ihr Baby, dessen Bild dann zu dem einer Krabbe schmilzt, die durch den Sand auf ihre Füße zuflitzt.

Und schon rennt Lala wieder, dorthin zurück, von wo sie gekommen ist, und diesmal kann die bürstenborstige Hand sie nicht aufhalten.

»Tut mir leid, Lala«, sagt Adan an diesem Abend zu ihr. »Du weißt, es tut mir leid.«

Sie ist in seine starken Arme gehüllt, und ihr Gesicht wird von den Haaren auf seiner Brust gekitzelt. Er spricht über ihren Kopf weg, sodass sie sich die Reue in seinem Gesichtsausdruck vorstellen muss.

»Es ist nur ... Baby ist weg, und ich, ich konnt sie nich retten, Lala. Ich konnt sie nich retten, als du sie fallen gelassen hast.«

Er küsst sie auf den Scheitel, streichelt die Haare, von denen einmal ihre geflochtenen Extensions mit Gewalt abgerissen wurden. Sie hat aufgehört, sie zu Frisuren zu flechten, die den kahlen Fleck verdecken, wo er ihr die Haare mitsamt den Wurzeln ausgerissen hat. Es ist schwierig, nicht zu zucken, wenn seine Hände diese Stelle erreichen, es ist schwierig, so zu tun, als hätte sie keine Erinnerung an diesen Schmerz, auch wenn sie nicht mehr weiß, was das Problem war, das dazu geführt hat, aber Lala zuckt nicht, sie scheut nicht vor diesen Händen in ihren Haaren zurück.

»Ich weiß, Adan«, sagt sie. »Schon gut.«

»Ich krieg nich mal das Geld zusammen, um Baby zu begraben«, sagt Adan, »ich kann sie nich mal begraben lassen.«

Lalas Gedanken kehren zu ihrer Dose zurück, aber sie sagt nichts. Es bringt nichts, wieder von der Dose anzufangen und dass ihr Inhalt dazu hätte beitragen können, Baby zu begraben. Es bringt nichts, sich den Kopf zu zerbrechen, wie das Geld in dieser Dose ihr jetzt hätte helfen können.

»Ich werd helfen, Adan. Ich krieg noch mehr Leute zum Flechten, ich spar das Geld, und dann begraben wir Baby.«

Er bewegt sich unruhig und hört auf, ihr über die Haare zu streichen, sodass sie sich fragt, wo seine Hände sind, was sie tun.

»Wir brauchen mehr als dein bisschen Geld«, sagt er. »Baby hat eine gute Beerdigung verdient, einen richtigen Abschied ... Is nich ihre Schuld, dass ...«

Und dann weint er, schluchzt untröstlich auf eine Art, die sie schockiert, eine Art, wie sie es nicht gehört hat, seit sie sich kennen, eine Art, die sie unsicher macht, ob sie den Kopf heben soll und ihn ansehen oder die Arme um seinen Oberkörper schlingen oder ihm noch einmal sagen, dass es okay ist, dass sie beide okay sein werden, auch wenn sie weiß, dass es nicht stimmt. Sie bleibt still, atmet kaum. Sie umarmt ihn nicht. Sie sieht nicht nach.

Es fängt leicht an zu regnen, ein Regen, der kleine Speere auf die Fenster schießt, wie Pfeile, die die Windrichtung anzeigen. Er kann keinen Job mehr am Strand machen, erklärt Adan, als er wieder ruhiger ist. Die Polizei ist extrem wachsam, seit der weiße Mann umgebracht wurde, noch mehr von den Bewohnern der Häuser haben Wachleute eingestellt, manche haben ihre Schutzmauern mit Stacheldraht verstärkt, und noch mehr haben sicher inzwischen auch Waffen gekauft.

Ein Job im Dorf bringt ihm wahrscheinlich nicht das Geld, das er für einen Bestatter braucht, es sei denn, es ist eine Auftragssache, und die Art von Job kann er nicht allein machen. Es bleibt nur der Job mit dem Gras, sagt Adan, das ist das Einzige, was ihm einfällt, um an das Geld zu kommen, um Baby zu begraben. Er könnte Tone fragen, was er von der neuen Sache mit dem Gras hält, aber er kann Tone nicht sagen, er soll kommen und ihn treffen und drüber reden. Tone ist kein richtiger Macher, Tone war immer nur ein Fußsoldat, nörgelt Adan, er hat schon immer nur drauf gewartet, dass Adan ihm sagt, was er tun soll. Er hält inne, räuspert sich die Heiserkeit aus der Kehle.

»Findst du Tone komisch, Lala?«

»Tone?«

»Ja, der Mann benimmt sich jetzt schon 'n paar Monate komisch. Hast du das nie gemerkt, wie der is, wenn er hier vorbeikommt? Auch bevor Baby da war, da wollt ich dich schon fragen, ob du das nich merkst.«

»Mir kommt er so vor wie immer«, sagt Lala leise. »Ich hab nicht gemerkt, dass an dem was anders wär.«

Es kostet sie große Mühe, normal zu atmen, aber falls Adan denkt, dass was nicht stimmt, zeigt er es nicht. Irgendwann löst er die Umarmung wieder, in die er sie eingehüllt hat, und sagt, er geht raus. Er kann sich nicht einfach hinlegen und entspannen, wenn sein Baby keine vernünftige Beerdigung bekommt, sagt er auf eine Art, die klingt wie ein Vorwurf: Er ist ein Mann, und *als Mann* geht er hin und findet raus, wie er die Beerdigung bezahlen kann, die sie verdient.

Lala schaut zu, wie er aufsteht, sein Shirt anzieht, die Tür aufdrückt und in die feuchte Luft rausgeht. Als er weg ist, starrt sie noch lange auf die Tür. Sie zittert. Sie hat nicht viel Zeit.

Als Lala eine halbe Stunde, nachdem Adan gegangen ist, die Tür öffnet, trägt ihr Gesicht die Maske der Trauer, von der sie glaubt, dass es sie tragen sollte – die von der unschuldigen Art –, denn sie glaubt, es ist die Polizei. Adan wäre nicht so schnell wieder da, er würde nicht klopfen, und sonst erwartet sie niemanden.

Wie es allen geht, die extremer Sünden schuldig sind, spiegelt sich der Beweis für ihre schlimme Tat langsam überall: darin, wie oft sie das Wort »Mörder« gesehen oder gehört hat, seit sie ihr totes Baby am Strand in den Armen hielt, in der Handlung von Seifenopern und auf der Titelseite von Zeitungen. Und sie wird von der Leiche ihrer Tochter verfolgt – in den seelenvollen Augen einer Krabbe in einem

Loch am Strand, in den Schreien eines kleinen Babys, das eine Kundin mitbringt und neben sich setzt, während Lala ihr die Haare macht, in dem kleinen Mädchen, das seine Zehen im Kinderwagen streckt, bis sein Schühchen abfällt und Babys dreigliedrige Zehen entblößt.

Sie ist auch überzeugt, dass sich übernatürliche Wesen im Namen ihrer Tochter zusammentun, um ihr klarzumachen, dass sie für ihren Anteil an ihrem Tod bezahlen wird. Sie erkennt, dass es ein böser Geist war, der die rosa Dose mit dem Milchpulver ins Regal direkt hinter ein paar Dosen Bohnen zurückgestellt hat, denn sie weiß, dass sie Babys Milch komplett weggeworfen hat. Es ist dieser Geist oder ein anderer, genauso bösartiger, der das sonderbare Geräusch der Mehltüte aus Papier macht, als sie Klöße kocht und die Tüte mit demselben Geräusch auf dem Boden aufprallt, das sie gehört hat, als Baby fallen gelassen wurde. Sie weiß, dass es Dämonen gibt, die das Haus mit dem Geruch des Babypuders von Cussons besprühen, das sie oft auf Babys Hals und Brust gestäubt hat, obwohl sie weiß, dass außer ihr niemand im Haus ist und sie selbst kein Babypuder benutzt.

Ihre Schuld scheint auf ihr zu hocken, und sie ist sicher, dass andere sofort erkennen müssen, dass ihre Hände schmutzig sind, dass sie zumindest zum Teil schuld am Tod ihrer Tochter ist. Und deshalb erwartet sie, dass die Polizei wiederkommt und sie verhaftet, deshalb setzt sie eine Maske auf, als sie zur Tür geht, denn nur ein Gesicht frei von Schuld kann ihr helfen, falls es dieser dunkle Polizist ist, der da draußen steht und klopft.

Aber es ist nicht der dunkle Polizist. Es ist Tone.

»Warum kommst du wieder her?«, schreit sie ihn an, während ihre Maske in sich zusammenfällt und sie vor Erleichterung weint. Sie schreit immer noch, als er sie im Arm hält, direkt da auf dem Treppenabsatz ihre Nase küsst, ihre

Stirn küsst, ihr die Tränen von den Wangen leckt, ihre Erleichterung wegtätschelt, und sie weint: »Scheiße, warum kommst du immer wieder her?«

KAPITEL NEUNZEHN

Mrs. Whalen
19. August 1984

Rosa will nichts davon wissen. Sie duldet nicht noch mehr von diesem Unsinn. All dieses Sehnen ist nicht gut, sagt Rosa, sie kann den Verlust verstehen, ja, aber Sie sind nicht die Einzige, die je einen Verlust erlitten hat. Es ist schrecklich, ja, aber Sie müssen aufstehen, rausgehen, neu anfangen. Gott hat Mr. Whalen zu sich genommen, aber nicht Sie. Während Rosa das sagt, stapft sie in der Dunkelheit von Mira Whalens Schlafzimmer herum, zieht mit Schwung die blickdichten Vorhänge auf, bis der Raum von blendendem Sonnenlicht geflutet ist und Mira Whalen nichts mehr sehen kann außer den undeutlichen Schatten der schwingenden Hautlappen unter Rosas Oberarmen, die an die gegenüberliegende Wand geworfen werden.

Bis heute hat Mira Whalen ihr verboten, irgendetwas zu tun, außer die Bettwäsche zu wechseln, und Rosa scheint entschlossen, die verlorene Zeit aufzuholen. Rosa hebt das Bettzeug vom Boden auf. Rosa befreit den Nachttisch von Gläsern mit abgestandenem Leitungswasser und leeren Tablettenpackungen und zerknüllten Papiertaschentüchern, die in der Form von Mira Whalens Rotz festgetrocknet sind. Rosa stellt das schnurlose Telefon zurück auf seinen Sockel, sodass sein rotes Auge aufleuchtet und Mira Whalen sich wieder beobachtet fühlt. Rosa legt den Cricketschläger, der zwischen Mira Whalen und dem Tod steht, auf den Kleiderschrank, fast außerhalb ihrer Reichweite.

»Nein!«, ruft Mira Whalen. »Nein, Sie wissen, dass Sie das nicht anfassen sollen … Nein!«

Aber Rosa schiebt den Schläger noch ein bisschen weiter nach hinten, bis er nicht mehr zu sehen ist.

»Nein?«, fragt Rosa. »Nicht?«, und dabei arbeitet und entsorgt sie weiter: die leeren Flaschen edlen Rum, die Tassen, in denen Kakao geronnen und zu einem klebrigen braunen Gel verklumpt ist, in das Myriaden von Pilzsporen gezogen sind; die tränenfleckigen Fotos von Peter, hastig unters Bett geschoben, damit die Kinder Mira Whalen nicht beim Anschauen erwischen und traurig werden. »Sie sind nicht die Erste, die Gott zur Witwe gemacht hat, und Sie sind bestimmt auch nicht die Letzte.«

Rosa geht auf sie los und zerrt ihr den Morgenmantel vom Rücken und sagt, der stinkt schlimmer als die Leute, denen Rosa sonntags nach der Kirche bei der Heilsarmee Essen serviert. Rosa lässt heißes Wasser einlaufen und sagt, kommen Sie her und setzen Sie sich hier in die Wanne, ich mache Sie sauber, und da ist etwas in ihrem Gesicht, das die Entlassung verhindert, die Mira Whalen schon auf der Zunge liegt. Dieses Etwas lässt nichts gelten außer Kapitulation, also steigt Mira Whalen in die Wanne und lässt sich von Rosa die Haut und die Haare schrubben und lässt sich vom Dampf von innen pochieren und ihre Haut versengen und beschließt, dass sie morgen entscheiden wird, ob sie Rosa feuert oder nicht, aber sie weiß, sie wird es nicht tun, denn eine neue Person würde sie nicht kennen und sich nicht an Peter erinnern, und die Kinder würden sie vielleicht nicht mögen.

Rosa ist nicht schonend beim Schrubben, sie prüft nicht, ob das Wasser genau die richtige Temperatur hat, sie bürstet nicht aus Rücksicht auf das empfindliche Zahnfleisch, das sie an Ort und Stelle hält, sanft um die Zähne herum, die Mira Whalen für sie fletscht. Rosa reibt mit dem Luffaschwamm, als wolle sie hartnäckige Flecken vom Boden schrubben, und Mira Whalen kommt vor Hitze um, und ihre Haut fühlt sich an, als würde sie von tausend Wespen gleichzeitig gestochen, und ihr Rücken wird rot, wo der Luffa ihn malträtiert hat, aber sie schreit nicht, wie sie es gern möchte, sie wimmert nur und richtet sich in ihrem Wimmern ein, denn Rosa ignoriert es.

Sie müssen rausgehen, sagt Rosa, Sie müssen wieder am Leben teilnehmen. Gott hat Mr. Whalen zu sich genommen, aber Sie nicht. Glauben Sie, er würde wollen, dass Sie so dahinwelken?

Mira Whalen schließt die Augen. Erst gestern hat sie sich nach draußen gewagt, nur ein kleiner Spaziergang am Strand, und sie hat den Nachbarshund sterben sehen, hat eine Frau gesehen, die zu verängstigt war, um eine erlittene Misshandlung anzuzeigen. Mira Whalen glaubt nicht, dass sie die Energie aufbringen kann, noch mal rauszugehen. Mira Whalen glaubt nicht, dass sie die Energie für irgendwas aufbringen kann.

Wenn sie doch nur jemanden hätte, denkt sie, jemanden außer Martha, den sie anrufen könnte, jemanden, der kommt und alles für sie regelt. Aber solche Freunde hat sie in Wimbledon nicht. Selbst nach sechs Jahren sind alle Freunde immer noch die von Peter.

Rosa sagt Mira Whalen, sie muss sich beeilen und die Beerdigung vorbereiten. Sie sagt ihr, es ist schon einen ganzen Monat her – sie muss die Leute zurückrufen, die angerufen haben, die Polizei, die anruft, um zu sagen, dass die Autopsie endlich fertig ist, der Leichnam kann freigegeben werden, den Kopfdoktor, der wissen will, warum Mira Whalen an diesem Morgen den Termin versäumt hat, sie muss das mit den kleinen Kindern regeln, die armen kleinen Kinder, es ist nicht ihre Schuld, dass ihr Vater tot ist. Die Mutter hat gestern angerufen, sagt Rosa ihr, sie, Rosa Omarilla Watson, hat ihr gesagt, dass Peter tot ist, und sie soll ihre Kinder holen kommen. Sofort soll sie kommen und sie holen. Schauen Sie mich nicht so an, sagt Rosa, ist die reine Wahrheit, die ich sage, und Mrs. Whalen weiß das auch. Jemand muss ihr sagen, dass dieses Hinwelken im Dunkeln den ganzen Tag lang überhaupt nichts ändert, und Gott hat anscheinend beschlossen, dass genauso gut sie das machen kann, Rosa Omarilla Watson, weil sie die Einzige ist, die Mrs. Whalen sagt, dass es die reine Dummheit ist, was sie da macht. Mr. Whalen ist schon tot, hat sie vielleicht vor, sich auch noch umzubringen? Sie ruft ihren Mr. Watson an, sagt Rosa, und er kommt sofort und bringt Mrs. Whalen zu dem Termin mit dem Kopfdoktor. Jetzt sofort kommt er, sagt Rosa, auf der Stelle.

So kommt es, dass Mira Whalen auf dem Rücksitz des Datsun mit den Plastikfolienfenstern von Rosas Mann in die Stadt tuckert, in Kleidern, die ihrer Haut wehtun und jetzt zu ihrer Überraschung zwei Nummern zu groß sind. Mira Whalen ist sich bewusst, dass ihr Outfit von einer Haushaltshilfe von über hundertdreißig Kilo zusammengestellt wurde, die am liebsten billige Polyesterröcke in knalligen Farben trägt, die sie beim *Coolieman* gekauft und über lange Brüste ohne BH hochgezogen hat. Mira Whalen ist klar, dass dies bedeutet, dass sie furchtbar aussehen muss, aber sie weiß es nicht sicher, denn sie hat vor dem Gehen nicht nachgeschaut. Mira Whalen schaut jetzt hin, während Rosas Mann Cricket hört, und das Dröhnen der Übertragung ist genau die Art Stille, mit der Mira leben kann. Sie trägt eine seidige smaragdgrüne Jacke mit Schulterpolstern, einen gelben Rock, weiße Satinpumps und Strümpfe, darunter hat ihr Rosa ein neues schwarzes Spitzenhöschen angezogen, denn sie sagt, Sie müssen ein neues, frisches, sauberes Höschen zu einem Termin beim Arzt tragen, auch wenn es kein Arzt ist, der irgendetwas unter ihrem Rock zu untersuchen hat.

13. Januar 1983

Peter Whalen war von Höschen besessen. So erfuhr er, dass Mira Whalen eine Affäre hatte – ihre Höschen hatten es ihm gesagt. Mira war eines Abends spät zurück in ihr Haus in Wimbledon gekommen, als Peter es ungewöhnlich früh von der Arbeit nach Hause geschafft hatte. Er hatte ihr ihre Entschuldigung von einem späten Friseurtermin abgekauft, doch dann wurde er ausgelassen, fing an, sie von ihren Kleidern zu befreien, und ihre Handtasche fiel herunter und warf ein zusammengerolltes rotes Dessous-Set aus, das er noch nie gesehen hatte. Mira Whalen hatte keine große Lust, Lügen darüber zu erzählen, wie es kam, dass sie ein schmutziges rotes Spitzenkorsett samt passendem Höschen und Strümpfen mit sich herumtrug, also flüsterte sie nur: »Sorry«, und machte sich auf das Schlimmste gefasst. Wie sich herausstellte, war das Schlimmste, nicht das Wüten ihres Mannes, sondern sein Weinen.

Hätte sie mit Peter darüber sprechen können, was die Affäre ausgelöst hatte, hätte sie ihm gesagt, dass er keine Schuld daran trug. Nein, es lag an der strikten Weigerung ihres Körpers, sein Baby auszutragen.

Mit der dritten Fehlgeburt hat alles angefangen, denkt sie jetzt, als der Datsun auf den winzigen Sträßchen in Richtung Stadt kriecht. Das würde sie Peter sagen, wenn sie mit ihm sprechen könnte, wenn er hier neben ihr säße, wenn sie endlich *das* Gespräch mit ihm darüber führen könnte, warum sie ihre Nachmittage rittlings auf einem zwanzigjährigen Kunststudenten mit einer Vorliebe für ältere Frauen in nuttigen roten Dessous verbracht hatte.

3. September 1982

Sie richtet gerade Sams Party zum fünften Geburtstag aus, als eine weingetränkte Erdbeere aus ihr herausrutscht. Das ist Baby Nummer drei, der Gegenstand dreier Monate unaufhörlicher Gebete, die Gott nicht zu erhören beschlossen hat. Sie nähern sich dem Ende der Party, sie steht mitten auf dem Rasen, verteilt Gastgeschenktüten, als sie merkt, was passiert, einen Clown bittet, den Rest auszuteilen, und ins Bad rennt. Im Badezimmer weint sie nicht. Sie beschließt, es Peter erst nach der Party zu sagen, sie beschließt, sich dem kleinen Sam zuliebe nichts anmerken zu lassen, und kehrt zu den Gastgeschenken zurück. Es hat keinen Sinn, sofort ins Krankenhaus zu gehen, sie weiß schon, was die Ärzte sagen werden, und sie möchte nicht, dass Sams Geburtstag für immer damit verbunden ist. Sie verbringt den restlichen Nachmittag mit dem Veranstalten der Piñata, zeigt gehetzten Müttern mit zappelnden Kleinkindern den Weg zum Bad und geht Bowle für den Clown holen, der ausgesprochen schlecht gelaunt ist, während er unter seinem Zylinder auf das Zeitfenster für seinen Auftritt wartet.

Erst nachdem sie den letzten Gästen nachgewunken haben und Peter Sam in das viktorianische Reihenhaus seiner Mutter zurückgebracht hat, wo er am nächsten Tag noch eine weitere Geburtstagsparty bekommen wird, erzählt Mira Whalen Peter, was passiert ist, und wird ins Krankenhaus gebracht.

Als sie nicht mehr schwanger ist und zu Hause vor sich hin grübelt, ist Peter derselbe wie immer – er bringt ihr Kakao ans Bett, massiert ihr die Füße und singt ihr Liebeslieder, während sie weint, er überbringt die Nachricht seinen Freunden und den Nachbarn, die an der Tür zu empfangen sie sich nicht durchringen kann. Doch obwohl er all das tut, zerbricht etwas in ihr. Es ist etwas, das nicht zerbrochen ist, als Martha, kurz nachdem sie erfahren hatte, dass Mira mit Baby Nummer eins schwanger war, sagte: »Die arme Frau, dass du schwanger bist, so kurz nachdem Peter sie verlassen hat.« Es ist etwas, das auch mit dem Dahingehen von Baby Nummer zwei nicht zerbrochen ist, aber jetzt zerbricht es, ein winziger Riss, den sie nicht sofort bemerkt, der mit der Zeit zu einem Abgrund aufreißt, den sie mit Shoppingtouren zu füllen versucht, mit wahnsinnigen Work-outs im Gym, mit zu viel Alkohol zur falschen Tageszeit ... und mit einem Kunststudenten namens Fred, für den sie nackt posiert, nachdem sie auf eine Anzeige geantwortet hat, in dem er ein Modell suchte.

Fred malt sie in seiner Wohnung, mit dicken, runden Pinselstrichen und leuchtenden, kräftigen Farben, was sie so deutet, dass er sie als die Mutter sieht, die sie so verzweifelt sein möchte. Es liegt daran, was sie glaubt, was er in ihr sieht, dass sie sich eines Abends einverstanden erklärt, nach ihrer Sitzung noch ein paar Minuten zum Kaffee zu bleiben; deshalb sagt sie zu, mit ihm an einem Abend, an dem Peter wieder einmal lange arbeitet, in einen Jazzclub zu gehen. Das alles ist der Grund, warum sie sich eines faulen Mittwochnachmittags im Dezember in Freds Bett wiederfindet, während die eisige Kälte durch die Fenster zu ihnen hereinstarrt und sie nichts am Körper trägt außer Fred und eine Fleecedecke, die er in einem Secondhandladen gekauft haben muss.

Was sie Peter sagen würde, denkt sie jetzt, als Rosas Mann aussteigt und zur Beifahrerseite herüberkommt und ihr die Tür öffnet und dort steht mit einem kleinen Transistorradio am Ohr, damit er auch nicht einen Moment Cricket verpasst, ist, dass es nichts bedeutet hat. Es war nichts, weshalb er sich hätte Sorgen machen sollen. Es hätte nicht alles ab diesem Tag überschatten sollen, es hätte nicht alles infrage stellen dürfen, was vorher war. Es war einfach, was es war, es ging nur um sie, er hatte nichts Schlimmes gemacht, und er sollte deswegen nicht immer noch böse sein. Er hätte nicht versuchen müssen, Brotpudding für sie zu machen, oder ihr Gepäck tragen oder Familiensachen veranstalten, die für sie beide auch vorher nicht im Mittelpunkt gestanden hatten. Er war perfekt gewesen, so wie er war.

Sie würde Peter sagen, sie könne sich noch nicht einmal mehr erinnern, wie Fred aussah, sie könne sich nicht erinnern, ob sie den Sex mit ihm genossen hatte oder nicht.

Das erzählt sie jetzt Rosas Mann, denn er ist ein Mann und sollte solche Dinge verstehen – dass Fred nichts bedeutet hat, dass sie sich nicht einmal erinnern kann, ob sie es genossen hat, mit ihm zu schlafen oder nicht. Die Tatsache, dass sie sich nicht daran erinnern kann, erzählt sie Rosas Mann, unterstreicht, wie echt ihre Beziehung war, denn sie erinnert sich an fast alles an Peter. Wie er sich mit der rechten Hand durch die schütter werdende Locke vorn an seiner Stirn fuhr, wenn er müde war oder verblüfft oder wütend. Wie seine Stimme brach, wenn er an ihrem Geburtstag *I'm Every Woman* für sie sang, weil das ihr Lieblingssong von Chaka Khan war. Wie er ihr Knie tätschelte, wenn sie Bestärkung brauchte. Alles. Sie sind ein Mann, erklärt Mira Whalen Rosas Mann, Sie müssten verstehen, was ich meine.

20. August 1984

Am folgenden Nachmittag kommt die erste Mrs. Whalen ihre Kinder holen. Sie kommt auf die hintere Veranda gefegt, denn bei den Häusern hier ist es üblich, dass die einzigen Besucher, die von der vorderen Veranda aus eintreten können, diejenigen sind, die wie die salzige Luft direkt vom Meer kommen. Zufällig ist Mira auf der hinteren Veranda und starrt das Dienstbotentor an, überlegt, ob sie die Schlösser auswechseln oder die Mauer noch einmal dreißig Zentimeter höher machen soll, damit man das Haus von der Straße aus überhaupt nicht mehr sieht, als der rote Datsun die Straße heraufkriecht und ausrollt.

Im ersten Moment überkommt Mira Panik, weil sie glaubt, dass dieses Auto die Rückkehr des Räubers bedeutet, aber es ist eine gedämpfte Panik, etwas, das sie wie durch einen Nebel spürt, denn sie raucht einen Joint, und sie war früher nie eine Joint-Raucherin, und das ist die Wirkung, die das Ganja auf sie zu haben scheint – es dämpft schmerzhafte Dinge gerade genug, dass sie sie ertragen kann. Die Panik löst sich in Kichern auf, denn sie sieht eine Frau aus dem kleinen roten Auto steigen, und die Ganja-Weisheit verrät ihr, das ist die erste Mrs. Whalen, außerdem erinnert es sie an Trickfilme aus ihrer Kindheit, in denen sich ein riesiger Clown für ein paar Lacher aus einem winzigen Fahrzeug schält. Die erste Mrs. Whalen ist eindeutig nicht riesig, aber ihr Kleid ist ausladend und wogend. Sie trägt keine farbverschmierte Jeans und T-Shirt wie in Miras Vorstellung. Die Unterseiten ihrer Fingernägel sind nicht mit öligen Acrylpigmenten verschmiert. Ihre Hände sind nicht rau und narbig vom Dehnen von Leinwänden und weil sie die Entfernung zwischen ihrem Finger und dem Tacker falsch berechnet hat, nicht, wie die von Fred es waren.

Das Kichern verebbt zu einer Leere in ihrer Magengegend.

Die erste Mrs. Whalen verweigert eine Tasse Tee oder ein Glas Mauby oder hereinzukommen. Sie möchte kein Stück von Rosas berühmtem *Great Cake* oder eine Ecke warmen *Cassava Pone* oder ein paar Scheiben Avocado, überteuert beim gewieftesten Marktverkäufer der Stadt gekauft. Die erste Mrs. Whalen will nur ihre Kinder und lässt das Taxi warten, dessen Motor sich ununterbrochen räuspert als schwacher Konter gegen das Donnern der Wellen.

Es ist ein uraltes Taxi, eines von denen, die man findet, wenn man aus der Ankunftshalle kommt und vorbeigeht an den Flughafentaxifahrern in ihren Hemdjacken und glänzenden weißen Wagen und den Bussen und Sammeltaxis, die auf die Reisegruppen warten. Der Datsun war wahrscheinlich einer aus dem Rudel der Taxis ohne Lizenz, die den Flughafen umkreisen, mit lärmenden Fahrern, die ihre besten Angebote brüllen. Man muss schon die großen Preisunterschiede zwischen diesen Taxis und denen mit Lizenz kennen, um zu wissen, dass man so eines nimmt, denkt Mira, und plötzlich wird ihr klar, dass die erste Mrs. Whalen diese Insel nicht zum ersten Mal besucht, dass das Haus, in dem sie wohnt, früher einmal ihres war. Dass sie auf der Veranda genau dieses Hauses gestanden haben muss, mit ihrem Mann, als ihr Mann noch Peter war, und genau auf die Straße geschaut haben muss, auf die jetzt Mira in einem sauberen, von Rosa frisch gewaschenen Pyjama starrt. Mira ist plötzlich dankbar, dass Rosa ihre Haut geschrubbt und ihre Haare shampooniert hat. Sie stellt sich vor, wie entsetzt die erste Mrs. Whalen gewesen wäre, wenn sie hier aufgetaucht und sie ungepflegt und übel riechend vorgefunden hätte. Davon muss sie noch viel mehr lachen.

Rosa kommt, ihr rundes Gesicht strahlt beim Anblick der ersten Mrs. Whalen, sie umarmt sie mit seifigen Händen ohne das geringste Zögern auf beiden Seiten. Mira wird von Rosa nicht mit seifigen Händen umarmt. Mira wurde von Rosa überhaupt nicht umarmt, bevor Peter gestorben ist. Die Kinder kommen kreischend und umarmen mit Rosa zusammen ihre Mutter, und Mira spürt das alte Messer in ihren Eingeweiden, nur etwas gedämpft durch das, was sie raucht.

Das Wiedersehen ist lang und liebevoll, die Mutter plappert Entschuldigungen, und dann gehen Beth und Sam mit Rosa ihre Sachen packen, während Mira Whalen auf der hinteren Veranda Pot raucht, die Mauer anschaut, das Taxi, den gähnenden Türdurchgang, durch den die Kinder verschwunden sind, den riesigen Emaille-Marienkäfer, den die erste Mrs. Whalen jetzt statt eines Eherings an ihrem Ringfinger trägt. Es ist still auf der Veranda. Mira Whalen weiß nicht, was sie zur ersten Mrs. Whalen sagen soll. Was es ihr zu sagen gab, war normalerweise Peters Aufgabe. Peter ist tot.

Mira kannte die erste Mrs. Whalen zuerst der Stimme nach. Als Peter sie von seinem Hotelzimmer aus anrief, um ihr zu sagen, dass er sie für ein Inselmädchen verlassen würde, das er auf einer Geschäftsreise kennengelernt hatte, hatte Mira still in seinem Bett gesessen und dieser Stimme zugehört, die aus dem Hörer schrie. Die Stimme war damals eher gequält als wütend gewesen, und Mira war lieber ins Bad gegangen, um sich die Haare zu kämmen, als ihr zuzuhören, aber spätere Gespräche waren voller Beschimpfungen gewesen: als Peter zu Besuch auf die Insel kam, als Mira nach Devon reiste, um seine Familie kennenzulernen, am Morgen, nachdem sie im Standesamt in Greenwich geheiratet hatten. Auch in den darauffolgenden Jahren hatte sie die Frau nicht ein einziges Mal zu Gesicht bekommen. Die Verkörperung dieser Stimme ist nicht, was sie erwartet hat.

Zunächst einmal ist die erste Mrs. Whalen zierlich und dünn mit einem singenden irischen Akzent, der sich über ihre Worte spannt, als sie sich vorstellt. Mira Whalen ist von der Schönheit dieses Akzents abgelenkt; sie ist so abgelenkt, dass sie nicht hört, was die erste Mrs. Whalen sagt. Die erste Mrs. Whalen hat sich für ein leuchtend smaragdgrünes Kleid aus vielen Schichten Chiffon mit so dünnen Trägern entschieden, dass es unmöglich scheint, dass sie so viel Stoff halten können. Sie trägt einen gelben Hut mit breiter Krempe; ihre Haut ist von der blassen und pfirsichweichen Sorte, die man mit Schutzcreme einschmieren muss, sonst protestiert sie gegen die Sonne, indem sie tiefrot anläuft und anhaltend beleidigt ist, selbst nach dem erforderlichen Bespachteln mit rezeptfreien After-Sun-Cremes. Ein paar verirrte krause rote Haarsträhnen drohen unter dem Hut mit Revolte. Die erste Mrs. Whalen scheint bei bester Gesundheit zu sein und nicht im Mindesten trauernd, aber sie wirkt nicht schadenfroh oder nachtragend. Man merkt kein Anzeichen von Bitterkeit, wenn sie spricht, die Worte tanzen aus einem angedeuteten offenen Lächeln. Der Marienkäfer wandert über ihre Wange, als sie eine verirrte Strähne hinters Ohr streicht. Auf der anderen Seite des Hauses krachen die Wellen. Der Joint glüht und knistert. Das Taxi hustet und wird abgestellt, weil dem Fahrer klar wird, dass die Abholung vielleicht länger dauern wird, als sein Benzintank es zulässt.

Als Beth und Sam mit Rosa zurückkommen, tragen sie die kleinen Koffer, die sie für ihre Reise auf die Insel als Handgepäck benutzt haben, die einzigen Taschen, die Peter nicht zu schleppen versucht hat, während sie auf ein Taxi warteten, eines von denen mit Lizenz. Die erste Mrs. Whalen umarmt die Kinder fest, als sie zurückkommen, scheucht sie in Richtung Mira, damit sie sich verabschieden.

In so einem Moment wäre wichtig, was Peter über sie gesagt hat, denkt Mira, wenn sie sich doch nur daran erinnern könnte. Es würde helfen, um zu verstehen, was die Frau wohl mit diesen dünnen, ungeschminkten Lippen sagt, um auf eine intelligente Weise antworten zu können. Mira weiß, dass die erste Mrs. Whalen eine Kunstgalerie in Camden besitzt, dass sie eine viel bessere Kunsthändlerin ist als die Künstlerin, die sie ursprünglich sein wollte, aber sonst nicht viel. Peter hat während ihres Kennenlernens auf seinen regelmäßigen Geschäftsreisen nicht oft von ihr gesprochen. Bis Mira dann nach London zog, waren alle Spuren der ersten Mrs. Whalen aus dem Haus entfernt.

Peter hatte nie ihre Angewohnheit erwähnt, für zwei Monate am Stück in einen Ashram nach Indien zu fliegen, wenn er die Kinder für den langen Sommeraufenthalt am Baxter's Beach hatte. Mira hatte sie sich immer in einem zugigen alten Atelier in Camden vorgestellt, wo sie ihren Frust über riesige, auf dem Boden ausgelegte Leinwände spritzte.

Am Gesichtsausdruck der Frau ist abzulesen, dass sie ihr Mitgefühl ausdrückt.

»Danke«, sagt Mira. Die erste Mrs. Whalen lässt wieder den Marienkäfer fliegen. In der Mitte von Mira Whalens Gehirn erblüht Kopfschmerz, breitet sich hinter ihren Augen und Ohren aus und steigert sich, verdrängt alle ihre Gedanken.

Die Kinder umarmen sie, aber ihre Augen verraten Erleichterung. Sie schauen ihre Mutter und das wartende Taxi an, das hustend wieder zum Leben erwacht. Beth gibt Mira einen Kuss auf die Wange und muss zu einem zweiten überredet werden. Sam hebt die Arme an, um hochgenommen zu werden, und schluchzt an ihren Hals, als er dort ankommt. Er war erst zwei, als sie Peter geheiratet hat. Er nennt sie »Momma Mira«, er kommt zu ihr, um sich trösten zu lassen, wenn er hinfällt, aber das hier ist seine richtige Momma, deren Name nicht dazugesagt werden muss, wenn er sie ruft. Mira denkt, sie legt den Joint weg und macht tröstende Laute, sie denkt, sie streicht ihm über die Haare und den Rücken. Sie denkt, sie sagt ihm, sie wird zu Besuch kommen. Sie fragt sich, ob sie verlangen kann, ihn wiederzusehen. Sie fragt sich, ob sie die Kinder so einfach aufgeben soll, ob Peter gewollt hätte, dass sie protestiert, weil sie nicht benachrichtigt wurde, nicht ordentlich informiert, dass die erste Mrs. Whalen so kurz nach Peters Tod auf die hintere Veranda gefegt kommen und ihre Kinder zurückholen würde, wo sie doch sehr gut weiß, dass Mira Whalen offenbar nicht mit einem Leib gesegnet ist, der welche bekommen kann.

Rosa ist diejenige, die ihr den kleinen Sam entreißt. Die erste Mrs. Whalen führt die Kinder über die Straße ins Auto, sagt etwas zu Rosa, die mit ihr fährt, um ihnen zu helfen, sich im Hotel der ersten Mrs. Whalen einzurichten. Sie werden die Nacht dort verbringen und morgen nach Camden aufbrechen.

Das Tor schließt sich, das Auto fährt in einem Durcheinander aus winkenden Händen und grimmigem Abschied weg, und Mira Whalen ist wirklich allein, eine Tatsache, die sie lustiger findet denn je.

KAPITEL ZWANZIG

Lala
20. August 1984

Wenn wir Lala suchen würden, und wenn wir sie am Baxter's Beach finden würden, fingerknöcheltief in den Haaren einer Fremden, wenn wir zu ihr hingehen würden und sie fragen, ob sie den ungepflegten Strandgammler kennt, der, über den unsere Inselfrauen verächtliche Geräusche machen, der, bei dem einige Touristinnen, wenn sie sich an ihn erinnern, schneller atmen, dann würden wir zuerst bemerken, wie sie den Blick auf den Kopf vor sich gerichtet hält, als sie fragt: »Wen?«, als würde sie absichtlich unseren Blick meiden. Ihre Finger würden nicht langsamer werden, nicht in diesem Moment, sie würden weiter mit einer Geschwindigkeit Haare flechten, die nicht messbar zu sein scheint: *drüberdrunterdrüberdrunterdrüberdrunterdrüber …*

Wir würden vielleicht Robert Parris beschreiben (auch bekannt als »Tone«), zuerst rein körperlich, denn seine Gestalt – rostbraune, schulterlange Dreads, mittelgroß, schmal gebaut, sehnig und stark – fällt jedem als Erstes auf, der ihn ansieht. Wir würden erklären, dass wir über denjenigen sprechen, dessen Zehennägel weiß wie Gischt gewaschen sind, dessen Haut salzig ist von dem feinen, weißen Staub eines am Strand verdienten Lebensunterhalts. Wir würden erklären, dass die Haare an seinen Händen und auf seinem Kopf so golden wie die Sonne geworden sind, sodass wir es, wie die Sonne, nicht sehen würden, wenn wir direkt hinschauten.

Wenn Lala immer noch Unkenntnis über eine Bekanntschaft mit ihm vortäuscht, könnten wir seine Eigenarten erwähnen – die Kette mit dem Haifischzahn, die er um den Hals trägt und küsst, bevor er sich ins Wasser wagt, wie er mit seinem Jetski auf die Wasseroberfläche klatscht, sodass die älteren Schwimmer erschrecken und die jüngeren Obszönitäten speien, seine Neigung, die widerspenstigen Locken auf seinem Kopf zu nehmen und vorgebeugt das Salzwasser herauszudrücken.

Und weil Robert Parris ein Subjekt ist, das um jeden Preis gemieden werden muss, würden wir Lala noch einmal sagen hören: »Wen?«, während ihre Finger in den Haaren vor ihr langsamer werden. *(Drüber. Drunter. Drüber. Drunter. Drüber. Stopp. Drüber.)*

Und erst, wenn ihr klar wird, dass wir weiterfragen werden, bis sie antwortet – nachdem wir ihn so beschrieben haben, dass es verdächtiger wäre, wenn sie sagen würde, dass sie ihn *nicht* kennt –, würden wir das leichte, spröde Lächeln des Wiedererkennens sehen.

»Ach, *Tone*«, würde Lala sagen. »Ja – ja, den kenne ich.« Und ihre Hände würden stolpern, die seidigen Strähnen flachsblonder Haare vor ihr fallen lassen, sodass sie die Cornrow wieder von vorn anfangen muss. *(Drüber. Stopp. Drüber. Drunter. Stopp. Drüber. Stopp. Drunter. Drüberdrunterdrüberdrunterdrüberdrunter. Stopp.)*

Wenn wir sie noch weiter bedrängen und sie fragen würden, *woher* sie ihn kennt, würde ihr Blick von den Haaren abschweifen, in die sie ihre Finger gewickelt hat, und auf ihren Füßen landen, wo eine Fliege ihren Rüssel in die klebrigsüße Erinnerung an einen Tropfen Snow Cone stecken würde, der auf ihrem Zeh getrocknet ist. Und ihr Blick würde dort ruhen, während wir die Touristin zwischen Lalas Beinen beschwichtigen. Diese Touristin würde jetzt ihr Buch zuklappen, ihr Handtuch einsammeln, sagen, sie kann wiederkommen, wenn wir fertig sind, mit einem halb gemachten Kopf zögern, wenn wir ihr sagen, es sei okay, sie kann bleiben, es wird nur ein paar Minuten dauern.

Vielleicht hätte Lala vor dem Tod ihres Babys strahlender gelächelt und ihr »Warum wolln Sie das wissen?« hätte *nicht* zu mehr Nachbohren geführt, während sie mit solcher Sanftheit Cornrows geflochten hätte, dass ihre Kundin eingenickt wäre und ihre Haare im Land der Träume weitergeflochten würden.

Vor dem Tod des Babys hätten wir vielleicht gesagt, wir fragen deshalb, weil wir gesehen haben, wie er sie ansieht, wenn er mit einem Dröhnen des Jetskis auf dem Strand landet und das Wasser hinter ihm gerade erst wieder zusammenläuft, die Art, wie sie es vermeidet aufzublicken, wenn sie dieses Dröhnen hört, wie es jedes andere Augenpaar auf diesem Streifen Sand tut. Wüssten wir nicht, dass sie mit einem anderen Mann verheiratet ist, hätten wir vielleicht gesagt, dann hätten wir diesen Tone für ihren Mann gehalten. Wüssten wir nicht, dass dieser Tone seinen Körper den Touristinnen am Strand verkauft, würden wir glauben, sein Körper gehörte ihr, so sorgsam vermeidet sie es, ihn mit Blicken zu verschlingen, während es sich ihre Kundin nicht verkneifen kann.

Doch jetzt ist nicht vor dem Tod von Lalas Baby, es ist danach. Es ist eine Zeit, in der wir nicht mit Lala sprechen, wo unsere guten Händler zögern, Touristinnen, die Zöpfe und Perlen brauchen, an sie zu verweisen, obwohl wir wissen, dass sie unsere Beste ist. Es ist eine Zeit, wo wir alle gehört haben, wie Lala sich mitten im Flechten einer Cornrow auf eine Krabbe stürzen und versuchen kann, sie mit ihrem Kamm zu töten. Wir haben gehört, wie das Weinen von Babys am Strand sie zum Aufheulen bringen kann, worauf sie zu aufgelöst ist, um die Haare ihrer Kundin fertig zu flechten. Es ist eine Zeit, wo manche von uns, die sich nicht sicher sind, ob

Lalas Geist noch zuverlässig arbeitet, ihr lieber keine Fragen stellen, aus Sorge, wir könnten sie noch mehr erschüttern.

Im Gegensatz zu uns wird Sergeant Beckles Lala seine Fragen aber stellen, trotz des Todes ihres Babys und der Tatsache, dass sie wahrscheinlich nicht wahrheitsgemäß antworten wird. Er ist schließlich nicht irgendwer hier am Strand, er ist ein Sergeant der Royal Island Police Force, er hat eine verdeckte Überwachungsaktion durchgeführt, und er hat diese Frau ein paar Wochen, nachdem ihr Baby unter mysteriösen Umständen gestorben ist, auf der Treppe zum Haus ihres Gatten einen Mann küssen sehen, mit dem sie nicht verheiratet ist. Sergeant Beckles hat einen Job zu erledigen. Deshalb beharrt er auf seiner Art der Befragung, deshalb lässt er sich Zeit bei seinen Fragen, lässt sich weder von Lalas gesenktem Blick noch vom unruhigen Zappeln der Kundin noch von unseren stummen Blicken im Mindesten aus der Ruhe bringen. Deshalb setzt er sich auf den Sand, zieht seine auf Hochglanz polierten festen Schuhe aus, behält die Socken an und schlägt mit einer flinken, geschmeidigen Bewegung seiner Hand nach der Fliege, die sich Lalas großem Zeh nähert, sodass sie erst merkt, dass er sie zerquetscht hat, als er die Hand öffnet und einen Fliegenkadaver enthüllt, den er ohne eine Spur Abscheu wegschnippt, denn er ist ein Polizist, und er hat schon viel, viel Schlimmeres gesehen.

»Wissen Sie, was ich neulich vergessen habe, Sie zu fragen?«, sagt Sergeant Beckles zu Lala, als er sitzt und lächelt, trotz des nagenden Hungers in seinem Magen, trotz der zerknitterten Uniform, in der er geschlafen hat. »Eigentlich ist es meine Schuld, deshalb kann ich Sie nicht bitten, aufs Revier runterzukommen, um diese zusätzlichen Fragen zu beantworten, verstehen Sie, weil ich selber vergessen hab, sie Ihnen zu stellen!«

Er gluckst, ein Glucksen, das sagt: *Wir sind alle bloß Menschen,* wir machen alle mal Fehler, man kann einem Menschen seine kleinen Fehler nicht übelnehmen.

(Drüber. Stopp.

Drunter. Stopp.

Start. Stopp.

Stopp.

Drüber. Drunterdrüberdrunterdrüberdrunter. Stopp. Start. Stopp.)

»Ich will Ihnen mal was über Polizisten erzählen«, sagt er. »Wir sollen Ihnen alle Fragen ganz direkt stellen, *flott, flott,* und nur dann später noch weitere Fragen stellen, wenn sich was Neues ergeben hat. Niemand will ständig wieder auftauchen und noch mal dasselbe durchkauen. Aber Untersuchungen gehen weiter, und wenn es neue Hinweise gibt ... na ja ... ich will Ihnen bloß helfen, verstehen Sie? Also lassen Sie mich die Frage stellen, die ich Ihnen neulich schon hätte stellen sollen.« Er gluckst wieder, streicht mit den Fingern durch ein bisschen trockenen Sand und klopft sie ab. »Woher kennen Sie den Mann, den alle Tone nennen?«

KAPITEL EINUNDZWANZIG

Lala
9. Juli 1979

Lala lernt Tone an ihrem dreizehnten Geburtstag kennen. An diesem Tag wacht sie teilnahmslos auf. Sie fühlt sich nicht glücklicher als am Tag davor, nicht getrösteter, nicht hoffnungsvoller als an jedem anderen Tag. Sie gesteht sich ein, dass solch eine Gleichgültigkeit gegenüber Geburtstagen zwischen den Buchdeckeln der *Schwarzen Sieben* oder der *Nancy-Drew*-Krimis, von denen sie drei oder mehr pro Woche verschlingt, nicht vorkommt, weshalb Lala an diesem ihrem dreizehnten Geburtstag in Anerkennung der Tatsache, dass sie aus diesen Büchern herausgewachsen ist, aufhört, so was wie Enid Blyton zu lesen. Es ist folglich kein besonderer Schaden, als sie zum Frühstück *keine* zwei Fortsetzungen von *Dolly* geschenkt bekommt, eingewickelt in das leicht knittrige, sepiafarbene Seidenpapier, aus dem Wilma ihre Kleiderschnitte herstellt. In ihren inbrünstigen Gebeten zu Gott hat Lala in den Wochen vor diesem Geburtstag genau für diese speziellen Bücher, genau auf diese Art verpackt, gebetet, oder wenigstens für diese Bücher, aber jetzt winkt sie nur ab, als klar wird, dass Gott ihre Gebete nicht erhört hat. Tatsächlich ist das besser so, sagt sie sich; es erspart ihr, Wilma erklären zu müssen, dass sie Enid Blyton nicht mehr liest.

Als Wilma merkt, dass Lala in die Küche gekommen ist, stellt sie sich neben sie, legt ihr die Hand auf den Kopf und spricht Gebete. Und an diesem Geburtstag verdreht Lala zum ersten Mal überhaupt in Gedanken die Augen bei der wiederholten Erwähnung Gottes. Auf das Amen hin öffnet sie die Lider, ohne selbst ein Wort zu sagen, und ihr Blick landet auf zwei goldbraunen *Bakes* auf ihrem Teller, die auf eine Kelle Stockfisch warten und ihr Frühstück werden sollen. Sie setzt sich schweigend an den Küchentisch, auf dem eine dicke, durchsichtige Plastiktischdecke zum Soundtrack brutzelnden Salzfisches ihre Ellbogen schwitzig macht. Sie denkt an all die Geschenke, die sie hätte bekommen können, wenn ihre Mutter noch leben und mit ihr feiern würde – einen Walkman vielleicht oder einen Ghettoblaster oder ein Paar knallpinke LA-Gear-Sneakers.

Wilma wischt sich die Hände ab und deutet auf den Frisurenkopf mit Schultern auf einem Stuhl in der Ecke. Lala erkennt ihn – es ist die Puppe, die Wilma benutzt, um ihre Perücken aufzulockern und ihre Hüte zu reparieren, aber dieser Frisurenkopf hat auch eigene braune Haare.

»Für dich«, sagt Wilma. »Du kannst ihr die Haare flechten.«

Wilma hat bemerkt, dass Lala die Haare ihrer Puppen in kompliziert geflochtene Kreationen verwandelt, dass sie mit ihren eigenen Haaren experimentiert, wenn Wilma sie lässt, dass sie sich in Wilmas Zimmer schleicht und mit den Fingern durch die seidigen Perücken streicht, die Wilma dort aufbewahrt. Lala sagt Danke.

Carson furzt in der ehemaligen Speisekammer neben der Küche, die Wilma in ein Zimmer für ihn verwandelt hat, damit er nicht die Treppe hinaufsteigen muss. Der folgende Gestank ist vertraut. Lala weiß, dass Wilma Carson waschen wird, dass sie ihn dafür in den Garten schiebt, ihm die Kleider mit ihrer sehr scharfen Schere vom Leib schneidet und den Gartenschlauch auf ihn richtet, sodass er unter dem Wasserstrahl, dem Kälteschock und dem beißenden Wind, der um sechs Uhr morgens heult, schreit. Sie wird ihn, als wäre er leicht wie ein Wattebausch, auf einen Holzstuhl mit niedriger Lehne setzen, an den sie den Handwerker des Viertels Räder von einem von der Müllhalde geretteten Kinderdreirad hat anbringen lassen. Sie wird ihn über den Fliesenboden der Küche schieben, eine Sperrholzplatte hinunter, die als Rampe dient, auf die grobkörnige Erde hinterm Haus. Carson wird schon schreien, wenn der Wasserhahn beim Öffnen knarrt und der Schlauch steif wird, noch bevor das Schrapnell aus Eiswasser ihn im grünen Schatten der Brotfruchtbäume, die seine Vorfahren mit eigenen Händen gepflanzt haben, trifft. Seine schrillen Schreie werden an die Ausrufe der Männer beim Dominospielen unter der Straßenlaterne nach einem guten Witz oder einer besonders schönen Runde *Six-Love* erinnern, nur dass Lala der ängstliche Unterton in Carsons Gebrüll nicht entgehen wird. Manchmal hört sie es in ihren Albträumen.

»*Woi! Woi! Woi!*«, wird Carson schreien, aber in Lalas Träumen klingt es wie: »*Why? Why? Why?*«, eine rhetorische Frage, welches Übel er begangen hat, um auf seine alten Tage diese Kränkungen, diese Grausamkeit zu verdienen. An diesem Morgen, dem Morgen ihres dreizehnten Geburtstages, wird Lala es ihm sagen.

Wilma wirft mit ihren drahtigen Händen die Schöpfkelle in die Spüle, löst die Schürze von Nacken und Taille und hält die Hände steif an ihren Seiten, als sie Carsons Schlafzimmer betritt.

»Du bist ein schmutziger alter Mann, das bist du!«, schimpft sie. »Willst du vielleicht behaupten, du weißt nicht, wo der Topf ist, Carson?«

Noch an ihrem vorigen Geburtstag, als Lala noch jünger und unschuldig genug war zu glauben, Carson trüge keine Schuld an dieser ganzen traurigen, entwürdigenden Einscheißerei, hatte sie sich eingeredet, er könne ja nichts dafür. Bis Wilma ihr zeigte, dass es keine solchen spontanen

Selbstbeschmutzungen gab, wenn man ihm ein Bier dafür versprach, dass er sein Bettzeug sauber hielt. Das hatte ihr Wilma beim letzten Mal gezeigt, als Lala weinte, weil Wilma Carson zu seinem »*Woi! Woi! Woi!*«-Gebrüll mit dem Schlauch abspritzte.

Das Porridge, das Carson essen wird, brennt langsam an, und der süße Duft nach Zimt wird zum versengten Gestank gewöhnlicher Baumrinde. *(Woi! Woi! Woi!)* Wilma lässt den Schlauch fallen, eilt nach drinnen, hängt sich ihre Schürze wieder um, bevor sie die Kasserolle mit bloßen Händen vom Herd nimmt (denn Wilma ist eine ordentliche Frau und die Schürze kommt zuerst), verbrennt sich die Finger, lässt den kleinen Kupfertopf fallen, von dem sie wusste, dass er schlecht ist fürs Porridge, den sie aber trotzdem benutzt hat. Sie klatscht die Arme an ihre Seiten, stampft mit den Füßen, ruft Jesus an, bittet um die Gnade des Herrn, wird nicht erhört und schnauzt Lala an, dass sie bitte Carson wäscht, während sie selbst sein Porridge neu macht. Jetzt macht sich Wilma auch noch Sorgen, dass sie zu spät zur Arbeit kommt.

Lala verdreht die Augen, als ihre Großmutter ihr den Rücken zudreht und mit ihren knochigen Händen das verkohlte und klebrige Maismehl vom Boden ihres neuen Kupfertopfs kratzt, während ein Eisentopf mit Wasser auf das neue Porridge wartet. Sie schiebt ihren Stuhl zurück, sodass die Beine über den Steinboden schaben, und schaut sehnsüchtig auf die zwei Bissen Salzfisch, die noch auf ihrem Teller liegen. *(Woi! Woi! Woi!)*

Die Haut auf Carsons Rücken ist mit Gänsehaut überzogen, als Lala den Schlauch aufhebt. Diese Haut ist blasser als früher, und sie hat angefangen, in Richtung Grab abzurutschen, was charakteristisch ist für die Todkranken, die Sterbenden und die Alten, und am ausgeprägtesten bei denen, die alles drei davon sind. Lala geht zum Wasserhahn, dreht ihn so weit nach links, dass er auf volle Kraft aufgedreht stecken bleibt, und sie kann ihn nicht wieder zurückdrehen, auch wenn sie irgendwo tief in ihrem Inneren den Wasserdruck senken wollen würde. Sie will es nicht.

Die feinen Mädchen bei Enid Blyton bekommen Geburtstagsfeiern mit etwas namens Flammeri, das schon köstlich klingt, wenn man es nur ausspricht. Sie bekommen Kuchen mit Zuckerguss und Sandwiches mit rosafarbenen und gelben Käsecremes und Freundinnen, die um drei Uhr nachmittags mit Geschenken und frisch gewaschenen Gesichtern vorbeikommen, denkt Lala, aber *sie* darf die Scheiße von ihrem verrückten Großvater abspritzen, dessen welkes Pimmelchen sich in einem lückenhaften Nest aus Schamhaaren ringelt, das aussieht wie das Fell eines räudigen Hundes. *(Woi! Woi! Woi!)* Sie muss ein Lieblingsfrühstück stehen lassen, weil ihr plötzlich bewusst wird, wie sehr es den Fäkalien ähnelt, die Carsons zerschnittene Kleider und die Dreiradräder an dem selbst gebauten Rollstuhl sprenkeln. *(Woi! Woi! Woi!)* Das ist also ihr Geburtstag. Sie ballt die Faust fester um den Schlauch. Sie zielt.

»*Woi! Woi! Woi!*«, schreit Carson. »*Woiiiiiiiiiii!*«

»Warum? Weil du ein garstiger, dreckiger alter Mann bist«, faucht Lala vor sich hin. »Weil du ein garstiger, beschissener Hühnerficker von einem dreckigen alten Mann bist.«

Als Carson gebadet und wieder im Bett ist und Wilma ihm so viel neu gemachtes Maismehl-*Pap* reingeschaufelt hat, wie sie kann, bevor sie losmuss, machen sich Wilma, Lala und der Puppenkopf auf den Weg zur Arbeit. Wenn es nicht das Nähen von Kleidern für Frauen und Mädchen ist, wenn es nicht das Aufziehen, Schlachten und Verkaufen ihrer Hühner ist, wenn es nicht bedeutet, Lala zu verpflegen oder sich um Carson zu kümmern oder das Haus zu putzen, dann bedeutet Arbeit, für eine Madam namens Mrs. Kennedy in einem der großen Häuser am Baxter's Beach zu kochen.

Wilma ist nicht begeistert davon, Lala zur Arbeit mitzunehmen, aber inzwischen ist Lala zu stämmig und hat zu große Brüste, als dass man sie allein zu Hause lassen könnte. Auntie Earlie ist gestorben, und es gibt keine andere Verwandte, bei der Wilma ihre Enkelin während der Sommerferien lassen kann. Die Erinnerung daran, was mit Esme passiert ist, erlaubt es ihr nicht, Lala bei Carson zu Hause zu lassen, auch wenn er inzwischen alt und gebrechlich ist und manchmal seinen eigenen Namen nicht mehr weiß. Wilma ist klar, dass es nicht anders geht und trägt es mit Gleichmut. Es ist der erste Tag der Sommerferien. Sie hat Lala ermahnt, leise zu sein, damit Mrs. Kennedy vergisst, dass sie da ist, ja nicht zu sprechen, solange sie nicht gefragt wird, und unter keinen Umständen das Bad der Leute zu benutzen, wenn sie groß machen muss.

Als sie vor einem dicken Holztor warten, schaut Lala die Adern an, die in den Kniekehlen ihrer Großmutter ein Netz bilden, die Weichheit ihrer Knöchel über dem *Klapp-Klapp* ihrer Pantoffeln, als sie ungeduldig mit dem Fuß tappt, während sie wartet, dass die Tür geöffnet wird, die Locken, die unter ihrem Hut hervorquellen, die Strähnchen in ihrer Perücke, die glänzen wie die Goldfäden, die Rumpelstilzchen für den König gesponnen hat. Lala überlegt, was Wilma tun wird, jetzt, wo sie ihr den Puppenkopf geschenkt hat, wie ihre Großmutter ihre Perücken von jetzt an auflockern wird.

Das Tor schwingt auf, und Wilma lächelt eine weißhaarige Frau an, mit der weichen, leicht faltigen Haut einer reichen Frau, die wirklich die teuren Cremes benutzt, von denen es Proben in den Zeitschriften gibt, eine Frau, die diese Flaschen im Dutzend kauft.

»Wilma! Wir haben uns schon gefragt, was passiert ist!«, ruft die Frau mit einer Stimme aus, die weder nach oben noch nach unten auch nur eine Lage von der reinen Höflichkeit abweicht. Sie stehen unter einer mit lila Bougainvillea und dem Summen von Bienen behangenen Pagode, und Lalas Hand ist schwer in Wilmas, als sie ins Haus gezerrt wird – sie möchte nicht jeden Tag ihrer Ferien in diesem Haus gefangen sein. Deshalb streift sie nur widerstrebend die Fußmatte und wünscht sich, sie könnte unter der Pagode bleiben und auf den groben Knochen ihres Gesichts gestochen, gestochen, gestochen werden, nur damit sie einen guten Grund hat zu schreien. Der Gedanke, Wilma während der acht Stunden, bis sie wieder nach Hause gehen können, bei der Hausarbeit zuschauen zu müssen, ist schlimmer als die Tatsache, dass sie zum Geburtstag nicht bekommen hat, was sie wollte.

Mrs. Kennedy trägt einen weißen Hosenrock aus Leinen, ein hellgraues Jeanshemd mit gebügeltem Kragen und Diamanten an den Ohren, am Hals, an den Handgelenken und Fingern, die aussehen, als hätten sie Regenbogen in sich gefangen, und kein bisschen so mattweiß sind wie die Steine des Modeschmucks, den zu kaufen Lala Wilma überredet, wenn die Wanderhändler kommen.

»Kleines Problem zu Hause«, erklärt Wilma, »ist jetzt alles geklärt ... Tut mir leid.«

»Kein Problem, Wilma«, sagt Mrs. Kennedy. »Und wen haben Sie da mitgebracht?«

Lala nickt ihr Hallo mit einer Freudlosigkeit, die die Frau nicht zu bemerken scheint.

»Mrs. Kennedy, das ist meine Enkelin Stella.«

»Stella! Wie schön, dich kennenzulernen!«

Lala glaubt, dass es an ihrem selbst genähten Kleid mit Vichy-Karos liegt, leicht ausgestellt mit wadenlangem Rock und Lochstickerei an den Säumen, an dem dazu passenden Band, das ihre geglätteten Haare hält, an ihren billigen Pantoffeln, die sie mit Socken trägt, dass es diese Dinge sind, die die Frau glauben lassen, sie sei jünger, als sie ist, die sie glauben lassen, es sei in Ordnung, mit ihr zu reden, als wäre sie ein kleines Kind. Also erwidert sie den Gruß nicht, auch wenn sie weiß, dass Wilma ihr dafür später die Ohren langziehen wird.

»Komm rein und mach es dir gemütlich«, sagt Mrs. Kennedy. Sie fängt an, mit Wilma das Programm für den Tag durchzugehen: Wilma wird in Vorbereitung für Mrs. Kennedys Party das Haus putzen, und Wilma wird einen Kuchen backen, für den Lala töten würde, und Wilma wird daran denken, den Gärtner zu bitten, für den Tischschmuck die pinken Rosen zu schneiden, denn die mag Mrs. Kennedy am liebsten, und Wilma wird eingemachte grüne Bananen machen, denn das mag Mrs. Kennedy am allerliebsten von allem, was Wilma kocht. Und es ist nicht einmal Mrs. Kennedys Geburtstag.

Lala entdeckt den Jungen zur Mittagszeit. Sie hat ihren Frisurenkopf mit seinen glatten braunen Haaren mitgenommen und ist durch den Garten und den Strand hinaufgeschlendert und dann in eine kühle, von Palmen und Meertraubenbäumen überdeckte Nische. Sie sucht nach einem ruhigen Ort, wo sie sitzen und ihrer Puppe die Haare flechten kann, und die angenehm luftige Stelle ist der perfekte Rückzugsort an einem sehr heißen Tag. Dort stößt sie auf den Jungen. Er liegt auf dem Bauch neben einer Steinrinne, wo gepflasterter Zement ein Rinnsal grünes Abwasser davon abhält, in die Erde zu sickern, bevor es das Meer erreicht. Das Wasser stinkt grässlich; sie kann nicht verstehen, warum der Junge seine Nase so dicht dranhält, kann nicht glauben, dass es etwas gibt, das ihm so viel wert ist, dass diesen Gestank auszuhalten besser ist, als es zu verlieren.

So lernt Lala Tone kennen, den Hals über der Kante einer Abflussrinne, als suchte er nach etwas, das er verloren hat, die Hose unterhalb der Wölbung seiner Pobacken. Schwer lastet die Schuld dessen auf ihr, was sie Carson erst an diesem Morgen angetan hat, und jetzt spürt sie, wie sich ihr Herz bei seinem Anblick regt, als sie überlegt, was wohl dazu geführt hat, dass er hier so gelandet ist, den Hintern entblößt und blutend. Der Junge weint, lässt zu, dass sich der Rotz bis in die Algen da unten zieht.

Lala hat vorher noch nie ein männliches Wesen weinen sehen, abgesehen von einem fetten kleinen Baby in Wilmas Kirche. Selbst in seinen Momenten der Pein schreit Carson zwar, aber seine Augen bleiben knochentrocken. Das ist einer der Gründe, warum ihre Großmutter seine Schreie ignoriert – die trockenen Augen verraten das fehlende Gefühl hinter dem Gebrüll. Er will nur Aufmerksamkeit, sagt Wilma, wenn Lala sie anfleht aufzuhören, du weißt nicht, wie er wirklich ist.

Lala schaut dem Jungen ein paar Minuten beim Weinen zu, bevor sie es über sich bringt, ihn anzusprechen.

»Hey«, flüstert sie, »alles gut?«

Er antwortet nicht; sie überlegt, ob er vielleicht high ist, einer von diesen paranoiden Kiffer-Teens, die sich von erwachsenen Touristen für Geld kaufen lassen. Wilma hat ihr inzwischen von dieser Art von Geschäften erzählt, sie gewarnt, dass das die Schlimmsten sind, etwas Fürchterliches, auch wenn sie sich nicht dazu herabgelassen hat, genau zu beschreiben, was die Jungs da verkaufen und die erwachsenen Touristen kaufen.

»Alles okay?«

Immer noch nichts.

Lala überlegt, jemanden rufen zu gehen, die Polizei vielleicht, jemanden aus dem Haus der Kennedys, aber sie fürchtet, wenn sie das tut, wird Wilma herausfinden, dass sie am Ende gar nicht in dem Zimmer geblieben ist, in das sie für den Tag verbannt wurde, dass sie ihre strenge Ermahnung nicht befolgt hat, im Haus zu bleiben, zu lesen, sich nicht von Mrs. Kennedy und ihren Gästen sehen zu lassen – und auch nicht von Wilma, die appetitliche Desserts auf silbernen Platten serviert.

Lala schaut den Jungen an, betrachtet seinen entblößten Hintern, das Blut, das in schillernden braunen Streifen trocknet, die unter dem starren Blick der Sonne Risse bekommen und abplatzen. Sie legt ihren Frisurenkopf und ihre Perlen zur Seite, läuft die paar Meter zum Meer, fängt ein bisschen Meerwasser in einer leeren Limoflasche auf und kommt zurück, wäscht die Beweise mit salzigem Strandwasser ab und macht sich Sorgen, dass sie Sand in ihren Socken haben wird, den sie Wilma später erklären muss. Und im Gegensatz zu Carson warnt sie Tone vor, dass das Wasser kommt, dass es vielleicht kalt ist, dass es brennen könnte. Bei Tone gießt sie vorsichtig, hält seine Hand, um ihm auf die Knie zu helfen und wischt ihm die Augen mit ihrem Rocksaum ab. Sie bittet ihn, einfach hierzubleiben, sagt, sie wird mit etwas Salbe und einem Handtuch wiederkommen. Der Junge sagt nichts, macht aber unterdrückte Gurgellaute, als versuchte er, seine eigene Zunge zu schlucken, und die ganze Zeit sammeln sich weiter Tränen in seinen Augenwinkeln und tropfen auf seine Wangen, auch wenn sein Gesichtsausdruck nicht darauf hindeutet, dass er überhaupt weint. Lala kennt solches Weinen; es ist ein Weinen, das mehr aus Wut geboren ist, weniger aus Schmerz.

Als Lala wiederkommt, hat er seine Hose hochgezogen, die Wasserflasche ist leer, sein Gesicht ist sauber, und er wirft Steine in den Kanal. Lala hat eine antibakterielle Creme in einem von Mrs. Kennedys Schränken gefunden, hat das Blatt einer Aloepflanze aus ihrem Garten gestohlen, setzt sich neben ihn und stampft jetzt beides mit einem glatten Stein zusammen, denn so behandelt Wilma Carson, wenn er eine Wunde hat, die nicht heilen will, und sie glaubt, das wird auch diesem Jungen helfen.

»Möchtest du, dass ich jemanden hole?«

Er schüttelt den Kopf, nein. Die Steine klirren, wenn sie von den Betonwänden der Rinne abprallen, platschen und sinken, wenn sie in dem wabbeligen Moos landen, das sich an die Mitte der Rinne klammert. Lala kann nicht erkennen, ob er versucht, den Beton zu treffen oder das Moos. Sie ist fertig mit dem Stampfen. Die Meertrauben tuscheln nicht, die Wellen flüstern nicht am Strand, die Seevögel kreischen nicht.

»Möchtest du, dass ich es auftrage?«

Er sieht die Arznei an. Er weint wieder.

»Ich schau auch nicht hin«, erklärt sie, und als er immer noch verdrießlich ist: »Oder meine Großmutter kennt eine Krankenschwester, die in der Nähe von der Stadt wohnt. Da könntest du hingehen, ich ...«

»Ich brauch keine Krankenschwester!«

Er ist so erbittert in seiner Weigerung, dass Lala zusammenzuckt und sich fragt, ob es eine gute Idee war, wiederzukommen und sich um ihn zu kümmern. Sie würde ihn auf fünfzehn schätzen, wenn man sie fragte, auch wenn er der Größe und dem Körperbau nach jünger aussieht. Es gibt alle möglichen Geschichten, fällt ihr mit Verspätung auf, von Mädchen, die nicht auf die Warnungen der gut meinenden Älteren hören und sich in der Gesellschaft von Männern wiederfinden, die sie nicht kennen. Geschichten, die Wilma ihr erzählt hat. Langsam macht sie sich Sorgen, dass sie in Gefahr sein könnte.

»Hilf mir hoch.«

Sie starrt ihn an, plötzlich kann sie sich nicht mehr bewegen. Er zieht scharf die Luft ein, schwankt auf Händen und Knien, packt einen Ast und zieht sich hoch, bis sein Körpergewicht auf seinem rechten Knie ruht.

»Sag keinem was davon, klar?«

Seine Stimme ist drohend, und sie weicht zurück und nickt stumm.

»Bitte«, fügt er leise hinzu.

Er steht ohne den Ast auf. Dann hinkt er langsam davon.

Die Salbe bleibt auf dem Stein neben ihr.

Das nächste Mal sieht sie ihn ein paar Tage später, als er in Mrs. Kennedys Garten arbeitet und mit einem Buschmesser und der brutalen Leichtigkeit eines Mannes, der sich keine Sorgen um seine eigene Sicherheit macht, eine Limettenhecke zerhackt. Er trägt mehrere Schichten – ein langärmliges Poloshirt, das vielleicht einmal grün war, aber zu einem Grau verwaschen ist, ein rosa T-Shirt und darüber ein hellblaues Polyesterhemd. Dazu eine lange grüne Hose und Gummistiefel, und nichts an seinem Gang deutet darauf hin, dass er der Junge vom Strand ist. Aber er ist es. Irgendwie empört es sie, dass er nicht hochschaut, als sie mit Wilma spricht, die Quelle des Schattens nicht zur Kenntnis nimmt, der auf ihn fällt, als sie mit ihrer Puppe auf dem Weg zum Strand an ihm vorbeigeht, dass er nicht ein paar Sekunden innehält, als sie unbeaufsichtigt ist, um ihr den Dank auszusprechen, den er ihr an dem Tag an der Abflussrinne verweigert hat.

KAPITEL ZWEIUNDZWANZIG

Lala

21. Juli 1979

Carson fällt aus dem Bett und kommt wieder ins Krankenhaus. Deshalb steigt Wilma jeden Abend, wenn sie mit der Hausarbeit für Mrs. Kennedy fertig ist, in einen Bus zum Baxter's General, und Lala ist allein. An diesen Abenden geht sie nicht direkt nach Hause, wie Wilma sie ermahnt. Sie geht in Richtung Haus, solange Wilma zusieht, und dann, wenn der Bus fast nur noch ein Fleck in der Ferne ist und Wilma nicht mehr zurücksieht, geht sie in Richtung Strand und setzt sich hin und flicht die Haare ihrer Puppe. Der Strand und das leise Brechen des Wassers haben etwas an sich, das sie beruhigt, etwas an der weiten blauen Fläche gibt ihr das Gefühl, frei zu sein. An diesen Abenden am Strand schaut sie Tone zu, wie er auf einem silbrigen Brett über die Wasseroberfläche fliegt, während ihre Hände ihre Wunder vollbringen. Anfangs gibt er nicht zu erkennen, dass er sie bemerkt, aber eines Abends, als der Sommer schon ein paar Wochen alt ist, macht sie sich auf den Heimweg und lässt versehentlich ihren Puppenkopf im Sand liegen, und er ruft ihr nach, läuft zu ihr, den ewig lächelnden Kopf in den Händen.

Danach knurrt er jeden Abend ein Hallo, wenn er an der Stelle vorbeikommt, wo sie mit ihren unpraktischen Vichy-Karo-Kleidern am Strand sitzt und die Haare einer Puppe mit Glasaugen flicht und mit Perlen verziert. Und ein paar Wochen später fragt er, ob sie vielleicht seine Mutter besuchen möchte, die die besten Perlen verkauft, sogar noch besser als die, die man in der Stadt bekommt. Seine Auntie schickt sie aus Amerika, sagt er; einige dieser Perlen gibt es in Baxter's Beach noch gar nicht.

Bis dahin sind bereits ein paar Touristinnen neben ihr stehen geblieben, um die Muster in den Zöpfen der körperlosen Puppe zu bewundern; eine oder zwei haben gefragt, ob sie ihnen auch welche machen würde. Lala ist geschmeichelt – der Strand ist voller professioneller Haarflechterinnen, Frauen, deren künstliche Nägel *klack, klack, klackern*, wenn sie sich an den Zöpfen herunterarbeiten, die sie wie Spinnen aus Luft weben. Sie überlegt sich, ob sie mithilfe des Flechtens und der Perlen vielleicht von hier wegkommen könnte. Ob sie damit wohl genug Geld verdienen kann, um ein für alle Mal Carsons grässlicher Scheißerei und Wilmas erdrückender Vormundschaft zu entkommen. Die besten und buntesten Perlen sind dafür vielleicht ein Anfang.

Lala ist skeptisch, was Tones Beweggründe angeht, und sie hat kein Geld, um Perlen zu kaufen, aber sie willigt ein.

Sie gehen seine Mutter treffen. Die Mutter ist freundlich, aber sie steht nicht auf, und Lala verbringt den Rest des Treffens damit, sich zu fragen, warum ihre scheinbare Freundlichkeit sie in Anwesenheit einer Fremden nicht zum Aufstehen veranlasst. Die Mutter ist eine untersetzte schwarze Frau, die ausrangierte Kleidung kauft und erbettelt und den ganzen Tag auf ihrer Veranda sitzt und diese Kleidung in lange Streifen reißt, um sie Seeleuten zu verkaufen. Während sie Streifen reißt, spricht sie davon, ihr Haus fertig zu machen. Es ist ein Haus aus ungestrichenem Holz, aufgequollen vom Regen und dunkel vom Alter. Hinten am Haus wurde das Holzgerüst mit einem Rahmen aus Beton und Stahl umhüllt und bildet das Skelett des neuen Hauses, das sie gerade baut. Das wird das Haus, das sie ihren Kindern hinterlassen will, Robert eingeschlossen, sagt Mrs.

Parris. Lala braucht einen Moment, um zu verstehen, dass Tone der Robert aus den Vorstellungen seiner Mutter ist. Das Haus ist für Robert und seine vier Brüder, sagt die Mutter. Sie stellt sich vor, wie sie alle fünf zusammen bis ins hohe Alter dort leben; sie betet, dass ihre fünf Jungen alle gute Frauen bekommen, die es jeden Morgen sauber fegen. Ihre dürren Hühner stolzieren gackernd in einem Haufen Bausand herum, den sie gekauft hat und der vor ihrer Stufe lagert und Grashalme und grüne Dinge gebiert.

Als sie vorschlägt, Robert solle Lala in die Küche mitnehmen, um ihr ein Glas kühlen Guavensaft einzuschenken, flüstert Lala: »Hast du ihr gesagt, was passiert ist?«

»Nein.«

Lala denkt, dass es so wohl sein muss, wenn einem ein Mann vertraut – Dinge über ihn zu wissen, die seine eigene Mutter nicht weiß, Dinge, von denen er nicht wollen würde, dass irgendjemand anderes sie weiß. Seine Mutter riecht nach ungekochtem Reis und den vielen Düften der geheimnisvollen Spender an die Heilsarmee, von der sie diese Kleider erbettelt. Die Schere, die sie benutzt, ist groß und scharf und mit einer Kette und Schelle an ihrer Schürze befestigt. Sie erinnert Lala an Wilma. An Carson.

Während sie trinkt, geht Robert in ein Schlafzimmer, um die Perlen zu holen. Die Perlen werden auf einem breiten, glatten Holztablett hereingetragen. Es gibt neonfarbene Perlen und Perlen aus Acrylglas und Perlen, die aussehen wie geflochtenes Gold, und Holzperlen und Kauri-Schneckenhäuser und Spangen aus vergoldetem Draht. Lalas Finger finden die besten und spielen damit, drehen sie um und um und spähen durch die Mitten, wo Löcher auf Haarsträhnen warten.

»Sind schön«, sagt sie. »Ich frag meine Großmutter und komm wieder.«

Später, als die Mutter losgeht, um Gemüse zu kaufen, bemerkt Lala ihr verkümmertes linkes Bein, das aussieht, als wollte es sich in ihre Seite zurückziehen, sich in eine Embryonalstellung zusammenrollen. Dieses Bein endet in einem Fuß, der in den Boden greift wie Krallen, und einer Ferse, glatt und gelb, die den Boden nie berührt. Die Krallen sind lang und rot lackiert, und Lala versucht, nicht hinzustarren. Als seine Mutter weg ist, drückt Tone ihr eine Tüte von den Goldperlen in die Hand, bringt ihren Protest zum Verstummen, sie habe kein Geld, um sie zu bezahlen, sagt ihr, sie kann sie haben, der Mutter würde es nichts ausmachen.

Carson verfällt immer mehr, und Wilmas Zeit im Krankenhaus dehnt sich über die Glocke hinaus, die um sieben das Ende der Besuchszeiten anzeigt. Carson muss sauber gemacht und gefüttert und überwacht werden, und den überarbeiteten Krankenschwestern im Baxter's General macht es nichts aus, wenn sich eine Ehefrau diese Aufgaben selbst vorbehalten möchte.

Lala hört Wilmas Mahnungen, zu Hause bei ihren Büchern zu bleiben, bis sie zurückkommt, horcht aber stattdessen auf ihr Herz. Und so steht sie jeden Abend mit pochender Brust an der Straße, auf der der Bus zum Baxter's General außer Sicht verschwindet, und dann rennt sie zum Strand zurück, bis sie außer Atem ist.

Sie gehen *Rocky* im Globe Cinema anschauen, wo Tone einen Freund aus der Schulzeit hat, der sie umsonst reinlässt. Sie sitzen auf der Empore, auf den teureren Sitzen, trotz des abgeschabten roten Samts und der abblätternden goldenen Säulen, die sie von der Galerie trennen. Aus dieser berauschenden Höhe bewerfen sie die Kinogänger da unten mit Popcorn und Süßigkeiten, ein Zeichen schlechter Erziehung, für das Wilma sie sicher geschlagen hätte, und deshalb eine besonders große Freude für Lala. Lala sieht auf ihre Füße, die sie auf die Lehnen der Sitze vor sich gelegt haben, seine adretten in den Reebok-Sneakers, die sie auf Plakaten in der Stadt gesehen hat, ihre riesigen in den Gummiballerinas, die Wilma sie mit ihren Rüschensocken zu tragen zwingt. Er sagt nichts, als sie ihre herunternimmt, um die Socken auszuziehen. Er zuckt nicht mit der Wimper, als sie sie wieder oben ablegt und sockenlos näher an seine heranschiebt.

Eines Abends macht Wilma ein bisschen später Schluss, und Tone, besorgt, weil Lala nicht aufgetaucht ist, kommt stattdessen zur Bushaltestelle. Sie haben nicht lange, bis die Besuchszeit vorbei und Wilma zurück ist, also sagt Tone, er wird Lala irgendwohin mitnehmen, was näher ist, einen Ort, den sie noch nie gesehen hat. Als sie den wie ein Maul klaffenden Eingang einer Höhle unter einer riesigen Felsnase erreichen, zögert Lala. Tone nimmt ihre Hand, lockt sie weiter, sagt ihr, sie solle sich keine Sorgen machen, dicht bei ihm bleiben, dann wird ihr nichts passieren.

An diesem Abend nimmt er Lala zum ersten Mal in die Tunnel mit, die unter Baxter's Village die Erde durchziehen. Er erzählt ihr, dass seine Familie schon seit Generationen von ihnen weiß. Diese Tunnel wurden vor vielen Jahren von Soldaten gebaut, die auf der Insel stationiert waren, um sie zu bewachen, sagt er; sie sollten die Überschwemmungen stoppen, die jede Regenzeit begleiteten. Es dauerte einige Zeit, bis die englischen Soldaten merkten, dass die Überschwemmungen die Fortpflanzung von Stechmücken begünstigten und diese Stechmücken das Gelbfieber übertrugen, das die Soldaten reihenweise umbrachte. Davor wussten sie nur, dass der Regen fiel, die Erde überflutet wurde und Soldaten starben, und so bauten sie die Tunnel, um die Überschwemmungen zu mildern und die Gedanken der Soldaten vom Tod abzulenken, wenn diese sich fest auf das mathematische Mysterium des Grabens unter der Erde konzentrierten.

Er zeigt diese Tunnel sonst niemandem, sagt Tone zu ihr, sie gehören nur ihm allein, sind sein besonderer Platz, wo er hingeht, um nachzudenken über ... Dinge. Und er verstummt, als wollte er nicht laut darüber sprechen, was das für Dinge sind. Die Tunnel gehören ihm, sagt er, niemand kennt sie wie er, aber wenn sie keine Angst hat, zeigt er ihr, wie sie aussehen. Lala sagt, sie hat keine Angst.

Die Tunnel sind einen Mann breit und zwei Männer hoch, und sie sind dunkel, und an Stellen, wo sie sich in Höhlen über der Erde öffnen, dringt schwaches Licht herein. Tone geht direkt vor Lala, die fest seine Hand hält; abgesehen von dem Geräusch rutschender Steinchen, wenn er geht, ist das der einzige greifbare Beweis, dass er in der tiefen Dunkelheit bei ihr ist. Als der Tunnel sich zu einer feuchtkalten Höhle öffnet, von deren Decke *tropf, tropf* das Wasser fällt, bleiben sie stehen.

Hier, im Stehen, schläft Lala zum ersten Mal mit Tone, zumindest fühlt es sich in den wenigen Momenten nach dem Sex so an. Hinterher erinnert sie sich an Schweiß, die Salzigkeit seines Halses und den Geschmack des steif gestärkten Kragens seines T-Shirts, als sie hineingebissen hat, aber abgesehen davon denkt sie, sie versteht, warum es miteinander schlafen genannt wird. In ihrer Erinnerung ist es wie ein Traum – das Gefühl, dass sie in diesem Tunnel für immer zusammengeschweißt wurden, als würde ab jetzt immer ein Teil von ihr fehlen, wenn sie nicht genau auf diese Weise mit ihm zusammensteckte. Sie erinnert sich, als anderer Mensch aus dem Tunnel gekommen zu sein, sicher zu sein, dass ihr Gang anders aussehen muss, dass Wilma es merken wird, sobald sie durch die Tür kommt, wenn sie aus dem Krankenhaus zurück ist. Sie wird sofort wissen, dass trotz ihrer Wachsamkeit Lalas Unschuld verloren gegangen ist. Aber Wilma sieht es nicht, merkt es nicht und richtet ihre Wut stattdessen auf den vergoldeten Ohrring, den ihre Enkelin trotz ihrer Warnungen schließlich doch noch verloren hat.

Tone fängt an, den Sommerjob in Mrs. Kennedys Garten zu schwänzen. Stattdessen geht er den ganzen Tag surfen, legt sich jeden Morgen, wenn die Wellen gut sind, auf ein Surfboard und paddelt damit hinaus, dann steht er auf und tanzt auf der Meeresoberfläche direkt vor dem Haus der Kennedys, während Lala vom oberen Zimmer aus zusieht, in das Wilma sie verbannt hat. Dieses Morgenritual wird bald zur ganztägigen Obsession, und manchmal muss sich Lala, obwohl sie sich so große Mühe gegeben hat, zum Strand zu kommen und ihn zu suchen, sobald ihr Wilma den Rücken zukehrt, damit zufriedengeben, einfach so im Sand zu sitzen, den sie dann im Gesicht und in den Haaren hat und der ihr Sorgen macht, da Wilma merken könnte, wo sie war.

Eines Tages sitzt sie allein im Sand, und Tone taucht gar nicht auf. Er ist nicht im Meer. Er ist nicht am Strand. Lala geht nach Hause, bevor Wilma wiederkommt, krank vor Sorge, dass ihm etwas passiert ist. Obwohl sie jeden Abend, wenn Wilma im Krankenhaus ist, an den Strand geht, sieht sie Tone drei Monate lang nicht, und inzwischen geht es Carson besser, und sie kommt nicht mehr so einfach davon.

Irgendwann ignoriert sie Wilmas Warnungen und macht lange Spaziergänge, nicht um Tone zu treffen, sondern um frei tun zu können, was sie will. Wenn Wilma merkt, dass sie weg ist, wartet sie oft am Tor ihres kleinen Steinhauses auf sie, mit einer Rute in der einen Hand und einer Bibel in der anderen. Lala macht es nichts aus. Während Wilma versucht, ihrer Enkelin Verstand einzuprügeln, denkt Lala über neue Zopfmuster und Perlen nach und über die einarmige Schwester, die ihren Arm in diesem Tunnel verloren hat. Die einarmige Schwester ist schuld daran, dass sie sich auch von den Schlägen nicht davon abhalten lässt, Wilmas Steinhaus zu entfliehen, wann immer ihr danach ist. Für diese einarmige Schwester versucht sie überall, wo sie in den nächsten zwei Jahren hingeht, Tunnel und dunkle Orte zu finden und zu erkunden.

Bei einer dieser Gelegenheiten beschließt sie, einen Jahrmarkt zu besuchen. Und auf diesem Jahrmarkt, mitten zwischen den fröhlichen Buden und der undisziplinierten Musik, die zu hören ihr Wilma verboten hat, zwischen dem Quietschen eines Karussells, dem Verkauf von *Snow Cones*, den Grabbelsackspielen und dem Eselreiten, da lernt sie einen Riesen auf einem Einrad kennen, der trotz der Magie seiner Kunst aussieht, als würde er lieber nichts anderes tun, als einfach die ganze Zeit mit ihr zu reden. Der Name des Riesen ist Adan.

KAPITEL DREIUNDZWANZIG

Tone

13. September 1979

Nachdem Tones fünfzehnjähriger Körper wieder verheilt ist und er nicht mehr vor Schmerz das Gesicht verzieht, wenn er zur Toilette muss, nicht mehr jedes Mal zusammenzuckt, wenn er die Straße entlanggeht und ein Busch raschelt, nicht mehr ungläubig die Geistermale aus schwarzen und blauen Handabdrücken auf seinen Armen ansieht, beginnt etwas, an ihm zu nagen. Auf dieses Etwas reagiert Tone, wenn jemand ihn kränkt, nicht auf das tatsächliche Unrecht, das begangen wurde, und seine Reaktion ist deshalb oft unverhältnismäßig.

An einem Nachmittag foult ihn Fish Brown bei einem Fußballspiel, hält ihm auf dieselbe Art die Arme hinterm Rücken fest, die Tone immer wieder in seinen Albträumen durchmacht, und landet auf ihm, während Tone mit dem Gesicht nach unten im feuchten Gras liegt. Dafür verpasst Tone Fish eine gebrochene Nase und drei ausgeschlagene Zähne. Tone merkt gar nicht, dass er immer weiter schlägt, noch lange, nachdem Fish Brown erschrocken aufgegeben hat. Es ist nicht so, als würde er nicht spüren, wie seine Fäuste auf Fishs Körper einhämmern wie die Bewegung des Mörsers seiner Mutter; es ist eher so, dass er irgendwie nicht versteht, dass das feste Kissen, das er da boxt, ein Mensch ist und dass dieser Mensch Fish Brown ist – der dünne, o-beinige Fish mit dem fortwährend offen stehenden Mund der Spezies, von der er seinen Spitznamen hat. Tone hört erst auf, nachdem er schon eine Weile geboxt hat und Fishs Augen weiße Kreise der Überraschung in einer blutigen Masse von einem Gesicht sind und Ma Tones Geschrei durch einen Nebel zu den Ohren ihres Sohnes vordringt.

Ma Tone ist den Zaun entlanggerannt, der ihr Haus vom Spielfeld trennt, um den Eingang zu finden und die Schlägerei zu stoppen. Einer ihrer anderen Söhne ist sie holen gegangen, er hat gesagt, Robert und Fish haben gestritten, und Robert hat diesen Blick gekriegt, den er immer kriegt, wenn er gleich durchdreht und die Kontrolle verliert, und niemand kann Robert zurückhalten, wenn er die Kontrolle verliert, alle haben es versucht, und Robert hat Fish Brown einfach weitergeschlagen, denselben Fish Brown, mit dem er seit Grundschulzeiten ganz dicke ist. Er sagt es mit solchem Staunen, solcher Bewunderung dafür, dass sein Bruder stärker sein könnte als die vielen, die versucht haben, ihn von dem anderen Spieler wegzuziehen, dass sich Ma Tone auf ihren einen guten Fuß erhebt, noch bevor er fertig ist, und trotz des schwerfälligen Gangs, den ihr Zustand als einzigen zulässt, losrennt. Sie umrundet die pissnasse Mauer des Cricket-Pavillons, den irgendein Politiker gebaut hat, um sicherzugehen, dass Jungen wie ihr Sohn nicht in genau solchen Ärger geraten, und schreit ihn an: HÖR AUF! ROBERT, HÖR AUF!, obwohl das rosthaarige Monster, das da über einem bäuchlings liegenden und blutenden Fish Brown kauert, überhaupt nicht aussieht wie ihr Robert, es sieht finsterer aus, etwas, das sie nur mit einer Anrufung des Allmächtigen zurückhalten kann. Also lässt sich Ma Tone auf ihr gutes Knie fallen, bevor sie bei ihrem Sohn ankommt, und erfleht das Blut Jesu über der dämonischen Macht, von der ihr Sohn besessen ist, *sweet Jesus, please.* Und da kommt Robert zu sich und hört seine Mutter beten und sieht seinen guten Freund Fish Brown, gegen den er seiner Erinnerung nach nie etwas hatte, wie er an seinem eigenen Blut würgt, während Tones in Rot getauchten Hände seinen Hals zusammendrücken. Dann rennt Ma Tone zu ihrem Sohn, zieht ihn an ihre Brust, hält sein Gesicht zwischen den Händen und sucht in seinen Augen nach dem lieben, ruhigen Kind, das sie einmal kannte.

»Geht's dir gut, Robert?«, fragt sie ihn. »Robert, geht's dir gut?«, denn auch wenn sie sich nicht vorstellen kann, was es ist, versteht Ma Tone, dass die plötzliche Neigung zur Gewalt ihres Sohnes bedeutet, dass vielleicht *er* derjenige ist, der etwas zu erleiden hat, und nicht der angeschwollene und gebrochene Fish Brown, der Blut auf das Gras des Spielfelds spuckt.

»Mir geht's gut, Ma«, sagt Tone, aber er dreht sein Gesicht unter ihrem Blick weg, damit sie den Grund seiner Wut nicht sieht, weshalb die Mühe, die sie sich geben muss, um es zwischen ihren Händen gerade zu halten, ein Kampf in sich ist, einer, den sie nicht gewinnen kann.

Die Polizei kommt mit ausgeschalteter Sirene, aber mit blinkenden Warnlichtern, und in dem pulsierenden Blinzeln aus Rot und Blau versucht Ma Tone, das Gesicht ihres Sohnes danach abzusuchen, was ihn plagt, bis zwei Polizisten vortreten und ihr den Jungen aus den Händen und dem Blick reißen. Es ist nicht, wie die Polizisten glauben, die Tatsache, dass ihr Sohn von ihr weggezerrt und aufs Revier geschleift wird, die Ma Tone wehklagen lässt. Es ist der kurze Blick, den sie auf etwas in den Augen ihres Sohnes erhaschen kann, als ihre Angst, weil er von ihr weggezogen wird, ihn dazu bringt, ihr in die Augen zu schauen, bevor sie ihn loslässt. Da ist etwas, das sie vorher noch nie gesehen hat. Dieser winzige Einblick ist alles, was Ma Tone braucht, um zu erkennen, dass da etwas ist, das sie nicht weiß. Und dass es sehr gefährlich ist, dass sie es nicht weiß.

Nach seiner Verhaftung gibt Ma Tone ihr Bestes für ihn, das tut sie wirklich. Sie leert die Geldbörse, die sie unter ihren Brüsten verstaut hält, um einen Anwalt zu bezahlen, sie kauft ihm für seine Gerichtstermine die beste Anzughose und Krawatte, die sie finden kann. Sie fleht die Familie von Fish Brown an, keine Anzeige zu erstatten, bis sie die Straßenseite wechseln, wenn sie sie kommen sehen, und sich weigern, das Geld und die Geschenke anzunehmen, die sie per Boten schickt. Trotz dieser Bemühungen seiner Mutter wird Tone für drei Monate in die staatliche Schule für schwer erziehbare Jungen gesteckt. Wenn Ma Tone ihn dort besucht, weicht er beharrlich ihrem Blick aus, außer als sie ihm sagt, das Mädchen sei zu ihr gekommen, um nach ihm zu fragen, das Mädchen, das er zu Besuch mitgebracht hat. Als sie das sagt, schaut er sie direkt an, und seine Augen leuchten auf, bevor sie sich wieder verdüstern.

»Und was hast du ihr gesagt?«

»Ich hab ihr gesagt, du bist weggegangen«, murmelt Ma Tone. »Ich hab nicht gewusst, was ich ihr sonst sagen soll.«

»Is am besten, dass du ihr das gesagt hast«, beruhigt Tone sie. »Is besser, als wenn sie sich Sorgen um mich hier drin macht.«

Bei seiner Entlassung wird er mit dem Ruf eines Raufbolds belohnt, mit dem man sich besser nicht anlegt, er wird von den Lehrern in der Schule ignoriert, die Schlägertypen machen auf der Straße einen großen Bogen um ihn, und er wird als Erster in Fußballmannschaften gewählt, die dann irgendwie wegbröseln, bevor sie auch nur zu spielen anfangen, denn niemand möchte Tone kränken, indem er ihn nicht wählt, aber es möchte auch niemand das Risiko eingehen, mit ihm zu spielen.

Drei Wochen nach seiner Entlassung ruft ihm eines Tages auf dem Weg zum Strand ein Säufer etwas nach, zerrt an seinem Surfbrett und versucht, ihn zu beleidigen, indem er sagt, sein Arsch sei rund und breit wie der einer Frau. Dieser Säufer fliegt so weit durch die Luft, dass die Dorfbewohner noch Jahre danach berichten, er habe Glück, dass er noch lebt, und Tone wird in die Schule für Schwererziehbare zurückgeschickt – diesmal für über ein Jahr.

Tone geht ohne Abschluss von der Schule ab, und das Ding, das er nicht benennen kann, nagt immer noch an ihm. Eine Freundin von Ma Tone schlägt vor, er könnte es mit dem Vermieten von Jetskis an Touristen versuchen, wo er sich doch auf dem Meer so wohlfühlt, und macht ihn mit Capitan bekannt, der mehrere Jetskis hat und sie zum Vorzugspreis an seetüchtige junge Männer vermietet, die sich ein paar Dollar verdienen müssen. Doch dann wird Tone von einem italienischen Touristen um die Gebühr für die Fahrt beraubt, der ihm ins Gesicht spuckt, als Tone auf seiner Bezahlung besteht. Am Ende liegt der Tourist mehrere Wochen in kritischem Zustand im Krankenhaus, und die Zeitungen berichten fast täglich von seinem Zustand und später von Tones Gerichtsverhandlung. Als sich der Mann erholt, zeigen ihn die Zeitungen: am Flughafen, stark verbunden und mit dem Schwur, nie wieder nach Paradise zurückzukommen. Es ist nicht, wie sie es in den Zeitschriften sagen, erzählt der Tourist der Zeitung, diese Leute sind immer noch Wilde. Der Richter sagt Tone, es seien Männer wie er, die dem Land schaden, die das Geld der Touristen vertreiben und allen das Leben schwerer machen.

Bitte, fleht Ma Tone den Richter vor dem Urteil an, bitte, mein Sohn, mein Sohn ist nicht mehr er selbst. Ihm ist was passiert, er ist nicht mehr derselbe Junge, und ich versuch's und versuch's, aber ich seh nicht, was es ist. Er ist ein guter Junge, fleht Ma Tone, haben Sie Erbarmen, Herr Richter, er ist ein wirklich guter Junge.

Aber der Richter sagt, er hat genug von diesen Müttern, die in sein Gericht kommen und sagen, ihre Söhne seien gute

Jungen. Jungen, die andere angreifen und verprügeln und ihnen ernsthaften körperlichen Schaden zufügen, sind keine guten Jungen, sagt der Richter, und er tadelt Ma Tone, bis sie auf der Empore des Gerichtssaals weint und schnieft wie ein Kind und Tone in Gefahr ist, direkt dort auf der Anklagebank dem Ding, das er nicht benennen kann, nachzugeben.

Und dann sperrt der Richter Tone für drei Jahre ein.

Tone geht mit dem Glauben ins Gefängnis, dass das Ding, das an ihm nagt, ihn jetzt am Stück verschlingen wird. Er verbringt jeden Tag im Gefängnis damit, über die Schulter zu blicken, aus Angst vor einem riesenhaften Monster, das er noch nie gesehen hat, statt vor den Hunderten, *die* er gesehen hat, denen, die um ihn herum sind. Die anderen Gefangenen erkennen, dass er ein gehetzter Mann ist, also geben sie Tone das eine, von dem es im Gefängnis sehr wenig gibt – sie geben ihm Raum. So sicher ist sich Tone, dass er das Gefängnis nicht mehr lebend verlassen wird, dass er Abschiedsbriefe an die beiden Menschen schreibt, die er am meisten auf der Welt liebt, und sie bei den wenigen Papieren aufbewahrt, die ihm genehmigt werden. Tone schreibt einen Brief an seine Mutter und einen an Lala, aber er bringt es nicht über sich, sie abzuschicken, und schließlich, als er es müde ist, den Schatten in seiner Zelle beim Kürzerwerden zuzuschauen, zerreißt er die Briefe und spült sie in die Toilette.

20. August 1984

Der anhaltende Winterschlaf des Dings, das ihn auffrisst, könnte der Grund sein, warum Tone in diesem Moment auf den Stufen von Adans Haus, als er Küsse auf die Stirn und Nase und Lippen der Frau ausgoss, die er liebt, und spürte, wie sie zuckte, wenn seine weichen Lippen federleicht auf einer Stelle landeten, die von Adans Schlägen wehtaten, die

Finsternis nicht gleich erkannte, die sein Blickfeld verdunkelte und seinen Körper flutete. Während Lala ihn beschimpfte und sich gleichzeitig seiner Umarmung ergab, spürte Tone, wie diese ungewohnte Hitze anfing, seine Fußsohlen zu wärmen und sich an seinen Beinen und Armen hinaufzubewegen. Im ersten Moment konnte er sie nicht zuordnen, denn er hatte das Ding, das ihn auffrisst, so lange nicht gesehen, dass er sich langsam gar nicht mehr sicher war, ob es je existiert hatte.

Ma Tone hatte ihm gesagt, sie hätte wegen dieser Dunkelheit in ihm gebetet, während er im Gefängnis war; sie hatte mit solcher Inbrunst erklärt, ihre Gebete seien erhört worden, dass Tone jetzt einen latenten Glauben an die Macht ihres gnädigen Gottes zulässt. Trotzdem spürte er das Ding lauern, als Lala ihm an diesem Tag auf der Treppe erzählte, dass Adan sie geschlagen hat. An dem Tag, als er sah, wie Lala zuckte, weil er sie zu fest umarmte, als er sie weinen sah, weil seine Brust ihre geschundene Brust gestreift hatte, als er die Tränen sah, die ihr in die Augen stiegen und die Tränen spiegelten, die sich danach in seinen eigenen Augen sammelten, da spürte er, wie das Ding anfing, ihn zu verschlingen.

Doch Lala hat ihn an diesem Tag auf der Treppe zurückgewiesen. Sie hat ihn nicht anhören wollen, als er ihr sagte, sie solle mit ihm weggehen. Sie hat seine Küsse, seine Umarmungen erwidert, und dann hat sie gesagt, dass sie schon mit Adan verheiratet sei, dass es sie nur beide in Schwierigkeiten bringen würde, wenn er versuchte, sie so zu besuchen. Sie seien keine kleinen Kinder mehr, hat Lala ihm gesagt, sie müssten erwachsen werden, weitermachen. Adan würde sich irgendwann beruhigen und aufhören, sie zu schlagen. Alle Ehen haben diese schwierigen Phasen, hat sie erklärt, Tone solle nicht glauben, er müsse sie retten.

Als sie das sagte, erkannte Tone sie fast nicht wieder, als hätte sich eine Betrügerin in ihren Körper gehüllt und ihre Lippen gezwungen, Sachen zu sagen, die Lala nie sagen würde. Er hat Anlass gehabt, sich zu fragen, ob sie überhaupt dieselbe war, die er vor all den Jahren am Strand kennengelernt hatte. Ob das hier ein kleines Hirngespinst war, das er im Gefängnis in seinem Kopf herumgetragen hatte, um sich nachts warm zu halten, und nichts, was ihm jetzt Sorgen machen sollte.

In den zwei Tagen, seit sie sich auf der Treppe von Adans Haus getroffen haben, schaut er von seinem Jetski aus zu, wenn Lala Stunden am Strand verbringt und für US-Dollars Frisuren flicht. Tone ist zu Ohren gekommen, dass sie hinter den Haaren ihrer Kundinnen hervorspringt und Krabben im Sand jagen geht, dass sie nach Baby heult, wenn Leute mit Kindern an ihr vorbeikommen, und dabei Frisuren halb fertig lässt. Jedes Mal, wenn sie sich seit diesem Abend auf der Treppe am Strand sehen, sprechen Lala und Tone nicht miteinander. Es ist, als ob ihre ganze Bedeutung füreinander jetzt das Bewahren von Geheimnissen sei, es ist, als wüssten sie beide, dass ihre Freundschaft nun fluchbeladen ist. Was sind Geheimnisse anderes als Dinge, die wir vergessen wollen? Warum sollten wir dann an der Bekanntschaft mit denen festhalten, die sich an sie erinnern?

22. August 1984

Das Ding bleibt ruhig, als Adan ihn zwei Tage später mit der Ankündigung im Tunnel trifft, dass er vorhat, wieder nach Hause zu gehen. Es war lang genug, bestimmt Adan; wenn die Polizei ihn wegen dem Mord an dem weißen Mann einsperren wollen würde, wären sie ihn schon suchen gekommen. Er ist es leid, seine Frau heimlich zu besuchen und sich dann nachts auf den harten Boden einer beschissenen Höhle zurückzuziehen. Er ist es leid, tagsüber unterzutauchen. Böse Menschen ham keine Angst vor den Bullen, sagt Adan, böse Menschen ham vor gar keinem Angst, ja, Mann.

Sie müssen den nächsten Job klären, sagt Adan, sie müssen drüber reden.

So kommt es, dass Tone auf dem schmiedeeisernen Lehnstuhl neben Lalas und Adans Bett sitzt und eine Tüte mit dem Mann raucht, dem er seit der Kindheit treu gedient hat, und zuschaut, wie sich dieselben großen Hände, die Lala verletzen, mit einem Joint in seine Richtung strecken.

Adan zuckt immer noch zusammen, wenn das Geräusch von Füßen zu hören ist, die die Treppe zu seinem Haus heraufkommen. Er nickt Tone immer noch zu, damit der bereit ist, falls es jemand ist, den sie nicht willkommen heißen können; er ist immer noch sichtlich erleichtert, wenn er sieht, dass es nur die Zeugen Jehovas sind und nicht Sergeant Beckles und die anderen Polizisten, die Soldaten von Babylon, die gekommen sind, um ihn zum Verhör mitzunehmen.

Die Zeugen wollen über das Gleichnis vom Brot und den Fischen reden, von den Wundern in der Bibel. Die Nutten am Baxter's Beach machen seit Jahren Brot aus großen Steinen, sagt Adan ihnen; wie kommt ihr auf die Idee, dass die plötzlich ne Bibel brauchen, die ihnen sagt, wie's geht?

Tone schaut zu, wie einer der Zeugen einen Schritt nach vorn macht und lächelt. Dieser Zeuge hat nicht gehört, was Adan gesagt hat, er hat gehört, wie Adan es gesagt hat, und hat daher beschlossen, was Adan mehr als alles andere braucht, ist die Liebe Jehovas, dem er dient. Dieser Zeuge ist ein gebrechlicher alter Mann mit Gehstock und einem fleckigen Fedora. Als er ein kleines, dünnes Heftchen ausstreckt, zittert es so sehr, dass Tone kaum das Bild auf dem

Titelblatt erkennen kann, bis er es in seine eigenen ruhigen Hände nimmt. Auf dem Bild sind zwei Löwen, ein Männchen und ein Weibchen, die ihre Köpfe auf dem Schoß der dümmsten schwarzen Menschen ablegen, die Tone je gesehen hat.

Adan zieht lang und vernehmlich mit der Zunge Luft durch die Zähne, um ihnen klarzumachen, was er davon hält, nimmt Tone das Traktat ab, sagt Danke zu dem Zeugen, schließt die Tür, ohne nachzusehen, ob der alte Mann es unverletzt wieder die Treppe nach unten geschafft hat, wirft das Traktat in den Müll und macht sich daran, noch eine Tüte zu drehen. Adan hat keine Probleme mit Leuten, die an die Bibel glauben, sagt er, aber er hat keine Zeit für Zeugen Jehovas, aus Gründen, die er für so offensichtlich hält, dass er sich die Mühe spart, sie auszusprechen.

»Ich muss die Sache klären, damit wir Baby beerdigen können. Ich weiß, du kennst die Tunnel gut«, sagt Adan. »Darauf wird keiner kommen, in den Tunneln nachzugucken.«

Tone hatte nicht vorgehabt, hier zu sein und mit Adan über dessen neuesten Masterplan zu reden, aber Adan hat darauf bestanden, und er hatte in dem Moment nichts Besseres zu tun, hier war er also.

Was ist los mit ihm, dass er sich plötzlich so verdächtig benimmt, will Adan wissen, und Tone wird von einer Schuld überspült, die er bis zu diesem Moment nicht gefühlt hat. Er streitet immer wieder ab, dass etwas ungesagt ist zwischen ihm und Adan, er zwingt seine Augen, in Adans zu schauen, bis Adan als Erster wegschaut.

Im Geheimen gibt Tone zu, dass es ein guter Plan ist. Die Garnisonstunnel winden sich von der historischen Festung durch den Fels wie die Beine eines Oktopus mit vielen Tentakeln. Sie wurden in den dreihundert Jahren, seit die Festung von den Briten verlassen wurde, kaum benutzt. Es gibt nur ein paar Leute in seiner Nachbarschaft, die von ihnen wissen, hauptsächlich ältere Leute, und die haben beschlossen, sie nur als Heimat der erfundenen Monster zu nutzen, die die Albträume der Kinder bevölkern. Kinder werden dadurch sorgfältig von ihren Tiefen ferngehalten, aber Tone hat schon lange keine Angst mehr vor Albträumen, und er kennt die Tunnel wie die Finger seiner rechten Hand. Einer dieser Tunnel endet in einer Höhle am Strand, in der man leicht eine Bootsladung Marihuana deponieren kann, und es gibt mehrere Höhlen, die in unterirdische Räume zusammenlaufen, die groß genug sind, um ein paar Hundert Pfund zu verstecken, bis man sie verkaufen kann.

Tone versteht, dass in Adans Kopf diese paar Hundert Pfund der Schlüssel zu seiner Zukunft sind. Bevor Baby gestorben ist, war das Gras das Mittel zu einem neuen Haus, einem richtigen, eins, das nicht so verwittert und verfallen ist, einem warmen, trockenen Ort, wo man ein kleines Mädchen großziehen und eine Frau halten konnte. Jetzt ist die Lieferung das Mittel zu einer vernünftigen Beerdigung für dasselbe kleine Mädchen, für Reparaturen an dem Haus, in dem er die Frau hält, die es umgebracht hat.

»Wir könnten sogar reingehen und es ein- oder zweimal umlagern, nur um sicherzugehen.«

»M-hm«, sagt Tone und zieht an dem angezündeten Joint. Langsam bereut er es, Adan nach dem Raub zum Verstecken in die Tunnel mitgenommen zu haben.

»Ist jetzt bloß das Geld für den Mann vom Boot und für die Lieferung, Mann«, argumentiert Adan. »Ist nur das bisschen Geld, das ich besorgen muss.«

Tone denkt an Lala.

Woran er sich bei der Lala, die er damals kennengelernt hat, am besten erinnern kann, ist, dass sie immer summte. Selbst wenn sie zuhörte, in den stillen Lücken zwischen geflüsterten Gesprächen in den Tunneln, im Garten des halben Hauses seiner Mutter am Baxter's Beach, gab sie leise kleine Melodien von sich. Es war, als gäbe es da ein fröhliches kleines Kind unter diesem bulligen Körperbau, ein Kind, dessen Bauch voll, dessen Kleider trocken waren und das deshalb singen konnte, während es die Welt erkundete. Er suchte dieses Kind monatelang, versuchte, es aus ihr herauszulocken, aber bis zu dem Moment, an dem das mit ihnen aufhörte, fand er es nie. Sie konnte es von ihm fernhalten, es sang tief in ihrem Inneren.

Schon als er sie kennenlernte, war die äußere Lala groß, größer als er, mit Schultern wie die der Schwimmerinnen bei den Olympischen Spielen. Lala war kein fettes Mädchen. Sie hatte nicht die zarte, weiche Süße wie Pammy im Gemischtwarenladen, deren Berührung sich anfühlte wie eine Gunst, wenn sie Tone sein Wechselgeld gab. Sie war nicht groß, dünn und biegsam wie seine Freundin Rocky, die am Strand hinterm Holborn Hotel arbeitete. Lala war ein großer Körper auf einem großen Gerüst. Ein Gerüst, das »stabil« sagte. Ein Gerüst, das sagte, es brauche niemanden, der ihm die Taschen trug. Tatsächlich hätte Tone sie trotzdem getragen. Lala war ruhig. Damals schaute er zu, wie sie die Nase in die Bücher steckte, die ihre Oma ihr kaufte, und kaum aufblickte, wenn er am Strand an ihr vorbeikam. Tone war fasziniert gewesen von all dieser Stabilität um eine Stimme herum, die kaum mehr als piepste, wenn sie sprach, um einen Geist, der lieber sang. Tone hatte sich in ihr Schweigen verliebt und in das Versprechen, dieses leise Summen zu befreien. Der Mann, der dieses Summen befreien konnte, hatte Tone gedacht, der Mann, der es in ein Lied verwandeln konnte, es zu einem Schrei erheben, *dieser* Mann war wirklich ein Mann.

Lala war der Grund gewesen, warum er in den frühen Stunden dieses Morgens aufgetaucht war, nachdem sie das

Baby fallen gelassen hatten. Er war nach einer Nacht mit einer seiner Stammkundinnen auf dem Heimweg gewesen – einer Deutschen mittleren Alters, die offenbar nie ihre grauen Haare stylte, ihre Zehennägel schnitt oder sich die Pussy rasierte. Sie war eine der Kundinnen, mit der er niemals eine ganze Nacht verbringen könnte, bei der er sich nie erlauben würde, am nächsten Morgen aufzuwachen und diese Zehennägel anzuschauen, dieses Gesicht, und zuzugeben, wozu er geworden war, aber sie war auch eine derjenigen, die ihn großzügig bezahlten, eine der wenigen, die ihren Urlaub im Sommer nahmen, weil es nicht die Tourismus-Hauptsaison war. Tone hat im Sommer weniger Kundinnen und deshalb mehr Zeit, die er mit ihr verbringen kann.

Tone hatte beim Gehen nachgedacht. Darüber, vielleicht nach Haus zu gehen und sich ein Brett zu holen und sich eine Welle zu suchen. Über Lala. Ob er an diesem Tag die Jetskis bearbeiten sollte. Über Lala. Ob Adan ihr etwas getan hatte, nachdem er mit Jacinthe gegangen war. Über Lala. Und seine Füße hatten ihn ganz allein zu dem sandigen Boden am Fuß des kleinen Strandhauses getragen. Und dann hatte ihn ein Heulen, das er als die Qual des summenden Kindes erkannte, durchbohrt.

Als Tone in dieser Nacht die Treppe hinaufgerannt war, brüllten Adan und Lala so sehr, dass keiner von ihnen hörte, wie die Tür aufging, oder ihn hereinkommen sah. Inzwischen waren sie über das Stadium hinaus, Baby wachrütteln zu wollen, sanft auf ihre Wangen zu klopfen, ihre Augen zu öffnen und hineinzupusten. Sie waren über das erste atemlose überraschte Schluchzen hinaus, über die hektische Suche nach Geldbörse und Tasche und einer Mütze für Baby, die, wenn auch noch warm, eindeutig schon tot war. Sie waren über das Stadium hinaus, sie gegen eine Kälte, die sie niemals spüren würde, in eine Decke zu wickeln und auf dem Weg zur Tür fast gegeneinanderzustoßen. Sie waren über das Stadium hinaus, wieder hereinzukommen, als ihnen klar wurde, dass sie nicht zu Fuß zum Baxter's General gehen konnten und dass um drei Uhr morgens kein Bus fuhr, waren über die Panik hinaus, nach Kleingeld zu wühlen, um das Münztelefon auf dem Hügel zu benutzen, und dann, als ihnen wieder einfiel, dass Notrufe kostenlos waren, mit Baby zum Kiosk zu rasen, um den Krankenwagen zu rufen. Sie waren über die Verzweiflung hinaus, festzustellen, dass dem Kiosk der Hörer gestohlen worden war, und den Mörder zu verfluchen, der ihn geklaut hatte, während sie zum Haus zurückliefen, Baby tätschelten, leise auf sie einredeten, ihr versicherten, alles wird wieder gut. Sie waren über den Punkt hinaus, Baby aufs Bett zu legen, ihren Hals anzuheben und ihr in den Mund zu pusten, wie sie es im Fernsehen gesehen hatten, sich abzuwechseln zwischen Pusten und Schreien und Weinen und Heulen und Pusten und nach einem Baby zu rufen, das ihnen nie mehr antworten würde.

Sie waren über diese Punkte hinaus und lagen einfach über einem toten Baby auf einem Bett und heulten.

Wer weiß schon, warum der erste Gedanke, der Tone kam, als er zur Tür hereinstürzte, der war, zu verheimlichen, was passiert war, der Versuch, dafür zu sorgen, dass Lala keine Schuld gegeben wurde, indem sie eine Entführung vortäuschten? Wer weiß, wie er es geschafft hat, sie zu überzeugen, dass es das Beste sei, die Leute glauben zu lassen, jemand anderes habe Baby mitgenommen, dass dieser Jemand sie wahrscheinlich umgebracht hat? Wer kann jetzt an der Sinnhaftigkeit zweifeln, sich von einem Mann, der so viele Nächte in Haft verbracht hat, dabei helfen zu lassen, nicht selbst verhaftet zu werden? Es schien nur Minuten gedauert zu haben, bis Adan in die Tunnel zurückgekehrt war und Tone zum Baxter's Beach lief, den kleinen Körper bei den Felsen ablegte, bevor Lala auf und ab rannte und um Hilfe schrie und sagte, ihr Baby sei weg.

»Hörst du mir zu?«, wiederholt Adan, als Tone beim ersten Mal nicht antwortet und offensichtlich wird, dass er wirklich nicht zuhört.

»M-hm.«

»Wenn ich den Typ dazu kriege, es von Vincy rüberzubringen, bis zu den Felsen, dann können wir es in die Tunnel bringen, lagern und verkaufen. Danach die Leute von Vincy bezahlen – alle glücklich. Keiner kommt auf die Idee, da unten zu gucken«, sagt Adan, »die Polizei findet das nie raus.«

Adan starrt Tone mit erstaunt aufgerissenen Augen an, ein Gesichtsausdruck, der bei ihm geblieben ist, seit er ein Kind war, seit sie nichts weiter waren als rotznäsige Jungs, die barfuß auf dem *rab land* hinter Ma Tones Haus herumrannten. Tone war eines der wenigen Kinder, die mit Adan spielen durften, allein aus dem Grund, weil Ma Tone zu viel Zeit mit ihren Stoffstreifen sitzend im Haus verbrachte, um wissen zu können, wie Adan wirklich war. Tatsächlich ist es Ma Tones Haus, von dem Adan die Narbe hat. Es waren die frühen Zeiten von Ma Tones Schwur, ihr provisorisches Holzhaus zu etwas Beständigem und Festem zu machen. Das Badezimmer aus Beton war gerade erst gebaut worden, außerdem die Wand, in Ma Tones Fantasie die erste Wand einer Küche, die sie in einem Buch stolz über die ganze Länge des Holzhauses erstreckt gesehen hatte. Diese Wand hielt ein schon eingepasstes Fenster, das jeden Morgen herausgekurbelt und dann jeden Abend wieder geschlossen wurde wie alle anderen Fenster im Haus, aber das war es auch schon – sie trug keinen Teil eines Dachs oder traf senkrecht auf andere Wände, sodass ein Zimmer entstanden wäre. Adan, der damals noch nicht an die neuen räumlichen Gegebenheiten gewöhnt war, hatte bei der Verfolgung eines anderen Nachbarsjungen eine Ecke umrundet und war mit einer Kante des Ausstellfensters in der Wand, die ins Nichts lief, kollidiert.

Tone weiß noch heute, wie eben dieser Adan als Junge zu Boden ging und das Blut aus seiner Stirn schoss. Er war ins Baxter's General gebracht worden, musste aber zu lange warten, und als sie endlich zu einem Arzt vorgelassen wurden, konnte die Platzwunde nicht mehr genäht werden. Es war Tone, der Adans Hand hielt, während der Junge im Männerkörper schrie, als die Platzwunde von einem Medizinstudenten gesäubert und untersucht wurde. Es war Tone, der sich Adans Vertrauen verdiente, indem er dieses Geheimnis danach für immer bewahrte – dass Adan, der Junge im Männerkörper, der große, böse Schläger von Baxter, geweint hatte wie ein mutterloses Kind, als seine Platzwunde gesäubert und ihm eine Tetanusspritze gegeben wurde. Adan und Tone waren danach noch bessere Freunde geworden.

Die Platzwunde war vernarbt, ein kurviges Korrekturzeichen, das Tone jetzt an einen zusammengerollten Tausendfüßler erinnerte, und hatte sich gebläht und gedehnt, während Adan wuchs.

»Das ist ein guter Plan«, gibt Tone jetzt geistesabwesend zu. Adan lächelt ein breites Lächeln, das zwei gleichmäßige Reihen strahlend weißer Zähne entblößt.

»Ja, Mann«, sagt Adan, »muss nur noch das Geld für den Mann mit dem Boot auftreiben.«

Tone spürt, wie sich die Muskeln in seinem Nacken zusammenziehen, trotz Gras. Wenn Adan erst einmal anfängt, so zu reden, heißt das, ein Job kommt auf ihn zu, das weiß er – heiße Juwelen vielleicht, die sie auf dem Schwarzmarkt zu verkaufen haben, oder ein gefälschter Scheck, der irgendwo eingelöst werden muss. Tone versucht zu vermeiden, über Jobs zu reden, seit er im Gefängnis war. Er hat weit bessere Wege gefunden, Geld zu machen, er hat solche Jobs nicht mehr nötig. Dennoch, es ist Sommer, die Saison für Touristenfamilien und Billigreisende. Der Strand ist erst dann wieder voll mit den älteren Besucherinnen, den Frauen, die ihn bezahlen, wenn es in der Gegend, aus der sie kommen, richtig kalt wird. In der Wintersaison leuchten die Lichter in den großen Villen jeden Abend, und Tone ist schwerer zu finden, weniger verfügbar für Adans Geschäfte.

»Wenn Lala in der Nacht, in der Baby geboren ist, nich gekommen wär und mich geholt hätte, dann hätt ich das Geld schon«, beschwert sich Adan. »Ich weiß, da war gutes Geld drin.«

»Ah ja?«

»Einer von diesen reichen weißen Männern«, erklärt Adan, »die, die immer irgendwo nen Safe haben. Hab wegmüssen, bevor ich irgendwas hatte.«

Tone schaut auf die Tissot-Uhr, die ihm eine seiner Kundinnen geschenkt hat, und macht Anstalten aufzustehen. Er will nichts von dem Job hören. Adan versteht das.

»Wenn ich das Geld zusammenkrieg, kommst du dann mit zum Boot? Hilfst mir, das Ding durch die Tunnel zu kriegen?«

Tone nickt.

»Keiner kommt auf die Idee, in den Tunneln zu gucken«, wiederholt Adan, »bestimmt nicht, Mann.«

Tone hat Adan nie das mit Lala erzählt, woher er sie kennt. Irgendwie hatte er nie das Gefühl, dass er es sagen sollte, und so denkt Adan immer noch, Tone hat Lala erst kennengelernt, als er sie ihm als seine Frau vorstellte. Tone erinnert sich, wie er damals frisch aus dem Gefängnis entlassen war und es ihm nicht gelang, die Straße langzugehen, ohne das verstörende Gefühl zu haben, etwas falsch zu machen. Er hatte am Tag seiner Entlassung Ma Tones halb fertiges Haus verlassen, war die Straße langgegangen und hatte die Umgebung mit den Erinnerungen verglichen, in die er sich täglich zurückgezogen hatte, wenn sein Verstand seiner Zelle und den drei anderen Männern darin entkommen musste. Er erinnert sich an das zaghafte Lächeln der Kinder, die vielleicht gewarnt worden waren, nicht so zu werden wie er, an die ermutigenden Worte der Nachbarn, die Ma Tone leiden sehen hatten und die ihm allein aus dem Grund ein anständiges Leben wünschten, weil sie ihr ein Leben ohne weiteren Kummer wünschten. Er erinnert sich an die misstrauischen Blicke der bösen Jungs, die gewarnt waren, ihn nicht auf die Probe zu stellen, an den stummen Trotz derer, die ihn für überschätzt hielten, die überzeugt waren, eine Faust von ihnen würde ihn umwerfen, aber trotzdem nicht besonders erpicht darauf, es auszuprobieren. Seine Füße hatten ihn an ihren Blicken vorbei zu Adans kleiner Hütte am Strand geführt, und dort hatte er Adan gefunden – und Lala, frisch schwanger, die das Haus seines Partners putzte und abstaubte.

Er hätte ihr damals unmöglich sagen können, dass er in den vielen Nächten im Gefängnis, wenn er nicht schlafen konnte, weil ihm die Nähe schnarchender Männer zu schaffen machte, von ihr und von ihrem robusten, gutmütigen Schweigen geträumt hatte. Er hatte angenommen, dass er es nicht so recht Liebe nennen konnte, das Ding, das sie hatten, als sie jung waren. Es ließ sich nicht vergleichen mit dem, was sie mit Adan hatte. An dem Tag, an dem er sie wiederfand, sprach er seine Glückwünsche aus, betrachtete den dünnen kleinen Goldring um Lalas Ringfinger in Chinkys typisch kitschigem Stil, sah die sanfte Rundung von Lalas Bauch. Als Adan sie als seine Frau vorstellte, hatte er gesagt: »Freut mich, dich kennenzulernen«, als wüsste er nicht mehr, wer sie war, und sie war seinem Beispiel gefolgt und hatte den Gruß erwidert.

Später, nachdem er zu Ma Tone nach Hause zurückgekehrt und ins Bett gegangen war, ließ er seine Mutter in dem Glauben, das Gefängnis habe ihren Sohn so gebrochen, dass er, ein erwachsener Mann, in sein Kissen heulte wie ein untröstlicher kleiner Junge.

KAPITEL VIERUNDZWANZIG

Lala
27. August 1984

Am Ende bezahlt Lala die Beerdigung mit Geld, das sie von Wilma erbettelt hat. Lala tut das, nachdem sie eines Morgens das Beerdigungsunternehmen besucht und die Angestellte ihr gesagt hat, dass es da noch eine Möglichkeit gibt, wenn sie Schwierigkeiten haben, eine Beerdigung zu bezahlen. Die Regierung kann Baby beerdigen, sagt die Angestellte, es gäbe keine Zeremonie und alles, aber es wäre kostenlos. Oder der Leichnam kann in der Totenhalle eingeäschert werden, da es ja nur ein winzig kleines Baby ist.

Lala ist so bestürzt von diesen Vorschlägen, dass sie ein Glas Wasser trinken muss und Zeit braucht, wieder zur Besinnung zu kommen, bevor sie das Bestattungsunternehmen verlassen kann. Wieder zu Hause betritt sie mit ihrem Mayonnaiseglas voller Plastikkämme, ihren kleinen Tüten mit den Perlen und großer Entschlossenheit den Strand, aber niemand kommt, um sich die Haare flechten zu lassen. Sie macht sich Mut und fragt, aber die Frauen, zu denen sie hingeht, wollen ihre Bobs nicht in Zöpfe verwandeln, und die Frauen, die vielleicht die Schönheit geflochtener Haare gewählt hätten, vertrauen Lala ihre Köpfe nicht mehr an.

Am selben Nachmittag, während Adan und Tone über ihre Pläne sprechen, sagt sie, sie geht kurz raus, nur eine Cola beim Mini-Markt kaufen. Als sie geht, trägt sie einen Rock, den Wilma gutheißen würde, und eine angemessen sittsame schwarze Bluse, und sie nimmt den Bus zu Wilmas Haus und bettelt sie an.

»Bitte«, argumentiert sie gegen Wilmas steinernen Gesichtsausdruck an, in dem noch die Erinnerung daran steht, wie sie am Strand ignoriert wurde, als man Baby gefunden hat, »bitte, ich brauche Hilfe, um Baby zu beerdigen.«

Das Betteln erinnert Wilma an Esme, an die Male, als sie ins Haus ihrer Mutter zurückkam und darum bat, bleiben zu dürfen. Wilma erinnert sich, dass Esme noch leben könnte, wenn sie sie aufgenommen hätte, wenn sie sie nicht zu Rainford zurückkehren lassen hätte, und es ist diese Erinnerung, diese Schuld, die sie dazu bringt, endlich ihre Schuhe anzuziehen und Lala im Bus zur Bank in der Stadt mitzunehmen, wo Carsons Rente sich für einen Moment wie diesen angesammelt hat. Wilma spürt, wie ihr eine Last von den Schultern genommen wird, als sie genug für eine Abschiedsfeier abhebt, auf die sie alle stolz sein können. Ihre Hände berühren sich, als Wilma Lala das Geld übergibt, und Wilma drückt ihrer Enkelin das frische Bündel Geld, auf die Hälfte gefaltet, in die Hand, schließt die jungen, dicken Finger über dem Kopf des ersten Premierministers der Insel auf der Fläche des obersten Hunderters und lächelt, als hätte Lala etwas Gutes gemacht.

Doch als Lala nach Hause zurückkommt und Adan das Geld zeigt, braut sich ein Sturm auf seiner Miene zusammen; es gefällt ihm nicht.

»Hat jemand gesagt, du sollst deine Großmutter um das Geld für Babys Beerdigung bitten, Lala? Glaubst du vielleicht, dass ich das Geld nich beschaffen kann, um meine eigene Tochter zu beerdigen?«

Lala ist reuig. »Wir müssen es zurückzahlen«, sagt sie, »es ist nur ein kleines Darlehen, damit Baby ihren Abschied kriegen kann. Ich weiß, dass du das Geld beschaffen könntest, Adan. Deshalb hab ich's geborgt, ich weiß, dass du es ganz schnell wieder zurückzahlen kannst.«

Er wirkt besänftigt, gerade so, und sie zieht sich an den Rand des Hausinneren zurück, weit genug weg von allen plötzlichen böswilligen Gefühlen ihr gegenüber, die in ihm aufsteigen könnten.

Baby bekommt das Beste: einen winzigen weißen Sarg mit vergoldeten Griffen und verschnörkelten Engeln, gedruckte Faltblätter mit einem Foto von ihr auf dem Deckblatt, ein rosa Satinkleid. Wilma sitzt vorn in einer der Bänke, die für die Familie reserviert sind, und liest einen Psalm und nimmt die Beileidsbekundungen ihrer Nachbarn entgegen. Adan ist betrunken und die ganze Zeit laut, fragt alle, die zum Trauern zu ihnen kommen, ob ihnen der Sarg gefällt, ob sie die kleinen Engel an der Seite sehen, ob sie erraten können, was so ein Sarg, solche Engel kosten. Er habe diese kleinen Engel speziell für sein Baby machen lassen, sagt Adan jedem, der ihm zuhört, sein Baby muss das Allerbeste bekommen. *Mein armes süßes kleines Mädchen.*

Während der Beerdigung steht er bei einer Gruppe seiner Freunde und fragt Jacinthe, die anwesend ist, um Baby die letzte Ehre zu erweisen, wann sie das Land verlässt und wieder zurück in die Kälte geht. Adan fragt, ob sie später Zeit hat, irgendwo etwas mit ihm trinken zu gehen. Er braucht jemanden zum Reden, sagt Adan, er muss mit ihr reden.

Als der kleine Sarg zum Friedhof geschoben wird, ist er still und beteiligt sich nicht am Kirchenliedersingen.

An der Anzahl der Trauernden lässt sich eher der Sensationswert von Babys Tod ablesen, denkt Lala, als ein ehrliches Gefühl persönlichen Verlusts. Adan hat wenige Freunde, Lala noch weniger. Trotzdem ist die Kirche brechend voll, die Einheimischen schwappen aus dem kleinen hölzernen Kirchenraum auf die Straße hinaus, schwitzend und stinkend in der Sonne mitten am Nachmittag, schubsen einander, um den

Vater des toten Babys in seinem hastig geschneiderten Anzug besser sehen zu können, die Mutter, die zu aufgelöst ist, um stehen zu können, und Baby selbst, die steif und plastikartig in einem langen rosa Satinkleid daliegt.

Adan und Lala haben über einen Monat gebraucht, um die Beerdigung hinzubekommen, flüstern diese Trauergäste, und die Verzögerung lag nicht nur an den Ermittlungen der Polizei, es lag daran, dass sie kein Geld hatten, um sie zu bezahlen. Das, sagen diese Trauergäste, ist die eigentliche Tragödie von Babys Tod, nicht dass sie von Fremden entführt und umgebracht wurde, sondern dass ihre eigenen Eltern sich ihre Beerdigung nicht leisten konnten. Sie zeigen auf den Vater, auf seine neuen weißen Sneakers, auf seine dicken Ketten aus italienischem Gold. Manche Eltern, sagen diese Trauergäste, wissen nicht, was Prioritäten sind.

Hinter dem Kirchenraum erheben sich die Berge, umgeben von nebligen Feldern grüner Bananen, hier und dort gesprenkelt von in fröhlichen Farben gestrichenen Blechdächern, die an weit verstreute Kacheln eines kaputten himmlischen Zauberwürfels erinnern und überhaupt nicht an die unmöglich am Hang klebenden Häuser der Bergbewohner. In Richtung dieser Häuser schauen die Trauergäste, als ihre Nasen den Duft aufziehenden Regens auffangen. Von dort weg laufen ihre Füße, als ihre Augen es bestätigen, und bald stehen nur noch Wilma und Lala und Adan und seine harten Jungs und Jacinthe und Tone und ein paar Nachzügler in dem durchnässten Gras und der klebrigen Erde unter den triefenden Wolken, während der Sarg in ein Loch abgesenkt wird, das kleiner ist als Adans Bett, und Baby ist für immer fort.

Nach der Beerdigung gibt es bei Wilma einen Leichenschmaus, aber Adan und seine Freunde nehmen nicht teil.

Wilma ist ein Miststück, sagt Adan ihnen, er geht bestimmt nicht in ihre Nähe oder in die ihres Hauses. Und sie verstehen den unausgesprochenen Befehl, dass auch sie sich nicht zum Leichenschmaus wagen dürfen.

Jacinthe ist nicht so wie die anderen Frauen, sagt Adan den Jungs, die nach der Beerdigung unter der letzten Straßenlaterne vor einem dunklen Strandabschnitt mit ihm zusammenkommen und auf rohen Sperrholzbänken herumhängen, die an den Fuß eines großen Jujubebaums genagelt sind. Der Baum ist zu hoch, zu alt, zu ertragsarm, als dass seine dornige Rinde ihnen ernsthaft unbequem werden oder dass die schütter werdenden Äste echten Schutz bieten könnten, aber es ist eine kühle, klare Nacht, und Schutz und Bequemlichkeit brauchen sie nicht.

Nachdem Adan über Jacinthe gesprochen hat, wird er still, und niemand scheint zu wissen, was er sagen soll, niemand will das Falsche sagen, denn immerhin hat Adan gerade ein kleines Mädchen von einer Frau begraben, die nicht die Frau ist, von der er jetzt mit so ungewohnter Verehrung spricht. Die Weisen unter ihnen sind sich dessen bewusst, dass in diesem merkwürdigen Licht, in diesen Gesprächstiefen Streits begonnen und Kränkungen verteilt werden, und keiner von ihnen hat den Wunsch, jemanden zu beleidigen oder beleidigt zu werden.

Sie haben neben Adan gestanden und zugeschaut, wie sie – ein karamellfarbenes Vögelchen von einer Frau mit einem Schopf blond gesträhnter Locken – ihren Platz unter den Trauergästen auf Babys Beerdigung einnahm.

Ragga kennt Jacinthe nicht über das hinaus, was er gehört hat, genauso wenig Shotta, aber sie haben jetzt beide gehört, wie Adan unter der Straßenlaterne über sie spricht, und die Tatsache, dass sie innerhalb dieser Versammlung eine Erwähnung verdient, macht sie ohne Weiteres respektwürdig.

Jacinthe ist nicht so wie die anderen Frauen.

Tone erzählt Shotta und Ragga, dass er Jacinthe ein paar Wochen zuvor in der Küche eines seiner Kunden sitzen gesehen hat, wo sie Tee getrunken und eine Zigarette geraucht und dasselbe laute, freche Lachen gelacht hat, das sie immer lacht. Er erwähnt nicht, dass da zwischen ihr und dem Kunden zwei Lines Koks lagen. Dass sie gezittert hat, wie es Süchtige tun, als lebten sie mit Warpgeschwindigkeit und vibrierten von der reinen Anstrengung stillzuhalten. Er erwähnt nicht, dass er sie zu Adans Haus mitgenommen hat, um Adan zu erinnern, dass sie immer noch erreichbar ist, falls er sie haben will, um Adan zu erinnern, dass er nicht für Lala bestimmt ist, um Lala zu erinnern, dass sie nicht für ihn bestimmt ist. Und das, davon ist Tone überzeugt, hat den Streit zwischen Adan und Lala ausgelöst. Deshalb ist Baby tot.

Shotta liegt quer über den nackten Aluminiumknochen eines Strandliegestuhls, dessen Plastikbänder fehlen, wie es bei diesen Dingen der Fall ist, deren Verlust nicht zu erklären ist, bei denen man das Warum nicht logisch begründen kann. Shotta hat das Gemüt eines Faultiers. Wenn man ihn sitzen oder schlafen sieht, könnte man meinen, er wäre tot, aber Shotta ist nicht tot. Shotta wird nur lebendig, wenn ihm, wie der Schlüssel zu einem Aufziehspielzeug, eine Pistole in die Hand gedrückt wird. Dann sind seine Schritte so flink, seine Bewegungen so behände, so schnell, so sicher, dass es schwer mit dem trägen Skelett auf der knarrenden Strandliege in Einklang zu bringen ist.

»Jacinthe ist ne Gute«, bekräftigt Adan.

»Die Guten muss man halten«, dröhnt Shotta. Er hat eine riesige Stimme für so einen mickrigen Mann. Für einen Killer ist er verblüffend menschenfreundlich.

Rat kommt zurück und begrüßt jeden Mann mit einem Fistbump, bevor er seine Tasche voller roter Kronkorken des einheimischen Biers leert, die er in Absprache mit dem Ladenbesitzer jeden Abend einsammelt, wenn der Ladenbesitzer die Bar für die Abendgäste sauber macht.

»Wie läuft's so?«, fragt Ragga ihn.

»Echt mies«, jammert Rat.

Rat zählt Kronkorken für einen Wettbewerb, dessen Hauptgewinn ein Auto ist. Er ist wild entschlossen, dieses neue rote Auto, nachdem es ihm überreicht wurde, exakt an diesen Ort hier zu fahren und die Jungs darin mitzunehmen. Dann wird er es verkaufen und sich ein Ticket nach Australien kaufen, wo er Kängurus beobachten und ein Aussie-Mädchen heiraten will, denn er mag es, wie sie reden, seit er es einmal in einem Film im Kino gesehen hat. Manchmal träumt er nachts von diesen Frauen, wie sie auf diese lässige, gedehnte Art mit ihm reden, ihn in Australien mit offenen Armen begrüßen. Rat hat herausgefunden, dass er, wenn er das Auto verkauft, gerade so genug Geld hat, um hinzukommen und dafür zu sorgen, dass das Mädchen nicht glaubt, er würde sie ausnutzen. Dass er sich immer noch ein Hemd und Hosen kaufen kann und einen Teller *Pelau* kochen, wenn dieses Mädchen sich Zeit lässt und ihn nicht sofort einlädt, bei ihm zu wohnen, wenn er dort ankommt. Rat hat den Verdacht, dass er mit Überstunden in der Geflügelverarbeitungsanlage oder an den Docks am Hafen oder mit Maler- oder Maurerarbeiten oder als Kellner oder als Fahrer eines mit Graffiti überzogenen Maxi-Taxis nicht zu diesem Aussie-Mädchen kommt, also schlägt er sich mit diesen Optionen gar nicht erst herum.

»Was macht Jacinthe wieder hier?«, will Rat wissen, über das *Klink-Klink* der Kronkorken hinweg, die wie Münzen in einen leeren Eiscremebehälter fallen. »Ist sie zur Beerdigung gekommen?«

»Sie war schon vor der Beerdigung hier. Nur zu Besuch«, sagt Tone, »nur auf der Durchreise.«

Er erzählt nicht weiter, was Jacinthe ihm erzählt hat, als sie auf dem Weg zu Adans Haus über die Strandwinden gestiegen sind, nämlich, dass sie nach Hause gekommen ist, weil ihr Vater sie darum angebettelt hat, weil er dachte, sie bräuchte Hilfe. Doch das habe keine Rolle gespielt, hatte Jacinthe gesagt, sie hat New York gehasst. Sie dachte, in New York würde sie ihre Mutter finden, aber Jahre nach ihrer Ankunft hatte sie sie immer noch nicht gefunden. Außerdem hatte sie ständig das Gefühl, sich die Hände, das Gesicht, die Haare waschen zu müssen, wenn sie von draußen in ihre Wohnung kam, als wäre sie nur vom Stehen auf der Straße schon verseucht.

Adan tritt mit den Sohlen seiner Sneakers gegen ein Büschel Zypergras. Diese Sneakers waren einmal so weiß, dass sie neben dem dunklen Samt seiner sehr schwarzen Haut fast bläulich wirkten, aber der Regen während der Beerdigung und der dadurch entstandene Dreck haben sie mit hässlichen Schattierungen von Braun und Grau verschmiert, und er versucht, sie wieder sauber zu wischen. Weiße Reeboks zur Anzughose sind der letzte Schrei, und er hat sich von Wilmas Geld neue gekauft – das strahlendste, weißeste Paar, das er finden konnte –, um seinem kleinen Mädchen Auf Wiedersehen zu sagen, aber jetzt staunt er, wie leicht sie schmutzig wurden, als es regnete, wie unwahrscheinlich es ist, dass sie je wieder so weiß werden, wie sie waren, als er sie aus der Schachtel holte. Manche Sachen, denkt Adan, kann man nie wieder neu machen.

»Echt?«

Shottas grober einheimischer Akzent täuscht darüber hinweg, dass er eigentlich in Guyana geboren ist. Es ist eine kuriose Fähigkeit, die er hat, den Kern der Gegend, in der er lebt, so vollkommen zu verkörpern. Wenn man ihm zuhört, könnte man meinen, er wäre seit seiner Geburt hier in dieser Straße.

Ist er nicht. Deshalb weiß er nichts von dem hellbraunen, halb weißen Mädchen, das Tone und Adan kennengelernt haben, als sie Teenager waren, die Tochter eines bekannten einheimischen Geschäftsmannes. Er weiß nichts von dem Tag, an dem sie sie getroffen haben, als sie in der Stadt waren und Einheimische anquatschten, sie würden ihnen je fünf Dollar zahlen, wenn sie ihnen Touristen vermittelten, die ihnen halfen, zollfrei Parfum und Lederschuhe zu kaufen.

Jacinthe hatte die Schule geschwänzt und beschlossen, den Tag in der Stadt zu verbringen und in den Parfum- und Make-up-Abteilungen der Kaufhäuser herumzuschleichen, bis der Schultag vorbei war und sie sich mit den anderen Kindern vor der glänzenden Ladenfassade der Norman Mall treffen konnte. Sie hatte ihre Oberschulkrawatte abgenommen, die Bluse aus dem Rock hängen lassen und sich die Lippen mit einer Revlon-Probe angemalt. Sie war ihnen zufällig über den Weg gelaufen, hatte sie um Feuer für ihre Zigarette gebeten, dieses Schulmädchen, und Adan hatte ihr welches gegeben.

Adan hatte seine Texte an ihr ausprobiert, einfach um zu sehen, ob sie anbiss, ob er auf sie dieselbe Wirkung hatte wie auf fast alle anderen Frauen, die ihn kennenlernten, ohne von seinen Neigungen zu wissen, aber Jacinthe war einen Schritt zurückgetreten und hatte sie angeschaut und gelacht. Ein spöttisches Lachen, als wären sie unter ihrer Würde.

»Eine Duty-free-Abzocke?«, hatte sie geprustet. »Charmant.«

An diesem Tag waren sie Freunde geworden, hatten mit großen Augen Jacinthes Geschichten von Ferien an exotischen Orten im Ausland gelauscht und von Dienern, die ihr

Bett machten, und von Fahrten im Mercedes ihres Vaters, als hätte das alles überhaupt nichts zu bedeuten. In Wirklichkeit, sagte Jacinthe, wollte sie nur ihre Mutter finden, die nach Amerika zurückgegangen war, als Jacinthe noch ein kleines Mädchen war. Sie hörte nichts von ihr, sie vermisste sie. Als der Tag damit endete, dass sie Jacinthe rechtzeitig zu ihrem Schultor zurückbegleiteten, damit sie von einem Fahrer eingesammelt werden konnte, hatten sie das Gefühl gehabt, sie schon ewig zu kennen. Und direkt bevor sie sich verabschiedeten, griff Jacinthe in ihre Bluse, zog zwei Zippo-Feuerzeuge heraus, die sie im Laden geklaut hatte, und überreichte Tone und Adan jeweils eines. Ein Andenken, hatte sie mit einem Zwinkern gesagt. Und Adan war verliebt.

»Ich würd nicht zurückkommen, wenn ich eine Chance hätte, von hier zu verschwinden«, sagt Rat. »Ich würd bestimmt nicht wiederkommen.«

»Für Jacinthe war's nich so, als sie hier war«, erklärt Adan. »Der Vater von Jacinthe hat genug Geld, die könnte alles machen, egal wo.« Er sagt es mit einem gewissen Stolz, als würde ihre Aussicht, ein Vermögen zu erben, irgendwie ein gutes Licht auf ihn werfen.

»Ich würd trotzdem nicht wiederkommen«, sagt Rat, »ich nicht.«

Tone zieht an seinem Joint. Als er Jacinthe an diesem Tag bei dem Kunden gesehen hat, überredete er sie, mit zu Adan zu kommen. Er hat darauf vertraut, dass die Anziehung zwischen ihnen, was auch immer es war, ganz natürlich wieder neu entfacht würde, dass Adan seine Sprüche, seinen Charme einsetzt und versucht, sie anzumachen. Es dürfte nur eine Frage der Zeit sein, bis das mit Adan und Lala vorbei wäre, hatte Tone damals gedacht, mit Baby oder ohne Baby. Aber natürlich ist es so nicht gekommen.

Und jetzt ist Baby seinetwegen tot.

KAPITEL FÜNFUNDZWANZIG

Lala
5. Januar 1984

Wie lernst du, einen Mann zu lieben?

Zum ersten Mal stellst du dir diese Frage, wenn du eine frisch getraute Braut bist. Das sind die Zeiten, in denen Adans Raubzüge dir Kleider verschaffen, um die schrecklichen Sachen zu ersetzen, die Wilma genäht hat. Er kauft dir neongelbe Jeanskleider und orangefarbene Wildleder-Stiefeletten mit Kitten-Heel-Absätzen und nietenbesetzte Ledergürtel, die du auf den Hüften tragen kannst, wenn du mit ihm zum Tanzen gehst, um Alpha 24 zu hören und zuzuschauen, wie böse Jungs sich, so gut sie können, zur Musik ihrer Vorfahren bewegen und dabei ihr Vermögen um den Hals tragen. Das sind auch die Zeiten, in denen Adan zum ersten Mal seine Fähigkeit demonstriert, dir diese Kleider vom Leib zu prügeln, diese Kleider zu zerreißen und dich mit den Absätzen genau jener Stiefeletten zu schlagen, die er dir vorher in einer Schachtel mit Schleife darauf überreicht hat.

An diesem Abend, an dem du dir diese Frage zum ersten Mal stellst, flichst du dir die eigenen Haare in dicken *Box Braids*, die du hoch auf deinem Kopf auftürmst, und du lässt sie in schweren Bündeln über deinen Rücken fallen. Du trägst ein winziges gebleichtes Latz-Minikleid, das über deinem dicker werdenden Bauch spannt und in einem Rock endet, den du ständig an deinen Oberschenkeln herunterziehst, und ein rosa Unterhemd, das du zerrissen und mit Sicherheitsnadeln wieder zusammengesteckt hast, wie es gerade Mode ist. An diesem Abend bist du immer noch jedes Mal von berauschender Freude erfüllt, wenn du einen Blick auf deine linke Hand wirfst und Chinkys Werk siehst, dessen winziger Diamant Regenbogen in deinen Augen leuchten lässt. Du bist immer noch trunken vom Hochgefühl, dich so anziehen zu können, in Kleidung, die Wilma missbilligen würde, für dich gekauft von einem Ehemann – und nicht nur einem Freund, den sie verachtet.

An diesem Abend hast du Adans Trainingsanzug gebügelt und dir Sorgen gemacht, wie du die Bündchen und Kragen umschiffen sollst, damit sie perfekt an Handgelenken sitzen, die du gerade erst zu fürchten lernst, und dann schaust du zu, wie sich dein Ehemann zurechtmacht, mit Parfum bespritzt, die leuchtend weißen Sneakers anzieht, die du den Großteil des Nachmittags über mit White-X gescheuert hast.

Als ihr beide auf der Wiese ankommt, auf der Alpha 24 den Neujahrstanz veranstalten, wird Adan von einem Haufen seiner Freunde umschwärmt – Frauen in Netz-Overalls und Miniröcken, mit Goldreifen an den Ohren, die Schatten auf ihre mahlenden Kiefer werfen, wenn sie Chiclets-Kaugummi kauen. Männer, die Adan *Großer* oder *Chef* nennen und mit ihren klunkerbesetzten Fäusten gegen seine stoßen und nicken. Und in dieser Gruppe von lachenden, trinkenden, tanzenden Kumpels steht Tone an die fröhlich bunte Wand einer Bude gelehnt, die im Rhythmus zu *Pass the Kouchie* vibriert, und nippt an einem Softdrink.

Wie lernst du, einen Mann zu lieben?

Du könntest denken, du lernst es, während du's tust. Nachdem du also die Kleidung deines Ehemannes gebügelt und seine Sneakers weiß geschrubbt hast und mit ihm auf deinen orangefarbenen Stiefeletten mit den Kitten-Heels zum Tanz gegangen bist, stapfst du vielleicht mit diesen Wildlederstiefelchen durch das feuchte Gras, um ihm seine Drinks holen zu gehen, sein Essen und seine Fanta, und dann stehst du vielleicht vor ihm, lässt es so aussehen, als würde er sich um dich kümmern, den Blick dabei ständig auf seinen Becher gerichtet, damit du es siehst, wenn er womöglich Nachschub braucht. Du denkst vielleicht, das Flattern in deinem Magen, wenn du ihn ansiehst, die Schönheit seiner schwarzen, schwarzen Haut und seines weißen, weißen Lächelns und der breiten, hohen Stirn unter der braunen Kangol-Mütze ist die Liebe, die du lernst, indem du all diese Dinge tust, ist die Liebe, die du spüren sollst, und sie wird die Schrammen abmildern, je besser du darin wirst, was du tust.

Wie lernst du, einen Mann zu lieben?

Du denkst vielleicht, du lernst es durch Gehorsam. Wenn dein Mann also einen Schluck zu viel aus einer Flasche Whisky hatte, sagst du nichts, wenn das Lachen lauter wird, die Witze derber und er weniger immun gegen die Schmeicheleien der Geier, die angezogen sind wie Pfauen. Er sagt dir, du sollst nach Hause gehen, du brauchst deine Ruhe, und die Musik könnte zu laut für das Baby sein, und er streicht über deinen Bauch und sagt, er wird einen seiner Jungs mitschicken, damit dir auf dem Fußweg dorthin nichts passiert. Du sagst nichts, als der, den er beordert, ausgerechnet Tone ist, der starke junge Mann, den du damals an einer Abflussrinne kennengelernt hast, ein Mann, der jetzt die grüblerische Miene eines sich zusammenbrauenden Sturms trägt. Du sagst deinem Mann nicht, dass er dich nicht mit diesem speziellen Mann losschicken soll; wenn er weiß, was gut für ihn ist, sollte er dich an seiner Seite haben wollen.

Du hast Mühe, zwischen den wackligen Wellblechständen, aus denen Verkäufer frittierten Fisch und Fischküchlein und amerikanische Hotdogs in fetten gelben Brötchen verhökern, mit Tone Schritt zu halten. Er beachtet weder deinen runden Bauch und erst recht nicht das Funkeln des von Chinky grob gefassten Diamanten in dem Goldring, der einmal zu einer Kette gehörte, die Adan gestohlen hat. Nein, Tone geht schnell durch die schmalen Gassen und Straßen auf Baxter's Village und den Strand zu und auf das Haus, in das du vor Kurzem mit deinem Mann gezogen bist, und er schaut sich kaum nach dir um, ob du mitkommst, und auch wenn du fast keuchst von der Anstrengung, ein paar Schritte hinter ihm zu bleiben, hältst du den Blick auf deine orangefarbenen Stiefeletten gerichtet, die du eine vor die andere setzt, während sie mit weichem Matsch bespritzt und von groben Kieseln, Felsen und Holz zerkratzt werden. Als er dich durch eine Gasse führt, die so schmal ist, dass ein Stein von sechzig Zentimetern den Weg versperrt, steckst du in der Zwickmühle. Du hast keine andere Wahl, als über diesen Stein zu klettern, aber du kannst nicht, weil der Minirock nicht zulässt, dass du die Beine so hoch hebst, und obwohl du, als er vor Jahren verschwunden ist, beschlossen hast, diesen Jungen nie wieder so zu rufen, dass er auf die Idee kommt, dass du ihn brauchst, stolperst du und musst den Blick von deinen Stiefeln heben und einen Namen rufen, den du nicht vergessen kannst.

»Robert.«

Wie lernst du, einen Mann zu lieben?

Du denkst vielleicht, du lernst es beim Sprechen, wegen der Wärme, die deine Brust ausfüllt und über deine Lippen entwischt, als Tone dir über den Felsblock hilft. Als er dich nach deinem Mann fragt, wie du ihn kennengelernt hast, dem Tag, an dem du ihn geheiratet hast, dem Tag, an dem du in sein Haus am Strand gezogen bist, da redest du, und dein Körper ist voller Hitze. Diese Wärme ist der Beweis deiner Liebe, überlegst du, und davon zu sprechen macht sie stärker. Du schreibst diese Hitze in deiner Brust, wenn du sprichst, der Liebe zu deinem Ehemann zu und nicht der Erinnerung an andere Zeiten, mit diesem Jungen, der nicht dein Ehemann ist, dessen Arme dich umfassen und dich hochheben, über das Hindernis und auf die Seite, wo der Weg wieder frei ist.

Der Regen kommt, und die Hitze verdampft nicht, und dieser Junge sagt dir, dass ganz in der Nähe von diesem Weg, auf dem ihr euch befindet, ein Eingang zu den Tunneln ist, erinnerst du dich noch an die Tunnel? Und die Wärme verlässt deine Brust und fächert sich nach oben über dein Gesicht und nach unten, und vielleicht ist Liebe wirklich Gehorsam, denn als er dich fragt, ob du versuchen möchtest, den restlichen Weg zu Adans Haus am Strand entlangzurennen oder ihm zu diesem Eingang zu folgen, da sagst du zu diesem Jungen, ja, ja, du möchtest ihm gern zu diesem Eingang folgen, du möchtest dich gern in diesen Tunneln unterstellen.

Aber natürlich stellt ihr euch in diesen Tunneln nicht nur unter, ihr horcht nicht nur auf den Regen und wartet, bis er aufhört. In diesen Tunneln verstehst du, dass du nicht lernst, einen Mann zu lieben, denn beim richtigen Mann ist es nicht nötig zu lernen, die Liebe ist das Natürlichste auf der Welt. Du verstehst, wenn du lernen musst, einen Mann zu lieben, dann ist er wahrscheinlich nicht der Mann, den du lieben solltest.

Und das ist der Grund, warum du deine Freude herausschreist, bis ihr Echo durch diese schmalen, dunklen Gänge hallt und sie mit Licht flutet. Dieses Wissen, sagst du dir selbst, und nicht die Hände und die Zunge und die Schenkel von Tone unter dir auf dem Boden dieser Tunnel, ist der Grund, warum du singst. Diese Wahrheit, die nur die Mädchen herausfinden können, die es wagen, die Tunnel zu betreten.

Die Sache ist: Wie man einen Mann liebt, ist nur im Dunkel der Tunnel klar. Als du wieder herauskommst, als dein

Mann in der Feuchtkälte des frühen Morgens nach Hause kommt und er durchweicht ist vom Gestank eines Geiers, als du ihm eben jene Sneakers ausziehst, die du vorher für ihn geputzt hast und die jetzt mit nassem Schlamm verschmiert und besudelt sind; als du ihm jenen Trainingsanzug ausziehst, den du gebügelt hast, schleichen deine Gedanken zurück zu der Frage, wie du ihn am besten lieben kannst, denn er riecht nach Gras und einer anderen Frau, und du denkst, vielleicht machst du ja etwas falsch. Und er hat keine Mutter, die dir zeigen kann, wie du ihn am besten liebst, und du hast keine, die dir sagen kann, was du zu tun hast. Und du weißt nicht, wie du mit der Erinnerung an den Freund deines Mannes umgehen sollst, der seine rechte Hand ist und der dich in der tiefen Dunkelheit der Tunnel geliebt hat, also schiebst du diese Erinnerung weit weg und versuchst, diesen Freund zu meiden, wenn er Adan besuchen kommt, und bald meidet er selbst die Besuche bei Adan, und wenn er ihn doch besucht, klopft er an, bevor er eintritt.

Und du wünschst dir, du hättest jemanden, den du fragen kannst, jemanden, dem du dich anvertrauen kannst, aber das hast du nicht, denn Wilma kannst du dich nicht anvertrauen und Esme ist tot.

In solchen Momenten vermisst du deine Mutter, obwohl du sie eigentlich nie richtig gekannt hast, mehr denn je.

KAPITEL SECHSUNDZWANZIG

Esme

20. Dezember 1968

Es gibt Dinge, die wird sie ihrer Tochter über die Liebe erzählen, wenn sie groß ist, schwört sich Esme, während sie morgens kurz nach fünf durch das taunasse Gras der Wiese in Richtung von Wilmas Haus stapft; Dinge, die sie besser wissen sollte, wichtige Dinge. Beim Gehen beobachtet Esme ihre Füße, die genau zu wissen scheinen, wohin sie gehen, auch wenn ihr Herz nicht folgen will. Eines der Dinge, die sie Lala beibringen wird, gelobt Esme, ist, was du tust, wenn du einen Mann hast, der deine Kinder nicht liebt. Und dann gelobt Esme, ihrer Tochter zu sagen, sie soll sich gar nicht erst in so eine Lage bringen.

Die Füße bleiben nur kurz stehen, als sie das Bananenfeld erreichen und Wilmas kaltes Steinhaus in Sicht kommt. Sie zögern, bevor sie weitergehen, langsamer diesmal. Wilma wartet schon neben den Okrabäumen, wie sich herausstellt, die Arme in die Seiten gestemmt, ihr Gesicht so kalt wie der Kalkstein, aus dem ihr Haus besteht.

»Morgen«, sagt Esme, als sie in Hörweite ist, und als Wilmas Schweigen sie daran zweifeln lässt, es laut gesagt zu haben, sagt sie noch einmal: »Morgen.«

»Was bringt dich jetzt her?«, fragt Wilma und schaut das schlafende Kind an, das auf Esmes schmächtigen Schultern lastet. »Was weckst du die Leute so früh am Morgen?«

Esme wird ihrer Tochter sagen, dass man sich nicht auf die Zuneigung anderer verlassen kann, selbst wenn sie dich geboren haben. Sie wird ihr sagen, das verspricht sie sich, dass ein Kind zu lieben nicht von selbst passiert, nicht bei allen. Diese Weisheit, wird Esme erklären, ist der Grund, warum sie Rainford nicht beim ersten Anzeichen dafür, dass er unfähig war, Lala zu lieben, verlassen hat. Sie rückt das Bündel auf ihrer Schulter zurecht. Lala schläft und sieht mit ihren zwei Jahren schon jetzt aus, als hätte sie vor, die zarte Gestalt und die feinen Züge ihrer Mutter zwergenhaft erscheinen zu lassen. Lalas dicke Beine hängen schwer am Oberkörper ihrer Mutter herunter, ihre pummeligen Arme sind fest um Esmes Hals geschlossen; ab und zu regt sie sich, wenn ihr Bein von den zwei Taschen angestoßen wird, die Esme beleidigt gepackt hat. Esme kann den breiten feuchten Fleck spüren, wo Lalas durchweichte Unterhose ihr gutes Kleid nass gemacht hat. Sie hat daran gedacht, sich umzuziehen, bevor sie davongelaufen ist, tadelt sie sich, aber nicht daran, die nasse Unterwäsche ihres Kindes zu wechseln.

»Wir wollen nur ein paar Tage bleiben, bis ich zu Auntie Earlie kann«, beginnt Esme.

»Und warum musst du deine Probleme zu deiner Auntie tragen gehen?«, will Wilma wissen. »Haben alte Frauen nicht ihre Ruhe verdient?«

Esme tritt von einem Fuß auf den anderen, und Wilma beäugt den nassen Fleck und gibt nach.

»Komm«, sagt sie, »ich denke, für ein paar Tage geht es schon.«

In dieser Nacht schlafen sie im Nähzimmer auf einer behelfsmäßigen Matratze auf dem Boden. Carson ist auf Familienbesuch in Kanada, wie sich herausstellt, aber Esme plant schon, wie sie wieder gehen wird, was sie als Nächstes tun wird, und sie weiß, dass sie recht damit hat, als Wilma nach wenigen Tagen anfängt, sich darüber zu beschweren, dass Esme das Nähzimmer belagert, dass Lalas Spiel droht, die Schneiderpuppen und die dort angesteckten halb fertigen

Kleider durcheinanderzubringen. Wilma fängt an, sich zu beklagen, ein Nähzimmer sei kein Ort für ein kleines Kind – sie könnte eine Nadel verschlucken oder so was –, und sie hat nur die anderen beiden Schlafzimmer, von denen eines Carson gehört.

Esme versteht.

Als ein paar Tage später Rainfords kleiner Forsa auf der Straße vor Wilmas Steinhaus auftaucht, protestiert Esme nicht. Sie braucht nicht sehr lange, um ihre Sachen zu packen, die Schneiderpuppen wieder auf ihren Platz in der Mitte des Nähzimmers zu ziehen, die jetzt von ihrem improvisierten Bett befreit ist. Esme bedankt sich bei Wilma, ja, wirklich, und sie geht zu Rainfords kleinem Auto und lädt Lala auf dem Rücksitz ab, obwohl sie weint; sie weiß, sie hat es sich selbst eingebrockt, und jetzt muss sie es auch auslöffeln.

Rainford versucht es anfangs, natürlich tut er das. Esme stellt sich vor, dass er ihre Lala lieben möchte, aber wir haben immer Mühe, denkt sie, etwas zu lieben, das keine Spiegelung unserer selbst ist. Dieser Kampf ist menschlich, und Rainford ist es auch. Sie redet sich ein, dass sie deshalb nichts tut, als seine unbeholfene Art in den ersten paar Monaten, nachdem sie und die kleine Lala wieder eingezogen sind, zu der Angewohnheit verknöchert, Lala völlig zu ignorieren, obwohl Esme sich größte Mühe gibt, dass ihr Kleinkind sauber, gekämmt und süß ist, wenn Rainford den Forsa vor dem kleinen Steinhaus in der Stadt parkt, wo er drei Zimmer für sie gemietet hat. Deshalb protestiert sie nicht, als Rainford vorschlägt, dass sie Lala das Wochenende bei Wilma verbringen lässt, damit sie ein bisschen Zeit allein miteinander haben, trotz allem, was Esme ihm von ihrer Mutter erzählt hat.

Esme tut nichts, als Rainford behutsam vorschlägt, dass man Lala vielleicht ganz zu ihrer Großmutter schicken könnte, trotz allem, was Esme ihm über Wilma und über Carson erzählt hat. Weil sie diese Sache über die Liebe versteht, sagt Esme nicht Nein, sie packt nicht aufgebracht ihre Sachen und geht mit ihrer Lala weg, sie bittet die Kubanerin nicht, ihnen wieder ein Zimmer in ihrem Kaninchenbau zu vermieten, aber sie schickt Lala auch nicht zu einer anderen Verwandten. Stattdessen drückt Esme ihre Tochter fester an ihren Busen, wenn Rainford in der Nähe ist, schirmt sie vor seinem barschen Raunzen ab und singt ihren Namen, in der Hoffnung, dass ihre Tochter nie vergisst, wie genau er aus dem Mund von jemandem klingen sollte, der sie wirklich liebt, der Ton, der die wahre Verehrung des Sängers widerspiegelt. Sie singt den Namen ihres Babys, und sie singt alberne Lieder über Fluchten, von denen sie nie laut spricht. Doch an diesem Morgen, als er ihre Lala ins Gesicht schlägt, weil sie wieder einmal ihr einziges gutes Bett nass gemacht hat, verliert Esme ihr Verständnis. Sie rennt zu Wilma zurück.

»Es ist okay«, singt sie Lala im Nähzimmer vor, »alles wird gut.«

Und Lala glaubt ihr mit der Unschuld der Kindheit, schmiegt ihren properen Kleinkindkörper an den zarten Körper ihrer Mutter und summt vor sich hin, versucht, den Klang des Namens zu imitieren, den ihre Mutter ihr vorsingt.

Aber es wird nicht gut.

Als Rainford das erste Mal vorschlug, Esme könnte bei ihm einziehen, hatte sie die Einladung als eine Gebetserhörung betrachtet, auch wenn sie nicht mit einem Heiratsantrag einherging. Es kam ihr nie in den Sinn, dass sie dafür bezahlen würde, schon gar nicht mit ihrem Leben. Sie brauchte nur zwei Stunden um ihre weiße Carmenbluse einzupacken, die ein Geschenk der Kubanerin war, ein paar Secondhand-Röcke, die sie von Wilma geerbt hatte, und einen kleinen Kerzenhalter aus Kristall, den ihr ein Seemann geschenkt hatte. Und natürlich ihr Baby.

Die Kubanerin hatte ihr zugesehen, im Mund eine Zigarre, in der Faust die Miete, auf die sie für den einen Monat, der ihr entgehen würde, bestanden hatte, auf dem Busen die Schals, von denen sie sagte, sie hielten die Kälte ab. Die Kubanerin hatte mit Esme und dem Baby dagestanden und gewartet, bis der Forsa am Ende der Gasse rüttelnd zum Stehen kam und auf sie wartete. Das Haus der Kubanerin war eines von denen mit einer Tür in eine Seitenstraße; es tat nicht so, als wäre es ein Ort, den man durch eine Vordertür betreten wollte, und so machte es sich auch nicht die Mühe, eine zu haben. Esme hatte Lala fest an die weißen Rüschen der Bluse gedrückt, die zum Tanzen gemacht war, hatte zugesehen, wie Rainford eine Zigarette anzündete und die Gasse entlangkam, während die Kubanerin in ihren Gebeten flüsternd Handel mit den Orishas abschloss.

Als Lala alt genug ist, um Dilemmas wie Heiratsanträge besprechen zu wollen, ist Esme schon tot und kann sie nicht warnen. Wäre Esme noch am Leben, hätte sie ihr vermutlich mitgegeben, wie ihr das Herz in die Hose rutschte, als Rainford, vier Monate nachdem sie das zweite Mal zu Wilma gerannt und wieder zu Rainford zurückgekehrt war, nach Hause kam, mit einer kleinen Schachtel in der Hand aus dem Suzuki Forsa stieg und sie bat, mit ihm nach drinnen zu kommen. Esme hätte ihr mitgegeben, wie ihre Proteste, dass sie noch ein bisschen draußen bleiben müsse, um das Tageslicht für die restlichen Hausarbeiten zu nutzen, alle vergebens waren. Sie hätte ihrer Tochter erzählt, dass sie bis dahin schon entschieden hatte, dass sie Rainford niemals heiraten würde, sodass die Tatsache, dass er bis heute auch nicht gefragt hatte, eher eine Erleichterung war als alles andere, weil es sie von der Last befreite, Nein zu sagen. Sie hätte ihr mitgegeben, wie sie, als Rainford seine Liebe erklärte, den Blick auf den Ixorabusch gerichtet hielt, den sie auf einem kleinen, dürren Fleck Erde vor den gemieteten Zimmern gepflanzt hatte. Er hatte gerade angefangen zu blühen, hätte Esme ihr erzählt, und sie war draußen, um ihn zu pflegen, mit ihm zu reden und ihn zu dieser Leistung zu beglückwünschen, als der Forsa in Hörweite und dann in ihrer Sichtweite hupte. Sie hätte Lala erzählt, wie Rainfords Gesicht voller Freude war, während er die Hand auf der Hupe hielt, sehr zum Ärger des Nachbarn, der herauskam und sein Buschmesser schärfte, als Rainford schließlich mit einer verpackten Schachtel mit Geschenkbändern, die über seine Hände hingen und in Locken endeten, die in der Nachmittagssonne hüpften und funkelten, aus dem Auto stieg. Esme hätte erzählt, wie langsam sie Rainford ins Haus folgte, wie ihr Herz schwer wurde von der Erkenntnis eines bevorstehenden Antrags. Sie hätte Lala erzählt, wie ihre Hände zitterten, als sie die Schürze abnahm, den Schal entknotete, mit dem sie ihre Haare zurückhielt, damit ihr nicht der Schweiß in die Augen lief, bis sie brannten. Sie hätte ihr mitgegeben, dass das nicht die Reaktion einer verliebten Frau ist, für die eine Hochzeit eine natürliche Weiterentwicklung dieser Liebe ist. Sie hätte ihr gesagt, dass eine Frau sich, wenn ein Antrag richtig ist, vor allem in Sicherheit fühlen sollte, als hätte sie einen weichen Landeplatz gefunden. Sie hätte ihr gesagt, dass das wummernde Herz und die Beklommenheit bedeuteten, dass dies nicht die richtige Ehe für sie war.

Hätte sie überlebt, hätte Esme ihrer Tochter erklärt, warum sie trotz alledem nicht Nein sagte, warum sie in dem beengten Schlafzimmer gestanden hatte, das sie mit einem Mann teilte, den sie nicht liebte, und zugesehen hatte, wie er auf ein Knie ging und ihr eine Schachtel mit einem schmalen Goldreif, gekrönt von einem einzelnen kleinen Diamanten, hinhielt, für den er sich den Großteil eines Jahres abgeschuftet hatte. Sie hätte ihr gesagt, dass sie sich das für ihre eigene Tochter nicht wünschte – die Verantwortung, Ja zu einem Mann zu sagen, für den dieser Antrag das einzige Ziel mehrerer Monate unerwiderter Zuneigung war. Sie hätte erklärt, dass sie Ja gesagt hatte, damit ihre eigene Tochter es nie würde tun müssen.

Esme hätte ihr mitgegeben, dass diese Erkenntnis nicht nur ein Fall von kalten Füßen war. So etwas Flüchtiges war es nicht. Sie hätte erklärt, dass sie erkannt hatte, dass mit Rainford zu leben ihr das Gefühl gab, nicht atmen zu können, als wäre sie in eine Kiste gesperrt worden, aus der es kein Entkommen gab. In dieser Kiste, hätte Esme vielleicht gesagt, gab es einen Anschein von Glück – Rainford war treu, er schaute ihr gerade in die Augen, er brachte ihr das Geld, das er als Vertreter verdiente, indem er an der Haustür Haushaltsgegenstände und Enzyklopädien verkaufte, er half ihr beim Kochen und Putzen und ging mit ihr und der kleinen Lala, wenn er sie ertragen konnte, zum Burger Bee in Bush Hall auf Hähnchen und Pommes und Vanille-Softeis, das nach links floppte und, keine fünf Minuten, nachdem es in die Waffel gespritzt wurde, schon geschmolzen war. Aber das genügte nicht, würde sie Lala eindringlich bitten zu verstehen. Esme wollte ihr Leben nicht wie ein gut geschmiertes Uhrwerk leben. Irgendwann zehrte das nachmittägliche Ritual an ihr, das Haus, sich selbst und ihre Tochter für die Ankunft ihres Zukünftigen vorzubereiten.

Und so passierte es, dass Esme anfing, in den Stunden bevor Rainford nach Hause kam, Nachmittagsspaziergänge mit

Lala zu machen. Und es war während dieser Nachmittagsspaziergänge, dass Männer, die sie früher im Bordell getroffen hatten, ihren Namen riefen, sie daran erinnerten, dass sie sie schwach machte, dass sie alles tun würden, um eine Frau wie sie zu bekommen.

Einer von ihnen, ein Mann namens Plucka, ist hartnäckiger. Er ruft Esme nicht nur hinterher, wenn sie mit Lala in einem Kinderwagen vorbeikommt, der für Letztere viel zu klein ist. Er geht zu ihr hin, bewundert Lala, hebt sie aus dem Kinderwagen und auf seine Schultern und spricht in Wörtern mit ihr, die Kinder verstehen, während Esme den leeren Wagen neben ihm herschiebt und sie spazieren gehen und er Witze erzählt, die sie zum Lachen und Lachen und Lachen bringen.

An ein paar dieser Abende kommt Rainford im Forsa genau dann den Hügel herauf, als Plucka Lala von seinen Schultern hebt, sie in dem kleinen Garten mit dem Ixorabusch absetzt und sich verabschiedet. Das stört Rainford bei der ersten Gelegenheit, als es passiert, nicht übermäßig, reizt ihn nicht zu sehr, aber beim dritten Mal ärgert ihn der Anblick dieses Mannes: ein grobschlächtiger, Rum trinkender Koloss von einem Mann, der mit seiner Stieftochter auf den Schultern neben seiner Verlobten hergeht. Er ist gereizt bei dem Anblick seiner kleinen Stieftochter, schon jetzt gebaut wie der Überlandbus, wie sie gar nicht mehr aufhören kann, über Pluckas Aufmerksamkeiten zu lachen. Er hält den Forsa mit quietschenden Reifen an und springt beleidigt raus.

»Esme!«, schimpft er. »Hast du nichts Besseres zu tun, als mit üblen, Rum trinkenden Männern herumzulaufen?«, und seine Stimme ist hoch, trägt weit, bringt sie in Verlegenheit.

»Sei still mit deinem knochigen Hintern, Rainford«, antwortet Esme. »Kommst du dir mehr wie ein richtiger Mann vor, wenn dich jeder hören kann?«, und ihre vielen Armreifen klappern und klimpern.

Lala weiß noch, wie sie die Ixorablüten angeschaut hat, die Bienen, die um sie herumsummten, während sich die Erwachsenen zankten. Sie kann sich nicht erinnern, dass Plucka Rainford um Entschuldigung gebeten hat, dass er sagte, er habe weder ihm noch seiner Frau gegenüber respektlos sein wollen. Sie kann sich nicht erinnern, dass das Rainford noch wütender gemacht hat – dass sich der Eindringling entschuldigt, seine Verlobte aber nicht. Sie kann sich später nicht an den brennenden Schlag erinnern, den Rainford ihrer Mutter seitlich ins Gesicht versetzt, kann nicht wissen, wie der das Baby in ihrem Bauch hüpfen lässt, wie ihre Knie einknicken.

Lala würde sich später nicht mehr erinnern, wie Plucka sagte: »Das hättest du nicht machen müssen, Mann, wir waren nur spazieren«, als wäre die Bestrafung unter gewissen Umständen berechtigt, in diesem Moment aber zufällig ungerechtfertigt. Lala erinnert sich womöglich jetzt nicht mehr daran: wie Plucka einfach wegging und den Kopf schüttelte, während Rainford ihre Mutter an den Haaren nach drinnen zerrte und anfing, sie zu schlagen, während die kleine Lala gehorchte, als ihre Mutter schrie, sie solle nicht hereinkommen, und draußen blieb.

Hätte sie die Chance gehabt, hätte Esme ihrer Tochter gesagt, dass der Heiratsantrag eines schlechten Mannes eine Einladung ist, vom Weg abzukommen; nur eine Idiotin nimmt so einen Antrag an. Hätte sie überlebt, hätte sie ihr das vielleicht gesagt, während sie an dem Ehering an ihrem Ringfinger herumspielte, denn wie Lala gehört hat, heiratet Esme Rainford an einem nassen Dezembertag. Auf ihrem Rückweg nach Hause von der Kirche, in der sie sich das Jawort gegeben haben, pfeift Plucka hinter Esme her, als sie am Rum Shop vorbeikommen. Vielleicht hatte er ein Glas Rum zu viel, vielleicht ist es sein Schwanengesang, bevor er seine Bewunderung für eine Frau aufgibt, die jetzt mit einem Mann verheiratet ist, den er für besser hält als sich selbst, vielleicht ist es Pluckas Art, Esme zu sagen, dass sie, Ehe oder nicht, immer noch die Hure ist, die damals im Bordell der Kubanerin in der Stadt gewohnt und sich zum Preis eines *Coco Bread* mit Käse verkauft hat. Was auch immer es ist, Plucka belässt es nicht dabei.

»Kommst du's den Jungs noch mal ein bisschen besorgen, bevor du heimgehst, Mrs. Ramkissoon?«, stichelt Plucka, und Rainford ist zu wütend, zu beschämt, um irgendetwas anderes zu tun, als vor seiner Frau herzugehen, in ihr Haus, und die Tür vor ihr zu schließen. Esme versucht reinzukommen, aber die Tür ist verriegelt, also bleibt sie auf der Veranda und bettelt darum, eingelassen zu werden, die wenigen Wildblumen ihres Brautstraußes fangen schon an zu welken und werden schlapp, schlimmer als die Locken in ihren Haaren.

»Mach die Tür auf, Rainford«, brüllt Esme. »Mach verdammt noch mal die Tür auf, Mann!«

Man hat Lala nie erzählt, wie ihre Mutter Rainford verfluchte, wie sie drohte, zusammen mit ihr ins Bordell zurückzugehen oder sonst irgendwohin, wo er sie niemals finden wird. Stattdessen wird Lala immer wieder die Geschichte erzählt, was passiert ist, nachdem Rainford die Tür geöffnet hat: dass er seine frisch angetraute Ehefrau mit einem Buschmesser zerhackte, bevor er eine Flasche Unkrautvernichtungsmittel trank, das sie immer benutzt hatte, um die Fingerhirse davon abzuhalten, ihren Ixora zu ersticken.

Hätte sie die Wahl gehabt, würde Esme ihrer Tochter heute eine ganz andere Geschichte erzählen.

KAPITEL SIEBENUNDZWANZIG

Lala

3. September 1984

An dem Tag, an dem sie Adan angebettelt hatte, sie mitzunehmen, sie bei sich in seinem kleinen Haus am Meer wohnen zu lassen, hatte niemand Lala die Geschichte von Wilmas Ehe oder Esmes Brautwerbung erzählt; sie wusste nicht, dass eine Ehe für die Frauen ihrer Familie auf die eine oder andere Art einen Mord bedeutete. Aus dieser Unwissenheit heraus hatte Lala Adan gebeten, hatte ihn praktisch angefleht, sie zu heiraten und wegzuholen, als sie merkte, dass sie zum zweiten Mal schwanger war, diesmal mit Baby.

Jetzt redet sie sich ein, dass sie es leid war, Wilma Unwahrheiten zu erzählen, damit sie die Straße hinunterlaufen und ihn unter den knorrigen, verhutzelten Ästen einer Jujube treffen konnte, ihm zuzuhören, wie er schöne Lieder sang, die allein aus ihrem Namen bestanden. Sie redet sich ein, dass es nicht die Angst davor war, was Wilma tun würde, was sie sagen würde, wenn sie herausfand, dass Lala aus demselben morschen Holz geschnitzt war wie ihre Mutter. Sie redet sich ein, dass es nicht der Gedanke daran war, in einem Haus mit Wilma und Carson und dem Geist ihrer toten Mutter ein Baby aufziehen zu müssen, der sie zum Weglaufen brachte. Sie redet sich ein, es war Liebe, nur Liebe allein, die sie damals dazu brachte. Sie hätte bei Wilma bleiben können, denkt sie, Wilma hätte es vielleicht erlaubt. Aber irgendwie kann sie sich nie entscheiden, ob es besser gewesen wäre zu bleiben, ob das ihr Leiden wirklich geschmälert hätte. Ob sie, wäre sie geblieben, Baby zum selben Leben verdammt hätte wie ihrem eigenen. Ob das für

Baby vielleicht ein noch schlimmeres Schicksal gewesen wäre als ihr letztendlicher Tod.

Adan hatte das Baby anfangs nicht gewollt, hatte sich selbst nicht mit so einer Belastung gesehen. Aber er hatte Lala angesehen, als sie ihn mit den ausgebreiteten Dornen der Jujube im Rücken angefleht hatte, und hatte nachgegeben. Ein Baby war ein Segen, hatte er sich überlegt, so stand es in den Psalmen. Er hatte unter der Jujube gewartet, während Lala Wilma die Neuigkeit überbrachte, ihre Sachen in ein Einkaufsnetz stopfte und sich ihre Frisurenpuppe und ein paar von den Kleidern schnappte, die Wilma von Mrs. Kennedy angenommen hatte, und zurückkam, um ihn wiederzutreffen. Und sie waren zusammen zu dem kleinen Haus gegangen, wo er eine Schublade mit seinem Zeug leer geräumt und Platz für sie geschaffen hatte, damit sie die Netztasche auspacken konnte.

Und als sie sich in dieser ersten Nacht neben ihn gelegt und ihren Rücken an seine Brust geschmiegt und seine Arme vor ihren Bauch gezogen hatte, während er einschlief und schnarchte, hatte sie etwas gespürt, etwas, das er anscheinend auch gespürt hatte. Dieses Etwas schickte ihn sofort am nächsten Tag mit zwei Pennyweights gestohlenem Gold zu Chinky, dem Ghettojuwelier, damit der es einschmolz und zu einem Ehering umgestaltete.

Ein paar Tage nach der Beerdigung sieht Lala diesen Ehering an, als sie vom Haareflechten am Strand zurückkommt. Sie hat nur einen Kopf geschafft, eine Touristin mittleren Alters, die zu betrunken von Rum und Sonne war, um auf andere Strandverkäufer und Flechterinnen zu hören und einen Bogen um Lala zu machen. Ein Kopf reicht nicht, und deshalb starrt sie ihren Ehering an. Sie überlegt, ob sie Tone bitten kann, ihn für sie zu verkaufen, und Adan erzählen soll, er sei am Strand verloren gegangen, damit sie sich irgendwann ihr Ticket kaufen kann.

Es ist schon dunkel, als Lala die Haustür aufstößt und die Tür schließlich ächzend aus den Angeln fällt, korrodiert vom Regen und dem daraus resultierenden Rost. Sie runzelt die Stirn, stellt die kaputte Tür wieder auf und läuft sofort wieder nach unten, weil es plötzlich anfängt zu tröpfeln. Als sie wieder heraufkommt, hat sie einen Zinkzuber mit Wäsche dabei, abgestützt auf ihrer rechten Hüfte, wie es wahrscheinlich auch ihre Großmutter gemacht hätte. Lala ist ein bisschen außer Atem, denn es ist erst ein paar Wochen her, seit sie ein Kind geboren hat, und noch kürzer, seit das Baby gestorben ist, und irgendwie ist ihr Körper immer noch träge, sodass die Anstrengung, die es braucht, sich die Treppe rauf- und runterzuschleppen, um Kleidung in der Zinkwanne zu waschen, sie schwer atmen lässt, als sie wieder oben bei dem Pepsi-Schild ankommt.

Adan schaut nicht auf. Er sitzt auf dem schmiedeeisernen Lehnstuhl neben dem Bett, einem Stuhl, den er irgendwann einmal aus dem Müll eines reichen Touristen gerettet hat. Der Lehnstuhl ist breit, seine Armlehnen krümmen sich nach innen und sind mit kompliziert verschlungenen Weinreben und Blättern verziert. Er ist tief in seine Bibel versunken, dieser Adan, und seine Lippen bewegen sich flink und lautlos über jedem Vers. Er spricht seine Psalmen. Damit kann er mehrere Stunden am Tag zubringen, vor allem in den Tagesstunden vor einem Nachtjob, für den er besonderen Segen braucht. Die Vehemenz, mit der er betet, lässt darauf schließen, dass es in dieser Nacht einen Job zu erledigen gibt und dass es ein großer Job ist. Neben der Tür steht ein kleiner Rucksack, bemerkt Lala, im selben tiefen Schwarz wie das Hemd und die Hose, die Adan trägt. Der Anblick bringt Lala auf dem Weg zum Spülbecken zum

Stolpern, aber sie sagt nichts, sie möchte ihn nicht wütend machen.

Er blättert die Seiten des schmuddeligen, rot eingebundenen Buchs um, hebt ein Satinband, das am Rücken befestigt ist, und legt es zwischen die beiden neuen Seiten, auf denen er gelandet ist. Adan braucht die Bibel nicht, um diese Psalmen zu sprechen – Psalmen zum Schutz, Psalmen für Wohlstand, Psalmen, um die Polizei zu täuschen und ihr einen Strich durch die Rechnung zu machen –, aber er beruft sich trotzdem darauf, wenn er sie aufsagt, denn das hat er immer gemacht, das hat er von seiner Auntie Preta gelernt.

Lala versucht, ihn nicht anzusehen, während er sich durch das alte Englisch der King-James-Bibel kämpft, während er die Augen schließt und sich bekreuzigt und den Buchdeckel küsst. Etwas daran macht sie so wütend, dass sie sich auf die Lippe beißt, bis es blutet. Adan wird die fetten, weichen Krater auf der Innenseite ihrer Unterlippe nicht bemerken, denn Adan versucht nicht mehr, sie zu küssen.

»Isst du was, Adan?«

Adans Augen bleiben auf den Psalmen. Am Strand brechen und brüllen die Wellen. Von oben beginnt der Regen zu trommeln.

Sie stellt die Wanne ab, nimmt eines seiner strahlend weißen Hemden hoch, um es zu falten, legt es zurück, geht drei Meter in die Küche, nimmt ein Messer in die Hand, um eine Kartoffel zu schälen, erinnert sich, dass sie sich mit Messern in der Hand selbst nicht traut, legt die Kartoffel zurück, nimmt eine Emailletasse in die Hand, öffnet den Unterschrank, zerrt einen Sack Reis heraus und strudelt die Tasse durch. Das ist der Sack Reis, den sie vor Monaten gekauft hat, als sie hochschwanger war, an einem Tag, als Adan nicht zu Hause war und ein freundlicher Fischer aufhörte, sein Netz zu flicken, um ihr den Sack die Treppe hinaufzutragen. Dieser Sack Reis ist immer noch fast voll.

»Isst du was, Adan?«, wiederholt sie.

Adan schaut sie an, sie steht da mit der Emailletasse in der Hand, die Tasse bis zum Rand voll Reis. Er starrt die Tasse in ihrer Hand an, und seine Lippen bewegen sich weiter über Psalm 51. Lala kann es erkennen, obwohl er keinen Laut von sich gibt. Er wird nicht gern unterbrochen, wenn er seine Psalmen aufsagt. Er will am Abend vor einem Job nicht das Pech anziehen, indem er sich von ihr in seinen Psalmen unterbrechen lässt, also antwortet er nicht.

Lala seufzt, ohne nachzudenken. Es ist ein lautes Geräusch, das sie an reißendes Papier erinnert. Sie sieht zu, wie Adans Lippen ihre Liebkosung der Worte Davids beenden, und sie seufzt noch einmal laut, aus einem anderen Grund. Sie sieht, wie ihre Hand ruckt, sieht die Tasse fallen, den Reis sich verstreuen, sieht wie die Seiten der Bibel flattern, sieht, wie die Psalmen Davids verwehen.

Diesmal ist Lala sich sicher, dass sie sterben wird. Es ist anders als sonst – sie hört ihre Knochen nicht brechen, nichts knackt oder reißt, es gibt kein langsames Heraussickern des Lebens in kleinen roten Flüssen aus Blut. Diesmal hält er sie einfach am Hals fest und drückt zu. Er redet nicht, er streitet nicht, er konzentriert nur all seine Energie auf die Biegung seiner Handflächen an ihrem Hals. Irgendwann kann sie nicht mehr sprechen, und sie stellt fest, dass der Verlust einer Stimme sehr ähnlich ist, wie zu ertrinken. Er drückt so fest zu, dass das Weiße in seinen Augen größer wird und vorquillt, und kleine rote Adern platzen und bluten darin, und das, vor allem das, würde sie schreien lassen, wenn sie könnte.

Sie ist gefangen. Wie ein Tier. Sodass die zehn kleinen Schritte zur Tür und die Treppenstufen und die Zuflucht des weit offenen Strandes, sogar diese zehn kleinen Schritte unmöglich sind. Zehn Schritte, die gestern selbstverständlich waren, als sie Perlen oder Brot kaufen gegangen ist oder um die Vergebung eines Mannes bitten, der mit der Stirn in der Hand auf einem Felsen saß, sodass seine Narbe verdeckt war.

Er drückt zu, und ihre Augen werden dunkel, verschleiern wie die Meeresoberfläche an einem regnerischen Tag, ein Meer, unter dessen Oberfläche sie weiter in die Stille sinkt. Sterben, erkennt Lala, ist so ähnlich, wie auf einem Regenbogen mit sehr bunten Farben in allen Formen und Gestalten zu surfen, die von einem Ort aus tanzen, der sie ewig ausgießt, sodass du dich ewig auf Schwaden aus waberndem Rot und Blau vorwärtsbewegst, aber nie irgendwo ankommst, dich einfach für immer auf ein winziges Loch zubewegst, aus dem alle Farbe entstammt und wo sie endet. Sie überlegt, ob sich so ihre Tochter gefühlt haben muss, als sie starb – das herrliche, ausgelassene Kaleidoskop, das auf ein Loch zusaust, das unerklärlicherweise immer gleich weit entfernt bleibt. Lala denkt, wenn Sterben die ewige Achterbahn von Farbe bedeutet, den übermütigen Tanz auf Blau und Grün, Rot und Lila, dann könnte das Töten vielleicht ein Liebesdienst sein.

Und als er das alles ganz deutlich auf ihrem Gesicht sieht, gibt Adan ihre Kehle frei und lässt sie los.

Lala liegt immer noch hustend am Boden, als Sergeant Beckles in der Tür erscheint. Sergeant Beckles möchte mit Adan sprechen. Er lächelt, als Adan auf den kleinen Absatz oben an der Treppe hinaustritt. Sein Lächeln gründet auf seiner Theorie, dass Tone und Lala sich verschworen haben, Baby zu ermorden. Dass Adan ein unschuldiger Mann ist. Zu sehen, wie sie sich auf der Treppe küssten, war ein erster Hinweis, und die Ruhe seines vollen Bauchs stützt sie.

An diesem Morgen hat Mrs. Beckles ihm gebratene Süßkartoffeln mit Knoblauch und Thymian gemacht, mit Zimt und einem Hauch Cayennepfeffer bestäubt, genug, um seine Speicheldrüsen zu wecken, aber nicht so viel, dass es sie reizte. Die Frau hat Linsen mit Estragon und Kokosmilch gekocht und zerstampft, sie hat ein paar zarte Mangoldblätter in Salzwasser getaucht und sie dann mit kleinen Silberzwiebeln pochiert, die sie selbst gezogen hat. Als sie ihm die Mahlzeit servierte, aß er mit dem Schuldgefühl eines heimlich kostenden Sklaven, überzeugt, dass er diesen Luxus nur wegen seiner Stellung in diesem Haushalt gewährt bekam, und nicht, weil seine Frau ihn ehrlich am Gold ihres kleinen Stückes Erde teilhaben lassen wollte. Sie sah ihm schweigend beim Essen zu, wie sie es immer tat, gestattete sich erst die Reste, nachdem er seinen Teller geleert und Nachschlag gehabt hatte, und dann aß sie ihre abkühlenden Linsen ohne Genuss, löffelte sie sich eilig in den Mund, damit sie das Geschirr schnell genug abspülen konnte, um noch die Sonne zu erwischen, bevor der drohende Regen die Wäscheladungen ruinieren konnte, die darauf warteten, aufgehängt und getrocknet zu werden. Ihr Anblick, wie sie da in einer Ecke der Küche auf einer seltsamen halben Bank saß, die er in den frühen Tagen ihrer Ehe gebaut hatte, als er noch dachte, diese Art von Fleiß werde von ihm erwartet, hatte den Polizisten getroffen. Seine Frau hielt seit dem Tag, als er verstanden hatte, dass das gar nicht von ihm erwartet wurde, trotz ihres fortschreitenden Zerfalls an dieser Bank fest.

»Komm«, hatte er zu ihr gesagt, »komm und setz dich an den Tisch.«

Und das hatte sie getan, in der Hand ihre leere Schale mit den schlammigen Linsenstreifen, die jedes Mal ihr Gewissen besudelten, wenn sie sie ansah. Sie sah sie oft an, während er sprach, während er ihr für eine Mahlzeit dankte, die sie kaum gekostet hatte. Sie nickte, als er sagte, er finde, sie sollten eine Waschmaschine kaufen. Sie seufzte, als er erwähnte, dass die Mutter eines Kollegen gestorben sei. Sie wirkte erleichtert, als er mit dem Essen fertig war, als er sagte, sie könne gehen.

Der Polizist bemerkt jetzt, dass Adan nicht vor seiner Frau am Kopf der Treppe steht. Er zieht sie nicht an sich, als Sergeant Beckles die letzte Stufe erklimmt und vor ihnen stehen bleibt, dort auf dem kleinen steinernen Absatz, von dem sein Blick in eine schwindelnde Tiefe rauschen kann, bevor er in Sand und Meer landet. Er bemerkt, dass es kein Geländer gibt, an dem eine Frau sich festhalten könnte, wenn sie mit der Wäsche hinuntergeht oder mit Taschen mit den Komponenten für Familienmahlzeiten hinauf. Zum ersten Mal tut ihm Lala leid.

Leid entschuldigt aber keinen Mord.

»Ich wollte Ihnen nur noch mal ein paar Fragen stellen, ein paar letzte Fragen«, erklärt er, als Adan nicht darauf eingeht, wie unbequem es ist, zu dritt auf diesem kleinen Absatz am oberen Ende einer tückischen Treppe gequetscht zu stehen, als er nicht vorschlägt, dass der Polizist hereinkommt und mit ihm spricht oder dass er ihm die Treppe hinunter folgen und reden kann, von Mann zu Mann, auf dem Sand. Adan wartet auf die Fragen, ohne ein Nicken, das angedeutet hätte, dass sie ihm willkommen sind.

»Ihre Frau hat mir gesagt, Sie wären in der Nacht, als sie das Baby bekommen hat, nicht da gewesen. Wo waren Sie?« Diese Frage erwarten weder Adan noch Lala; sie erwischt sie unvorbereitet, und sie schwanken beide, dort auf dem schmalen Absatz.

»Die Nacht, in der Baby gekommen ist?«, wiederholt Adan, so verblüfft, dass er noch mal nachfragen muss.

Der Polizist lächelt, im Gleichgewicht durch Linsen und Kokosmilch und genug Kartoffeln, dass er satt bleibt, bis er zu seiner zweiten Mahlzeit des Tages nach Hause kommt. Lala schaut sich wild um. Sie ist sicher, dass sie diesem Polizisten nicht gesagt hat, dass Adan nicht bei ihr war und in den Fluren des Baxter's General herumgetigert ist, als Baby geboren wurde. Sie will unbedingt, dass er irgendwie bestätigt, dass seine Frage ein Irrtum ist, dass ihn der Tod des Babys mehr interessiert als der Morgen, an dem es seinen ersten Atemzug getan hat. Aber der Polizist ist sich sicher. Die Frage ist auf Geheiß seiner Theorie des Verbrechens in seinem Kopf aufgetaucht, hereinkomplimentiert durch die weise Führung seines glücklichen Bauchs. Wenn er den Fall löst, beschließt er, wenn sie ihn zum Reviersergeant machen (statt nur zum Sergeant) und ihm ein Revier zu leiten geben, wird er seiner Frau für die Unterstützung danken, und sie wird die Hände ringen und versuchen, die Aufmerksamkeit von sich abzulenken, und abstreiten, dass ihr Kokos-Linsen-Eintopf jeden Fall geknackt hat, der ihm in seiner Berufslaufbahn je untergekommen ist. Bis dahin wird er Saba vergessen haben, beschließt Sergeant Beckles.

»Die Nacht, in der Baby gekommen ist«, wiederholt er, »wo waren Sie da?« Und Adan setzt den Blick auf, den Sergeant Beckles in seiner zwanzigjährigen Berufslaufbahn schon so oft gesehen hat: den Blick des Kriminellen, der daran erinnert wird, dass seine Menschlichkeit und nicht sein Verbrechen die Quelle seiner Logik ist, weshalb ihr sogar ein Nichtkrimineller folgen kann.

Adan stottert: »Ich war im Krankenhaus, als sie angefangen hat, das Baby zu kriegen. Ich hab wegmüssen, musste was für nen Freund von mir machen.«

Der Polizist schreibt, zeichnet jedes Wort akribisch auf, wiederholt es, um sicherzugehen, dass er Adans Beschreibung wortwörtlich festgehalten hat.

»Und wie lang waren Sie beim Angeln?«, fragt Sergeant Beckles.

»Ungefähr nen Monat«, sagt Adan.

»Sie sagt, sie hat zu Fuß zum Krankenhaus gehen müssen«, drängt der Polizist, »waren Sie da schon auf dem Boot?«

Adan ist sich unsicher, ob das eine Fangfrage ist. Ob ihm, wenn er geantwortet hat, die Gründe aufgezeigt werden, warum seine Antwort nicht stimmen kann.

»Sie wissen ja, wie das ist«, erklärt Adan entschuldigend und scheucht Lala mit Blicken wieder rein. Als sie weg ist und sich die Tür hinter ihr schließt, sagt er: »Ich war noch nich auf dem Angelausflug, ich war bei ner anderen Frau.«

Sergeant Beckles' Gedanken kehren zu seiner Saba zurück und zu ihrem Zögern, sich auf ihn einzulassen. Eine andere Frau versteht jeder Mann in Paradise, also nickt Sergeant Beckles und kritzelt weiter.

»Was ist mit der Nacht, in der Baby gestorben ist?«

»Ich hab ein bisschen an nem Fischerboot gearbeitet«, erklärt Adan. »Ich und mein Cousin sind zum Fischen rausgefahren. Ich hab nicht mal gewusst, dass Baby gestorben ist.«

Der Sergeant nickt. »Das hat mir Ihre Frau gesagt. Mein Beileid für Ihren Verlust.«

Adan nickt, lässt den Kopf hängen.

»Der Gentleman, der das Baby am Strand gefunden hat«, fährt Sergeant Beckles fort, »was können Sie mir noch über ihn sagen?«

Im Haus streifen Lalas Blicke über alle Konturen. Sie sucht nach Ecken, scharfen Kanten und spitzen Gegenständen. Ein Messer steckt zwischen der Matratze und dem Stück

Sperrholz, das Adan über die Bettfedern geschoben hatte, damit es ihrem Rücken besser ging, als sie mit Baby schwanger war. Den Eispickel, den sie am Abend vorher benutzt hat, um Eis für Adans Drink zu hacken, hat sie auf den Kleiderschrank geworfen. Die Ecke eines Beistelltischs ist mit einem Stück Stoff abgedeckt, aus dem sie Bettzeug für Baby machen wollte. Die schwere eiserne Tawa liegt mit Putzlappen abgedeckt unten im Besenschrank, den stumpfen Winkel der Fernsehantenne nimmt sie eilig ab, stopft ihn in einen Müllsack und steckt den Fernseher aus, damit Adan vom Schnee auf dem Bildschirm nicht noch mehr verärgert wird. Sie hört ihn leise reden, der stockende Rhythmus lässt darauf schließen, dass er sorgfältig nachdenkt.

Das ist der Lauf der Dinge, glaubt sie. Ihre unschuldige Bemerkung, dass ihr nichts seltsam vorkam, bevor Baby verschwand (noch in der Nacht ihrer Geburt war sie sorglos am Strand entlanggegangen), könnte dieses neue Interesse ausgelöst haben. Ihre Bemerkung an dem Tag, als Sergeant Beckles sie befragte, hat ihn zu der Frage geführt, warum man eine so hochschwangere Frau allein zu Hause gelassen hat. Damals hatte sie sich nichts dabei gedacht, überhaupt nichts. Aber jetzt ...

Die Emailletasse würde wehtun, wenn der Rand ihren Kopf schräg trifft, aber das Metall würde das Brennen des Schlags abkühlen, und die Prellung könnte man leicht wegerklären, denn es wäre wahrscheinlich ein unauffälliges Mal. Sie nimmt die Teetasse mit der welkenden Helikonie vom Fenster und sucht hastig eine Möglichkeit, den kleinen sternförmigen Griff des Wasserhahns abzudecken, der in einer Ecke installiert ist. Es ist ein kleines Spülbecken, kaum vierzig Zentimeter lang und breit, das Adan aus einem der großen Häuser am Baxter's Beach gerettet hat. Deshalb fühle er sich nicht schuldig, wenn er diese Leute ausraubt, hat er ihr an einem der Abende erklärt, an denen er mit ihr redete: wegen der Sachen, die sie wegschmissen. Jeder, der so Sachen wegschmeißen kann, verdient, dass ihm Sachen weggenommen werden.

Erst als sich die Tür hinter ihrem Mann schließt und sie hört, wie Sergeant Beckles die Treppe hinuntersteigt, fällt ihr Blick auf den Regenschirm, den zu verstecken sie vergessen hat. Es ist der Lauf der Dinge, dass er das Erste ist, wonach er greift.

Adan ist wütend. Weil sie Sergeant Beckles erzählt hat, dass er sie an dem Morgen, als sie das Baby bekam, allein gelassen hat. Als was für einen Ehemann will sie ihn vor den Leuten darstellen? Dieser Sergeant Beckles hatte die Frechheit, in sein Haus zu kommen, SEIN HAUS, und zu versuchen, ihm das Gefühl zu geben, als müsste er seine Scheißdrecksfragen beantworten. Dass Baby tot ist. Es muss was gewesen sein, was sie gesagt hat. *Klatsch. Klatsch.* Schlampe. Was hat sie der Polizei erzählt? *Klatsch.* Hör auf zu schreien und antworte. Weiß sie, was sie dort, wo er herkommt, mit Leuten machen, die mit der Polizei reden? *Knall. Krach. Peitsch.* Beschissene. Blöde. Schlampe. Was hat sie dem Sergeant erzählt? Was? Will sie ihn jetzt? Will sie den Sergeant? *Zisch. Pfeif. Klatsch.* Beschissene. Blöde. Hure. Was hat sie ihm erzählt? Er sollte sie umbringen. Hat sie mal gesehen, wie er einen Fisch ausnimmt? Er sollte ihr den Bauch aufschlitzen wie einem verdammten Fisch. Wenn sie so weitermacht, wird er das auch tun. Wie einen verdammten Fisch. Verfluchte. Undankbare. Mörderische. Schlampe. Weiß sie vielleicht nicht, dass sie es ist, die Baby umgebracht hat? Sie hätte sie auch gleich mit ihren beiden Händen nehmen und ihr den Hals zudrücken können. *Klatsch. Röchel. Würg.* Siehst du jetzt, wie sich das anfühlt? Siehst du's jetzt, Schlampe? Wenn sie glaubt, dass er ins Gefängnis geht, weil sie eine beschissene mörderische Schlampe ist, die ihr eigenes Baby umbringt, dann irrt sie sich. Warum musste sie an dem Baby ziehen? Warum hat sie nicht einfach zugelassen, dass er sie Jacinthe zeigt? Alle wollen ihn ins Gefängnis bringen. Alle. Der beschissene Sergeant Beckles will ihn sicher wegen dem Raub im Haus von diesem alten weißen Mann verhören. Nicht wegen Baby. Sergeant Beckles interessiert sich eigentlich gar nicht für Baby. Arme Baby. Baby hatte es nicht verdient zu sterben. Warum hat sie sie umgebracht? Die beschissene junge Schlampe von dem weißen Mann hat Sergeant Beckles wahrscheinlich seine Beschreibung gegeben. Er hätte sie da schon umbringen sollen. Beschissene Schlampe. *Würg. Würg. Keuch.* Und warum musste sie mittendrin klingeln? Beschissene verfluchte egoistische Schlampe. Er geht wieder zu der Schlampe in dem großen Haus hin, die will ihn ins Gefängnis schicken. Er ist noch nicht fertig mit ihr. Er wird wieder hingehen und die Sache richtig zu Ende bringen, und er wird keinen einzigen verschissenen Tag für sie in den Knast gehen. Beschissene. Blöde. Babymordende. Schlampe.

KAPITEL ACHTUNDZWANZIG

Saba

4. September 1984

Die meisten Huren, die im Holborn Hotel arbeiten, wissen von seinen vielen Vorspiegelungen. Sie wissen zum Beispiel, dass das üppige Grün, das sich über den winzigen »ummauerten Garten« erstreckt, in den Gäste zum High Tea eingeladen werden, in Wahrheit ein von dem Unternehmen, das das Nationalstadion betreut hat, gebraucht gekaufter Teppich ist und aus Plastikborsten besteht, die gnadenlos kratzen, wenn man zufällig einen Keks fallen lässt und mit der Hand über den Rasen streicht, um danach zu suchen. Die Huren wissen genauso, dass das prachtvolle Foyer, das, wie die Werbebroschüre behauptet, von herrlichen Säulen aus heimischem Kalkstein gestützt wird, nichts weiter ist als ein großer Raum mit einer verspiegelten Wand und dass die Säulen von den Besitzern mit einer rauen Plastikspachtelmasse verkleidet wurden, die auf der Insel hergestellt wird. Die Huren wissen außerdem, dass die Übernachtungspreise in den Bewerbungsschreiben, die Ganesh Hanu jeden Monat fleißig tippt und sämtlichen Mitgliedern des britischen Reisebüroverbands zuschickt, variieren und dass man Mr. Hanu, wenn die Wünsche eines Neukunden durch ein paar schnelle Momente am Strand nicht befriedigt werden können, auch davon überzeugen kann, ein Zimmer für ein oder zwei Stunden zu vermieten, wenn man direkt mit ihm spricht und nicht Mrs. Hanu oder den sauertöpfischen Hiram, ihren akneübersäten Teenager, mit den schäbigeren Aspekten des Menschseins belastet.

Dieses Wissen ist der Grund, warum die Königin von Saba im ersten Moment gelacht hat, als sie um halb vier Uhr an dem Morgen, an dem Baby gefunden wurde, einen Mann über die Felsen auf der rauen Seite von Baxter's Beach gehen sah. In diesem Moment saß die Königin von Saba in einem Erdgeschosszimmer des Holborn Hotel rittlings auf einem rundlichen Israeli namens Ru und versuchte, ihr Desinteresse an seinen zögerlichen Dirty-Talk-Versuchen zu verbergen. Sie erinnerte sich an daran, dass Mr. Hanu in einem Versuch, die Mitglieder des Ghost Club of London anzulocken, einen Brief getippt hatte, in dem stand, im Hotel spuke es.

Als die Königin von Saba also in den frühen Morgenstunden des 17. August 1984 aus dem winzigen vergitterten Fenster des nach hinten gelegenen Erdgeschosszimmers schaute, das Mr. Hanu für stundenweise Vermietungen einsetzte, und im Licht des Halbmonds einen Rastamann mit einem Baby in den Armen bemerkte, war ihr erster Gedanke, dass sie tatsächlich *nicht* einen sonnengebleichten Surfer in weiten Shorts mit einem winzigen Baby im Arm sah, das leblos baumelte, als er versuchte, es sorgfältiger in seine Armbeuge zu betten, und deshalb hatte sie gelacht und sich gefragt, ob nicht Mr. Hanu den Mitgliedern des Ghost Club of London zuliebe, die wohl am Ende doch auf seine vielen Einladungen reagiert hatten, eine solche Szene inszeniert haben könnte.

Zum Soundtrack von Rus unanständigem Gerede von Pfirsichen und Pflaumen hatte die Königin von Saba zugesehen, wie der Rasta das Baby zwischen den Felsen ablegte. In diesem Moment reckte sich die Königin von Saba zu Rus Verwirrung, um ihr Gesicht direkt an die Gitter des kleinen Fensters zu drücken. Der Rasta hatte sich gebückt und schien eine Decke um das Baby festzustecken, dann überlegte er es sich anders, hob den Säugling wieder hoch und wickelte ihn stattdessen in die Decke ein. Die Königin von Saba hatte bemerkt, dass das Baby auf eine Art reglos war, wie es nur die bereits Verstorbenen waren. Als der Rasta den Säugling wieder zwischen die Felsen legte und sich zum Gehen wandte, hatte Saba angefangen zu zittern, denn nun war ihr klargeworden, was sie da beobachtete. Sie hatte Rus wachsende Lust nicht wahrgenommen, seine schnellen und fieberhaften Bewegungen unter ihr. Als der Rasta stehen blieb, um sich am Strand umzuschauen und zu versichern, dass er nicht beobachtet wurde, hatte sich die Königin von Saba mit einem leisen Ausruf in Rus Achselhaare geduckt, was überraschenderweise besser funktionierte als Dirty Talk, um Ru die Erleichterung zu verschaffen, die er suchte.

Später, als die Unterseite ihrer linken Brust von dem Bündel US-Dollarnoten gewärmt wurde, mit denen Ru sie bezahlt hatte, hatte sich die Königin von Saba dem Suchtrupp am Strand angeschlossen. Sie hatte zugeschaut, wie der Rasta hin und her rannte, Freiwillige anwies, genau auf die Felsen zuzugehen, unter denen er das Baby verstaut hatte. Sie hatte ihn beobachtet, obwohl sie wusste, dass *er* wusste, dass es sie zu dem Baby führen würde. Sie hatte über die möglichen Gründe dafür gerätselt und war schließlich zu dem Ergebnis gekommen, dass es sie nichts anging.

Deshalb hatte sich die Königin von Saba von der Menschentraube entfernt, als die Suche vorbei war, und sich mit der erworbenen Fertigkeit jemandes, der daran gewohnt war, im Schatten zu leben, unters Strandpublikum gemischt. Sie hatte beobachtet, wie Sergeant Beckles anfing, Leute aufzuhalten, um ihnen Fragen zum Fund des Babys zu stellen. Die Königin von Saba hatte Sergeant Beckles' Anblick nicht ertragen können. Dieser beschissene zweitklassige Polizist drohte ihr, sie zu verhaften, seit sie es vermied, ihn bedienen zu müssen. Und sie vermied es, ihn zu bedienen, seit klar war, dass das, was sie ihm gab, für Sergeant Beckles mehr war als reines Bedienen. Die Sache ist, hatte die Königin von Saba damals gedacht, es hätte ihr nichts ausgemacht, dem albernen Mann ab und an zu Diensten zu sein, aber etwas an den Dingen, zu denen er sie zwang, drehte ihr weitaus mehr den Magen um, als die Aussicht auf sein Geld sie reizte, und die Art, wie er einen einfachen Tauschhandel für ein Zeichen hielt, dass sie füreinander gemacht seien, ließ sie an seiner Zurechnungsfähigkeit zweifeln. Um genau zu sein, machte es ihr Gänsehaut.

Die Königin von Saba wird dir erzählen, dass Sergeant Beckles sie in einem schwachen Moment erwischt, als er in den frühen Morgenstunden vor dem winzigen Apartment auftaucht, für das sie der Regierung zwanzig Dollar die Woche zahlt. Es stört sie, wird sie sagen, dass er in Uniform auftaucht, komplett sichtbar für ihre beiden Kinder, die gerade zum ersten Tag des neuen Schuljahres aufbrechen. Die Königin von Saba würde nicht von »Einschüchterung« sprechen, aber würde man sie fragen und sollte ihr die Bedeutung des Wortes erklärt werden, hätte sie vielleicht Schwierigkeiten zu leugnen, dass es sich genauso anfühlt, als sie ihn an ihre Tür klopfen und aus voller Kehle ihren Namen rufen hört. Sergeant Beckles sagt, er sei auf dem Heimweg von einer Überprüfung. So sagt er es – Überprüfung –; auf eine Art, bei der die Königin von Saba an Falschparker denken muss und nicht an Episoden der Fernsehsendung *Matlock*. Der Fall des toten Babys, sagt er, und er schaut sie an, als erwartete er, dass sie beeindruckt sein müsste. Die Königin von Saba ist nicht beeindruckt. Sie weiß, dass er lügt, dass die kleinen Übertreibungen bei seinen Ermittlungen sie blenden sollen, wie es die glänzenden Metallstreifen auf seiner Sergeant-Uniform nicht tun. Sie tritt in ihren Fell-Hauspantoffeln von einem Fuß auf den anderen, wischt sich immerzu den Schweiß von den Handflächen in den Stoff ihres roten Nachthemds, das den Trikots der Baseball-Pitcher in den Vereinigten Staaten von Amerika nachempfunden ist.

»Mach die Tür auf, Saba«, sagt Sergeant Beckles, als sie ihn immer noch über die straff gespannte Sicherheitskette hinweg ansieht, durch die sich die Tür nur einen Spalt weit öffnen lässt.

»Wie kommt's, dass du hier bist?«, wundert sich Saba. »Wie kommt's, dass du hier vor meiner Tür stehst?«

Sergeant Beckles' Stimme nimmt den schrillen Jammerton an, den Saba mit den anderen Huren imitiert, wenn er nicht in Hörweite ist.

»Könnte ich reinkommen, Saba?« Er lächelt, und sein Blick verrät, dass er wirklich vorhat, sie in ihrem eigenen Haus zum Arbeiten zu zwingen, an dem einen Platz, an dem sie sich bis jetzt geweigert hat, irgendetwas anderes zu sein als eine Mutter und eine Tochter und eine Freundin.

»Mir geht's heut nicht so gut«, fleht die Königin von Saba Sergeant Beckles an. »Mir geht's heut gar nicht gut.«

»Wir könnten einfach nur reden«, beschwatzt Sergeant Beckles sie, während die Haare sich auf eine Weise aus seinen Nasenlöchern blähen, die ihr sagt, dass Reden das Letzte ist, was er im Sinn hat.

»Ich weiß nicht …«

Die Königin von Saba hält sich an ihrer Seite des Türknaufs fest und schaut wieder ins Hausinnere, als der Knauf von der Kraft zu rütteln anfängt, die Sergeant Beckles jetzt von der anderen Seite anwendet. Sie hat sich umgedreht und starrt das Poster eines pastellrosa Pudels an der Tür zum einzigen Schlafzimmer an, in dem sie zusammen mit ihren Kindern schläft, wenn sie sich den Luxus erlaubt, überhaupt bei Nacht zu schlafen. Die Königin von Saba liebt Pudel; sie träumt davon, welche zu züchten und großzuziehen, wenn sie sich zur Ruhe gesetzt hat.

»Mach die Tür auf, Mädchen«, drängt Sergeant Beckles. »Mach auf!«

»Ich sag dir doch, mir geht's nicht gut«, protestiert die Königin von Saba. »Ich nehm heut keine Kunden an.«

»Oh-ho!«, mault Sergeant Beckles, und der Türknauf gibt in Sabas Händen langsam nach, löst sich aus der Verankerung, in der er steckt. »Also bin ich jetzt nur noch ein Kunde, oder was?«

»Das hab ich nicht gemeint«, erklärt Saba.

Sie sieht den Walkman ihres Sohnes auf dem Bett an, bemerkt, dass er die Kopfhörer beleidigt abgenommen hat, weil sie gesagt hat, er könne ihn nicht mit zur Schule nehmen. Sie sieht, dass die Kassette noch spielt, dass die Kopfhörer immer noch zum Bass des jamaikanischen Dancehall vibrieren, zu dem ihr Sohn sich angezogen hat. Die Königin von Saba würde dir erzählen, dass sie dabei zuschaut, wie das Band in dem Walkman surrt, und sich den Sergeant wegwünscht.

»Und was hast du dann gemeint?«

Und als sie nicht antwortet: »Was hast du wirklich gemeint, Mädchen?«

Die Königin von Saba wird dir erzählen, dass Sergeant Beckles die Tür so grob aufdrückt, dass der Abdruck des Knaufs danach noch eine Woche an ihrem rechten Oberschenkel zu sehen ist und dass sich die Kette, die die Tür davon abhält, weit aufzuschwingen, mit einem Stoß seiner Schulter aus dem schwammigen Holz des Türrahmens löst. Sie wird dir erzählen, dass er sich, als er hereinkommt, so dicht vor sie stellt, dass sie das Gefühl hat, sie kann sich nicht bewegen, und dass sie sich schon dem Gefühl der heißen Luft ergeben hat, die von seiner Nase in ihr Gesicht gepustet wird, wenn er spricht, und der Übelkeit, die sie erleiden wird während dem, was gleich kommt.

»Sind wir etwa keine Freunde mehr, Mädchen?«, verlangt Sergeant Beckles zu wissen, während er ihr rotes Nachthemd hochschiebt und sie gegen die Sperrholz-Trennwand drückt. »Du und ich, sind wir vielleicht keine Freunde?«

Die Königin von Saba würde dir erzählen, dass sie zwar Angst hat, aber nicht versteht, warum. Schließlich war Sergeant Beckles einmal ein Kunde. Es ist nicht so, als würde sie ihn nicht kennen, es ist nicht so, als hätte er sie nicht schon mindestens zehnmal so an einen Baum hinter dem Holborn Hotel gedrückt, es ist nicht so, als würde er nicht schon die genaue Anzahl von Handbreiten von der Mitte ihrer Oberschenkel zum Rand ihrer Höschen kennen, den präzisen Winkel, in dem ihre Beine gespreizt sein müssen, damit er sich dazwischenstellen kann. Die Königin von Saba würde bereitwillig zugeben, dass sie keinen Grund hat, Angst zu haben. Es ist nicht so, als hätte Sergeant Beckles ihr je etwas getan, eigentlich nicht, es ist nicht so, als hätte er nicht bei der einen oder anderen Gelegenheit bei ihr und ihren Kunden ein Auge zugedrückt, es ist nicht so, als hätte er ihr nicht schon Gefallen getan – zum Beispiel sie freizulassen, als ein Polizeineuling, der es nicht besser wusste, sie verhaftet und aufs Revier gebracht hat.

Da sie ihre Verzweiflung nicht erklären kann, kommt die Königin von Saba zu dem Schluss, dass sie eigentlich gar nicht verzweifelt ist, dass sie nur aus irgendeinem Grund nicht so vernünftig und praktisch ist wie sonst. Als sich die Königin von Saba also am Ende, nachdem es vollbracht ist, auf ihrem Bett aufsetzt und spürt, wie der Schleim des Sergeants aus ihr heraus auf das Bett tropft, auf dem ihre Kinder ihre feuchten Handtücher und das Durcheinander von Kleidung liegen lassen haben, die sie durchwühlt haben, um den Zwilling einer einsamen Schulsocke zu finden oder ein gewaschenes und ungebügeltes T-Shirt für den Sport, da ist ihr einziger Gedanke, Sergeant Beckles so schnell wie möglich aus ihrem Haus herauszubekommen. Denn irgendwie kann die Königin von Saba nicht vernünftig für sich begründen, dass Sergeant Beckles ihr etwas Unrechtes angetan hat, und wenn er ihr nicht wirklich unrecht getan hat, dann weiß sie, dass es töricht von ihr ist, zu fühlen, was sie fühlt. Sie möchte dieses Gesicht nicht weiter sehen müssen, um nicht daran erinnert zu werden, wie töricht sie genau ist.

Aber Sergeant Beckles hat es nicht eilig zu gehen. Stattdessen zieht er den Rest seiner Sachen aus, bis auf die Socken, und streckt sich auf ihrem Bett aus, schiebt die Kinderklamotten zur Seite, um wegzudämmern. Selbst als er sich ein paar Minuten später mit seinem eigenen Schnarchen wieder aufweckt, bleibt er am Fußende ihres Bettes sitzen, nackt, wie er geboren wurde, betrachtet das Poster mit dem Pudel an der offenen Schlafzimmertür und theoretisiert über den Fall des ermordeten Babys. Die Kripo in der Stadt hat den Fall Whalen noch nicht geknackt, noch nicht einmal mithilfe des großmächtigen Scotland Yard, aber Sergeant Beckles weiß, dass das kommen wird. Er hat das Gefühl, er liefert sich einen Wettlauf mit der Zeit, als müsste er den Mord an Baby aufklären, bevor er von der Nachricht der Verhaftung von Peter Whalens Mörder überrumpelt wird.

Die Königin von Saba wird dir erzählen, dass sie in diesem Moment nur eins will, ehrlich und von ganzem Herzen, und zwar, Sergeant Beckles aus ihrem Haus zu bekommen, weg von dem großen rosa Puppenhaus, das sie für ihre Tochter gekauft hat und das mit majestätischen lila Türmen und seiner perfekten kleinen Puppenfamilie wie ein Portal zu einer anderen Welt in der Schlafzimmerecke steht. Sie möchte seine Blicke von den Fotos der Kinder auf ihrer Kommode ablenken, von dem Foto von ihrer Mom, dem Foto von sich selbst vor ein paar Jahren in Baggy Jeans und LA-Gear-T-Shirt und einem Gesicht ohne den Schatten des Wissens, wie ganz einfach böse Männer sein können. Sie will seinen Geruch aus ihren Laken und dem Nachthemd waschen. Das ist alles, was sie will, würde die Königin von Saba sagen, das ist ihr einziges Ziel – was sie tut, hat nichts mit Tone zu tun.

Sie hat nichts gegen Tone, wird sie unterstreichen, überhaupt keinen Grund, warum sie ihn verdächtigen sollte. Tatsächlich könnte man sie und Tone sogar als Freunde bezeichnen, zumindest als Arbeitskollegen. Sie würde dir erzählen, dass er früher immer zu ihr herübergerufen hat, wenn sie sich am Strand gesehen haben, und sie hat zurückgerufen. Tone hat ihr noch nie Probleme gemacht, würde die Königin von Saba sagen. Um ehrlich zu sein, ist Tone einer von den wenigen, die ihr das Gefühl gegeben haben, dass es immer noch gute Männer gibt. Hat sie nie widerlich angemacht, hat sich nie benommen, als wüsste er, was sie nachts am Strand verkauft, hat ihr nie auf eine Art »Guten Morgen« gewünscht, wie er es nicht auch zu seiner Mutter hätte sagen können.

Nichtsdestotrotz, guter Mann oder nicht, versteht die Königin von Saba plötzlich, das muss sie zugeben, dass die Gedanken des Sergeants an diesem Morgen nichts anderes beschäftigt als die Aufklärung des Babymordes und dass sie etwas hat, das ihn dazu bringen wird, sich anzuziehen, zum Revier zurückzuwieseln, eine Strategie zu entwerfen und sie in Ruhe zu lassen.

Sie ist kein Spitzel, würde die Königin von Saba sagen, ihre Mutter hat keine Petze großgezogen. Sie erzählt Sergeant Beckles ganz unschuldig, was sie in der Nacht gesehen hat, als das Baby gestorben ist. Sie hat nicht mit dem Finger auf Tone zeigen wollen, würde die Königin von Saba erklären, sie will nicht, dass er eingesperrt wird oder so was. So ticken die Leute im Ghetto nicht.

KAPITEL NEUNUNDZWANZIG

Mrs. Whalen
4. September 1984

»Möchten Sie vielleicht auf einen Drink vorbeikommen?«, so fängt es an, am Tag, nachdem Mira Peter hat einäschern lassen.

Am übernächsten Nachmittag soll sie deshalb mit Peters Asche abfliegen, sie bringt sie nach Hause nach Wimbledon, wo seine Schwestern einen Gedenkgottesdienst geplant haben. Sie ist erleichtert, dass sie die Insel hinter sich lässt, unaufgeklärter Mordfall oder nicht.

Die Einäscherung war eine kleine Zeremonie in der Kapelle neben dem Krematorium, für Rosa und Mr. Watson und die Nachbarn am Strand. Mira erinnert sich, dass Grayson, der vor ihrer Tür aufgetaucht ist, um sie zu sich einzuladen, ebenfalls da war.

Sie hofft, ein Nein wird reichen. Aber er besteht darauf.

»Ach, es ist doch nur ein Drink.«

Mira schaut ihn sich genau an, in seiner typischen kurzen schwarzen Sporthose und mit freiem Oberkörper. Sie bemerkt seine ingwerkeksfarbenen lockigen Brust- und Rückenhaare, die dunkle, sonnengeschädigte Haut überziehen. Sein Körper ist nicht muskulös, er sieht eher aus wie ein runzliges Fass in schwarzer Badehose. Er sieht eher aus wie Peter.

»Danke, aber ich trinke nicht.«

Mira versucht, die Tür zu schließen, aber Grayson hält sie offen. Ihre Augen brennen in der grellen Sonne. Mira hat nicht geschlafen; sie war gegen zwei Uhr morgens im Mini-Markt, und Jack war nicht bei der Arbeit, und sie hat sich absurderweise die ganze Nacht Sorgen um ihn gemacht. Der Ladenmitarbeiter, der da war, hat die Tüte nicht richtig gefaltet, um ihre Rosinenschachtel zu schützen. Sie hat sich nicht getraut, ihn zu fragen, ob Jack rausgeworfen wurde, ob ihm etwas Schreckliches zugestoßen ist.

Sie schaut über Graysons hängende Schultern hinweg zu dem »Zu verkaufen«-Schild hinüber, das in Richtung Meer zeigt. Sie verkauft das Haus, es kommt nicht infrage, dass sie es behält, kein Gedanke daran, je wieder hierher zurückzukommen, ganz zu schweigen davon, in der Villa zu schlafen, in der ihr Mann ermordet wurde.

»Wer trinkt überhaupt morgens um diese Zeit?«, fragt sie ihn. Sie trägt noch ihren Pyjama, denselben, den sie schon die ganze Woche trägt, mit einem Seidenmorgenmantel darüber, den Peter ihr aus Hongkong mitgebracht hat, handgemalte Seerosen oder etwas Ähnliches. Rosa hat nicht versucht, ihn ihr auszuziehen und sie in eine heiße Badewanne zu stecken. Rosa macht sich jetzt, wo sie gehen wird, Sorgen um ihre Referenzen.

Grayson zuckt mit den Achseln und brummelt etwas Mürrisches. Die Sechsuhrfrau läuft vorbei, macht beim Joggen kleine Explosionen mit ihren Fußballen, ihr Pferdeschwanz wippt. Mira zieht ihren Morgenmantel fester um sich, schließt die Augen und versucht, sich vorzustellen, dass ihre Augenlider nicht brennen – von der Sonne, vom Schlafmangel, von den Bildern, die dort stecken bleiben, sobald sie wegdämmert. Dieser Mann wird sich nicht von der Türschwelle wegbewegen.

»Normalerweise würde ich um die Zeit mit Betsy Gassi gehen«, erklärt der Mann nach einer Weile. »Ich bin trotzdem aufgewacht – obwohl sie tot ist.«

»Das tut mir leid«, antwortet Mira. »Sie war entzückend.«

Er sieht aus, als machte er sich gerade zum Gehen bereit, als sie sagt: »Ich denke, ein Getränk kann nicht schaden – ein heißes Getränk.«

Sie plaudern auf seiner Veranda, sie immer noch im Pyjama, er in seiner Badehose. Er sagt, er hat eine Pistole, sie sollte sich auch eine besorgen, er bietet an, sie ihr zu zeigen, aber Mira Whalen schüttelt den Kopf. Sie reise in zwei Tagen ab, verkaufe das Haus, erzählt sie ihm, sie habe keinen Grund, sich jetzt eine Pistole zu besorgen. Mira Whalen hört das Piepsen des Türsummers, als Rosa den Code eingibt und sich selbst hereinlässt. Heute ist ihr letzter Tag.

Mira Whalen beginnt gerade langsam, ihren Kaffee zu genießen, die sanfte Wärme der frühen Sonne auf ihren Händen und im Gesicht zu spüren, als eine Frau auf die Veranda gestürmt kommt. Die Frau ist blutverschmiert, ein Schneidezahn scheint zur Hälfte abgebrochen zu sein, die verbleibende Hälfte ist halb hinter einer pulsierenden lila Lippe verborgen.

»Diesmal rufe ich die Polizei«, sagt Grayson empört, und dem Klatschen seiner Füße auf dem Boden folgt ein Schnauben, als wäre er ungehalten über ihren Anblick und wie sie Blut auf seine sandfarbenen Porzellanfliesen tropft. Sie weint nicht. Sie zittert ein bisschen und gibt eine Art Schrei von sich, bevor sie auf den Fliesen zusammenbricht und liegen bleibt. Mira wertet das als Zeichen, dass sie sich sicher vor dem fühlt, wovor auch immer sie davongelaufen ist, und macht sich daran, so gut es geht dafür zu sorgen, dass das auch so bleibt.

Es ist Mira, die diese Frau nach drinnen führt, Mira, die die Glastüren zu Graysons Veranda zuschiebt und abschließt, Mira, die die Schnur sucht und findet, mit der man das Sisalrollo herunterlassen kann, um die Tür zu verdecken, sodass man nicht mehr nach draußen sehen kann.

Grayson verschwindet kurz und kommt leise mit einem schnurlosen Telefon wieder, doch als er hineinspricht, dass er eine Tätlichkeit melden möchte, jagt das Mira einen gewaltigen Schrecken ein.

Die Frau wimmert. Es klingt wie: »Nein.«

»Seien Sie nicht albern«, sagt er. »Ich melde das.«

Die Frau fängt an zu weinen, versucht, sich aufzurappeln. Stumm fleht sie Mira an, ihn aufzuhalten, aber Mira ist genauso hilflos, während Grayson in den Hörer spricht.

»Ja, eine Tätlichkeit. Ein Mann, nehme ich an, verprügelt regelmäßig nach Strich und Faden seine ...«, er schaut auf ihren Finger, »Frau.«

Die Frau schaut zur Tür, zwingt sich, auf die Beine zu kommen.

»Mir geht's gut«, sagt sie, als Mira aufsteht, um ihr zu helfen, »geht gut.« Es klingt wie *twud,* und die Frau berührt ihre Lippe, als könnte sie es nicht glauben, dass sie so zerschlagen ist, dass sie jetzt klingt wie Elmer Fudd. Als sie aufsteht, bemerkt Mira, dass ihr Rock zerrissen ist und man ihr Höschen darunter sehen kann.

»Das ist nicht wahr!«, fährt Grayson sie an, dann spricht er wieder in den Hörer, gibt die Adresse seines großen Hauses am Baxter's Beach an. Mira Whalen weiß, dass diese Adresse dafür sorgt, dass die Polizei kommen wird, dass sie schnell kommen wird.

Die Frau schaut sich im Raum um, kontrolliert ihn auf Geräusche, auf Zugänge, um die sich niemand gekümmert hat. Mira hört zu, wie Grayson der Polizei die Frau beschreibt.

»War es jemand, den Sie kennen?«

Grayson hält inne. »Wir haben sie schon mal gesehen, an einem Morgen hat er sie bis hier runter gejagt. Ich hab auch den Mann gesehen – ist zurückgerannt, als er mich kommen sah, ja. Betsy hat sie immer angebellt, wenn wir sie am Strand gesehen haben.«

Mira schaut zu, wie die bitterschokoladenfarbene Frau ihren Rock zusammennimmt, als wären seine Zipfel ihre Sinne, die Kanten des größten Risses in einer Faust zusammenhält, als könnte das einen Sinn in ihre Lage bringen.

»Nicht die Polizei rufen«, sagt die Frau. »Mir geht's gut. Ich geh.«

Er stellt sich ihr in den Weg, vor die Rollos, die die Türen zum Strand hinaus verdecken, und spricht weiter ins Telefon. Er bewegt sich nach links und rechts, hält jedes Mal seine Position, wenn sie versucht, zur Tür zu kommen.

»Ich habe eine Tochter«, sagt er nach der Beschreibung zu Mira, »ich habe eine Tochter, und ich will verdammt sein, wenn ich zulasse, dass ein Mann sie so behandelt.«

»Nein, nicht Sie«, sagt er in den Hörer und verdreht die Augen.

Mira Whalen winkt Grayson, macht klar, dass er die Anzeige zurückziehen soll, der Polizei sagen, sie sollen sich keine Sorgen machen. Die Polizei hier ist nutzlos, sagt sie zu Grayson, sie weiß, dass sie nutzlos ist. Bis jetzt können sie nicht herausfinden, wer Peter umgebracht hat; wie kommt er auf die Idee, dass sie dieser Frau helfen können?

Die Frau fängt an zu weinen, Tränen laufen ihr stumm in stetem Strom über das finstere Gesicht. Mira glaubt, sie sollte sie umarmen, also geht sie nah heran, streckt die Arme aus, legt sie um ihren großen Körper und zieht sie an sich. Sie sagt ihr, dass sie bleiben sollte. Hier, wo es sicher ist. Sagt ihr, dass alles gut werden wird.

Sie ist zwar nicht besonders beeindruckt davon, wie die Polizei die Ermittlungen zum Mord ihres Mannes führt, aber Mira Whalen gibt sich selbst die Schuld, dass sie stocken. Obwohl ihr mehrmals dicke Heftmappen mit den plastikgeschützten Polizeifotos sämtlicher Räuber gezeigt wurden, die die Insel je gesehen hat, mit jedem, der wegen Mordes oder schwerer Körperverletzung im Gefängnis saß, kam nichts dabei heraus, Mira Whalen hat immer nur den Kopf geschüttelt, »Nein«, wenn englische und einheimische Detectives gleichermaßen sie fragten, ob sie irgendeinen dieser Männer aus der Nacht wiedererkenne, in der sie ausgeraubt und ihr Mann umgebracht wurde. Keine weiteren Zeugen haben sich mit Informationen über jemanden gemeldet, der in der Nähe von Miras Haus gesehen wurde, es wurde keine Pistole gefunden, es gibt keine verwertbaren Fingerabdrücke, und DNA-Tests werden in polizeilichen Untersuchungen noch nicht eingesetzt. Peters Mörder bleibt ein Rätsel.

Es ergab für die Detectives keinen Sinn, dass Mira Whalen sich angeblich nicht an den Räuber erinnerte, der ihren Mann umgebracht hat. Es ergab überhaupt keinen Sinn. In ihrer Aussage stand, sie habe ihm einen Strumpf vom Gesicht gezogen, also hätte sie ihn gut sehen können müssen. Aber Mira Whalen erinnert sich nicht an das Gesicht unter dem Strumpf, sie erinnert sich an die Hand, die die Pistole hielt, und es gibt kein Verzeichnis krimineller Hände, das sie ihr anbieten könnten. Sie schlagen ihr eine Therapie vor, sagen ihr, sie soll sie anrufen, wenn eine Erinnerung wiederkommt, irgendwas, aber inzwischen will Mira Whalen nur noch die Insel verlassen, will nur noch Peters Asche mitnehmen und nie wiederkommen.

Weil sie sich aber selbst die Schuld gibt, willigt sie ein, den Ordner noch einmal durchzugehen, in die Gesichter aller verurteilten Räuber, Mörder und Gewaltverbrecher zu starren, die Baxter's Beach je gesehen hat.

»Sind Sie ganz sicher, dass Sie keinen erkennen?«, fleht Sergeant Beckles. »Hier, ich zeige sie Ihnen noch mal.«

Sie hatte ihn angerufen, um ihnen zu sagen, dass sie abreist, um sich für ihre Hilfe zu bedanken, einfach aus Höflichkeit, und er hatte sie gebeten, noch einmal herzukommen, noch ein letztes Mal hinzuschauen. Das entspricht nicht dem Protokoll. Das Protokoll würde vorsehen, dass er auf einen der Detectives von Scotland Yard oder der örtlichen Kriminalpolizei wartet, bevor er ihr den Hefter zeigt, den sie vom Polizeirevier in Baxter geliehen haben, aber Beckles schert sich nicht ums Protokoll. Beckles geht es darum, denen da oben zu zeigen, dass ein Sergeant aus armen Verhältnissen und seit zwanzig Jahren im Polizeidienst mit nichts weiter als seinem Bauch einen Fall lösen kann, der sie trotz all ihrer schicken Ausrüstung und Technik, die sie aus England mitgebracht haben, einfach nur verwirrt.

Also schaut sich Mira noch einmal den Stapel Fotos an, bevor sie den abgenutzten braunen Hefter von sich schiebt, den Sergeant Beckles hereingebracht hat. Sie schaudert, obwohl es in dem Raum im Revier, in dem sie sich befinden, drückend heiß ist. Mira Whalen sitzt auf einem kleinen Metallklappstuhl, auf dem sie es sich nicht bequem machen kann. Sie schaut sich in dem großen Raum um, sieht Wände, die ihre vielen Farbinkarnationen mit stellenweise abblätternder Farbe verraten. Uniformierte Polizisten und Officers in Zivilkleidung sitzen an zahlreichen Holztischen, telefonieren, wühlen in Schubladen, nehmen Aussagen von Opfern und Zeugen auf. Überall liegen Ordner und Papiere und flattern lautlos im Stimmengewirr des Reviers. Straftatverzeichnisse übersäen die Schreibtische, stapeln sich hoch auf der zusammengewürfelten Ansammlung nicht zusammenpassender Stühle, setzen auf den rostigen Aktenschränken Staub an. Mira Whalen versucht, die anderen Zivilisten nicht zu genau anzuschauen, die Leute, deren offensichtliches Unbehagen beweist, dass sie nicht damit gerechnet hatten, sich hier wiederzufinden, aber sie kann nicht anders. Sie fragt sich, ob diese Leute ebenfalls durch die Hand des Räubers gelitten haben, der Peter umgebracht hat.

Es ist ihre Schuld, denkt Mira, dass Peter tot ist, dass er sein Leben geopfert hat, um ihres zu retten. Peter war ein Mann, der alles hatte und nicht eine Sekunde darüber nachdachte, alles für sie aufzugeben, auch wenn sie wegen der Affäre gezankt hatten, auch wenn er im Gästezimmer schlief, als sie schrie. Er war trotzdem angerannt gekommen. Und jetzt war sie eine Frau, die alles hatte, was sie je wollte, aber Peter hatte sie nicht mehr, oder Beth oder Sam oder ein eigenes Kind oder eine echte Freundin, die sie anrufen konnte, oder eine Mutter, in deren Armen sie weinen konnte. Und sie konnte ihm noch nicht einmal die Ehre erweisen, sich an das Gesicht seines Mörders zu erinnern.

Sie hat nicht erwartet, das Gesicht dieses Räubers unter diesen Fotos zu entdecken, sie hat nicht erwartet, ein Polizeifoto zu sehen, das ihre Erinnerung anstößt, deshalb ist sie nicht hergekommen. Aber Mira Whalen verlässt das Polizeirevier trotzdem wie benommen. Sie hört nicht, wie der Polizist fragt, ob er sie nach Hause fahren soll, ob sie möchte, dass er jemanden anruft, der sie abholen kann, oder ihr einen Schluck Wasser bringen soll, bevor sie geht. Mira Whalen weint, als sie stolpernd die Straße in Richtung Baxter's Beach entlanggeht.

KAPITEL DREISSIG

Tone
5. September 1984

Tone wacht neben einem neuen Gesicht auf. Es ist eines dieser Gesichter, bei denen er am liebsten Jesus Christus, Maria und Josef schreien möchte. Keiner, der glaubt, dieses Geschäft sei einfach, dass Männer wie er faul seien, hat je einen Tag erlebt, an dem er neben so einem Gesicht aufwachen musste. Er linst noch einmal heimlich zu der Frau hinüber, fängt an zu überlegen, wie er hier herauskommt, ohne sehen zu müssen, wie dieses Gesicht zum Leben erwacht. Für Tone sieht es aus wie eine dieser Reagan-Masken aus Silikon, die Adan manchmal auf Raubzügen trägt, damit er aussieht wie der beschissene Präsident. Egal, wer du bist, wie du wirklich aussiehst, du setzt diese Maske auf, und du siehst aus wie der Präsident der Vereinigten Staaten von Amerika. Aber wenn du die Maske abnimmst, zerläuft sie und schlägt Falten wie Wackelpudding, liegt in der Zimmerecke wie die Haut eines Geistes, der sie abgeworfen und weggelegt hat, und die auf ihre Wiederbelebung wartet, bis er vielleicht wieder einmal etwas Unheilvolles vorhat. Adan hat ihm einmal erzählt, dass Lala diese Maske und das, was sie darstellt, hasst. Adan hat ihm erzählt, dass er sie kürzlich, als er sie für einen Job brauchte, nicht mehr finden konnte und gezwungen war, stattdessen eine der billigen Strumpfhosen seiner Frau zu benutzen. Diese Frauen, hatte Adan geknurrt und dann ausgespuckt, die bilden sich ein, sie wissen, wie man alles in Ordnung bringt, was in Ordnung sein muss.

Tone bemerkt jetzt, dass sie sich in einem hübschen Zimmer befinden, in einer Penthouse-Suite, wie es aussieht, alles vom Boden bis zur Decke aus Chrom und Marmor und dezent gefärbtem blauem Glas. Er hat in der Nacht zuvor, als er mit seiner Kundin hier hereingestolpert ist, nicht so genau hingeschaut. Der Raum ist wirklich schön, aber mit der eingeschalteten Klimaanlage ist es auch sehr kalt, er hat das Gefühl, er könnte sich hier den Tod holen.

Er denkt darüber nach, der Frau den Rücken zuzudrehen und noch ein bisschen länger unter der Decke zu bleiben, ohne ihr Gesicht sehen zu müssen, aber er hat Angst, dass jede kleine Bewegung sie aufwecken könnte. Er kennt diese Art Frau. Das Kokain ist so sehr Teil von ihr, dass sie schon ein bisschen von seinen übermenschlichen Kräften angenommen hat – die Fähigkeit, aus meilenweiter Entfernung eine Stecknadel fallen zu hören, im Schlaf die winzigste Bewegung zu spüren, sechsunddreißig Stunden am Stück wach zu bleiben oder eine Woche zu schlafen, ohne zu sterben. Sollte er auch nur einen Muskel bewegen, wird diese Frau aufwachen, denn im Schlaf kann sie das *Ticktack* seiner Gedanken hören, und in dem Moment, wo er daran denkt, sich aufzusetzen, noch bevor er wirklich einen Arm oder ein Bein bewegt, wird in ihrem Kopf ein Alarm ausgelöst, und sie wird kerzengerade hochschießen, ihn da sehen, sich an letzte Nacht erinnern, sich umschauen, um sicherzugehen, dass sie nicht ermordet wurde und außerhalb ihrer eigenen Leiche aufwacht, sich nach ihrer Brieftasche umschauen, um sicherzugehen, dass sie nicht ausgeraubt wurde, zum Nachttisch hinüberschauen, ob dort noch ein klitzekleines bisschen Pulver von letzter Nacht übrig ist, ihren Augen nicht trauen und sich hinüberbeugen, um die Tischplatte stattdessen mit der Zunge zu prüfen.

Tone beschließt, dass Heimlichtuerei albern wäre. Es ist wahrscheinlich die Kühnheit dieser Entscheidung, die die Frau doch weiterschlafen lässt, während er sich anzieht, sich eine Tasse heißes Wasser zum Frühstück macht, die drei frischen Hundertdollarscheine zählt, die die Frau letzte Nacht in seine Tasche gesteckt hat. Hässlich oder nicht, das ist eine dieser Frauen, die wissen, wie man ihn bezahlt, ohne dass es sich anfühlt, als würde er im Austausch gegen Sex ihr Geld nehmen. Aus unausgesprochenem Respekt gegenüber diesem Vorgehen zählt er das Geld erst am Morgen danach, wenn sie noch schläft, wenn ihr Nach-dem-Sex-Gerede davon, ihm ihre Kinder und Enkel vorzustellen, so absurd geworden ist wie der Gedanke, irgendetwas anderes zu tun, als so weit wie möglich von ihr wegzukommen.

Er geht durch den Dienstboteneingang, denkt kurz daran, nach Lala und Adan zu sehen, und überlegt es sich anders. Er schluckt die saure Welle der Wut herunter, die er spürt, wenn er an Adan denkt, den bitteren Stachel der Schuld, der ihn manchmal von ihm fernhält. Er wird ihn heute Nacht für den Job sehen; er muss ausgeglichen bleiben, ruhig, wie der Tone, den Adan kannte, bevor er Lala geheiratet hat.

Es ist seine eigene Schuld, denkt Tone. Er wusste von Jacinthe, deshalb hat er sie mitgebracht. Und jetzt schau.

Tone steigt auf seinen Jetski, jagt den Motor hoch und hinaus ins Blau, umrundet die frühen Badenden auf dem Weg ins tiefere Wasser. Ein weißer Mann winkt ihm zu, ein alter weißer Mann in schwarzen Shorts. Dieser weiße Mann will nicht Jetski fahren, dieser weiße Mann will ihm eine Nachricht geben, von der er sagt, sie ist von Lala. In der Nachricht steht, wie will ihn in den Tunneln treffen, an dem Eingang, den er kennt. Sofort.

Als er ihre aufgeplatzten Lippen sieht, ihre Augen, die so zugeschwollen sind, dass sie den Kopf in den Nacken legen muss, um ihn richtig anschauen zu können, wird ihm zum ersten Mal klar, dass er das Ding niemals loswerden wird.

Dass es ihn niemals in Ruhe lassen wird. In dem Moment, als sich eine Träne aus dem zugeschwollenen Auge quetscht und auf den blauen und lila Prellungen auf ihrem Gesicht glitzert, ist das Ding wieder bei ihm, droht, dafür zu sorgen, dass er sich komplett vergisst.

Sie erzählt ihm alles, wie Adan gefragt hat, ob er sich komisch benimmt, von seinem Plan, zu dem großen Haus zurückzugehen, von Sergeant Beckles' Fragen, wie sie gegangen ist. Sie redet, und der Staub tanzt in den Lichtsplittern, die durch die Kalksteindecke fallen, wie der Feenstaub, in dem Cinderella tanzt, bevor sie verschwindet.

Sie stehen nebeneinander in dem engen Raum, er und Lala; es kommt ihm falsch vor, sich vor sie zu zwängen, wie er es vor so langer Zeit getan hat, es kommt ihm falsch vor, sich zu ihr zu drehen, in ihr Gesicht zu schauen, während sie wiedergibt, was Adan gesagt hat. Was er getan hat.

»Er hat gesagt, er geht noch mal hin«, bestätigt sie, »er hat gesagt, er geht wieder hin und macht die Frau kalt, die ihn gesehen hat. Er hat den Mann erschossen, Tone, er hat gesagt, er hat den Mann erschossen.«

Tone macht sich Sorgen. Er weiß, Adan ist ein Räuber, aber soweit er weiß, hat Adan nie jemanden umgebracht. Adan hat ihn gebeten, ihn in den Tunneln zu verstecken, weil ein Job schiefgelaufen ist, aber er hat nie einen Mord erwähnt. Tone schlägt mit einem Zweig, den er draußen auf dem Weg hierher abgebrochen hat, gegen die Tunnelwand. Er denkt daran, dass er Adan die Existenz dieser Tunnel anvertraut hat, sie als mögliche Route vorgeschlagen hat, um Gras, das von St. Vincent auf Fischerbooten herüberkommt, in die Stadt zu transportieren. Er fragt sich, ob Adan, weil er gezögert hat, ihm die kürzeste Route vom Ufer zur Stadt zu zeigen, beschließen wird, die Höhlen selbst zu erkunden, ob er es vielleicht jetzt gerade tut. Er sagt nichts, aber er hat die Stirn gerunzelt, als richtete er seine Augen auf eben das Problem aus, über das sein Verstand grübelt.

»Ich glaub, diesmal bringt er mich um«, schluchzt Lala. »Ich kann nicht mehr hierbleiben, Tone, ich kann nicht mehr, ehrlich.«

Der Zweig trifft die Tunnelwand ein bisschen härter, seine Rinde fängt an, sich abzulösen, die gelben Fasern darunter sind zu sehen. Der Boden ist mit Rindenstücken gesprenkelt, die da im Staub sterben.

»Er bringt dich nicht um«, erklärt Tone mit Überzeugung, »ehrlich nicht.«

Lala antwortet nicht. Sie packt mit den Händen den Kragen ihres Kleids mit den feinen, filigranen Kragenspitzen und reißt ihn auf, bis ihr Hals und die Brust freiliegen, dann dreht sie sich seitlich in ein paar Streifen Licht. Wo die Spitze des Regenschirms sie getroffen hat, ist sie pflaumenblau.

»Warum hast du diesen Mann ausgesucht, Lala?«, wirft Tone ihr vor. »Warum hast du ihn bis jetzt nicht verlassen?«

»Er ist mein Ehemann«, sagt Lala. »Der ist nicht irgendein Mann, den man so verlässt.«

»Ohhhh.« Tone heuchelt Verständnis. »Na ja, dann lass dich von deinem Ehemann umbringen.«

»Ich hab gespart, damit ich ihn verlass ... Er hat mir mein Geld weggenommen, Tone, er hat's geklaut, ich wollte weg, ich wollte in einen Flieger steigen, ich ...«

»Bist du ein Kind, dass er dir einfach so dein Geld wegnehmen kann?«

Lala versteht das, was Tone da sagt. Sie versteht, dass er ihr solche Fragen über Adan stellen muss, weil es ihm die harten Fragen erspart, die er sich sonst selbst stellen müsste.

Sie weint, während er mit ihr schimpft, und als die Sonne weiterzieht und der Staub nicht mehr zu sehen ist, sind sie still.

Tone sagt, er will es in Ordnung bringen. Er wird ihr Geld besorgen. Er gibt ihr das was er bei der Deutschen verdient hat, und verspricht in ein paar Tagen mehr. Sie kann ein Flugzeug nehmen, irgendwo Großes hinfliegen; wenn sie nicht weiß, wo: Er hat einen Bruder im Big Apple, sie kann irgendwohin abhauen, wo Adan sie nie findet, und vielleicht wird Tone eines Tages kommen, er wird zum Big Apple kommen und sie suchen. Aber es wird Zeit brauchen. Ein Ticket ist das eine, aber ein Platz zum Wohnen, genug, damit es reicht, bis sie einen Job hat, damit sie ihre Lage ordnen kann, das alles braucht Zeit. Sie wird so viel Geld brauchen, wie sie nur zusammenbekommen können. Es wird ein paar Tage dauern. Kann sie ein paar Tage überleben, damit er ihr noch ein bisschen mehr Geld besorgen kann? Vielleicht kann sie irgendwo anders übernachten, nicht im Haus, sie kann irgendwo anders übernachten und auf ihn warten. Bei seiner Mutter geht das nicht, weil Adan manchmal vorbeikommt, wenn er ihn sucht, aber wenn sie was anderes findet ...

Sie sagt, es ist okay. Die Leute in einem von den großen Häusern am Strand haben ihr gesagt, sie kann dableiben, im Keller von einem weißen Mann, bis sich alles abgekühlt hat und sie machen kann, was immer sie als Nächstes machen muss.

Oder sie könnten zur Polizei gehen.

Sie schüttelt den Kopf. Nein. Wenn sie das macht, stellt ihr die Polizei vielleicht noch mehr Fragen wegen Baby, und sie kann keine Fragen mehr wegen Baby beantworten.

Tone nickt. Was mit Baby passiert ist, ist noch eines dieser Geheimnisse, die sie verbinden.

KAPITEL EINUNDDREISSIG

Lala
5. September 1984

Der Vorfall mit der Orange beginnt mit einem Dank.

»Danke«, sagt Lala durch ihre pulsierenden lila Lippen zu Grayson, nachdem sie Tone im Tunnel zurückgelassen hat, nachdem sie den Strand entlanggegangen ist und sich hinter Büschen versteckt hat, sobald sie eine Stimme hörte, die wie Adans klang, nachdem sie im selben seltsamen Kleid zu Graysons Tür zurückgekehrt ist, in dem sie dort weggegangen ist, und ihm gesagt hat, sie wird bei ihm bleiben, bis sie weiß, was weiter passieren wird. Grayson strahlt zustimmend, er sagt ihr, er hätte Angst gehabt, sie würde nicht wiederkommen, er sagt ihr, sie soll hereinkommen, sich setzen.

»Danke«, sagt sie zu ihm, als er ihr eine Tasse warmen Pfefferminztee macht und einen Kühlbeutel an ihr Gesicht hält, als sie damit fertig ist.

»Danke«, sagt sie, als er sein Versprechen wiederholt, dass sie in seinem prachtvollen Haus wohnen kann, solange sie muss. Sie muss weg von diesem Mann, sagt Grayson zu ihr, solche wie er bessern sich nicht. Und Lala wiederholt ihren Dank.

Grayson zeigt ihr ein schönes blaugraues Zimmer in seinem Keller, wo ein weißes Holz-Einzelbett mit einer weichen, mit Wellen bedruckten Decke lockt. Sie setzt sich auf dieses Bett, streicht mit den Händen über die Decke, berührt die makellos weißen Kissen am Kopfende. Als sie sich umdreht, um noch einmal Danke zu sagen, ist Grayson weg.

Lala sitzt in diesem Zimmer, schaut durch ein vergittertes Fenster auf eine überdachte Terrasse hinaus und auf die brechenden Wellen darunter. Sie staunt, dass genau dieses Meer, das gegen die Betonfundamente der hohen Grundstücksmauern klatscht, das die zarten schmiedeeisernen Geländer mit den Spitzen wie Speere leckt und peitscht, dass dieses Meer dasselbe ist, das einmal vom Fenster des Hauses ihres Mannes aus drohte, sie zu verschlucken. Dieses Wasser, das hinter Graysons Veranda und Terrasse bleibt und sich in seinen eigenen Fesseln krümmt, das dem Unkraut auf den Steinplatten Beifall klatscht, bevor es sich wieder in die Weite zurückzieht, das ist dasselbe Wasser, vor dem sie täglich davonläuft.

Sie geht zum Fenster, schiebt die Scheibe hoch und schaut aufs Meer. Und in dieses rechteckige Sichtfeld tritt Grayson mit einer Tüte Orangen. Als fände er es vielleicht am besten, vor ihrem Schlafzimmer Wache zu halten, nur für den Fall, dass jemand sie hat herkommen sehen, nur für den Fall, dass etwas in ihr sie in Versuchung führt zurückzugehen.

Er isst seine Orangen nicht, wie es normale Leute tun. Er schält die Schale mit den Grübchen nicht ab, bis sie ganz weg ist, und teilt nicht das freigelegte Fleisch in Spalten, die er ordentlich in den Mund stecken und schlucken kann. Stattdessen isst er die ganze Orange auf einmal, nachdem er die Schale grob mit bloßen Händen entfernt hat, sodass da immer noch bittere weiße Stücke an der süßen Zitrusfrucht hängen. Grayson lutscht und schluckt seine Orangen am Stück, hält nur inne, um ein störendes weißes Stück Haut oder einen harten grauen Kern in seine Hand zu spucken. Er behandelt Orangen nicht als einen Luxus, der zu viele Dollar pro Netz kostet, als etwas, das man genießen sollte; er isst sie, als wären sie zum Verschlingen da, ohne dass er darüber nachdenken muss, woher die nächste kommt.

Als er sie sieht, starrt er sie an, als wäre er überrascht, dass sie da ist und durchs Fenster schaut, als hätten sich seine schlimmsten Ängste bewahrheitet und sie plante tatsächlich ihre Flucht. Und das ist wahrscheinlich der Hauptgrund, warum Lala eine dicke schwarze Hand ausstreckt und eine Orange von ihm annimmt, eine Orange, die er frisch geschält, angebissen und auf seine Handfläche gelegt hat. Deshalb versenkt sie ihre Zähne in Fruchtfleisch, das von seinen Fingern noch immer brennt, und schluckt Saft, den seine Lippen schon berührt haben. Er steht auf und schaut zu, wie sie sie isst und hebt eine borstige Hand, um ein pralles Stück Zitrusfrucht wegzuwischen, das neben ihrer Nase hängt, und als er seine Hand auf ihrem Gesicht lässt, bemerkt sie, dass sich seine Finger schon abgekühlt haben, seit die Sonne weg ist, dass seine Haut von der wabernden Luft schon sandbestäubt ist, und sie hält sie dort fest, denn ihr eigenes Gesicht fühlt sich im Vergleich dazu heiß an.

»Fühlt sich an wie Fieber«, sagt er.

Er ist im Ruhestand, aber er erkennt Fieber, wenn er welches spürt. Er legt seine Orange weg und geht eine Schüssel kaltes Wasser und ein weiches Tuch holen und etwas in einer Flasche mit einem Apothekenetikett darauf, eine Verschreibung für jemand anderen. Grayson säubert nicht nur ihre Brust, sondern ihren ganzen Körper, wischt sie sanft ab, um den pochenden Zahn, die nässenden Wunden, die vernarbende Lippe nicht zu reizen. Als er fertig ist, verbindet er ihre Brust und streicht ihr über die Stirn und hilft ihr in das blusige Nachthemd einer kleineren Frau und steckt sie ins Bett.

»Danke ...«

Lala sinkt in einen so tiefen Schlaf, dass sie ihn nicht sagen hören kann: »Gern geschehen.«

Lala hat ihren Freunden früher in der Schule immer erzählt, dass ihre Mutter sie nach einem Song benannt hat, den ihr

Vater ihrer Mutter regelmäßig vorsang. So, wie Esme es erzählte, war Lalas Vater nicht einfach irgendein Seemann, wie Esme beharrlich behauptete; ihre Liebe war wie aus einem Gedicht. Lala erzählte ihren Schulfreundinnen früher immer, ihr Vater hätte viele Schiffe, und eines Tages würde er sie holen lassen.

Als Lala alt genug war, um diese Geschichte zu hinterfragen, ihr Gewicht zu prüfen, war ihre Mutter tot, und Wilma wollte ihr nicht helfen. Sie habe ihren Vater nie kennengelernt, sagte Wilma, vermutlich war er einer von den Rowdys auf der Straße, mit denen ihre Mutter sich eingelassen hat. Lala verstand irgendwann, dass sie Wilma nicht nach ihrem Vater fragen durfte. Dieser Vater verfolgte sie durch seine Abwesenheit den Rest ihres Lebens.

In Lalas Vorstellung war es ihr Vater, der ihr ihren Namen gegeben hatte. Sie vermutet es, weil das Einzige, was Wilma noch wütender machte, als wenn ihre Enkelin fragte, wer ihr Vater sei, die Frage war, woher sie ihren Namen hatte. Lala erzählte Wilma, dass sie sich erinnerte, wie ihre Mutter ihr ihren Namen vorsang, als sie klein war, wie sie sie eng an sich gedrückt hielt und die zwei Töne sang, immer wieder, sodass Lala verstand, dass die Art, ihren Namen zu singen, wichtig war, etwas, das sie nie vergessen sollte.

Wilma schrumpfte unter dem Gewicht dieses Namens. Damals wusste Lala es nicht, aber ihr Name war Wilmas Erinnerung an das unverschämte Summen ihrer Tochter, als die ihr sagte, dass sie schwanger war, und Wilma nach Kräften versuchte, sie zu überzeugen, so viel Okra, Petersilie und Radieschen zu sich zu nehmen, wie sie konnte, um das Baby loszuwerden. Esme weigerte sich. Sie weigerte sich nicht nur, sie summte dabei leise vor sich hin, den ganzen Tag dieselben zwei Töne, während Wilma versuchte, ihr die Mutterschaft auszureden.

Deshalb weigert sich Wilma, Lala mit diesem Namen anzusprechen, deshalb vergaß das Kind und dann die Frau irgendwann, was es bedeutete, besungen zu werden. Wilma nennt ihre Enkelin Stella, ihr zweiter Vorname, oder sie spricht sie überhaupt nicht mit Namen an.

Wie konnte Wilma erwarten, dass dieses Kind nicht nach dem Summen seiner Mutter suchen würde, dass es von jedem angezogen würde wie die Motte vom Licht, der diesen Namen nicht nur wiederfinden wollte, sondern ihn abstauben, ausschütteln, mit ihr anprobieren?

Von dem Moment an, als sie sich kennenlernten, hatte Adan sie nur Lala genannt, hatte ihren Namen in jedem Ton gesungen, der ihm einfiel, um zu sehen, ob sie ihn wiedererkannte, sich an die genauen Töne erinnerte, die ihre Mutter ihr zugedacht hatte.

Das war einer der Gründe, warum sie ihn geliebt hatte.

KAPITEL ZWEIUNDDREISSIG

Tone

5. September 1984

Der erste Hinweis auf ein drohendes Unheil ist das Boot – Adan findet es nicht groß genug. Das Schiff, das die Ladung gebracht hat, liegt fünf Meilen vom Ufer entfernt und wartet auf das kleine Fischerboot, das Adan gechartert hat, um ihm entgegenzukommen. Der Plan ist, dass dieses kleine Fischerboot dann dreihundert Pfund Marihuana, die Adan noch nicht bezahlt hat, an den Strand in der Nähe des Höhleneingangs bringt, und Tone und Adan die riesigen Bündel gepresstes Gras dann abladen und in die Tunnel tragen. Dort werden sie sie in ihre Bestandteile zerlegen – schwere, eckige Ziegel von der Größe von Betonblöcken – und sie in eine der staubigen Kammern am Ende einer Sackgasse verlagern, die schwer zu erreichen ist. Sie werden diese Ziegel fest in mehrere Schichten Plastik einwickeln und sie hoch oben auf ein Sims legen, das Tone Adan schon gezeigt hat, und dann wird Tone die Blocks einzeln, zu zweit oder zu dritt an Adans Kunden verkaufen und das Geld Adan bringen, damit er es der Lieferquelle weiterleiten kann.

Aber es läuft nicht nach Plan.

Als der Fischer auftaucht, ist sein Schiff zu klein, um die ganze Fracht zu transportieren, findet Adan, und zwei Fahrten würden wahrscheinlich Aufmerksamkeit erregen. Meint zumindest Adan. Er musste den Kapitän der Küstenwache bezahlen, damit er wegschaut, aber der Kapitän kann nicht ewig wegsehen. Mehr als eine Fahrt haben sie nicht.

Der Fischer ist ein älterer Mann, dessen schwielige nackte Füße den Sand ohne Schmerz oder Eile überqueren, als er das kleine Boot zu Wasser lässt. Er selbst ist ein großer Mann, mit wettergegerbter Haut von der Farbe von Kohle, und er wirkt nicht übermäßig beeindruckt von Adans Wutgeschrei von wegen er habe ihn betrogen, indem er ein Boot mitbrachte, das zu klein ist, um die Fracht zu tragen, dass er ihn übers Ohr hauen und mehr Geld verlangen will, wenn es zwei Fahrten werden statt einer. Der Fischer scheint keine Notwendigkeit für irgendein Gespräch zu sehen. Adan streitet, und der Fischer macht einfach sein Boot fertig.

Tone steht wartend am Höhleneingang, raucht eine Zigarette und denkt nach. Es ist zwar eine ruhige, klare Nacht, eine von denen, wo die Sterne wie Diamanten an einem samtigen Himmel funkeln und der milchige Viertelmond aussieht wie aus einem Bilderbuch, aber hinter der ganzen malerischen Szenerie lauert irgendwie das Chaos. Ma Tone würde ihm sagen, das Blei in seinem Magen bedeutet, er solle die Pläne fallen lassen und weggehen, denkt er, aber Ma Tone ist nicht hier, und deshalb versucht Tone zu leugnen, dass es besser so wär. Ma Tone würde es nicht gut finden, dass er ihre Weisheit auf so ein Thema anwendet, das weiß er.

Der zweite Hinweis tritt ein paar Stunden später ein, als der Fischer mit einem Boot voller fest eingewickelter Plastikballen zurückkommt und Tone sie Schulter an Schulter mit Adan vom Fischerboot hievt und sich unter dem Gewicht von Ballen abmüht, die viel schwerer sind, als er sie sich vorgestellt hat.

»Wie kommt's, dass die so schwer sind?«, fängt er an, als sie dem Fischer nachschauen, der zum zweiten Mal hinausfährt, die Taschen prall gefüllt mit Geld, das Adan von einer Reihe von Investoren eingesammelt hat, über deren Identität er kein Wort verliert. Tone wischt sich den groben Sand von den Waden, zieht sein neues Paar Bally-Sneakers aus, die eine seiner Kundinnen ihm gekauft hat, schüttelt den

Sand heraus, reibt ein schmieriges nasses Blatt von einem Schnürsenkel und zieht sie wieder an. Mit einem Waschlappen wischt er sich den Schweiß von der Stirn, streicht mit seinen eleganten Fingern über seine feinen Gesichtsknochen und wartet, bis sie beide wieder genug Luft bekommen, um die erste Fuhre Ballen in die Höhle zu tragen.

Adan sitzt auf einem Felsen in der Nähe und lächelt, seine Lippen sind so weit nach oben und nach außen verzogen, dass seine einzelne Goldkrone das Mondlicht einfängt und in Tone die Erinnerung daran aufblitzen lässt, wie sie sich damals zusammen in Chinkys kleinen Laden gewagt haben, um sie aus der eingeschmolzenen Kette irgendeines von Adans unglücklichen Opfern herstellen zu lassen. Als die Krone angepasst war, hatte Adan Tone angelächelt, genau wie er jetzt lächelt, und Chinky hatte Tone einen Klaps auf den Rücken verpasst, als wollte er ihn zur Zustimmung auffordern, als er sagte: *Mann, die Goldkrone steht Adan richtig gut, richtig gut, echt wahr.* Das waren die Zeiten, bevor Adan Lala kennenlernte und heiratete, erinnert sich Tone, das waren die Zeiten, bevor Tone anfing, Nächte mit Touristinnen zu verbringen.

»Is kalt, was?«, merkt Adan an, und Tone wird bewusst, dass er zittert. Er zieht seine dünne schwarze Kapuze enger um Gesicht und Hals, fasst nach seinem Haifischzahn und lässt die Hand dort ruhen.

»Mir ist arschkalt«, stimmt er zu, und Adan lässt wieder seinen Goldzahn aufblitzen.

»Willst du was rauchen?«

Tone schüttelt den Kopf – nein.

»Deine Sache.«

Adan zieht aus der Tasche seiner engen schwarzen Jogginghose einen kleinen Joint und ein Feuerzeug, das bald von einer flackernden orangefarbenen Flamme gekrönt wird. Er hält seine großen Hände um das Feuerzeug und hebt es an die Lippen, wo der Jointstummel schon wartet.

Tone warnt ihn nicht, dass ein Spliff Aufmerksamkeit auf sie lenken könnte, falls die Polizei auf der Suche nach verirrten Pärchen oder Gesetzlosen am Strand Streife geht. Er erinnert Adan nicht daran, dass sie von abenteuerlustigen Touristen entdeckt werden könnten, die vielleicht von dem widerlich süßen Geruch nach Gras angezogen werden und glauben, Adan und Tone wären hier, um es zu verkaufen. Stattdessen schaut sich Tone um, ob jemand unterwegs ist, der ihnen Ärger machen könnte. Das ist nicht der Fall, aber seine Brust ist irgendwie trotzdem schwer, er zittert immer noch von Zeit zu Zeit, obwohl er doch die kühle nächtliche Brise mehr als gewohnt ist.

Als der Fischer mit der zweiten Hälfte der Ladung zurückkommt, lässt Adan ein Springmesser aufschnappen, schlitzt einen der Ballen auf, zieht die Messerspitze heraus und probiert, und da weiß Tone, dass Adan ihn hereingelegt hat. Die Ladung ist kein Marihuana. Der Fischer nimmt sein Geld und geht. Vier riesige Ballen liegen unheilvoll im Sand wie die in Form gebrachten und geschliffenen Brüder der Felsbrocken, die sich am Rand des Strands nach oben ziehen.

»Hör mal, von so was hast du mir aber nix gesagt«, fängt Tone an. »Du hast gesagt, du bringst Gras rüber, Mann.«

Adan zuckt mit den Schultern, lässt das Messer zuschnappen und wischt sich abwesend die Arme ab, als wäre Tone ein Insekt, das an einem feuchten Nachmittag auf seiner Haut gelandet ist. Etwas, das er wegwischen kann, wenn er Lust dazu hat, aber nur, wenn er Lust dazu hat.

»Weißt du, wie viel Geld da drinsteckt?« Adan fängt an, einen Ballen in Richtung Tunnel zu ziehen. »Beeil dich, hab heut Nacht keine Zeit für die Küstenwache.«

Tone zögert, denn er hat vor, das Geld aus diesem Job Lala zu geben. Aber das mit dem Koks war nicht abgemacht, also zieht er ein letztes Mal bedächtig an seiner Zigarette und lässt sie in den Sand fallen, drückt die orangefarbene Glut mit dem Absatz seiner brandneuen Turnschuhe aus.

»Hör mal«, beginnt er langsam, »ich deale nicht mit Koks, Adan. Ich rauch's nicht, ich fass es nicht an. Ich verkauf's nicht. Ich bin kein Typ für Koks.«

Einen Moment lang singen die Grillen laut, und die Wellen klatschen an den Strand, und die beiden Männer starren einander an.

»Ich weiß«, sagt Adan langsam, »ich weiß, dass du kein Typ für Koks bist, Tone.«

Tone rührt sich nicht.

»Und warum hast du mir dann nix von dem Koks gesagt?«

»Für so was haben wir jetzt keine Zeit«, sagt Adan abfällig. »Das können wir später klären, ich könnt dir mehr zahlen für den Aufwand.«

Tone wippt auf den Fersen vor und zurück, schüttelt den Kopf, kneift fest die Augen zu.

»Mann, es geht nicht ums Geld, Adan«, protestiert er.

Und das stimmt auch. Es geht darum, dass Adan, seit sie Jungs in der halben Ruine von Ma Tones Haus waren, immer der Größere und allein deshalb der Boss war. Es geht darum, dass das Schicksal entschieden hat, dass Adans Vorherrschaft in allem auch auf sein Recht hinauslaufen sollte, Lala zu lieben, die nachts immer noch Tones Träume bewohnt. Es geht darum, dass Adan weiß, dass seine Vorrangstellung die natürliche Ordnung der Dinge ist, sodass ihm nicht mal in den Sinn kommt, dass etwas falsch daran sein könnte, Tone um Hilfe zu bitten, ein paar Hundert Pfund Ganja zu verstecken, wenn er sehr wohl weiß, dass es nicht Ganja sein wird, was sie verstecken. Und alles, worum es geht, strömt in einen Grundsatz zusammen, von dem Tone nicht abweichen kann.

»Ich helf kein Koks verstecken«, sagt er. »Ich sag doch, ich bin kein Typ für Koks.«

Adan plustert sich in plötzlicher Wut auf, schlägt mit den Armen, zieht scharf Luft durch die Zähne.

»Red keinen Scheiß, Tone!«, fängt er an. »Du hast gesagt, du hilfst mir, und jetzt ziehst du den Schwanz ein? Was ist los mit dir, Junge?«

Für Tone ist seine Degradierung zu einem bloßen »Jungen« der Beweis für genau die Beleidigung, die ihn überhaupt dazu gebracht hat, sich zu weigern, das Koks verstecken zu helfen, und die kleinen Durchgänge in seinen Gedanken, die Türen, die von den glücklichen Zeiten einer gemeinsamen Kindheit aufgehalten werden, von den gemeinsamen Themen des Überlebenskampfes als Erwachsene, knallen fest und endgültig zu. Er setzt sich in Bewegung, denkt an Lala, daran, dass er vielleicht versuchen wird, mit ihr wegzugehen, irgendwo neu anzufangen, wo er sich nicht an den Stränden herumtreiben und nach Frauen auf der Suche nach einem Schwanz Ausschau halten muss, wo er seine Gedanken nicht von der Frau unter ihm abspalten und sich auf die in seinem Kopf konzentrieren muss, um reichen Touristinnen den Spaß zu bieten, für den sie ihn bezahlen, wo er keine Touristen zum Jetski-Fahren überreden muss, mit dem quasi-amerikanischen Akzent, den sie alle anwenden, um sicherzugehen, dass sie verstanden werden, wo er kein Gras für Adan dealen muss oder geklaute Ware verkaufen, wo er nicht zu einem Leben als Fußsoldat eines Diebes degradiert wird. Tone denkt darüber nach, dass er zwei Tickets kaufen wird, nicht eines, er wird sich in die lange Warteschlange vor der Botschaft stellen und die Sonne und den Schweiß und das Risiko der Scham eingehen, kein US-Visum zu bekommen, und dann, wenn er eines bekommt, werden er und Lala in die Vereinigten Staaten von Amerika gehen, und sie werden dortbleiben.

»Junge? Junge? Ich bin um einiges mehr Mann als du, Adan«, versichert ihm Tone, »und das schon ne ganze Zeit lang.«

Da liegt etwas in seiner Stimme, als er das sagt, das eine Schublade in Adans Kopf aufschließt. Es ist eine Metallschublade, in der er unterbewusst jedes erschrockene Gesicht von Tone abgelegt hat, wenn Adan nach Hause kam und ihn einen Moment oder länger zu früh dort vorgefunden hat, es ist die Schublade, in der er seine Gedanken daran abgelegt hat, wie Tone angefangen hat, an die Pepsi-Tür zu klopfen, als Lala schwanger wurde, wie er anscheinend nie bleiben wollte, wenn Adan nach Hause kam, obwohl er sich einen Moment oder zwei davor mit Lala allein wohlgefühlt zu haben schien. Die Schublade geht auf, und Adan tastet darin herum, kann nicht glauben, was ihm erst jetzt klar wird.

»Was meinst du damit, Tone, Scheiße noch mal, eh? Was meinst du wirklich damit?«

Doch die Frage ist gar nicht nötig.

»Ne Pussy wie du, Adan«, fährt Tone fort, denn es ist Zeit, denn er hat seine Zunge seit fast einem Jahr im Zaum gehalten. »Spielst den Harten. Glaubst du, ich lass mich von dir fertigmachen wie Lala, Pussy? Weil nur ne Pussy seine Frau so prügelt. Willst du sehen, wer ein Junge ist?«

Und da, vor seinen Augen, verwandelt sich Tone, wird groß, wird schrecklich.

»Ich sag's dir«, droht er, »nenn mich noch mal Junge, Adan, dann siehst du schon, was ich mit dir mach.«

Darauf folgt Schweigen. Das Meer hört auf zu tosen, die Grillen zirpen nicht, die Äste der Kokospalmen hören auf, sich zu wiegen und zu beben. Adan ist sprachlos. Er starrt seinen

Freund an, der vor ihm zu einem Riesen gewachsen ist, er hört ein Geständnis, entfesselt als ein Brüllen. Er versteht, dass es Tone nicht leidtut, Tone ist voller Verachtung. Und seine Verachtung ist die schlimmste Beleidigung von allen.

Also lacht Adan. Ein langes Lachen, das in den nervösen Bäumen mitschwingt und sie beruhigt, bis sie zu zittern aufhören. Ein breites Lachen von ganz unten im Bauch, bei dem jemand, der es hört, meinen könnte, das Schlimmste sei jetzt vorbei. Bei so einem Lachen würde dieser Jemand eine gutmütige Versöhnung mit Rückenklapsen und Schenkelklopfen erwarten, die Erkenntnis, dass am Ende doch *Wir sind wir* gilt, dass sich harte Männer nicht um ein Mädchen streiten, dass das nur eine Kleinigkeit ist, die sich überwinden lässt.

»Also das ist es, was?«, sagt Adan. »Das ist es.«

Er zuckt mit den Schultern wie ein resignierter Mann, und Tone spürt, wie er ausatmet. Die Freundschaft ist vorbei, wird Tone klar; das Wichtigste ist jetzt, Lala wegzubringen. Adan wird dieses Wissen nicht schweigend erdulden.

Tone geht weg, als er die schwere Tasche, die Adan in der Hand gehalten hat, mit einem dumpfen Geräusch in den Sand fallen hört, den Windstoß spürt, der ihm sagt, dass Adan ihn verfolgt, dass das hier nicht friedlich enden wird. Und einfach so spürt er das Ding, das er nicht benennen kann, merkt, dass es sogar an diesem Abend bei ihm war, sich im Dunkel seines Schattens versteckt hat. Tone packt einen Felsbrocken, von dem er nicht wusste, dass er dort am Strand lag, er dreht sich um, er holt aus, er trifft Adan unterm Kinn, reißt damit dessen Kopf nach hinten und wird vom Blut seines besten Freundes bespritzt.

Adan knurrt, als wäre er mehr Tier als Mensch, als würde das Bluten bedeuten, dass er jetzt bis auf den Tod kämpfen muss. Es ist ein schreckliches Geräusch, doch es ist mit einem anderen gemischt, genauso wild, und Tone merkt, dass es aus seiner eigenen Kehle kommt. Das Ding, das er nicht benennen kann, ist kein denkendes Wesen, es übernimmt die Kontrolle über ihn, bis er nur noch ein Wirbel aus Armen ist, die den Stein halten, und Adan ist ein großer, solider Felsbrocken vom Strand, den er nicht zurücklassen kann, ohne ihn zu zerstören. Sie sind am Boden, und Adan schlägt ihn mit dem stumpfen Griff einer Pistole, von der Tone nicht wusste, dass er sie hatte, und seine Gedanken gehen zu dem Messer, das Adan benutzt hat, um das Koks zu testen. Aber Adan zieht das Messer nicht. Ein Messer ist etwas, das du gegen einen würdigen Gegner einsetzt, einen, der dir so unrecht getan hat, dass er es verdient hat, zerfleischt zu werden. Der Griff einer Pistole ist etwas, das du einsetzt, weil du es zufällig gerade in der Hand hast, wenn du einen Jungen gefügig machen musst – es ist das Gegenstück zur Ohrfeige eines harten Mannes –, und diese Wahl entgeht Tone nicht. Er spürt keinen Schmerz wegen dieser Wahl, wegen dieser Pistole, aber das Blut, das sein Gesicht glitschig und sein Shirt fleckig macht, ist lästig, es macht es ihm schwer, etwas zu sehen, und er merkt, dass er die Quelle seiner Lebensenergie verliert, die er braucht, um diese Herausforderung zu überwinden und lebend zu entkommen. Er merkt, dass er Schutz braucht, einen Moment oder zwei Pause von dem Angriff von Adans großer Pistole, um sich zu fangen, um sich so weit zu erholen, dass er zurückschlagen oder weglaufen kann.

Er stolpert auf die Höhle zu, den Eingang zu den Baxter-Tunneln. Diese Tunnel kennt er wie das Haus seiner Mutter; sie werden ihm einen Ort bieten, an dem er wieder zu Atem kommen, seine Wunden lecken kann. Er ist vielleicht nicht so groß oder so stark wie Adan, aber wenn er weglaufen muss, sind seine Größe und sein Körperbau ein Vorteil, denkt sich Tone, und dadrin ist Adan ihm nicht gewachsen.

Tone läuft auf die Tunnel zu, Adan hinterher, als eine dünne weiße Frau am Strand erscheint und fast mit ihnen zusammenstößt. Er kann nicht warten, er rennt in den Tunnel, gerade als Adans Pistole es leid ist zu schlagen und anfängt zu bellen.

KAPITEL DREIUNDDREISSIG

Mrs. Whalen
5. September 1984

Der Weg zum Strand wird fast ganz von Kirschpalmen verdeckt, die einen winzigen Schnipsel Marineblau umrahmen. Das ist ein Weg zum Strand, wie man ihn aus Reisemagazinen kennt, schwach beleuchtet von einem kokosmilchweißen Viertelmond und an den Seiten gesäumt vom stacheligen Grün der üppigen tropischen Vegetation. Es ist der Weg, den die Zeitschriften barfuß zu gehen empfehlen, geführt von einem geliebten Wesen, dessen Füße ebenso schuhlos sind und das weiß, dass direkt hinter diesem Grün eine sternenbeschienene Strandlandschaft liegt, die nur auf unvergessliche Momente wartet. Das ist nicht die Art von Weg, bei der irgendwer an seine Sicherheit denken würde. Als Mira Whalen also beschließt, diesen Weg zu gehen, um an ihrem letzten Abend, bevor sie Paradise für immer verlässt, ihre Gedanken zu ordnen, denkt sie nicht darüber nach, ob ein großer schwarzer Mann mit einer Narbe aus den Schatten zu ihrer Linken springen wird, als sie gerade das Ende des Pfads erreicht. Sie überlegt sich nicht, ob er eine Pistole auf sie richten wird. Und als er es tut, überlegt sie, warum sie das nicht geahnt hat.

Sie schaut nach rechts und fragt sich, weshalb sie keine Sekunde darüber nachgedacht hat, warum ein schlanker Rasta auf das gähnende Maul einer Felsgruppe zu ihrer Rechten zulaufen sollte, warum er rennt, als ginge es um sein Leben, sodass ihm die schwarze Kapuze von Kopf und Hals rutscht, während er flieht. Der große schwarze Mann sprintet hinter diesem Rasta her, der weiterhin dem bösen

Mann zu entkommen versucht, der eine Pistole hält. Und als sich die Wolken teilen und das Gesicht des Mondes vollständig enthüllen, wird der Pfad von oben beleuchtet, und sie sieht die Hand, die diese Pistole hält, sie erkennt sie, und sie fängt an zu schreien, denn das Gesicht ist ihr vielleicht entfallen, sie konnte sich vielleicht nicht an die massige Gestalt oder die Breite des Rückens oder die bedrohliche Art oder an diese eingesunkene, gewellte Narbe erinnern, aber diese Hand hätte sie überall erkannt.

Und nach all dem fruchtlosen Gegrübel, dem Theoretisieren, der ganzen Zeit, die sie sich von harmlosen Zivilisten ferngehalten hat und von der Polizei enttäuscht wurde, nach alledem – ist er hier.

Vor ihren Augen. Der Mörder.

Und der Mann bleibt stehen und schaut sie an und hebt seine Pistole, und er interessiert sich nicht mehr für den kleineren Mann, der zwischen die Felsen läuft, nicht in diesem Moment. Sie befiehlt ihren Füßen zu rennen, aber ihre Füße wollen nicht hören. Und ihre Augen, gebannt von den Händen, die sie schon lange verfolgen, sehen, wie diese Hände die Pistole anheben, bis sie auf einer Höhe mit dem Gesicht des Räubers ist, und den Abzug drücken.

KAPITEL VIERUNDDREISSIG

Mrs. Whalen
5. September 1984

Es ist mehr als ein Schuss, und Mira Whalen weiß nicht genau, welcher sie getroffen hat, aber sie weiß genau, dass sie getroffen wurde, weil sie plötzlich Mühe hat, einen Atemzug zu machen, den sie vor einem Moment noch für selbstverständlich gehalten hat. Sie fängt erst an zu rennen, als die Pistole still ist, ihre Füße gehorchen ihr erst, nachdem der schwarze Mann weitergerannt ist, auf den Rasta und die Felsen zu, aber als sie erst einmal zu rennen anfängt, rennt sie, als hinge ihr Leben davon ab, denn auf einmal wird ihr klar, dass es genau so ist. Mira Whalen läuft auf die großen Häuser zu, sie versucht nicht, ihr eigenes Tor zu erreichen, sie läuft auf das Tor neben ihrem zu, denn sie glaubt, dass Grayson da sein wird, und sie weiß, dass Grayson Arzt ist.

Aber Mira Whalen schafft nur die ersten paar Schritte in die Gegenrichtung, wieder den Weg auf die großen Häuser zu. Beim dritten Schritt knickt sie ein, die Augen vor Überraschung weit aufgerissen, und ihr Gesicht landet mit einem dumpfen Aufprall in einem weichen Hügel aus Sand, der in ihren Mund und ihre Augen und ihre Haare eindringt. Sie will zurückschauen, um zu sehen, ob der Räuber wiederkommt, um ihr den Rest zu geben. Sie will nach Grayson rufen, dessen sandbestäubte Veranda und Glastür mit dem Sisalrollo nur ein paar Schritte entfernt liegen. Aber Mira Whalen kann nicht sprechen. Sie kann nicht schreien. Sie kann kaum atmen.

Sie konzentriert sich auf den Versuch, ihren Kopf zu heben und zu drehen, gegen eine Ruhe anzukämpfen, die sich langsam über sie legt, aber ihr Kopf will sich nicht bewegen, und die Ruhe kommt trotzdem. Sie denkt ans Schwimmen und zieht ihre Knie rechts und links an ihrem Körper hoch, versucht, wie ein Frosch nach vorn zu hüpfen, was wunderbar funktioniert, aber es ist so ruhig, so still, dass sie sich fragt, warum sie sich die Mühe macht, ob sie jenseits dieser Ruhe Peter finden wird.

Mira Whalen findet, es stimmt, was die Leute sagen, dass das Leben noch einmal vor dir abläuft: Ein Defilee zufälliger Momente marschiert vor ihrem inneren Auge vorbei, Fetzen eines Lebens, von denen sie nicht wusste, dass sie sie aufgezeichnet hat. Sie bestätigt außerdem, dass die Reihenfolge sich jeder Erklärung entzieht: die Baumrinde wie marmorierte Schokolade, auf die sie den Blick geheftet hat, als sie Martha das letzte Mal anlog, der strahlend blaue Himmel hinter der Umarmung, die sie von Sam an diesem Tag in Wimbledon bekam, als sie sein Spielzeugauto aus einem Gitterrost gefischt hatte, die vanillepuddingfarbene Matsche auf ihrer Lieblingshose an diesem ersten Tag, als Peter Sam in ihre Wohnung mitgebracht und ihn ihr zum Halten gegeben hatte und er jeden Löffel zerdrückte Banane, mit der sie ihn zu füttern versuchte, wieder ausspuckte.

Ihre eigene Lebensgeschichte ... die, wie sie jetzt weiß, vor dem Pistolenlauf eines Verbrechers zu Ende gegangen ist.

Wie in einem Märchen bekommt sie einen letzten Wunsch gewährt, und so kehrt sie in Gedanken zu der Nacht zurück, in der Peter ermordet wurde, um etwas, irgendetwas, anders zu machen. Etwas, das dazu führen wird, dass er noch lebt ...

Plötzlich ist sie wieder dort, in ihrem Schlafzimmer, und der Räuber richtet erneut die Pistole auf sie, drückt einmal mehr den Abzug.

Klick.

Sie fällt nicht.

Klick.

Immer noch nichts.

Ihre neu konzentrierten Sinne suchen nach Beweisen, dass sie wirklich immer noch lebt. Das tut sie.

Sie ist in ihrem Schlafzimmer – in ihrem und Peters. Es ist die Nacht des Mordes. Sie spürt, wie sich der Schweiß an ihrem Nacken herunterschlängelt, die Panik schnürt ihr die Kehle zu, die Tränen befeuchten ihre Wangen, als wäre es das erste Mal. Sie will die Hand nicht heben, um sich das Gesicht zu trocknen, aus Angst, dass der Räuber ihre Bewegung als Vorboten zu einer Form von Widerstand deutet, den er nicht akzeptieren wird. Sie schaut in sein Gesicht.

Da ist der Räuber. Fluchend. Da ist Peter. Flehend. Da ist noch ein Moment des atemlosen Schweigens, das vom Krachen und Rauschen des Wassers unterbrochen wird.

Da ist die Pistole.

Klick.

Peter schreit, als der Räuber ihm mit dem Pistolengriff die Nase bricht. Er schirmt seine Augen ab, als der Räuber ihn anbrüllt, er solle ihn nicht anschauen. Da ist ihre Stimme. Schluchzend. »Ich liebe dich, Peter.« Da ist Peter, zusammengerollt auf der Bettkante wie ein Kind und um ihr Leben flehend. Um *ihres.*

Sie schaut in dieses strumpfbedeckte Gesicht, das ihren Mann zum Weinen gebracht hat. Das ist das strumpfbedeckte Gesicht, an das sie sich so sehr zu erinnern versucht hat. Jetzt starrt sie es an, dieses Gesicht, und sie weiß, dass sein Gesicht unter dem Strumpf schön ist, schön und tödlich. Sie will dieses Gesicht sehen, will in die Augen des Mannes schauen, der es wagt, den Mann einzuschüchtern, den sie liebt. Sie will mit bloßen Händen nach diesem Strumpf krallen, nach diesem Gesicht, bis es blutet.

Von der Straße aus ist die Klingel zu hören, genau wie in der Nacht, als Peter erschossen wurde. Peter hatte dieses Haus mit der Begründung gekauft, dass sie beide nichts als das Wasser hören würden, aber das Geräusch der Türklingel ist laut, und sie ist nicht sicher, ob es daran liegt, dass das Geräusch wirklich laut ist, oder daran, dass sie weiß, dass dieses Geräusch ihre einzige Hoffnung ist, lebend aus diesem Zimmer herauszukommen.

Da ist die Pistole.

Klick.

Da ist ihr Mann. Da ist der Räuber. Da ist sie. Stürmt los, um die Pistole zu schnappen.

Da ist die Pistole. Ihr Lauf ist glatt in ihren Fingern. Glatt, kalt und schwer, so hätte sie ihn sich vorgestellt, wenn sie je darüber nachgedacht hätte. Aber das hat sie nicht, und die Hand dahinter ist stärker als ihre, und rückblickend war es dumm von ihr, diese Pistole zu packen, aber sie hat sie gepackt, und sie kann nicht aufhören, die Hand anzustarren, die sie hält, eine große Hand, mit breiten, samtigen Fingern, die das Licht schlucken und unbewegt bleiben. Auf seinem Handrücken hat er Rillen und Furchen, und sie glaubt, sie kann das Blut durch die Adern pulsieren sehen.

»Monster!«, schreit sie. »Beschissenes, brutales Monster!« Und bevor sie es merkt, hat sie ihm den Strumpf weggezerrt, sie sieht dieses Gesicht, diese gewundene Narbe, diese tief in den Höhlen liegenden Augen und die breite, flache Nase, das eckige, starke Kinn. Als er ihr mit der Hand, die die Pistole hält, auf die Wange schlägt, weiß sie, dass sie die Erinnerung an dieses Gesicht verlieren wird, obwohl sie es sich so fest in den Kopf einzugravieren versucht. Sie spürt, wie ihr eigenes Gesicht zuckt und herabsinkt, ihr Kinn landet unter ihren Schlüsselbeinen. Die Pistole klickt jetzt nicht, sie knallt, sie dröhnt. Und als sie ihr Kinn anhebt, ist Peter schon tot.

Da ist die Leiche ihres Mannes, sein Kopf ruht auf einem ausgestreckten Arm, als schliefe er nur. Und die Pistole geht wieder zum Klicken über.

Klick.

Wieder ein Film: damals, als sie sich den Knöchel gebrochen hatte und Peter sie jedes Mal, wenn sie musste, auf die Toilette hob und sich selbst auf den Badewannenrand setzte und lachte, weil es ihr so peinlich war, dass er vorhatte dazubleiben, bis sie fertig war, der farblose Blick der Krankenschwester, ihr steinernes Gesicht, als sie weinte, der Moment, als sie Tomaten im Garten geerntet hatten und Sam in ihr Blickfeld gewatschelt kam und einen Mund voll Erde ausspuckte, und ihr Bauch, der wehtat, weil sie so lachen mussten über Sams lustigen Gesichtsausdruck, aber es war auch eine Erinnerung daran, dass sie selbst nicht in der Lage war, ihrer beider Baby auszutragen.

Sie betet stumm, denn der Räuber richtet die Pistole auf sie und sie weiß, dass sie als Nächstes umgebracht wird. Psalm 23. Den sie vermasselt, denn sie kann sich nicht daran erinnern. Auch an keinen anderen Psalm. Sie hätte öfter zur Kirche gehen sollen. Die Pistole knallt.

Sie schreit, als sie angeschossen wird, einfach, damit der Mann weiß, dass sie sich gegen ihren Mord wehrt, dass sie nicht schweigend gehen wird. Einfach, um die Person, die da klingelt, wissen zu lassen, dass sie nicht auf eine Reaktion warten, dass sie schnell kommen soll.

Momente werden in Herzschlägen gemessen, die sich immer mehr in die Länge ziehen.

In dieser Version der Nacht, in der ihr Mann gestorben ist, stirbt Mira Whalen mit ihm.

In dem Mord in Miras Gedanken kommen die Kinder nicht angerannt, als sie anfängt zu schreien, dass Peter tot ist. Es gibt keine Beth, die mit weißen Fingerknöcheln die Polizei anruft, keine Erleichterung mit wilden Blicken, als sich Rosa zur Arbeit meldet und die Wählscheibe des Telefons kreisen lässt, um Mr. Watson anzurufen. Nein, bei dem Mord, den sich Mira Whalen vorstellt, spürt sie, wie ihr Lebenswille ihren Körper verlässt, als ihr klar wird, dass Peter tot ist. Es erinnert sie an den letzten Rest Spülwasser, der im Ausguss verschwindet. Es ist kein unangenehmes Gefühl. So ein Gefühl spürt sie auch jetzt wieder.

KAPITEL FÜNFUNDDREISSIG

Tone
5. September 1984

Tone rennt. Er rennt durch ein Labyrinth, und seine Augen sind verklebt von dem Blut, das von seinem Kopf rinnt. Er kennt dieses Labyrinth, er kennt es, wie er das Haus seiner eigenen Mutter kennt, also ist es nicht so wichtig, dass er nicht richtig sehen kann. *Hier* müssen seine Füße langsamer werden, denn es geht scharf nach links, wo der Tunnel schmaler wird und es schwieriger ist, sich in der Feuchtkälte und der Dunkelheit zu bewegen, *hier* muss er sich auf ein Gefälle gefasst machen, wo der Tunnelboden glitschig vom Schlamm ist, denn heute hat es einen Wolkenbruch gegeben und genau über dieser Stelle ist das Tunneldach undicht, das Wasser sickert durch und macht den Boden matschig. *Hier* hat Tone eine Idee. Er kann Adan immer noch hinter sich hören, er hört eine Art atemloses Keuchen in der Dunkelheit, bei dem es mehr um Wut geht als um Sauerstoff. Er hört Steine rasseln und brechen, wenn Adan mit seiner Breite Teile des Tunnels berührt, die Tones schmaler Körper nie berühren musste. Er hört Adan nach ihm rufen, ihm sagen, er soll stehen bleiben, das ist doch Wahnsinn, bleib stehn und lass uns reden. Echt jetzt.

Hier hat Tone die Idee, die sein Leben retten wird. Noch mal knapp fünfzig Meter weiter biegt Tone nicht rechts in den Tunnel ab, der zum Ausgang in der Nähe von dort führt, wo er und Lala sich damals untergestellt haben. Stattdessen biegt er links ab, er geht tiefer in das Labyrinth, an Orte, wo der Mond nicht hinkommt und das Schwarz, das du siehst, wenn deine Augen geschlossen sind, dasselbe Schwarz ist wie das, was du siehst, wenn sie offen sind, und du kannst nicht rennen, es sei denn, du weißt genau, wohin du rennst, welcher Tunnelteil als Nächstes kommt. Tone wird langsamer, geht mit zugekniffenen Augen, vertraut seinem Kopf, seine Hände leiten ihn. *Hier* öffnet sich der Tunnel zu einem Vorraum mit einem Ausschlag von glitschigen Stalagmiten am Boden, wie die kahlen Köpfe Untoter, die beim Auferstehen erstarrt sind. *Hier* wird der Raum schmaler, hier könnte jemand, der diese Höhle nicht kennt, vielleicht einen Lichtschimmer sehen, könnte glauben, er würde wieder in einen Tunnel gehen, in einen, der am Ende nach draußen führt.

»Hast recht«, sagt Tone im richtigen Moment, »hast recht, Adan, das ist Wahnsinn, lass uns reden, Mann. *Echt jetzt.*«

Seine Stimme hallt verstärkt wider. *Hier* kauert er sich hin, als er spricht. *Hier* ist der hohe Stalagmit, dem er den Spitznamen »Pastor« gegeben hat, weil er ihn an den Leiter der Kirchengemeinde seiner Mutter erinnerte, wie er so über den anderen Felsformationen aufragt, sich zu ihnen vorbeugt, als vermittelte er ihnen eine Weisheit, die sie unmöglich verpassen dürfen. Tone duckt sich hinter Pastor und ist still, wird Teil der Gemeinde, lauscht auf die Wahrheit, die ihm das Leben schenken wird.

»Ich sag's dir«, sagt Adan, »wir sind doch schon Freunde, seit wir klein waren, oder? So ne Kleinigkeit darf doch nich zwischen uns stehen.«

Adan kommt näher, horcht auf Tones Stimme, damit sie ihm sagt, wohin er sich in der tiefen Dunkelheit wenden muss.

»Okay, reden wir.«

Als Adan den Vorraum betritt, als er dem Echo folgt, sieht er in der Dunkelheit weiter vorn etwas Helles. Dieses Helle sagt ihm, dass irgendwo da vorn ein Ausgang ist, dass er mit ein paar Schritten zusammen mit Tone in einem größeren Raum stehen wird, aus dem sie den Tunnel als Freunde verlassen könnten.

Aber Adan will nicht Freunde sein.

»Ich sag dir, das macht kein' Sinn«, versichert er, während er sein Messer zieht und die Klinge aufschnappen lässt. »Ich sag dir ...«

Als Adan durch die Öffnung tritt, aus der das Versprechen auf Licht glimmt, ist sein Fuß verwirrt, weil er dahinter keinen festen Boden findet. Tone begreift das, denn er hört hinter Pastors Rock das scharfe Einatmen, das Adans Überraschung verrät. Außerdem hört er das schnelle Schlurfen, als Adans Hände die Sicherheit der Steine neben und unter ihm suchen. Vor vielen, vielen Jahren, als Tone sich immer in diese Tunnel zurückzog und über den Mann nachdachte, der ihn runtergedrückt und vergewaltigt hatte, war er auf genau diese Kammer gestoßen, wäre fast durch ebendiese Öffnung getreten, neben der Pastor fortwährend eine stumme Warnung spricht. Wenn du mit einem Messer oder mit einer Pistole herumfuchtelst, können deine Hände den Saum von Pastors Rock nicht finden, dessen Steinfalte dich retten würde. Wie in der Dramaturgie jeder guten Heilsbotschaft musst du dich diesem Durchgang mit leeren Händen nähern. Deine Augen können nicht sehen, dass das nicht das Licht eines Ausgangs ist, der auf der anderen Seite lockt. *Dort* sind vor dreihundert Jahren zehn Soldaten in die Tiefe gestürzt, als sie diese Tunnel gruben, *dort* hat ein entsetzter Leutnant den anderen zugebrüllt, sie sollten stehen bleiben, während Pastor dastand und ihn beobachtete. Dieser Durchgang ist das Maul eines gähnenden Abgrunds, wo der Höhlenboden dreißig Meter in einen Schlund abfällt. Adan wird von diesem Schlund verschluckt, prallt von den Steinwänden ab und zerschellt auf dem Weg nach unten.

Als es ruhig ist, lässt Tone Pastor los, kommt stolpernd auf die Beine und schafft es wieder nach draußen, wo er bäuchlings in den Sand fällt, als hätte ihn eine unverdiente Gnade auf die Knie gezwungen.

KAPITEL SECHSUNDDREISSIG

Lala

5. September 1984

Lala kann in der sterilen Stille von Graysons großem Haus nicht schlafen, also sind ihre Augen schon offen, als sie den Schrei hört. Grayson war in sein Zimmer zurückgegangen, als sie das erste Mal eindöste, aber sie war nur ein paar Stunden später wieder aufgewacht – das Haus ist zu still und die Klimaanlage viel zu kalt, als dass sie zur Ruhe kommen könnte, die Überfülle an Decken auf dem Bett genügt nicht, um sie warm zu halten. Sie liegt in der Dunkelheit, starrt an die reinweiße Decke und die Zierleiste, die sie umsäumt, als sie noch einmal den Schrei hört, der ihre schlimmsten Albträume heimsucht, seit Baby geboren wurde.

Sie horcht. Es sind noch andere Geräusche zu hören, aber der Schrei kommt nicht wieder. Es ist wahrscheinlich nur ein Nacktbader, den die lähmende Kälte des Wassers erschreckt hat, sagt sie sich, aber sie findet keine Ruhe, ihr ist mulmig im Magen vor Unruhe.

Sie verbringt eine Ewigkeit damit, in den unbekannten Schränken des Zimmers nach weiteren Decken zu suchen. Noch mehr Zeit verbringt sie mit der Suche nach der Fernbedienung, um die Klimaanlage auszuschalten, damit Schlaf möglich ist, und irgendwann akzeptiert sie es, dass sie nicht wieder wird einschlafen können. Sie wandert in die Küche, auf der Suche nach einem Glas, das sie im Dunkeln aus einem Wasserhahn füllt. Die Küche schimmert im Schein des Mondes durch das Dachfenster – die Oberfläche des Herds und die Front des Kühlschranks sehen aus wie Silber, die Arbeitsflächen wie Platten aus Halbedelsteinen. Einen Moment lang denkt Lala, sie sollte etwas mitnehmen, als Erinnerung, dass sie hier war, denn sie ist sicher, dass sie irgendwie aufwachen und das alles nur ein Traum gewesen sein wird – sie wird wieder in Adans Haus am Strand sein und sich größte Mühe geben, sich an seinen Namen zu erinnern. Stattdessen wandert sie mit ihrem Wasser ins Esszimmer und dann ins Wohnzimmer, wo sie sich hinsetzt, nervös, weil sie Grayson nicht wecken will, wenn doch alles in Ordnung ist, während sie das schreckliche Gefühl hat, dass eigentlich etwas ganz und gar nicht in Ordnung ist. Sie döst unruhig ein, denn trotz ihres Unbehagens ist sie müde. Sie ist sehr, sehr müde.

Als sie mit einem Ruck aufwacht, tut sie das, weil sie den Schrei schon wieder hört, direkt vor dem Haus, so vertraut, dass er sie aus ihren Träumen reißt. Sie hat diesen Schrei zum ersten Mal in der Nacht gehört, als sie Baby geboren hat, und sie versteht, was das bedeuten muss. Sie ist überraschend ruhig, sehr ruhig. Es ist, als hätte sie ihr ganzes Leben auf diesen Moment gewartet. Sie zieht ein Paar Turnschuhe an, von denen Grayson sagte, sie gehörten seiner Tochter, tastet nach ihrem Reisepass hinten in ihrer Unterwäsche. Lala ist bereit wegzulaufen.

Als sie versucht, das Rätsel der verschlossenen Tür zur Veranda zu lösen, platzt Grayson aus seinem Zimmer. Er trägt einen weißen Slip und einen weißen Morgenmantel, der nicht zugeknotet ist, und seine rotblonden Brusthaare klettern aus dem Rechteck, den der offene Morgenmantel bildet.

»Bleib im Haus«, bellt Grayson. »Ruf die Polizei!«

Knurrend überprüft er seine Pistole. Als er die Tür öffnet und auf die Terrasse läuft, flattert der offene Morgenmantel hinter ihm wie der Umhang eines großen weißen Superhelden. Lala will ihm nachlaufen, doch Grayson schließt die Tür von außen ab, indem er ein paar Zahlen in einen Kasten neben der Tür hämmert. Da spürt Lala zum ersten Mal Panik aufkommen. Sie ruft ihm nach, aber er läuft auf die Schreie zu, die von Neuem angefangen haben, und scheint sie nicht zu hören. Sie hämmert an die Tür, aber sie bleibt verschlossen.

Vom Wohnzimmer aus sieht Lala die Frau sich auf den Stufen zur Veranda krümmen. Der gefurchte Sand hinter ihr zeigt, dass sie dort hingekrochen ist. Es ist die Frau, die sie im Arm gehalten hat, die ihr gesagt hat, alles würde gut, die in dem Haus mit der Schutzmauer wohnt, die sie wiedererkannt hat. Es war die Schutzmauer des Hauses, in dem sie Adan an dem Morgen gefunden hat, als Baby geboren wurde. Diese Frau, begreift Lala, ist die, die in der Nacht geschrien hat, deren Schrei sie seitdem verfolgt. Die Frau blutet, und das Blut sammelt sich unter dem schönen schmiedeeisernen Geländer. Lala wägt nur einen Moment lang die Möglichkeiten ab, dann ist ihr klar, was hier passiert, wer das getan hat. Sie fühlt sich nicht sicher, obwohl sie drinnen ist. Auf der Arbeitsplatte in der Küche findet sie einen Holzblock, in dem sechs Messer schlafen. Sie zieht eines heraus und benutzt den Messerblock, um die Glastür zur Veranda zu zerschlagen.

Die Frau gurgelt. Es ist ein unfreiwilliges Gurgeln, als wäre ihr nicht bewusst, dass sie es tut. Blut läuft seitlich aus ihrer Brust und durchnässt ihren Pyjama. Grayson kauert neben ihr, versucht, die Blutung mit seinem zusammengeknüllten weißen Morgenmantel zu stillen. Sie kann stehen bleiben, denkt Lala, sie kann sich versichern, dass es der Frau gut geht, dass sie sich nicht auf der Schwelle des Todes befindet, nicht mit Blick auf den Baxter's Beach verblutet. Oder sie kann weglaufen, denn weglaufen ist die einzige Möglichkeit, wie sie selbst entkommen kann.

»Geh rein, Lala!«, schnauzt Grayson und drückt den Morgenmantel noch fester auf Miras Seite. »Ruf die Polizei!«

Lala ist wie erstarrt, beobachtet die blutende Frau, die eigene Hand fest um den Griff eines scharfen Küchenmessers geschlossen.

»Rein, Lala!«, wiederholt Grayson. »Drück den roten Kopf auf dem Tastenfeld neben der Tür, drück ihn dreimal, und dann geh rein und ruf die Polizei und einen Krankenwagen.«

»Ich ...«, stammelt Lala, »ich ...«

Grayson lässt Mira liegen, schiebt Lala zurück zur Glastür, läuft wieder zu Mira, schiebt ihren Morgenmantel zur Seite und stützt sich auf ihre blutende Brust. Lala steht an der Tür und kann sich nicht bewegen.

»Ruf an, Lala!«, befiehlt Grayson. »Ruf sofort an!«

Lala dreht sich zum Haus um, läuft hinein, nimmt eines der schnurlosen Telefone in die Hand, wählt die Null und sagt der Vermittlung, dass sie die Polizei und einen Krankenwagen braucht. Sofort, hinten an einem der großen Häuser am Baxter's Beach, das mit dem weißen schmiedeeisernen Geländer. Und dann steht sie hilflos da, während Grayson Mira Whalen anfleht, bei ihm zu bleiben, während er auf ihre Brust drückt und pumpt.

Lala überlegt, ob sie weglaufen soll. Sie kann jetzt nichts für Mira Whalen tun, denkt sie, am besten ist Grayson bei ihr, und wenn sie bleibt, riskiert sie, Adan in die Arme zu laufen, von dem sie weiß, dass er der Grund ist, dass Mira jetzt um ihr Leben kämpft. Man kann nicht wissen, was Adan tun wird, falls er sie hier findet. Von ferne hört sie das erste Heulen einer Sirene, und die Entscheidung wird ihr abgenommen.

Sie rennt an Mira Whalen auf der Verandatreppe vorbei, an Grayson, der versucht, sie zu retten, sie rennt immer weiter. An dem kleinen Rinnstein vorbei, wo sie vor Jahren Tone kennengelernt hat. Sie biegt um die Ecke des Baxter's Beach und sieht den schiefergrauen Asphalt der Straße, an deren anderem Ende Wilmas makelloses kleines Steinhaus steht, mit seiner kalten und kalkulierten Sauberkeit. Sie läuft geduckt, kauert sich unter Jujuben, legt sich beim ersten Anblick des dunstigen Lichts näher kommender Autos flach auf den Boden. Sie beschließt, dass sie zum Flughafen kommen muss. Es ist die einzige Lösung, dämmert ihr. Sie hat das Geldbündel, das sie seit Kurzem immer in ihrem BH bei sich trägt, sie hat eines von Graysons Hemden an, eine Hose, die er nicht mehr trägt, eine Stretch-Leggings und Turnschuhe, die einer Frau gehören, die sie nicht kennt, ein Tuch in den Haaren, das ihre fehlenden Haarbüschel verdeckt. Sie hat nicht viel Geld, sie hat kein Andenken an ihr Baby, eine kleine Tasche Babykleidung vielleicht, die sie einem zukünftigen Geschwisterchen anziehen könnte, ein kleiner Armreif, den sie in einer Schachtel aufbewahren und eine Generation später einem Enkelkind schenken könnte, sie hat keine Decke, in der noch der Duft ihres Babys hängt, ein Duft, in dem sie sich verlieren kann, wenn sie sie bei sich haben, mit ihr reden, sich entschuldigen möchte. Aber sie hat sich selbst, sie hat ihre Hände, sie hat das Geld, um ein Ticket zu kaufen.

Sie hat genug.

EPILOG

6. September 1984

Tone wacht am nächsten Morgen im Baxter's General auf. Sobald er wach ist, merkt er, dass er mit Handschellen an sein Bett gefesselt ist, dass zwei bewaffnete Polizisten in seiner Nähe sitzen. Sergeant Beckles kommt und sagt ihm, dass er wegen der Entführung und des Mordes an Baby Primus verhaftet ist. Die Ärzte gehen davon aus, dass sie ihn an diesem Morgen entlassen können, sagt der Sergeant, und danach werden sie ihn aufs Polizeirevier mitnehmen, ihn ins System aufnehmen.

Tone tut der Kopf weh, sein Mund fühlt sich an, als wäre er voller Watte, die er nicht loswird, auch wenn er ihn öffnet und seine Zunge an den Zähnen entlang kreisen lässt. Sein Rücken tut weh, und sein Bauch ist verbunden. Tone sagt, dass er kein Mörder ist. Der eine Mann, den er vielleicht umgebracht hätte, ist ein Mexikaner, den er getroffen hat, als er fünfzehn Jahre alt war, und den er nie wiedergesehen hat. Den Mann hätte er umbringen können, sagt Tone, er hat davon geträumt, ihn umzubringen, ihm das Genick zu brechen oder ihn zu würgen, bis er um Gnade bettelt, aber sonst niemanden, er schwört es.

Es spielt keine Rolle. Sergeant Beckles betrachtet den Fall als abgeschlossen – er sagt Tones Vorstrafenregister wegen Körperverletzung auf, seine Gefängnisaufenthalte. Er wird Tones Aussage aufnehmen, sobald er die ärztliche Bestätigung hat, dass er bei klarem Verstand ist, sagt Sergeant Beckles, er soll seine Zeit nicht mit der Unwahrheit verschwenden. Er weiß schon von Lala, sagt Sergeant Beckles, er weiß schon von ihnen beiden. Sag einfach die Wahrheit.

So mancher Mann hat schon für eine Frau getötet, sagt Sergeant Beckles zu ihm, er wäre nicht der Erste, und er wird nicht der Letzte sein. Und Sergeant Beckles denkt an Saba, die eine Frau, von der er glaubt, dass er für sie töten könnte.

Als er »Frau« hört, denkt Tone an Lala, fragt sich, wo sie ist, ob sie von seiner Verhaftung gehört hat. Er lächelt wehmütig beim Gedanken, dass er jetzt wieder von ihr träumen muss, von ihrem Summen träumen, solange er eingesperrt ist, aber ihn tröstet das Wissen, dass Adan ihr nichts tun kann, ihr nie wieder etwas antun kann.

Innerhalb von Stunden wird er vom Krankenhaus in einen wartenden Streifenwagen verladen. Und während er in diesem Auto sitzt, mit Polizisten zu seiner Linken und Rechten, vor und hinter ihm, und sein Kopf vom Lärm der kreischenden Sirenen wie wild pocht, da sieht er einen BWIA-Jet, der gerade vom Boden abhebt.

Tone hebt die Hände, um das Bild dieses Flugzeugs im Fenster des Polizeiautos zu berühren. Dann legt er die Finger an die Lippen. Lehnt sich auf dem Rücksitz des Streifenwagens zurück.

Und lächelt.

DANKSAGUNGEN

Egal, was du produzierst: Es kommt ein Punkt, an dem dir bewusst wird, auf wie vielen Schultern du stehen darfst, wie viele kollektive Erfahrungen für die Entwicklung und Bereicherung deiner eigenen zum Tragen gekommen sind. Ich hätte *Wie die einarmige Schwester das Haus fegt* nicht schreiben oder am Ende seine Veröffentlichung erleben können ohne:

Ivy, Elise, Violet, Pearl und alle Vorfahren, die bei mir bleiben und mich (weiter) leiten.

Meine Eltern und meine Kinder, für die das Veröffentlichen von Mommys Buch immer noch weit hinter der Frage kommt, was sie zum Abendessen kochen wird, sodass meine Rückkehr in die Küche das eigentliche Highlight ist.

Wendy, Belinda, Chris, Kei, Professor Jane Rogers, John Milne, George Jackman, Joyce Stewart, Samuel Soyer, Christopher Chung-Wee, Cecile Gittens und alle anderen Lehrkräfte für Englische Literatur oder Kreatives Schreiben, die sich die Zeit genommen haben, mir zu helfen, etwas über diese besondere Art der Alchemie zu lernen.

Meine (immer geneigten) Leserinnen und Leser – Lornie, Heather, Lisa und Andrew Armstrong – und alle, die mich unterstützen, vor allem Wale, Tracie, Robert, Jeremy, Ayesha, Pet und Hazel.

Das Vermont Studio Centre (und vor allem meine 2015er-Gruppe), die *Writer's Colony at Dairy Hollow* und meine ganz besondere Gruppe barbadischer Barden: die *Writer's Ink*-Bande, vor allem Esther, Linda und Sharma, die immer zur Stelle sind, sei es mit Kritik oder einfach mit ihrer Anwesenheit.

Clare, die als Erste geglaubt hat und deren Kraft und Scharfsinn mich immer wieder staunen lassen, außerdem das ganze Team bei Aitken Alexander.

Imogen, Amy, Yeti, Antoina und das großartige Team von Tinder Press, die so geduldig und gastfreundlich waren. Iris, Julia, Judy, Miya und der Rest des Teams bei HarperCollins Canada und Little, Brown and Company (USA), die dafür gesorgt haben, dass ich mich zu Hause und wohlgefühlt habe. Und alle, die die Reise mit mir und Lala angefangen haben und mich von neuen Wegen und Orten aus immer noch anfeuern, unter anderem Geffen und Leah, die meine Leidenschaft für Lalas Geschichte teilten, die Liebe zu allem, was Vintage ist, und den Besitz eines Klapphandys (ich vermisse euch!).

Und ich danke Housecat für mehr als ich je in Worte fassen könnte.

Danke, ihr alle.

Jamaica Kincaid im Unionsverlag

Damals, jetzt und überhaupt

Die Sweets – Mutter, Vater, zwei Kinder – leben in einem Städtchen in Neuengland, wo auf den ersten Blick alles beschaulich erscheint. Jamaica Kincaid erzählt vom schwierigen Miteinander und allmählichen Auseinanderbrechen einer Familie. Sie scheut sich nicht, in die Abgründe der Seele zu leuchten, und sie kreist ein, was die Zeit mit den Menschen anstellt.

Die Autobiografie meiner Mutter

Claudette Richardson erzählt ihre Lebensreise in Dominica: Die eigene Mutter stirbt bei der Geburt, sie wächst bei einer Pflegemutter auf. Wie soll sie, gefangen in innerer Einsamkeit, lieben lernen? Stattdessen entdeckt sie ihren Eros und heiratet zuletzt einen reichen weißen Mann, der sie nie glücklich machen kann.

Lucy

Lucy, 19 Jahre alt, kommt von den Westindischen Inseln zum ersten Mal nach New York. Als Au-pair-Mädchen lebt sie bei Mariah und Lewis, einem wohlhabenden Ehepaar mit vier kleinen Töchtern. Alles ist neu für Lucy, sie entdeckt eine vollkommen fremde Welt, die Angst macht und erschreckt. Doch die junge Frau kämpft um ihre innere Unabhängigkeit.

»Die Geschichten, die uns Kincaid erzählt, entfalten eine nachhaltige Kraft, der man sich kaum entziehen kann.«
Frankfurter Allgemeine Zeitung

»Kincaid ist eine unserer tiefschürfendsten Autorinnen. Sie verfügt über ein poetisches Verständnis dafür, wie sich Politik und Geschichte, Privates und Öffentliches überschneiden und die Grenzen verschwimmen.« *The New York Times*

NONA FERNÁNDEZ *Twilight Zone*

Es ist 1984 in Chile, zur Zeit der Pinochet-Diktatur. Verzweifelt, aber entschlossen betritt ein Mann die Büros einer Oppositionszeitschrift. Er ist ein Agent der Geheimpolizei. Ich möchte auspacken, sagt er, und eine Journalistin schaltet ihr Tonbandgerät ein. Seine Aussage wird Chile für immer verändern.
Die Erzählerin in Nona Fernández' fesselndem Roman ist noch ein Kind, als sie auf dem Titelblatt der Zeitschrift das Gesicht des Mannes sieht, daneben den Satz: »Ich habe gefoltert«. Seine Geschichte, seine Mitschuld an den schlimmsten Verbrechen des Regimes, aber auch sein Wille, die Dinge aufzuklären, beschäftigen die Erzählerin, inzwischen eine erfolgreiche Journalistin und Dokumentarfilmerin, auch noch lange nach dem Ende der Diktatur. Nach und nach rekonstruiert sie das Leben des Mannes und folgt ihm mit großer Vorstellungskraft an Orte, die Archive nicht vermitteln können.
Ein universeller und auch im Hinblick auf heutige autoritäre Systeme erhellender Blick hinter die Kulissen einer Diktatur, der zeigt, wie schnell es geschehen kann, darin zur Bestie zu werden.

»Fernández' lebendige Erzählweise führt leichtfüßig und furchtlos durch ein Minenfeld politischer Absurditäten.« *Harvard Review of Books*

240129